歩歩驚心《ほほきょうしん》

上

~花萌ゆる皇子たち~

桐華《トン・ホァ》

本多由季◉翻訳

歩歩驚心《ほほきょうしん》

～花萌ゆる皇子たち～

上

もくじ

歩歩驚心《ほほきょうしん》

~花萌ゆる皇子たち~

上

第一章
目覚めた果てに

まさに夏の盛りだ。明るいスタートを予感させる春の新緑とは違い、夏の緑は重々しい。輝きの頂点を迎え、あとは落ちてゆくだけだと知っているからだろうか。

それはまるで私の気持ちを映しているようだ。この時代に来て十日目になる。きっとこれは夢だ。目が覚めれば康熙《こうき》四十三年ではなく、もとの時代に戻れるはずだ。私は張暁《ちょうぎょう》という名の二十五歳の独身会社員であって、馬爾泰若曦《ばじたいじゃくぎ》などという名の、十三歳になる満州族の娘ではない。

十日前、会社からの帰宅途中、私は車に気づかず道路を渡った。人々の叫び声が聞こえた時はすでに遅く、空に飛ばされる感覚がしたかと思うと、トラックにひっかかっている自分の姿を見ているもう一人の自分がいた。恐怖と苦痛の中で意識が遠のき、気がつくと、寝台に横たわるこの体に入っていたのだ。

侍女によれば、私は楼台《ろうだい》の階段から落ちて一昼夜意識を失い、目覚めた時には記憶を失う〝病〟にかかっていたという。強い衝撃を受けたことが原因なので、養生すればじきに回復すると医者は言った。

少し歩くだけで額に汗がにじむ。姉の嫁入りの時に一緒にやってきた侍女の巧慧《こうけい》が横から声をかけた。「お嬢様、もう帰りましょう。昼を過ぎたとはいえ、この暑さは体に障《さわ》ります。まだ完全に回復していないのですから」

私はおとなしく応じた。「そうね。姉上の読経も終わっているだろうし」

今の私の名は馬爾泰若曦《ばじたいじゃくぎ》。そして姉だとされる人の名は馬爾泰若蘭《ばじたいじゃくらん》。姉は清朝の誉れ高き廉《れん》親王、第八皇子允禩《いんし》の側室だ。とはいえ今の時点で第八皇子は王に封《ほう》じられていないので、まだ多羅《ドロイ》貝勒《ベイレ》（清朝皇族の爵位）に過ぎず、兄であるのちの雍正《ようせい》帝の名前と字が重なることを避ける必要もないので、允禩《いんし》ではなく胤禩《いんし》と呼ぶべきだろう。

姉は、よく言えばおだやかで賢い淑女だが、悪く言えば主体性のない女性だ。一日のほとんどを読経に費やしている。この十日間で一度も夫である貝勒《ベイレ》様、つまり第八皇子が会いに来ないことからも、あまり寵愛を受けていないことが分かる。とても妹思いで、衣食住をはじめ何から何まで気を配ってくれる。このままもとの時代に戻ることができなければ、私はこの姉に頼って生きるしかない。そして第八皇子を待ち受ける運命を思うと、安心して頼ってもいられない。とはいえ、それが起こるのは何年も先なので、今から考えても仕方ない。私は心の中でため息を吐いた。

部屋へ戻ると、姉がテーブルでお菓子を食べていた。彼女は私が戻ったのを見て、責めるように言った。「こんな暑い時に出かけるなんて」

私は姉の隣に座り、笑った。「私の体なら心配いらないわ。こうして外を歩くと数日前に比べて体が軽くなったのが分かるの」

姉はしげしげと私を眺めて言った。「顔色は少しよくなったけど、暑さは体に障るし、こんな時間に外出してはだめよ」私は「分かったわ」と答えておいた。

冬雲《とううん》がたらいを運んできて、私の手を洗った。とりあえず姉には〝分かったわ〟と答えたが、言うことを聞く気はない。私は心の中でニヤリと笑った。巧慧《こうけい》が手ぬぐいで私の手を拭き、琥珀色のクリームを塗ってくれる。甘い香りがするが、それが何なのかは分からない。

手がきれいになったので、さっそくお菓子選びにとりかかる。しかし何となく奇妙な感じがして顔をあげると、姉がじっと見ている。どうしたの？　と目で聞くと、姉は笑い出した。「以前はあんなにお転婆《てんば》で、父上の言うことさえ聞かなかったのに、階段から落ちたのが幸いして、聞き分けがよくなったみたいね」

私は再びお菓子に目を転じて笑った。「もしかしてお転婆な私に戻ってほしい？」

姉は私の好きな芙蓉糕《ふようこう》を手渡しながら言った。「半年後にはお妃《きさき》選びがあるのだから、もっと礼儀作法を身につけなくちゃだめよ。お転婆はいい加減しておきなさい」

とたんに私は芙蓉糕《ふようこう》を喉《のど》に詰まらせ、咳《せ》き込んだ。姉が慌てて水を飲ませてくれ、巧慧《こうけい》が私の背中をさすり、冬雲《とううん》が手ぬぐいを取り出した。私の咳がおさまると、姉は笑った。「礼儀を身につけろと言った矢先にこれなんだから。誰もお菓子を奪ったりしないから落ち着いて食べなさい」

私は口もとを拭《ふ》きながら考えた。自分は若曦《じゃくぎ》ではないのだと説明すべきだろうか？　いや、そんなことは言えない。ならば、どうしたらいいのだろう。半年先までまだ時間があると自分に言い聞かせることしかできなかった。

ここでさりげなく姉に聞いてみる。「姉さんの話によれば、父上は西北部に駐屯《ちゅうとん》していて、私は三ヵ月前にここへ来たのよね？　まさかお妃選びに参加させるために、父上は私をここへ送ったの？」

「その通りよ。母上は早くに亡くなったし、あなたは義母に対して反抗的で、言うことを聞こうともしない。だけど私の言うことだけはよく聞くわ。だから父上は、私にあなたの教育を任せたの」

＊＊＊

ここ最近は、朝食のあとも、夕食のあとも散歩をしていた。これが私にできる唯一の運動だ。簡単なことかもしれないが、効果は抜群で、だんだん自分の体が自分に馴染《なじ》んでくるのが分かる。最初に目が覚めた時に感じた体への違和感は少しずつ減っていた。

巧慧《こうけい》をうまく言いくるめ、若曦《じゃくぎ》が落ちたとされる場所へ連れて行ってもらったことがある。もう一度上から飛び降りれば、現代に戻れるのではないかと何度も考えた。しかし戻れないどころか、取り返しのつかない大怪我をする可能性だってある。しかもその可能性のほうが高い。あの自動車事故で気を失う寸前に見た恐ろしい光景は、決して幻覚などではないし、私の魂がなぜ昔の人間の体に入ったのか、その理由だって分からない。こうなってしまった以上、とにかく今は無事でいるしかない。

巧慧《こうけい》は今日も私の散歩に付き合ってくれている。すでに二人とも歩き疲れていた。ちょうど築山の裏手に少し平らな石がある。巧慧《こうけい》はそこに手巾《しゅきん》を敷いて座れるようにしてくれた。私は彼女を引っ張って隣に座らせた。太陽が山のむこうに沈んだばかりで、石はまだ温かく、頬をなでる涼しい風が心地よい。

ふと顔を上げて空を眺めた。青い色が少しずつ暗く変化してもなお空は透き通るように輝き、手を伸ばせば届くように低い。これはまぎれもなく昔の空なのだ。かつて一度だけ、北京の霊山《れいざん》の上空に同じような感じの空を見たことがある。両親を思い出し胸が痛んだ。自分の死が悲しいのではない。子供を見送らなくてはならない両親を思うと胸が張り裂けそうになるのだ。それでも兄がいるからまだいい。兄は小さいころから両親に期待されていたし、その兄が生きていてくれることが救いだった。

感傷にひたっていると、巧慧《こうけい》が言った。「お嬢様は本当に変わりましたね」

姉にも同じことを何度も言われるので、もう慣れた。うろたえることもなく涼しい顔で空を見上げたまま答える。「どこが変わった?」

「以前はつねにしゃべるか動くかで、こんなに静かではありませんでした。父君もお嬢様のことを

〝野生の子馬〟とおっしゃっていました。姉君の若蘭様《じゃくらん》に対しても、やれ読経を少しは控えろとか、もっとおしゃれをしろなどとおっしゃっていました。若蘭様《じゃくらん》によき助言者が現れたと、私たちも喜んでいたのですが、そういったこともまったく口にしなくなりましたね」

巧慧《こうけい》のほうを向くと、彼女は目をそらして下を向いてしまった。

私は少し考えてこう言った。「姉上は今のままでいいと思うから」

巧慧《こうけい》は下を向いたまま、少し声を震わせた。「いいわけありませんよ。もう五年もこの状態ですよ。あとから輿入《こしい》れした妃には子も生まれているというのに」

何と言ってあげればいいか分からなかった。まさか第八皇子が将来は悲惨な末路をたどるから、距離を置いたほうが傷つかずにすむなんて言えない。私はため息をついた。「何かと面倒なことに関わらずにいるのもいいものよ。姉上はおだやかに暮らしているし、幸せなんじゃない？」

巧慧《こうけい》は顔を上げ、本気なのかと疑うように私を見た。「でも、お屋敷の人たちは……」

私はその言葉をさえぎった。「空を見上げてごらんなさい。この美しい空を見たら嫌なことなんか忘れられるから」

巧慧《こうけい》は戸惑うように空を見上げ、再び私を見て何か言おうとして躊躇し、また空を見上げた。

突然笑い声が響き、築山のわきから二人の若者が登場した。前を歩く人物は背が低く小太りで、うしろの人物に笑いながら大声で話しかけている。「おもしろい娘だ。まだ十三かそこらだというのに、まるで世間を知り尽くしたようなことを言う。若い娘とは思えない」

巧慧《こうけい》が即座に立ち上がり挨拶をした。「これは第九皇子、第十皇子」

こちらの世界で赤の他人に会うのが初めてだった私は一瞬戸惑ったが、巧慧《こうけい》のふるまいを見てすぐにまねをした。この時代は身分の差がはっきりしている。時代劇ドラマをよく見ていたので、彼女にならって膝を折って腰を落とし、拝礼しながらすんなりと挨拶の言葉を述べることができた。とはいえ、心の中では彼の言葉に動揺していた。そうだ、今の私は二十五歳ではなく、十三歳なのだ。


前を歩いていた少年は話すのをやめ、あごに手をやりながら私をじろじろ見ている。おそらくこれが第十皇子だろう。そして、その後ろで姿勢よく立っているのが第九皇子だ。第九皇子が静かに言った。「立つがよい」

私たちは体を起こした。康熙《こうき》帝の名だたる子息たちの中で、最初に会うのが第八皇子ではなく、歴史的に悪人とされる第九皇子と、ぼんくらと言われる第十皇子だなんて。そんなことを思いつつ、さっきの自分の言葉に不適切な内容はなかったか考えた。たぶん彼らに聞かれて問題になるようなことは言っていないはずだ。

第十皇子が笑顔で聞いた。「馬爾泰《ばじたい》家の娘か?」

「はい」

会話をさえぎるように第九皇子が言う。「行くぞ。八兄上が待っている」

第十皇子は自分の頭をたたき、私たちの前を通り過ぎながら大声で言った。「つまらないことに気を取られて、大事な用事を忘れるところだった。さっさと行こう！」

　去っていく彼らの後ろ姿を見送りながら、昔の人が下した判断に納得した。あの第十皇子はたしかにちょっと頭が弱そうだ。思わず笑いそうになった瞬間、第十皇子が振り返った。私は身を固くした。皇子をあざ笑うことはどんな罪になるのだろう。不安でいっぱいになっていた私に、第十皇子は思い切りおどけた表情をして見せた。私は我慢できずに吹き出してしまった。彼はにこっと笑うと、再び前を向き、第九皇子のうしろについて行ってしまった。

　その帰り道、巧慧《こうけい》はずっと黙っていた。さっきの出来事を気にしているのか、それとも私に何か不満があるのだろうか。もし自分の乏しい歴史の知識が合っていれば、第十皇子はいわゆる単純なタイプだ。今の出来事についても、第八皇子に包み隠さず話してしまうだろう。第八皇子がそれをどう思うかについては予想できない。しかし賢王と称されるほどの人物だから、こんなつまらない出来事をいちいち問題にはしないだろう。それでも念のため、姉に報告しておいたほうがよさそうだ。屋敷の手前まで来たところで私は少し歩調をゆるめ、巧慧《こうけい》に「私は姉上の幸せをいつも願ってるの。だから心配しなくて大丈夫よ」と言うと、さっさと中へ入った。

　姉は寝椅子で横になっていた。下女が踏み台の上にひざまずき、姉の足をトントンとたたいている。私は声を出さないようにと身振りで伝え、向かいの椅子に腰を下ろした。思わず見入ってしまうほど、姉は美しい。あごが細く、肌は白くなめらかで、明かりの下にいると玉のように輝いている。もしこの人が現代にやってきたら、少なくとも一個中隊くらいの人数のファンができるだろう。

その時、姉が目を開けた。下女に体を起こしてもらうと、腰当てを敷いて座り、微笑んだ。「帰ってきても何もしゃべらないなんて、ますます物静かになったわね。そんなに見ていたいほど私は美人かしら？」

「姉さんが美人でないなら、この世に美人などいないわ」

姉は下女が運んできた水を少し飲み、目を細めた。

私は何気ないふうに切り出した。「今、庭園で第九皇子と第十皇子に会ったの」

それ以上何も言わないでいると、姉はそばにいた下女に「若曦《じゃくぎ》にお風呂の用意をしてあげて」と命じた。

下女たちが部屋から出ていくと、私は姉のそばに座り、夕方の出来事をすべて話した。姉は何も言わず、草原の駿馬が描かれた琉璃《るり》の屏風をぼんやりと見ている。そしてしばらく経ってから口を開いた。「若曦《じゃくぎ》、あなたは本当に大人になったわ。十三歳の娘とは思えない。階段から落ちて十歳大きくなったみたい」たしかに十歳大きくなったという姉の言葉は間違っていない。

風呂の用意ができたと下女が伝えに来た。姉上は私を押しやった。「お風呂に入ってきなさい」

しかし私は姉を見つめたまま動こうとしなかった。

姉は切ない表情をした。「私のことまで気遣うなんて、大人になったわね。うれしいわ。でも私がいる限り、余計な心配などしなくていいの。道にはずれたことさえしなければ、笑おうが何をしようが自由なのよ」そう言いながら、私の耳もとの乱れた髪を直し、やさしい声でつぶやいた。

「これから宮廷に入れば……何かをしたくても……自由はきかなくなるのだから」

私の心は一気に沈んだ。小さな声で「うん」と答えると、下女と一緒に沐浴へ向かった。

＊＊＊

無礼を働いた覚えはないものの、問題が起こらないか心配だった。しかし三日が過ぎてもその気配がないので、気持ちも少しずつ落ち着いた。とにかく今後は言動に気をつけなくてはいけない。ただでさえ寵愛を受けていない姉に、私のせいで迷惑をかけることはできない。

昼寝から目覚めて姉の所へ挨拶に行くと、下女やばあやたちが嬉々としている。まわりの様子とはうらはらに、姉の表情は暗い。思わず「どうしたの？」と聞いたが、姉は何も言わずに少し笑い、すぐに暗い顔に戻ってしまった。代わりに巧慧《こうけい》が明るい声で答えた。「先ほど使いが来て、旦那様が今晩食事にいらっしゃると言うの」何と言葉を返せばよいのか分からず、私は黙って座った。姉は私が怖がっているのだと思ったようで、「緊張しなくていいのよ」と微笑み、巧慧《こうけい》に命じた。「若曦《じゃくぎ》にふさわしい服装をさせて。内輪の夕食だけど、初めて貝勒《ベイレ》様に会うことになるのだから、礼儀を欠くことはできないわ」

髪を整え、眉を描き、服を着るだけなのに、昔のやり方を知らない私は、人形にでもなったかのように、すべてを下女に任せ、この時代へ来る前に見た清朝の宮廷劇のことを考えていた。第八皇子といえば、将来雍正帝《ようせい》となる第四皇子とは犬猿の仲であり、第四皇子が皇帝の座についたあとも脅威となった人物だ。皇帝を不安にさせるなんて、どんなにすごい人なのだろう。私はアイドルにでも会うような気分になり、夕食が楽しみになってきた。

それにしても昔の女性の苦労は計り知れない。着替えが終わってみると、頭から足の先まで覆い尽くされ、粽《ちまき》にでもなったような気分だ。しかも夏の一番暑い時期に、なぜこんな格好をする必要があるのだろうか。私は椅子に腰掛けながら体をモゾモゾさせた。夕食の時間が過ぎても第八皇子はなかなか現れない。ワクワクする気持ちもしだいに失せた。私は立ち上がると、下女から扇子を奪い取り、猛烈な勢いであおぎ始めた。姉が眉をひそめる。「そんなに暑い？」

私は扇子を動かしながら言った。「これ以上待たされるなら着替えるわ。もう耐えられない」しかし言い終わるか終わらないかのタイミングで、簾が上がり、三人の人物が入ってきた。先頭の人物は二十二、三歳で、背が高く、薄い藍色の長袍《チャンパオ》に花浅葱《はなあさぎ》色の帯を結び、そこに玉佩《ぎょくはい》を下げている。顔は玉のようで、目は星のように明るい。私は心の中で密かに高評価を出した。まだ腹の底は読めないとしても、第八皇子が美男であることに間違いはない。

第八皇子は私のほうをいぶかるように見て、少し驚き、それからもとの表情に戻った。彼は口元に笑みを浮かべて姉を見た。すべての下女たちが拝礼したので、私も慌てて同じポーズをとった。困ったものだ。まだこの時代の挨拶に慣れることができない。

彼は、拝礼をする姉に手をさしのべて立たせると、「皆も立つがよい」と言い、姉に笑顔で言った。「所用で遅れてしまった。このあと九弟、十弟と話をしなくてはならないので、一緒に連れてきた。急なことで事前に伝えられず、すまない」

「お気になさらず」と姉が答える。

第八皇子、第九皇子、第十皇子が座ると、下女たちは、彼らが顔を拭き、手を洗うのを手伝った。姉は、太監に食事を運ぶよう命じるため、部屋を出ていってしまった。私はその場に立ちつくし、「姉さん、私のこと置いていかないで！」と心の中で叫んだ。第九皇子は無表情だし、第十皇子はあいかわらずやんちゃ坊主のように、ずっと私に視線を送ってくる。第八皇子は口に笑みを浮かべているが、少しお疲れのようで、うっすらと目を閉じて休んでいる。

姉が部屋に戻ってきて「食事の用意ができました」と笑顔で言うと、第八皇子は目を開いてうなずき、私を見て笑った。「君が若曦《じゃくぎ》だね？　体調がよくないと聞いていたが、もう大丈夫なのか？」

「ほとんど回復しました」私は答えた。

第八皇子が再び笑う。「病み上がりなのだから、立っていないで座りなさい」

姉のほうを見たが、とくに何も言わないので、私はすぐに座った。

食事のあいだ、第八皇子と姉はずっと笑顔で言葉を交わしている。第九皇子はひたすら黙々と食べている。私の斜め向かいに座った第十皇子は何度もこちらを見ては微笑み、食欲も絶好調のようだ。もともと私は夏に食欲が落ちるタイプだが、彼の視線攻撃のせいで、ますます食べる気が失せた。この男は女をオードブル代わりにでもしているのだろうか。

誰も見ていないすきに、恐ろしい顔で彼をにらみ返してやった。それまで楽しげに食べていた第十皇子は、突然のことに呆然とし、箸をくわえたまま固まっている。その顔がおかしくて、私は口をすぼめて笑うと下を向いて再び食べ始めた。さりげなく周囲を見ると、全員の視線が私に集中している。私は驚いてむせてしまった。第十皇子の大笑いが聞こえたが、テーブルにつかまり下を向いて咳をしながら、姉には手振りで大丈夫だと伝えた。二度とそちらを見る勇気はなかった。その後は何事もなかったかのように水を飲み、食事を続けたが、本当は顔から火が出そうだった。

食事が終わると、第八皇子は少し休み、それから第九、第十皇子とともに席を立った。

ばあやが尋ねる。「お泊まりの準備は？」

第八皇子は淡々と「その必要はない」と答えた。

彼らが帰ってしまうと、私は喜びのあまり飛び上がり、一刻も早く着替えさせてくれと巧慧《こうけい》に頼んだ。姉は扇子で私をあおぎながら「私たちはみんな平気なのに、若曦《じゃくぎ》だけどうしてこんなに暑がりなのかしら」と言った。

私はおどけるように笑って見せ、何も答えなかった。粽のように服を着るのに慣れている人たちはいいが、私の場合、夏はいつも肩ひものワンピースだけなのだ。

彼らが帰ってしまうと、私も姉もすっかりリラックスしたが、下女たちはどことなく気落ちしている。その理由も分からなくもないが、姉本人が気にしていないので、私も気にするのをやめた。

第二章
かつての君はもういない

湖のほとりにある大きな木の下で、私は宋詞を読んでいた。昔から好きでたくさん暗記していたので、記憶と照らし合わせれば、この時代の字を覚えられると思い、昨日、姉に本を頼んでおいたのだ。

十六年も学業に励み、インテリ女性を自認する私だが、ひょんなことから、この時代の字がほとんど読めないことに気づいた。

先日、いつも書簡の読み上げを担当している太監が不在だったので、私が姉あての手紙を読んであげることにした。ところが読み始めると半分も分からない。「何々が、何々で……」と読み上げる私の様子に、姉は寝椅子の上で笑いくずれた。「自分から読ませてくれなんて言うから、しばらく会わないうちに勉強でもしたのかと思ったわ。じつは知らない字を〝何々〟で誤魔化すことを学んだだけなのね」この時、汚名返上のためにも、この時代の知的な女性になろうと決意したのだ。

それにしても自分が情けない。幸運にも身分の高いお嬢様の体に入れたから、こうして着るものや食べるものにも困らないが、もし違う体に入っていたら、とっくに飢え死にしていただろう。

本を読むのにも疲れ、まわりの景色を見ていたら、急につまらなくなってきた。草むらのアリにふと目が止まる。子供のころ、アリの巣を掘り返したことを思い出し、アリと遊びたくなった。小枝を拾い、アリの行く手をさえぎってみる。アリが別の方向に進むと、また邪魔をし、また進もうとすると邪魔をする。

一人で夢中になっていると、耳元にフウフウという息づかいが聞こえてきた。見れば第十皇子が隣にしゃがんでアリを見ているではないか。さらにその隣に靴が見えたので視線を上に転じると、第八皇子の無表情な視線とぶつかった。私は慌てて立ち上がり拝礼をした。

第十皇子も立ち上がり、小ばかにしたように笑った。「楽しそうにしているから何かと思えば。ばかばかしい！　期待したのが間違いだった」

第八皇子の手前、ケンカを売るのはやめた。そもそも、こんな小僧に期待されても、うれしくも何ともない。

第八皇子が微笑む。「宋詞を読んでいるのか」

地面に投げ出された本を見ながら私は「はい」と答えた。

第十皇子が口をはさむ。「アリを見ていただけだ。本は見栄を張るための道具だろ」

私は第十皇子のほうを見た。たかだか十七、八歳の分際で偉そうに。私は言ってやった。「〝一輪の花は一つの世界、一本の木は菩提《ぼだい》である〟という言葉をご存じですか？　私が見ているのはアリであって、アリではないのです」

第十皇子はポカンとしながら、第八皇子のほうを見た。

第八皇子はうなずきながら「十弟、お前ももっと勉強しろ」と言うと、私に微笑んだ。「経を読むのか？」

「姉上がよく唱えているのを聞くだけです」

彼は微笑みながら湖に目を転じ、少し間を置いて言った。「たしかによく唱えているな」

私はその微笑みの真意が分からず、こう答えた。「ただ、心の平安を望むからでしょう」

彼は何も答えず、湖を見ていた。

会話に入れないことがつまらないのか、第十皇子が本を拾い上げて尋ねる。「この字、全部知ってるのか？」

その挑戦的な目を見たとたん、知らないとは言えなくなった。「知ってるわよ……でも、まだ知り合ったばかりだから、今はお互いを理解し合っているところなの」第十皇子が爆笑する。自分でもつまらないことを口走ったと後悔した。

第八皇子が聞く。「どうやって文字を読み解くのだ？」

私は口から出まかせに答えた。「推測するのです」

第十皇子が笑う。「推測だって？　それで済むなら先生もいらないし、解釈も好き勝手というわけだ」

第八皇子は笑いながら頭を振ると「もう行こう」と言い、先に歩き出した。

第十皇子は私に向かって本を放り投げると、第八皇子のあとを追ったが、突然立ち止まった。

「これから外の庭園へ乗馬に行くんだが、一緒に行くか？」

胸が高鳴った。この時代に来て、まだ外に出たことがない。尻尾を振ってついて行きそうになる気持ちを抑えて聞く。「行っても大丈夫かしら。姉上には何と言えば？」

「大丈夫に決まってるだろう。君のために扱いやすい老馬を用意してやるさ。速く走らなければ大丈夫なんだろ？　姉君のことは私の知ったことではない」

その偉そうな態度に、思わず嫌みを言いたくなったが、せっかく外に出られるチャンスを失いたくないので、忍の一字で耐えた。

私は遅れを取るまいと小走りで彼についていった。ふと思いついたようなふりをして「貝勒《ベイレ》様が言ってくだされば姉上も許してくれると思うんだけど」と言ってみた。

第十皇子はちらっと私を見て言った。「だったら自分で八兄上に頼めばいいだろ」

激しい苛立ちに、自分の歯ぎしりが聞こえてくるかと思った。こいつは人の気持ちを察することができないのだろうか。「誘ったのはあなたよ。最後まで責任もってくれないなら、行かないわ」

彼が勝手にしろという顔をしたので、私は回れ右をして帰ろうとした。彼が慌てて私を引っぱる。「分かった、分かった！　私が言ってやる。それでいいだろう？」

私はにっこり笑うと彼の手を払いのけ、再び早足で歩いた。

私と第十皇子が一緒にやってくるのを見て、第八皇子が驚く。第十皇子が説明をした。「八兄上、この娘が退屈そうなので一緒に連れて行こうと思うんだ」

第八皇子は「連れて行けばいいさ」と笑った。

門に到着すると、若い下男たちがやってきて「馬車の準備ができております」と言った。

第八皇子が先頭を切って馬車に乗り込む。続いて第十皇子が軽々と飛び乗る。そこへ一人の若い下男がやってきて、地面に両手をつき、私の踏み台になってくれた。馬車はそれほど高いわけでもなく、本来なら軽々と乗れるはずだった。しかし粽《ちまき》のように重ね着をしているせいで力が入らず、どうしても助けが必要だった。しかし踏み台になってくれた下男は十二、三歳で、まだ幼い顔をしている。とてもではないが、その背中を踏む気にはなれない。

馬車の中から第十皇子が叫ぶ。「何をぐずぐずしているんだ」

第八皇子が私の気持ちを察し、少し意外だという顔をしながら、手を差し伸べてくれた。私はほっとして、若い下男を下がらせると、その手を取って馬車に乗り込んだ。

第十皇子は「いちいち面倒くさいな」と文句を言いながらも、私を隣に座らせようと奥につめた。

窓辺にもたれて外を見た。道の両側に店が並び、行き交う人々でにぎやかだ。馬車が近づくとみんなが道のわきに下がるので、いくら人が多くても、馬車は速度を落とすことなく進む。それを見て思わず「えっ?」と声をあげたが、少し考えて納得し、頭を振った。

第十皇子が窓から乗り出して後方を確かめるように見て聞いた。「今、何を見ていた?」

私は笑って「教えないわ」と言うと、再び窓の外を見た。

第十皇子がじれったそうに聞く。「何を見て〝えっ?〟なんて声をあげたんだよ」

前を向いたまま取り合わないでいると、ぐいぐいと押してくる。鬱陶しいので「教えてもいいけど、何か見返りは?」と言ってやった。

「こんなことに見返りを求めるのか!」

「当然でしょう。私が見つけた面白いものを教えてあげるのよ。講談を聞いたらお金を払うのと同じよ」

彼は窓にかかる布をあげて再び外を見た。そして何かを私の手に押しつけ、「これで教えてくれ」と言った。見ると銀票《ぎんぴょう》（兌換券の一種）だった。

私は「ふんっ!」と鼻で笑って突き返した。

「だったら、どんな見返りが欲しいんだ?」

からかっただけで、別に何か欲しいわけではない。その時、突然『倚天屠龍記』（金庸の武侠小説）を思い出して言った。「すぐには思いつかないから、いつか私の頼み事を聞いてちょうだい」戸惑う彼を見て、私はこう付け加えた。「無理難題を押しつけたりしないわ。私のような小娘の願いなど皇子にとっては何でもないはずよ」

第十皇子は最初渋っていたが、「よし! 分かった」と応じた。

私は手をたたいた。「約束は忘れないでね。ちゃんと証人もいるんだから」

ずっと目を閉じて休んでいた第八皇子がこちらを見て笑った。「分かった。では私も話を聞こう」

私は軽く咳払いした。「街にはたくさんの人がいるけれど、馬車は順調に進んでいける。それは、遠くに馬車が見えたとたん、人々がどんどん道を空けるからよ。だけど貝勒《ベイレ》の旦那様が乗っていることなど、馬車のどこにも書いていないわ。それなのにどうして人々が道を空けるのか不思議に思って、〝えっ？〟と声をあげてしまったの」

「だったら、そのあとで頭を振ったのはなぜだ？」

「そもそもこんな馬車に普通の人が乗れるわけがない。しかもここは皇帝のお膝元。だから馬車にどんな人が乗ってるのかは見当がつく。道を空けておけば間違いがないと誰もが考えるのは当然よ。私が頭を振ったのは、今の自分がキツネだと思ったからよ」

「キツネ？」第十皇子が不思議そうに私を見て、それから第八皇子のほうを見た。

第八皇子が笑う。「つまり〝虎の威を借る狐〟のキツネか」

なるほど！　と笑おうとした第十皇子が、ふと我に返る。「それだけか。そんな話を聞かせるのに、大清国の皇子たる私に見返りを求めたのか」

私は思わず下を向いて笑った。第八皇子も笑った。その笑顔はさっきまでの笑顔とはどこか違う。いったい何が違うのだろう。そう考えていると、第八皇子がこちらを見た。身分の低い者は貴人と視線を合わせてはいけない。私はそんな礼儀さえ忘れて第八皇子を見つめてしまった。しかし黙って視線を合わせるうちに、その迫力に私のほうが耐えられなくなり、下を向いた。やはりこの人は並大抵ではない。クラスの男子なら、私のにらみで全員震え上がったのに。

庭園に着くと、第十皇子が私のための馬を選ぶよう馬夫に命じた。「それはだめだ！　だめ！　大きすぎる」「だめだ！　若すぎて落ち着きがない」うるさい要求に、命じられた馬夫も困り果て、額に汗をかいている。

見かねた第八皇子が言った。「玲瓏《れいろう》を連れてこい」

馬夫はほっとしたように、額の汗をぬぐい、走っていった。

馬屋の横に、もう一つ小さな馬屋があり、一頭の馬がのんびりと草を食べている。黒光りする体で、額にひとすじの白い毛がある美しい馬だ。どれだけ貴重な馬なのかは知らないが、特別室を与えられるほどの名馬なのだ。

第十皇子が笑った。「運がいいな。兄上が玲瓏《れいろう》に乗せてくれるなんて」

私も微笑んだが、笑顔がひきつりそうだった。興味津々でここまで来たが、いざ馬と対面すると、ひづめで腹を蹴られる映像しか頭に浮かばない。恐る恐る玲瓏《れいろう》に近づいてみたが、五歩手前の距離で私は動けなくなった。

第十皇子が叫ぶ。「早く乗れよ」

「自分こそさっさと自分の馬に乗れば？　私のことは放っといてよ」と返したが、彼はその場で、私が乗るのをじっと待っている。

第八皇子はすでに馬に乗って庭園を走っていたが、私たちがまだ馬屋のそばにいるのでいったん引き返し、「いつまでも見ていないで、さっさと乗りなさい」と微笑んだ。

「乗れないのです」私は愛想笑いを浮かべた。

そんな言葉を予想だにしなかったというように第八皇子が驚く。私は身じろぎもできなくなった。もしかして、この体のもとの持ち主は馬に乗れたのだろうか。だとしたら、どうやって言い訳をしよう。そう考えているうちに、第八皇子の表情から驚きが消え、いつの間にかぼんやりと遠くを見つめていた。

第十皇子はといえば、馬の上で腹を抱えて笑っている。「いつもは威勢がいいくせに、馬にも乗れないのか。満州族の娘だろ？　父君はどんな教育をしていたんだ？」

そのひと言で頭に血が上り、私は馬から離れた。そもそも私は満州族の人間じゃない。馬に乗れなくてどこが悪い！

第八皇子がこちらを見た。「乗れなくてもかまわないし、もし乗りたければ、誰かに引かせればいい」彼はそう言うなり、鞭《むち》を振り上げ、稲妻のごとく走り去ってしまった。細くしなやかな体とは裏腹に、力強さと剛毅を感じさせる後ろ姿だ。

第十皇子は馬からおりて馬夫に馬を引くよう命じると、私が玲瓏《れいろう》の背に乗るのを手伝ってくれた。めずらしい気遣いに感激してお礼を言おうとすると、彼はさっさと自分の馬にまたがり、玲瓏《れいろう》を見ながら残念そうにため息をついた。「もったいないな。せっかくの駿馬にこんなヤツが乗るなんて」

私はお礼の言葉を即座に飲み込み、彼が手綱をしっかり握っていることを確認したうえで、彼の馬を思い切り鞭で打ってやった。馬の急発進に、彼は大声をあげ、馬の背でふらふらと体を揺らしている。だが心配する必要はない。何しろ彼らは馬の背に乗って天下を取った民族なのだ。これしきのことは何でもない。

思ったとおり、彼は馬を御しながらこちらを振り返り、私をののしる余裕まであった。私は腹を抱えて笑い、おどけた顔をしてやった。子供のくせに、私の前でいい気になるから悪いのだ。

騒ぎを遠くで聞きつけた第八皇子は馬を走らせたままこちらを見ていた。その表情はよく見えない。ただ、風に彼の長袍《チャンパオ》がゆれていた。

帰り道、私は上機嫌だった。ちゃんと馬に乗れたわけではないが、外に出られたことで気分がよかった。第十皇子と私は冗談ばかり言い合っていたが、第八皇子はお疲れのようで、目を閉じたまま休んでいた。窓に掛かる布のすき間から差し込む夕日が彼の顔を照らし、宝石のように輝かせた。私とはあまりに違う。この人は財産にも容姿にも恵まれ、人生すべてが思いどおりなのだ。

屋敷に戻ると、私は興奮気味に、馬に乗ったことを姉に話した。そして本当の若曦《じゃくぎ》も馬に乗れなかったことを姉から聞き出し、心底ほっとした。

事前に第八皇子が召し使いを寄越し、乗馬に出かけた件が伝わっていたので、姉からのお咎めはなかった。しかしなぜか姉の表情は暗い。二人の皇子と一緒に出かけたのだから問題など起こるはずもないし、姉もその点を気にしているわけではなさそうだ。〝馬に乗った〟という言葉を聞いたあたりから表情が暗くなったのだ。もしかしたら娘が馬に乗るのは行儀が悪いと思っているのだろうか。それとも怪我の心配でもしたのだろうか。

＊＊＊

その後、第十皇子はしょっちゅう私に会いにくるようになった。

この時代のインテリを目指し、私は筆で字を書く練習を始めたのだが、第十皇子にはさんざんバカにされて、何度笑われたか分からない。とはいえ、今の私は真っ赤になって怒ることもなく、平然とそれを受け流せるまでになっていた。

と言いつつ、彼に対してはどんな些細なことでも報復するのが私の信条だ。ある時、絶対に書けそうもない難しい漢字の書き方をわざと質問し、答えられない彼をあざ笑うことで復讐を終えた。

この時期、私にとって大きな収穫があったとすれば、それは第十皇子とケンカ友達になれたことだ。巧慧《こうけい》曰く。「第十皇子はお嬢様にいじめてもらえない日が続くと、ご機嫌が悪くなります」

あの小僧が私と争うつもりなのかと思うと、ちょっと微笑ましい。しかし、それまで彼に対して持っていた、間抜けな男というイメージはなくなった。さっぱりとした性格で、インテリぶらず、後先を考えず、時には決まりさえ破る、まるで現代の友達のようだ。腹を探り合う必要もなく、喜怒哀楽を素直に出すので、何でも話せる。

机にかじりついて字の練習をしていた私は、集中力が途切れ、筆を置いた。簾の向こうをそっとのぞくと、若い太監と話す姉が見えた。姉が拒否するように手を振り、太監が下がっていく。

私は姉のそばへ行き、下女にお茶を頼んだ。姉が言った。「今晩、貝勒《ベイレ》様が一緒に食事をされるわ」

私はお茶を一口飲んでから聞いた。「第十皇子も来るかしら？」

「さあ、どうかしら」

しばらく黙っていた姉は、下女たちを下がらせ、私のとなりに座った。

少し様子がおかしかったが、姉から話し出すまでおとなしく待とうと思った。姉は私を見つめて何か言おうとしたが、やめてしまった。我慢できなくなった私は「姉さん、妹の私には何でも話して」と言った。

姉はうなずくと決心したように切り出した。「第十皇子のことをどう思ってるの？」

「えっ？」私は驚いた。「何を言ってるの？　ただの遊び友達よ」

私の言葉に嘘がないと分かると、姉はほっとため息をつき「よかったわ」と言い、それから真面目な表情になった。「私たち満州人は、漢人ほど決まりにしばられてはいないけど、あなたも若い娘としての分をわきまえなさいね」

男性と話したり遊んだりしただけで、あるまじきことをしたように言われるのにはカチンと来たが、姉の態度が、以前恋愛について私に説教を垂れた高校の先生にそっくりだったのがおかしかった。

第八皇子がやってきた時、私はちょうど庭で巧慧《こうけい》と羽根蹴りをしていた。蹴り上げ回数が自己最高記録の四十回を超えようとしていたので、彼の姿が見えたにもかかわらず、気づかないふりをして続けていた。使用人たちが拝礼をする中、第八皇子は声を上げぬよう手振りで示した。全員が私の羽根蹴りを黙って見ている。

四十五、四十六、四十七……。

異様に静まった空気に耐えられず、私は蹴るのをやめた。そしてたった今第八皇子の存在に気づいたかのように慌てたそぶりで拝礼をした。

第八皇子が笑った。「じつにうまい」

私は微笑みを返したが、なんとわざとらしいお世辞かと思った。ここにいる侍女なんか、体のどこを使ってでも羽根蹴りができるというのに、私は右足しか使えないのだ。どこがうまいと言うのだ。

使用人が簾を上げると、第八皇子は中へ入っていった。私はそのあとを追いながら、巧慧《こうけい》のほうを振り返り「四十七回だから覚えておいて！」と言った。中では、ちょうど姉がうつむいて第八皇子の袖をたくしあげているところだった。私はどうしていいか分からず、ただぼんやりと二人を見ていた。

姉が私の視線に気づき、顔を赤らめて言った。「そこで何をしてるの？」

不自然に立っていた自分が恥ずかしく、顔をそむけて言った。「何をすればいいのか分からないから、ここに立っていたの」

第八皇子が笑う。「こんなに椅子があるのに、何を迷う必要がある」

座れと言われたのだと思った私は、慌てて腰掛けた。すると姉が言う。「あなたも汚れを落として食事の準備をしなさい」


食事を終えて口をすすぎ、テーブルが片付けられると、侍女たちがお茶を運んできた。前回はさっさと帰ってしまった第八皇子も、今日はのんびりしている。もしかすると今晩はここに泊まるのだろうか。そんなことを考えていると、第八皇子がおもむろに口を開いた。「もうすぐ十弟の十七歳の誕生日だ。大きな節目の誕生日というわけではないので、宮中で祝宴を開くことはないが、兄弟で楽しむ機会になればと思っている。十弟はまだ自分の屋敷も持たぬゆえ、ここで宴を開こうと思うのだが」

姉は少し考えて「私は宴を取り仕切った経験がありませんので、正室にお願いするのがよいかと」と答えた。第八皇子はお茶を一口飲んで言った。「正室は身重であるし、ここで祝うことは第十皇子の希望でもあるのだ」

姉は私をちらっと見てから「では私が準備いたします」と応じた。

第八皇子はおだやかに言った。「内輪の祝宴だから、そんなに気を遣う必要はない。皆で楽しめればいい」

「皇太子殿下もおいでになりますか？」姉が聞いた。

「もちろん招待状は出すが、来るかどうかは分からない」

姉はうなずくと、そのまま黙った。

姉は下を向いて沈黙し、第八皇子も前を向いたまま何も話さない。私は茶器を手に取ったが、見るとお茶がなくなっていたので、そのまま下に置いた。侍女がお湯を注ごうとやってきたが、私は手を振り、侍女を下がらせた。息が詰まりそうになる。私は立ち上がると、とってつけたように言った。「貝勒《ベイレ》様、ご用がなければ、私は先に失礼いたします」

第八皇子が応じるように手を上げようとした時、姉が慌てて言った。「まだ寝るには早いわ」

私は笑った。「まだ寝ません。部屋で習字をします」

姉があせりを見せる。「食べたばかりで習字など始めたら、あとで胃が痛くなるわよ」

どうやら退散させてもらえそうにないので、私は作り笑いを浮かべて座り、侍女に手招きしてお湯を注がせた。そんな私たちを見ながら第八皇子は微かな笑みを浮かべている。

私でさえ姉の真意が分かるのだから、鋭い彼が気づかぬはずがない。どうすればいいのか分からないが、とりあえず待つしかなさそうだ。

沈黙。沈黙。ひたすら続く沈黙。

この二人に比べて修行の足りない私がこんな沈黙に耐えられるわけがない。私は立ち上がって言った。「囲碁か将棋でもしませんか？」

姉は首を振った。「できないわ」

第八皇子はうなずくと、そばにいた侍女に「囲碁の用意を」と命じた。

私は慌てて叫んだ。「囲碁はできないので、将棋はいかがでしょう」

第八皇子が首を振った。「できない」

私は「ああ……」と声をあげると、なすすべもなく椅子に座り込んだ。


沈黙。そしてまた沈黙。とにかく沈黙。

ダイヤモンドゲーム、軍隊将棋、トランプ、将兵と賊ゲーム、仙剣奇情……どう考えても、今の私を助けてくれるものはない。


「では囲碁をやりましょう！」

「君はできないと言ったはずだ」第八皇子が言った。

「今ここで覚えます。あなたも初めての時は覚えたはずよ」

「若曦《じゃくぎ》！」姉がたしなめた。何とつまらない世界だ。ここでは身分の高い相手には、これしきの軽口も許されないのだ。

だんだん第八皇子の微笑が本物の笑顔へと変わった。「いいだろう！」私はぼんやりと馬車の中で見た彼の笑顔を思い出した。そうだ、あの時の笑顔がいつもと違うと感じた理由はこの目だ。あの時も目が笑っていた。そしていつもの微笑は目が笑っていないのだ。

今、彼の目は笑っている。私はうれしくなって微笑み返した。

第八皇子はルールをざっと説明すると、私を先攻の白にし、指導しながら打った。

小さい頃から見栄っ張りで、高尚な趣味を一通りこなす才女を目指していたので、じつは囲碁にも手を出したことがある。しかし高校に入って勉強が忙しくなったこともあり、すぐに興味が失せ、頭を酷使する囲碁をやめて、マスターしやすいトランプに転向した。

囲碁の〝辺は角に如かず〟という言葉を思い出し、角に石を置いてみた。姉は私の横に座って見ている。本当はできるだけ姉に覚えさせようと思ったのだが、あまり乗り気ではないので、自分の勝負に集中することにした。

しばらくすると、碁盤の上は黒い山河で覆いつくされた。私は不平を言った。「貝勒《ベイレ》様は負けてくれないのですか？」

「これでも十分手加減している」

私は泣きそうなった。「それでこの結果なら、まともには闘えない……」

「まだ続けるか？」

「続けます！」こうなったら、少しでも挽回したいところだ。中央の部分は捨て、二つの角を守ろう。私は昔の記憶を必死に呼び戻した。それが功を奏したのか、それとも彼が譲ってくれたのか、二つの角を死守した。

第八皇子が碁盤を見ながら聞いた。「少しは経験があったのか？」

「以前、人が打つのを見ていたことはあります。見込みがありますか？」

彼はからかうように私を見た。「思い切りのよさだけはある。無意味なことに固執しないのも、なかなかいい」

私はにっこり笑った。


もうすっかり遅い時間だ。この様子なら第八皇子は今晩ここに泊まるのだろう。私は席を立った。「私はこれにて失礼します」

第八皇子がうなずき、姉ももう私を止める理由がないと観念したのか、立ち上がって沐浴の準備を侍女に命じた。私は挨拶をすると、速やかに退散した。


ぐっすり眠って目を覚ますと、すでに空は明るかった。貝勒《ベイレ》様はすでに朝議に行かれただろうか。下女に付き添われて洗面を済ませ、支度を整え、姉のもとへ挨拶に行った。

部屋に入ると、姉がぼんやりと窓の外を見ていた。私は並んで座り、昨夜のことを思い出して少し気持ちが沈んだ。

しばらくの沈黙のあと、姉が外を見たまま聞く。「何を考えているの？」

私は姉のそばへ寄ると、腕を引っ張った。「姉さんは何を考えているの？」

姉はただ窓の外を見ながらゆっくりと答えた。「何も」

二人ともしばらく黙ったままだった。私は姉の肩に顔を寄せて、一緒に窓の外を見た。

そうして長い間座っていると、姉が気持ちを奮い起こすようにして笑った。「仏堂へ行くから、あなたは遊びにでも行きなさい。部屋にこもっていてはだめよ」

私はうなずくと、巧慧《こうけい》を呼んで一緒に出かけることにした。彼女は姉が輿入れの時に実家からついてきた侍女なので、姉のことなら何でも知っている。今日こそ姉の秘密を聞き出してやろうと思った。

少し水を向けただけで、巧慧《こうけい》はすべてを白状した。以前に比べて大人になった私を信頼して話したのかもしれないし、本当は私から姉に忠告をしてほしいという思いもあったのかもしれない。

「若蘭《じゃくらん》様はこちらに嫁がれる前、旦那様、つまりお父上の部下であった下士官と親密でいらっしゃいました。馬術もその方に習われたのです。その方は漢族でしたが、馬術の腕の高さは軍営でも有名でした。そんな時、貝勒《ベイレ》様への輿入れが決まったのです。結婚まですべてが順調に運びましたが、若蘭《じゃくらん》様は笑顔を失いました。三ヵ月後、子を身ごもったのですが、ちょうどその頃、北方よりその下士官が亡くなったとの知らせが入り、若蘭《じゃくらん》様は気を失われ、その後、数日は気丈に耐えておられたのですがそのまま病気になり、お子も失いました。回復後もずっと体調がすぐれませんし、毎日のように読経を続け、心を閉ざすようになりました。正室は若蘭《じゃくらん》様の二年後に嫁いでこられたのにすでにご懐妊されています。一方、若蘭《じゃくらん》様はいまだに……」

私は腹を立てて聞いた。「姉上は父上に抵抗しなかったの？」

巧慧《こうけい》は苦笑した。「もちろん抵抗されましたよ。書斎の前に三日三晩ひざまずいておられました。しかし皇子との結婚は断れないと言って、旦那様は取り合いませんでした。この婚姻に逆らえば一族が命を差し出すはめになりますからね」

「貝勒《ベイレ》様はそのことをご存じなの？」

巧慧《こうけい》はきっぱりと言った。「もちろんご存じではありません。お父上はすべてを秘密にしておられます。事実を知るのは、お父上と若蘭《じゃくらん》様、そして私だけです」

ふと、私が馬に乗れないと知った時の、あの第八皇子の表情を思い出した。恐らく彼は事実を知っているに違いないと直感した。

その夜は何度も目を覚ました。見る夢は万里の草原、そして激しい西風に胡馬《こば》のいななきばかりだった。朝目覚めると、姉はすでに仏堂で経を読んでいた。その小さな堂を見ながら、夢で見た果てしない大地を思い浮かべ、心が沈んだ。私は宋詞を引っ張り出すと、庭へ散歩に出た。

小高い山の中腹に、美しいあづまやがある。三方を青竹に囲まれ、一方は曲がりくねった長い回廊が下まで続いている。私は中に入ると、回廊側に背を向け、茂った竹が見えるように座った。片肘で頭を支え、もう片方の手に本を持ち、適当なページを開いて読みはじめた。

再び閶門《しょうもん》を訪れてもすべてが馴染まず
かつて隣にいた君はもういない
私は霜に打たれた半死の梧桐《あおぎり》
老いて伴侶を失う　鴛《おしどり》
野の草に宿る露は消えやすく

ただ古き棲《すみか》と君眠る地をさまよう……


姉のことを思うと、いくらも読まないうちにぼんやりしてしまった。

突然、持っていた本を奪われたかと思うと、楽しげな声が響いた。「人が来ても気づかないなんて、いったい何を読んでるんだ？」

驚いて飛び上がると、第十皇子がこちらを見ていた。人を驚かせて喜んだのも束の間、涙ぐむ私を見て、顔をこわばらせている。その隣にいた第九皇子と、さらにもう一人の十四、五歳の青年も驚いている。

私は体をかがめて拝礼すると、何もなかったかのように涼しい顔をあげた。第十皇子はまだ呆然としている。第九皇子が私に紹介してくれた。「こいつは第十四皇子だ」

この人が第十四皇子なのね！　康煕《こうき》帝の息子の中で唯一の大将軍だ。ずっと会いたかった人物だというのに、泣き顔を見られるなんてタイミングが悪すぎる。私は黙って挨拶をした。

私のせいでみんなが沈黙している。第十皇子の表情が少しほぐれたのを見はからって尋ねた。

「第十皇子はなぜここに？」

「八兄上に会いにいくところだ。遠くから君の姿が見えたから、何をしてるのかと思って来てみたのさ」

彼はそう言うと私の顔をのぞき込んだ。「誰にいじめられたんだ？」

私はさらっと笑った。「私の姉は貝勒《ベイレ》府の側室なのよ。いじめられるわけないでしょう？」

第十皇子は丸めた本でかたわらにある石のテーブルをたたきながら何か言おうとしたが、第九皇子がさえぎった。「行くぞ。八兄上が待ってる」

第十皇子は心配げに私を見ながら本をテーブルに置くと去っていった。第九皇子がそのあとを追っていく。残った第十四皇子がニヤニヤしながらテーブルに置かれた本を見て聞いた。「いくつだ？」

私は少しいぶかるように答えた。「十三歳です」

彼は笑顔でうなずくと去っていった。

彼らの姿が小さくなるまで見送ると、私は本を手に屋敷へ戻った。


心はひどく重かったが、それでも毎日が過ぎていった。

ここ数日、姉は祝宴の準備で忙しそうにしている。気を遣う必要はないと第八皇子は言ったが、十人以上の皇子と、さらに皇太子まで来るのだ。気を遣わないわけにはいかない。手伝えることもない私は、楽と言えば楽だが、気持ちがふさぎ、どこにも行く気がせず、一日中家の中であれこれ考え事をするだけだった。姉のことを憂い、自分のことを憂い、この先に待ちかまえるお妃選びを考えて途方に暮れた。歴史の大きな流れは知っていても、自分自身の運命は他人の手にゆだねられ、どうにもならないのだ。

冬雲《とううん》が白きくらげのスープを運んできた。「お体が悪い時は、どんなに止めてもお出かけになったのに、回復された途端にごろごろされてばかりですね」

私は起き上がり、テーブルのそばに座るとスープを飲んだ。憂いは食べてまぎらわすしかない。

冬雲《とううん》が言った。「明日の夜は第十皇子の誕生祝いです。贈り物は用意されましたか？」

私としたことが、すっかり忘れていた。何を贈ればいいのだろう？

困っている私を見て姉が笑った。「もう私が用意しておいたわよ」

そんなことでいいのか？　第十皇子は私がこの世界に来てはじめて友達になった人だ。普通に高価な品物を贈るだけでは私の思いが伝わらない。

頭を悩ませながら、ふと思った。こんなことで悩めるのは幸せだ。それにこの悩みだって、本当に苦しい悩みというわけではない。明日の祝宴だって楽しめばいい。歴史上のオールスターが勢揃いするのだから。

第三章
少年は憂いの味を知らず

翌朝、早く起きた私は冬雲《とううん》に命じて、いつも以上におしゃれをさせてもらった。見栄のためではなく、ちょっとしたお遊びだ。

数ある服や装身具を一つ一つを広げると、寝台、テーブル、床が埋め尽くされた。支度は早朝から午後までかかった。とくに冬雲《とううん》がまつげやまぶたの化粧にひどく時間をかけたので、途中で私のほうが挫折しそうになった。この時代の化粧品は私の使っていたものに比べ、ろくなものがない。それでも私の辛抱強い説明と、冬雲《とううん》のテクニックと、馬爾泰《ばじたい》若曦《じゃくぎ》の土台のよさで、誰もが驚くほどの仕上がりになった。

巧慧《こうけい》は私を見てため息をもらした。「若曦《じゃくぎ》様は本当に立派なお嬢様になられましたね」

私が恥じらうようにうつむいて奥ゆかしく微笑むと、彼女は大声で叫んだ。「何だか信じられない！　本当に若曦《じゃくぎ》様ですか？」

私は顔をあげ、まばたきをしておどけて見せた。「どう？　驚いた？」

「やっぱり若曦《じゃくぎ》様だ」巧慧《こうけい》が笑う。

日が西に沈むころ、姉が出迎えのために寄越した太監が到着した。私は太監に先導されながら、二人の侍女を従え、しずしずと歩いた。

すでに立秋を迎え、昼間は暑くても夕方は過ごしやすい。姉が宴の場所に選んだのは、湖のほとりだった。湖上に舞台が設置され、湖面からのそよ風が水辺に咲くキンモクセイのほのかな香りを運んでくる。

姉は湖畔の楼台で芝居の演目表をチェックしていた。彼女は顔をあげると、驚いたように私を上から下まで眺めて微笑んだ。「美人画にも負けないわね」

「姉さんは私を褒めてるの？　それとも自分を褒めてるの？　私たちは似ているのよ」

「また減らず口を」

「まだ誰も来てないの？」

「さっき使いの者が来て、貝勒《ベイレ》様は第九皇子たちと一緒にこちらに向かっていると言っていたから、そろそろ到着するでしょう」そう言ったとたんに、遠くに人影が見えた。姉が立ち上がり出迎えのために外に出たので、私もそのうしろをついていった。姉は前を向いたまま言った。「隣を歩いているのが第十一皇子と第十二皇子。会うのは初めてよね？」

一行が到着すると、姉が前へ進み出て拝礼した。私もあとに続く。顔を上げると、第八、第九、第十皇子がいつもと違う私を見て驚いている。当然のことながら、お初におめにかかる第十一、十二皇子は驚いたりしない。

一行が楼台へ入り、席に着く。私は姉のそばに立った。第八皇子が笑顔で言う。「今夜は楽しむことが目的だ。決まりにはこだわらず、座りなさい」私は姉のうしろの席についた。

第十一皇子が口を開いた。「この前は十三弟に逃げられたからな。今日は絶対逃がさないぞ」

第十皇子が興奮ぎみに言う。「今日はあいつが相手だ」

第八皇子が笑う。「命知らずの十三弟に、酒で勝てるわけがないだろう」

みんなが笑う。

このころはまだ皇太子の地位も不動で、兄弟間の争いもなく、とてもいい関係なのだ。


若い太監が外から中をうかがっている。気づいた姉が席を立ち、第八皇子に言った。「奥方様たちが到着されたようなので、行って参ります」第八皇子がうなずく。

姉は私をともなって外へ出た。彼らが何をしゃべっているのかは知らないが、第十皇子の騒ぐ声と、みんなの笑い声が外まで響いていた。私は心の中でため息をついた。できることならこの先の歴史など知らないで、彼らと大笑いをしたかった。


楼台は南北に一棟ずつあり、南は皇子らが、北は女性たちが休息する場所だ。姉は客の相手があるので、私と巧慧《こうけい》だけが先に北の楼台へ行き、観劇の時間まで休むことにした。北の楼台では、十四、五歳かと思われる美しい娘が二人、おしゃべりをしていた。物音に気づいた彼女たちが私のほうを見る。淡い緑の服を着た娘がなめるように私を見ると、唇を曲げてにらんだ。

巧慧《こうけい》が前へ進み出て拝礼したが、彼女は無視をしておしゃべりを続けた。もう一人がかわいそうに思ったのか、「もうよい」と言って巧慧《こうけい》を立たせる。

何か恨まれるようなことでもしただろうかと思いながら、二階へ行き、窓辺の椅子に腰を下ろし、巧慧《こうけい》に聞いた。「今のはいったい何なの？」

巧慧《こうけい》は少しかがみ、小声で言った。「若曦《じゃくぎ》様のせいですよ。私まであんな意地悪をされるなんて」私が何のことやらとぼんやりしていると、記憶を失っていることを思い出した巧慧《こうけい》が解説してくれた。「あの方は郭絡羅明玉《かくらくらめいぎょく》様です。明玉《めいぎょく》姫と呼ばれ、第八皇子の正室の妹君です」

何となく読めた。若曦《じゃくぎ》という娘は、自分の姉が寵愛を受けていないことを悔しく思い、大胆にもライバルである正室の妹に因縁をつけ、ケンカでもふっかけていたのだろう。しかし相手の母親は和碩公主《わせきこうしゅ》――つまり順治《じゅんち》帝のいとこである安親王岳楽《がくらく》の娘にして、康熙《こうき》帝のいとこだ。そして父親は明尚《めいしょう》額駙《がくふ》（額駙とは皇女の婿）、姉は正室なのだから、若曦《じゃくぎ》のかなう相手ではないのに。

巧慧《こうけい》が耳元でささやく。「お嬢様が階段から落ちた時、現場にいたのは明玉《めいぎょく》姫だけなのです。彼女によれば、若曦《じゃくぎ》様は自ら足を滑らせて落ちたとのことですが、私には、彼女にも責任があるような気がしてなりません」

私は複雑な気持ちになった。彼女がいなければ、私はこんな形で生きていなかったかもしれない。死んだほうがよかったのか、それとも他人の体に入って生きたほうがいいのか。どちらかと言えば、生きていることのほうがありがたい。

私は巧慧《こうけい》にお菓子を取ってもらい、それを食べながら窓の外を見ていた。太監と召し使いたちに付き添われた三人の男性が南の楼台へ向かって歩いていくのが見える。一人は端正な顔立ちの第十四皇子だ。その隣にいる同じような体格の皇子は、鮮やかなブルーの長袍《チャンパオ》を着ている。顔立ちが立派で、第十四皇子と比べると少し奔放な感じがする。おそらくさっき話題になっていた、〝命知らずの第十三皇子〟だろう。その二人の前を行く青年は、濃紺の長袍《チャンパオ》を着て、顔色が少し青白く、冷淡な顔立ちだ。いったい誰なのだろう。第十三皇子と第十四皇子の前を歩けるということは、もう間違いない。その名をとどろかせたあの第四皇子だ！　私は興奮して立ち上がると、未来の雍正《ようせい》帝をもっとよく見ようと、窓から乗り出した。

第八皇子が出てきて第四皇子に挨拶をし、先に通した。その時、うしろにいた第十四皇子が突然顔をあげてこちらを見たので、第十三皇子もつられてこちらを向いた。ちょうど窓の格子につかまって身を乗り出していた私と目が合う。

私は慌てて体をひっこめると、彼らに向かってへらへらと笑った。のぞき見の現場を見られるのは気まずいものだ。

二人は無表情のまま私をじっと見ている。私は窓辺で体をかがめて拝礼のポーズをとった。第十四皇子は口を曲げて笑うと、第十三皇子に何か言った。おそらく私が何者かを説明しているのだろう。それを聞いた第十三皇子が私に向かって微笑む。二人はそのまま中へ入っていった。

あたりがすっかり暗くなり、宮灯《きゅうとう》に火が入った。電気の明るさには及ばないが、にじむような美しさがある。下に集まった人々の笑い声が二階まで聞こえてくる。私は窓にもたれかかり、侍女や召し使いたちが忙しそうに動き回る様子を見つつ、巧慧《こうけい》と取るに足りない話をし、湖のオシドリに向かって、お菓子のかけらを投げていた。

「お嬢様っ」巧慧《こうけい》が声を殺して叫ぶ。

「うん？」と答えて振り向くと、彼女は私の向こう側にむかって頭を下げている。不思議に思い、もう一度外を見ると、向かいに見える北の楼台の二階の窓に、第四皇子、第八皇子の美しい立ち姿が見えた。窓の向こうに見える二人の顔は、チラチラと揺れる明かりを受けていた。私は思わず立ち上がった。玉のごとく美しい二人の青年。今日はこうして並んで立っているが、いずれは命がけの闘いをすることになる。目の前の美しい光景に、胸が痛くなった。うしろにいた巧慧《こうけい》に袖を引っ張られ、私は慌てて笑顔を作り、ひざを折って拝礼した。向かいの二人が同時に手をあげたので、私はゆっくりと体を起こし、巧慧《こうけい》の隣に控えめに立った。

第八皇子のもとへ足早に近づいた召し使いが何かをささやき、今度は第八皇子が第四皇子に何かを伝えている。第四皇子がうなずくと、二人は前後に並んで階下へおりていった。しばらくすると、侍女が祝宴の開始を伝えにきた。私は尋ねた。「皇太子殿下はいらしてないの？」

侍女が答える。「使いの者の話では、皇太子は公務を終えたところで、これから着替えていらっしゃるそうです。先に宴を始めるようにとのことでした」私はうなずくと、下へおりた。

同じテーブルについたのは、私と同じような年齢の二人の娘だった。おしゃべりをしているところに私が近づくと、ちょっと腰を上げるようにして挨拶をした。席について周囲を見回すと、前列中央のテーブルが空いている。皇太子のために残してあるのだろう。その左には順に、第八、九、十、十四皇子が、右には第四、十一、十二、十三皇子が座っている。

太監が、赤い緞子《どんす》で覆われた木の盆に演目表を乗せてやってくると、第四皇子のテーブルの横に立った。第四皇子はそれを見ることなく何かを指示する。太監はお盆を捧げ持ったまま、第十皇子のもとへ行き、何かを言った。それを聞いた第十皇子はうなずくと、演目表にさっと目を通し、筆でしるしを入れ、太監に返した。太監が再び第四皇子のもとに戻る。今度は第四皇子がしるしを入れる。その後、太監はお盆を持って第八皇子のもとへ行ったが、彼は軽く手を振って太監を退かせた。

しばらくすると舞台でにぎやかな歌が始まった。この時代、まだ京劇は誕生しておらず、演じられているのは崑劇だ。残念なことに三百年あまり後には崑劇は下火となり、私が知っているのは、せいぜい『西廂記《せいそうき》』や『牡丹亭《ぼたんてい》』といった有名なものや、昨夜、冬雲《とううん》から教えてもらった『麻姑拝寿《まこはいじゅ》』くらいのものだ。そんな私でも、舞台の衣装や小道具から、今の演目が『武松打虎《ぶしょうだこ》』だと分かった。場を盛り上げるために第十皇子がリクエストしたのだろう。武松《ぶしょう》がトラにまたがり拳を振り上げた瞬間、太監の声が響いた。「皇太子殿下のおなり！」その声に、舞台の上や下の、すべての者がひれ伏した。見ると、黄色い綸子《りんず》の長袍《チャンパオ》を身にまとい、威厳ある麗しい顔立ちの人物がゆっくりと歩いてくる。

皇太子が席に着くと、ひれ伏していた全員が立ち上がる。私も体を起こして自分の席に戻った。太監が再び演目表を捧げ持ち、皇太子のテーブルの前でお辞儀をすると、皇太子の通る声が響いた。「今日は十弟の誕生祝いだから、あいつに選ばせよう」

立ち上がった第十皇子が「私はもう選んだので、二兄上の番です」と言う。皇太子は演目表を手に取り、じっくりと眺めている。

すでに舞台では私の知らない演目が始まり、隣の娘たちが夢中になって見ている。

年長の皇子らは談笑するだけであまり酒を飲まない。第十皇子以下は景気よく酒を注ぎ合っている。彼らは第十三皇子のテーブルに集まり、彼に飲ませようとしている。第十三皇子のほうも拒むことなく、杯を上げて飲み干し「今夜の主役に乾杯だ」と叫ぶ。すると今度は皇子たちが次々に第十皇子に向かって乾杯をする。あの様子では飲み過ぎてあとで苦しい思いをすることになるだろう。

演目がまた変わった。これも私にはさっぱり分からない。ちょうどお腹もふくれたころ、第十皇子が席を立つのが見えた。姉は舞台を見ながら、他の奥方たちと談笑している。私は立ち上がり、第十皇子を追うことにした。巧慧《こうけい》も一緒に来ようとしたので、「すぐに戻るから、ここで待ってて」と止めた。第十皇子が灯籠を持った若い太監に先導されながらふらふらと歩いていく。やはり第十三皇子には勝てなかったらしい。あちらは涼しい顔だが、こちらはかなり酔っている。前方の小屋を見て、彼が用を足しに行くのだと分かった。私は道をそれた所で待つことにした。

しばらくすると付き添いの太監が出てきて、私の姿に気づいた。第十皇子が近づいてきた。「ここで何をしてる」

「お祝いを渡そうと思って来たの」

私が何も持っていないのを見て彼は言った。「お祝いはどこだ?」

私が太監のほうをチラッと見ると、第十皇子は太監に「先に帰ってろ」と命じた。


私は先に立って歩きはじめた。第十皇子はうしろを歩きながら、しつこく「お祝いは?」と聞いてくる。私はそれを無視して歩き、湖畔の水亭に入った。ここは会場から離れていて、明るい舞台に立つ役者もかすかに見えるだけだ。手すりと一体になった木製の長いすを指さして私は言った。

「お座りくださいませ」

彼は戸惑いながらも、おとなしく座った。

私は正面に立つと丁寧に挨拶をした。明かりは空に輝く半月のみ。彼のいる場所は暗いので、その表情ははっきりとは見えない。「お祝いって、今の挨拶じゃないだろうな?」という声が聞こえた。

私は咳払いをすると、静かに歌いはじめた。

香の煙に蝋燭《ろうそく》は揺れ
玉杯の酒がめでたさを添える
盆の上には長寿の桃
福は東海のごとく、寿は南山のように
青鹿《せいろく》、御芝《ぎょし》、瑞草《すいそう》が差し出され
皆がそろってこの日をことほぐ
今日の堂はひときわ賑わい
健勝を願い　長寿を祈る
祝う心に響く楽《がく》
集う人らの笑う声
めでたき宴は佳境を迎える

最後まで歌い上げた瞬間、水亭の外から拍手が聞こえてきた。

「十兄上がどこに消えたかと思ったら、ここで小舞台の観賞ですか」第十四皇子が入ってきた。そのうしろで第十三皇子が笑っている。私は拝礼をしたものの、きまり悪さに沈黙した。

いつもはすぐに反撃する第十皇子も、立ち上がって「酒が回ったから、ここに座っていただけだ。帰れ」と言うのが精いっぱいだった。

第十四皇子は私のまわりを一回りし、上から下までなめ回すように見ると、「私にもいつか歌ってくれるかな?」と言った。

私は不快な気持ちを抑え「第十四皇子の誕生日にも、お嫌でなければ歌いましょう」と答えた。

彼は第十三皇子に向かって「十三兄上も予約したらどうです?」と笑った。第十三皇子は微笑むだけで何も答えなかった。第十三皇子は明るい性格だが、第十皇子をからかったりはしない。一方、第十四皇子のほうは第十皇子と仲がいいので、これくらいの冗談は平気で言うのだ。

第十四皇子がさらに冗談を言おうとすると、第十皇子が「十四弟!」と声をあげて制した。「これは驚いた。十兄上が慌てているぞ」第十四皇子はそう言って笑うと「分かった、分かった。もう行きましょう」と手を振った。

三人が出て行くと、私は一人で腰を下ろした。後味が悪かった。

このまま帰ろうかとも思ったが、巧慧《こうけい》が心配しているだろうから仕方なく会場へ戻ることにした。平和な歌や踊りに、私の心はかえって悲しくなった。今見ているのはとてつもなく大きな舞台で、私はその観客なのだ。これから始まる悲劇を他人事と思えるなら、どんなに気が楽だろう。しかし私の気持ちはすでに劇中へ入り込み、一緒になって心を動かしている。そして私には流れを変える力がない。

うつむきながら、のろのろと歩いていると、突然大きな声がした。「どこを見ているの! ぶつかるじゃない」

顔を上げると、郭絡羅《かくらくら》家の明玉《めいぎょく》姫が十歩先の距離に侍女を従えて堂々と立っていた。相手にするのも面倒なので、そのまま足早に通り過ぎようとしたが、行く手をさえぎられた。「粗野な人間は困るわね。礼儀も知らないんだから」

再び避けて進もうとしたが、しつこく私の前に出てくる。

私は開き直って顔をあげ、彼女がどう出るのかを待った。すると彼女が得意げに笑った。「あなた、階段から転んだせいで頭が空っぽになったそうね」

私は笑った。「転ばなくても最初から空っぽの人もいるわ」

明玉《めいぎょく》は顔をこわばらせ、いきり立った。「母親のしつけもろくに受けてない野蛮人が！」

私は笑った。「母親にしつけられても、野蛮人以下ってのもいるわよ」

明玉《めいぎょく》がむきになる姿がおもしろい。この程度のことで本気になるなんて、本当にまだ小娘なのだ。その昔、クラスメートとケンカしたことを思い出す。悪態をつきながら気の利いた冗談を交えるのが楽しかったものだ。

明玉《めいぎょく》は言った。「あなたもお姉様同様、礼儀知らずの女ね！」

自分を悪く言われても、そんなものは悪態辞典の初級レベルだ。しかし姉のことを言われたらおさまらない。私がこの世に生まれた時から、誠心誠意面倒を見てくれた姉の温かい愛は私の血の中に溶け込んでいる。この時代で私にとって一番大切な人であり、たった一人の家族なのだ。私は明《めい》玉《ぎょく》をにらみつけた。「何を根拠にそんなことを？」

明玉《めいぎょく》が少し得意げになる。「根拠なんてどうでもいいわ。とにかく礼儀を知らない女であることは間違いな・い・わー！」

私は平手打で、その声をさえぎった。

侍女が「明玉姫《めいぎょく》！」と叫びながら明玉《めいぎょく》の体を支える。明玉《めいぎょく》は頬を押さえて目をむいた。私は冷たい声で再度質問した。「何を根拠に？」

明玉《めいぎょく》は侍女を押しのけ、私に平手打ちを返した。

悔しいことに私の気迫は二十五歳でも、体は十三歳だ。そこから先はもう目も当てられない惨劇となった。

女子のケンカをご存じだろうか。つかむ、つねる、ひっかく、ほじる、ひねる、そして髪を引っ張る……だ。

二人とも花盆底《かぼんてい》（底の高い靴）をはいているせいで簡単に転び、地面の上での乱闘となった。そして最後の手は〝噛む〟だ。

侍女が「明玉姫《めいぎょく》、明玉姫《めいぎょく》」と叫びながら、地面で揉み合う私たちを引き離そうとするが、その努力もむなしくケンカは収まらない。最後は「誰か来てください！　誰か！」と叫び出した。その声に太監や他の侍女たちが次々に集まり、「おやめください！　おやめください！」と叫ぶ。しかし二人のケンカはまさに佳境を迎え、そんな声は届かない。万一この二人を力ずくで引き離して傷つけたらと思うと誰も怖くて手が出せないのだ。

祝宴会場からそれほど離れていなかったこともあり、騒ぎが大きくなるうちに、皇太子、皇子、奥方らも気がついた。若い皇子たちが走ってくる。年長の皇子たちと皇太子はあとからやってきた。女性たちは歩くのが遅いのと、座っていた場所が遠かったのとで、さらにあとからやってきた。

第十三皇子と第十四皇子が最初に到着し、第八皇子と第九皇子がそれに続き、第十皇子は少しふらふらしながら走ってきた。第四皇子と皇太子はあとからゆっくりやってきた。

第十四皇子が走りながら叫ぶ「何をしている。やめろ！」

第十三皇子も叫ぶ。「やめるんだ」

しかし私と明玉《めいぎょく》の闘いは終わらない。二人の皇子は、力ずくで引き離すしかないと判断し、駆け寄ってきた。

次の瞬間、バシャーン！　という音が響き、全員が叫び声をあげた。

私たちが格闘していたのは湖の近くだった。二人は揉み合ううちにまわりが見えなくなり、水に転がり落ちたのだ。

水に落ちた瞬間、私は密かにほくそえんだ。大学時代に平泳ぎ二〇〇メートルのテストを受けたことがあるほど水泳は得意なのだ。明玉《めいぎょく》のほうはお嬢様だし、泳げないに違いない。しかし次の瞬間、私は自分が甘かったことを知る。

花盆底をはき、宮中の装束をまとい、頭に重たい飾りをつけているうえに、私の服をひっぱり続ける相手がいるのだ。私はかなづちも同然の状態で、息を止めて助けを待つことしかできなかった。あれだけの人が見ているのだから、まさか死ぬまで放ってはおくまい。

時間がひどく長く感じられた。胸が苦しくなり、気が動転し、もうだめだと思った瞬間に、誰かが背中から抱き上げてくれた。服を引っ張っていた明玉《めいぎょく》の手が離れ、体がゆっくりと浮き上がる。水面に顔を出すと、私は大きな口を開けてぜいぜいと息をした。私を助けた人物は、私が水中でちゃんと息を止めて待ち、意識を失わなかったことに驚いている。

岸に上がると、助けてくれたのは第十三皇子だと分かった。明玉《めいぎょく》を助けたのは第十四皇子で、むこうもすでに岸に上がっていた。しかし明玉《めいぎょく》は完全に意識を失い、目を閉じたまま、まったく動かない。

私のほうは少しましとはいえ、体の力がすっかり抜けて座り込み、第十三皇子の胸の中であえいでいた。第十皇子が駆け寄ってきて私の手を取り「大丈夫か」と言う。

私は弱々しくまばたきをし、大丈夫じゃないことぐらい見れば分かるだろうが！　と心の中でののしった。

明玉《めいぎょく》のいるほうから、叫び声や泣き声が聞こえる。見ると、みんなが代わる代わる彼女の腹を押しているのだが、何の反応もない。横で見ている皇子たちも厳しい表情をしている。恐ろしくなった。こんなことで死なれたら困る。

と、その瞬間、明玉《めいぎょく》が口から水を吐き、ゆっくりと目を開いた。

現場に到着したばかりの姉は、座り込んでいる私に駆け寄ると、震える手で体をなでた。私は姉を心配させまいと「私は大丈夫。本当よ」と言った。

私の無事を確認した姉は立ち上がり、今度は明玉《めいぎょく》のほうへ行った。巧慧《こうけい》と冬雲《とううん》がやってきて、私を支えて立たせると、外套で体をくるんでくれた。

明玉《めいぎょく》の侍女がうつむきながら報告するのを、第八皇子が厳しい表情で聞いている。どうせ私の悪口を言っているのだろう。

第四皇子と皇太子は黙ってそばに立っている。人生経験豊富な彼らも、こんな茶番を見るのは初めてなのだろう。

明玉《めいぎょく》はといえば、少しずつ元気を取り戻し、そばにいる私の姉を押しやり、地面に座ったまま泣きわめいている。よろめいて倒れた姉を見た私は我慢でなくなり、巧慧《こうけい》の腕を振り払い、姉のもとへ駆け寄った。しかし姉は厳しい口調でどなった。「もうやめなさい！」

私は悔しさをこらえて立ち止まった。姉の声が響く。「どうしてこんなことを？」

私は明玉《めいぎょく》を蔑むように見ると、「ふんっ！」と声をあげた。

姉は明玉《めいぎょく》をいたわるようにして「泣かないで。若曦《じゃくぎ》にいじめられたのなら、私に言ってちょうだい」と言い、絹の布を出して彼女の涙を拭こうとした。

明玉《めいぎょく》はその手を払いのけて泣き叫んだ。「悪いのはあなたたちよ。あなたたちが……」

「もう一度言ってみなさいよ！」私は叫んだ。

明玉《めいぎょく》は私をにらんだが、私もこんな娘に負けてなるかとにらみ返した。

言葉を失い再び泣きそうになる明玉《めいぎょく》の前に進み出て私は叫んだ。「泣くのはやめなさい！」

明玉《めいぎょく》は口を開いたまま、恐ろしいものでも見るように驚きの表情で私を見上げている。

驚いているのは彼女だけではない。姉も第十、第十三、第十四皇子も動揺をあらわにしている。第四、第八皇子と皇太子は私を黙って見ている。あたりは水を打ったように静まりかえった。

その時、皇太子がフッと笑った。「この娘は命知らずの十三弟の女版だな」

その声にみんなが我に返り、明玉《めいぎょく》は再び泣き出した。姉は私をにらむと、巧慧《こうけい》と冬雲《とううん》に私を連れ帰るよう命じ、明玉《めいぎょく》の世話を続けた。


冬雲《とううん》が生姜湯を作り、巧慧《こうけい》が熱い風呂を用意してくれた。二人とも黙ったままで私に話しかけない。どうやら今夜の私は、かなりみんなを驚かせてしまったようだ。

それでも姉の怒りが収まればそれでいいと思っていた。しかし私が何をしようが、姉は口をきいてくれない。召し使いたちも口をきかず、私を〝透明人間〟のように扱っている。

部屋で謹慎していても許してもらえそうもないので、思い切って外へ出た。

ぶらぶらと歩いていると、道で出会う太監や召し使いたちの視線がどうもおかしい。いつも以上に私を恐れているように見える。あまり気にしないようしながら、庭園をさまよっていると、遠くに第十皇子と第十四皇子が見えたので、追いかけた。

「どこへ行くの？」

振り返った二人が、驚いたように私を見る。私は頭をかしげて体をゆらした。第十四皇子が吹き出した。「どうしたんだ？」

私は唇をゆがめた。「もう破れかぶれってとこかな」

第十皇子がニヤニヤして言った。「もっと凶暴かと思ったけど、今見る限り、私には優しくしてくれそうだな」

第十四皇子も頭を振って笑った。「初めて会った時はしとやかな美人かと思ったのにな」

私は聞いた。「で、今は？」

彼は口をすぼめて笑った。「今は戦で名をあげた武将だ」

考えてみれば、あの夜、会場には北京の都にいる名だたるご令息とご令嬢が集まっていたのだ。私の武勇伝が広まってしまったのも無理はない。私は唇を噛みしめて言った。「まあ否定はしないけど」

第十四皇子が言う。「ここ数日、紫禁城《しきんじょう》内の子息や皇子たちは、〝命知らずの十三妹〟の話でもちきりだ」私は思わず声をあげた。さらに恐ろしい話が続く。「父上も冗談で、『いつのまに第十三皇子に妹ができたのだ？』と笑っていたぞ」

私は口を押さえて目をむいた。天下の康熙《こうき》帝までが私を話題にしているというのか。第十四皇子はますます大きな声で笑った。

若い太監が慌てて走ってきた。額の汗をふいて拝礼すると、私に言った。「さんざん探しましたよ。貝勒《ベイレ》様がお呼びです。急いで書斎へ」

いよいよ審判が下るのだ。自分はどうなろうと構わないが、姉に迷惑が及ぶのだけは困る。

第十皇子が私の表情を見て、低い声で言った。「今ごろになって怖くなったか」

第十四皇子が真面目な顔で励ます。「怖がることはない。私たちが間に立ってやる」

本気で言っているのか疑わしかったが、彼がにっこり笑うので、私は「ありがとう」とつぶやいた。

第八皇子は書斎で書き物をしていた。私たちが入っていくと、第十皇子と第十四皇子を見てうなずいたが、私には目もくれず、書き物を続けた。二人の皇子は椅子に座り、私だけが頭を垂れて部屋の真ん中に立った。また〝透明人間〟扱いだ。

二人の皇子がお茶を飲み終えたころ、第八皇子はようやく筆を置き、書いたものに封をし、かたわらにいる太監に「この上奏文を吏部《りぶ》に届けてくれ」と言った。太監はそれをたずさえて出ていった。

第八皇子はお茶をすすり、二人の皇子に話しかけた。「今朝ほど、常授《じょうじゅ》が広東の海賊阿保位《あぼい》に恩赦を与えたことで弾劾されたが、これについて考えを聞かせてくれ」

第十皇子が声高に答えた。「どうもこうもない。好き放題に暴れる海賊に恩赦を与えるなどもってのほかです。懲らしめて見せしめにすべきです」

第八皇子はそれには取り合わず、第十四皇子を見た。第十四皇子はしばらく考えてから答えた。「父上は何もおっしゃいませんが、最初から常侍郎《じょう》（侍郎は清代の内閣各省の次官）の決断を認めていらしたのだと思います。二百三十七名の海賊は勇猛でよく戦いますし、周囲の海にも詳しい。なかなかの好漢ぞろいです。恩赦を与えて兵として使えば、海軍を強化できるうえに、他の海賊への牽制にもなり、わが大清の威力を示せます。実力があり国の役に立つ者に機会を与えようというのが父上の考えでしょう」

同意するように第八皇子がうなずいた。「ならば常侍郎《じょう》が訴追されぬよう上奏しよう」

彼らはその後も、政治的な策略など、私にはよく分からない話に興じていた。それでも私は立っていた。立って、立って、立って、立ち続けた……。


すっかり暗くなり、太監が夕食のうかがいに来た。

第八皇子は笑った。「話に夢中になり、時間が経つのを忘れていた。もう遅いし、今から帰るのも大変だ。ここで食事をしてくといい」

二人の皇子が笑顔で応じる。太監は承知しましたと返事をして戻っていった。


第八皇子は私を見ると、指で机をたたきながら笑った。

部屋の中は静まり返り、コツコツと机をたたく音だけが響いている。私はうつむいたままじっと立っていた。昔参加した軍事訓練のおかげか、二刻ほどの長時間立たされることは平気だった。

第八皇子が二人の皇子のほうを向いて笑った。「お前たちは先に行け。私もすぐ行く」

第十四皇子はさっさと行ったが、第十皇子はもじもじしている。「兄上も一緒に行きませんか」

第八皇子は笑った。「先に行ってろ」

第十皇子は心配そうに私を振り返りながら去っていった。

第八皇子は室内にいた太監を出て行かせると、私の前に立った。

耐えられないほどの威圧感に私は頭を下げ、彼の靴を見た。心臓がドクンドクンと脈打つ。いろいろなことが頭をよぎるが、集中して考えられない。

低い声が響いた。「顔をあげなさい」

抵抗する勇気もなく、私はゆっくりと顔をあげた。彼の首、あご、唇、鼻が見え、とうとう目が合った。その目は深く澄んだ湖のようだが底が見えない。目をそらしたくても吸い寄せられてしまう。

彼は落ち着いた表情でこちらを見ている。まるで私の顔から何かを探り出そうとするかのように。

どのくらい経っただろうか。一秒かもしれないし、一刻かもしれない。彼の唇が少しずつ笑みを帯び、やがてそれが顔全体に広がり、瞳が微笑みであふれた。私は立っていられなくなり、思わず胸に手を当てて後ろに下がった。彼の笑う声は何と魅力的なのだろう。心臓に電気が走ったように感じ、今にも体が崩れそうになった。

「昨夜の威勢はどこへ行った」第八皇子がからかうように言う。

返す言葉もなく、私は立っていた。

「いつまで立っているつもりだ?」部屋から出て行こうとする彼が、笑顔で振り返る。

私は慌てて彼のあとについて書斎を出た。私を送り届けるよう太監に命じると、彼はそのまま身を翻して行ってしまった。

長く立っていたせいで足がしびれ、灯籠を下げて先導してくれる太監のあとをついていくのがやっとだった。

それにしても、第八皇子は何のために私を呼んだのだろうか。そんなことを考えていると、太監が急に立ち止まり、挨拶を始めた。「第十皇子、第十四皇子にご挨拶を」

「大丈夫だったか？」情けない表情の私を見た第十皇子が心配して聞いた。

私はわざと唇を噛みしめ、何かを言おうとしてためらい、下を向いた。

第十皇子が私の手を握った。「分かった。一緒に八兄上の所へ行ってやる」

私は手を引っ込めると、焦点の合わない目で前を見て、この上なくみじめな表情で、ゆっくりとかぶりを振った。

「ハハハ……」第十四皇子が苦しそうに腹を抱えている。「参ったな」

唐突に笑う第十四皇子を、第十皇子がいぶかるように見る。

私も我慢できずに吹き出した。

私にからかわれたと気づいた彼は、袖を振ってそっぽを向き、怒って歩き出した。「心配して損したよ！」

私と第十四皇子は慌てて引き止めた。

「もうしないわ。お願いだから許して」私は真面目に言った。

第十四皇子は何度も胸の前で手を合わせて謝っている。第十皇子は表情をゆるめた。

私は第十四皇子をにらんだ。「間に立つって言ってくれたのは嘘だったの？」

第十四皇子が笑う。「八兄上は温厚なことで有名なんだ。誰に対しても礼儀正しく穏やかに接する人だ。部屋に入った時もいつもどおり穏やかだったし、間に入る必要などないと思ったのさ」彼は最後にこう付け足した。「それに、あれだけ長く立たされたんだ。これ以上怒られたりしないだろう」

第十皇子が責めるように言う。「それならそうと言ってくれよ。」

第十四皇子が言う。「成り行きを見て楽しんでた」

「おい十四弟、お前……」

第十四皇子が言った。「彼女の無事も確認できたし、十兄上も安心でしょう？　食事に行きましょう。八兄上を待たせては申し訳ない」

「私もお腹が空いたわ」私はそう言って歩き始めたが、少し考えて振り返った。「そういえば郭絡《かくらく》羅《ら》家のほうは大丈夫かしら？」

答えようとした第十皇子を制して第十四皇子が答えた。「もう大丈夫だろう。そんなこと心配せずにさっさと帰って下女に足でも揉んでもらうといい」

屋敷に戻った私を見た姉は、無表情のまま侍女に命じた。「食事を温めて運ぶよう厨房に伝えて」

侍女は返事をして出ていったが、すぐに戻ってきて笑顔で言った。「たった今、貝勒《ベイレ》様の使い小四子《しょうしし》が、若曦《じゃくぎ》様にと言って食事を持ってきましたが、どうしましょう？」

見れば、うしろに弁当箱を持った太監が立っている。姉は太監のほうを見て言った。「だったら食事を温める必要はないわね」

侍女は弁当箱を受け取ると、太監を帰らせた。

何時間も立っていたせいで空腹の限界に達していた私はすぐに弁当を食べはじめた。

姉は座ったまま、何かを思うようにこちらを見ていたが、私が食べ終わると、「早く寝なさい」とだけ言った。

私はため息をついた。やっぱり姉はまだ怒っている。仕方なく部屋へ帰って寝ることにした。

第四章
出会いの時、別れの時

日々の繰り返しに、ひどく気分がふさいできた。姉は相変わらず冷たい。貝勒《ベイレ》府の中で行ける場所もすべて行き尽くした。悪友と飲み歩いた深圳《しんせん》での派手な暮らしが懐かしい。この時代で飲み歩く楽しみを許されるのは男性だけなのだ。

極度の退屈を抱え、私は石に腰を下ろして湖を見ていた。

「あーぁ」

「あーぁ」

「あーぁ」

……。

突然、第十四皇子の声がした。「私の勝ちだ！」

振り返ると、第九、第十、第十四皇子が立っている。慌てて挨拶をすると、第十皇子が言った。

「何回ため息をつけば気が済むんだ。おかげで二十両の損失だ」

第九皇子が言う。「私も二十両損した」

笑いが止らないのは第十四皇子だ。「君が何度ため息をつくか、賭けをしたのさ。九兄上は二十回以下、十兄上は四十回以下、私は四十回以上に賭けた」

私は戸惑った。「私ったら、そんなに何度もため息を？」

三人が口をそろえて答える。「そのとおり」

私は口をとがらせて黙った。

「なぜ、あんなにため息を？」第十皇子が聞く。

私が答える前に第十四皇子が言った。「待て。私たちが当ててやろう。二十両でどうだ？」

「すっかり賭けに夢中ね」私は笑った。

第十四皇子が言う。「九兄上からどうぞ」

第九皇子が手を振る。「私には分からない。お前たちだけでやれ」

さっそく第十皇子が私の顔を観察して言った。「退屈だからだろ？」

第十四皇子が笑う。「私の考えも同じだ。今日の稼ぎは四十両で頭打ちだな」

私は首を振った。「〝退屈だから〟じゃないもん」

二人は疑いの目を向けた。「じゃあ、なぜため息を？」と第十皇子が聞く。

私は真顔で答えた。「すごく、すごく、すごく退屈だから！」みんなが笑った。

第十四皇子が言う。「まあ、そう言うな。もうすぐ宮中で中秋節の宴が開かれる」

私は中秋節までの日にちを数えてみた。「もしかして中秋節の準備で……これから貝勒《ベイレ》様に会いにくいところなの？」

第十皇子が答える。「そうさ！　でも今、書斎に姚《よう》侍郎が来ているんだ。あの口やかましいじいさんに会いたくないから、うろついて時間をつぶしていたんだ」

「私も一緒に貝勒《ベイレ》様の所に顔を出してもいいかしら？」

第十四皇子が眉を上げた。「おかしなことをするなよ」

私は彼をにらんで黙った。


突然訪ねていったにもかかわらず、第八皇子は当たり前のように笑顔で迎え、椅子を勧めてくれた。

私は笑顔で言った。「私の話は短いので、終わったらすぐに帰ります」

第八皇子は椅子にもたれ、鼻煙壺《びえんこ》（かぎ煙草入れ）を手にしながら微笑んだ。「君の問題は、私には解決できない。自分がまいた種は自分で刈り取ることだ」

何も話さぬうちにすべて見抜かれた。私は力を落として拝礼した。「では、これにて失礼いたします」

「よろしい」と彼は笑い、私は書斎を出た。

第八皇子の助けが期待できないなら、あとは自分で何とかするしかない。屋敷へ戻ると、姉は仏堂へ経を読みに出かけていた。私が部屋の中をうろうろしながら、どう切り出すか考えていたところに、姉が戻ってきた。姉は私を無視して寝椅子にもたれている。

私はかたわらに静かに座り、小さな声で話した。「母上が亡くなった時、私はまだ生まれたばかりだった。父上は私をじゃじゃ馬と言い、義母からも疎まれた。他の兄弟や姉妹たちもいたけど、しょせんは母親が違うし、私には姉さんしかいなかった。姉さんだけは何があっても私を大切にしてくれた。だから、たたかれても叱られても構わない。だけど無視されるのは……それだけは……」そう言いながら、二度と会えない本当の両親のことや、ここ数日の姉の仕打ちを思い、涙で言葉が続かなくなった。姉も涙を流しながら私を抱きしめてくれた。巧慧《こうけい》と冬雲《とううん》がなだめてくれたおかげで、私たちは少しずつ気持ちを落ち着かせることができた。

姉は絹の手巾で涙を拭きながら言った。「これからは感情的になる性格を改めなさい。ここでは命取りになるわ」そしておだやかに続けた。「郭絡羅《かくらくら》家の明玉《めいぎょく》姫など相手ではないと思っているかもしれないけれど、それは間違いよ。今回だって貝勒《ベイレ》様のおとりなしがなければ、正室や額駙《がくふ》から何を言われたか分からないわ」つらそうな姉の表情に、私はただうなずくしかなかった。

その後、姉はすっかり機嫌を直してくれたようで、以前にも増してやさしくなった。しかし身重の正室に代わって中秋節の準備を任された姉は休む時間もないほど忙しかった。

一方、悩みがなくなった私は、暇をもてあます気楽なお嬢様に戻った。退屈を訴えたおかげで、あれ以来、第十皇子と第十四皇子は面白い物があると、その都度、召し使いを介して届けてくれた。次は何が届くのだろうと、屋敷の下女たちも一緒に楽しみにするようになり、私の周囲には笑い声が絶えなかった。

中秋節が近づき、屋敷内は活気にあふれていた。宮中の宴にそなえ、姉は毎日のように作法を教えてくれた。服の着方、座り方、拝礼など、すべてに関わる作法を何度も復習させられた。

十五日の午后、第八皇子と姉は着替えをすませると、私を連れて輿に乗り、紫禁城《しきんじょう》へと向かった。

大学で絵画史の授業を選択し、故宮の展覧会もよく見に行ったが、知っているのは絵画館の周辺だけで、広大な敷地内を歩き回ったことはない。今から全盛期当時の宮殿をこの目で見られるのかと思うと興奮に胸が高鳴った。

いくつもの門をくぐり、拝礼に次ぐ拝礼を重ね、おびただしい数の衛兵たちに見守られるうちに極度の緊張で気が遠くなり、足もともおぼつかず、まわりに気を配る余裕などなくなった。姉の特訓がなければ大変なところだった。

やっと座ることができた時はもうフラフラだった。改めて周囲を見てみると、灯籠が昼間のように明るく輝いている。香炉には白檀の香が焚かれ、花器には青青とした植物が生けられ、まばゆいほどに輝く装飾の数々で埋め尽くされている。

本物の持つ風格は圧倒されるほどの迫力で、テレビドラマで再現されるものなど比べものにならない。

妃嬪《ひひん》たちや、皇子の妃が次々に集まる。その後、太監らが足早にやってきて所定の位置についた。遠くから「皇帝陛下のおなり」という声が響くと、全員が立ち上がる。黄色の服に身を包み、玉のついた帽子をかぶった中背の人物が現れた。古風な顔立ちに微笑みをたたえ、ゆっくりと歩いてくる。

全員がその場にひれ伏した。これがあの康熙帝《こうき》か！

誰もが息を殺してひれ伏している。皇帝が座ると、かたわらの太監が「起立！」と叫び、全員が次々に立ち上がった。

康熙帝《こうき》は笑顔でその場にいる者たちを見やり、「座るがよい。せっかくの祝いゆえ、気楽にせよ」と言った。その言葉で、全員が一斉に席につく。

皇帝が気楽にせよと言ったって、本当に気楽にしている者など一人もいない。これが天子の威厳というものなのだろう。

ある程度酒が入ると、宴席の緊張も解けてきた。

皇子たちも冗談を言いながら酒を酌み交わしている。その中でも第十皇子の声が一番よく響いている。皇太子、第四皇子、第八皇子も談笑しながら飲んでいる。

突然、明玉《めいぎょく》と視線が合った。恐ろしい目で私をにらんでいる。私は心の中で悪態をつきながら、この上なく明るい顔で微笑んで見せた。彼女は憎々しげにこちらを見ていたが、周囲を意識して急にわざとらしく微笑んだ。背中に悪寒が走る。あの手の女が一番怖い。

食べて、飲んで、話して、笑って、実際は誰も私など相手にしないが、それでも大いに楽しめた。こんな宴を体験させてもらえるのだから、楽しまなければ損だ。

突然周囲が静かになった。顔をあげると、みんながこちらを見ている。「馬爾泰若曦《ばじたいじゃくぎ》、前へ！」という太監の声が響いた。

あまりのことに体が凍りついた。身震いをして慌てて立ち上がると、前へ出て、ひざまずき、叩頭して言った。「皇帝陛下にご挨拶を」

「立つがよい」康熙《こうき》帝の声が響いた。

いったい何が起こったのだろう。康熙《こうき》帝が笑った。「そなたが〝命知らずの十三妹〟か」

そばにいた妃が笑う。「噂とは違い、かわいらしいお嬢さんだこと」

周囲の目が私に集まり、異様な緊張が走る。皇帝は笑顔で私に質問した。「朕《ちん》の前で緊張しておるのか？」

何も答えないわけにはいかない。私はただ「はい」とだけ言った。

皇帝は楽しそうに質問を続けた。「なぜだ？」

私は少し考えてから答えた。「初めてお目にかかり、その威厳に満ちた姿に緊張しております」

皇帝は「うむ」と言い、さらに質問した。「朕《ちん》が威厳に満ちておると？」

勘弁して！　なぜ質問が続くの？　私は必死に頭を働かせた。ひと言でもまずいことを言えば命取りになる。

なかなか答えない私に、皇帝が微笑んだ。「朕《ちん》が怖いか？」

私は考えた。恐怖を与えるのは暴君だ。古来より名君は人心を得て世を治めた。ここは急いでフォローしなくてはならない。「いいえ。陛下は英明なる天子であられます。怖いわけがありましょうか。私は初めて宮中に参りましたので、その威厳に満ちた空気に少々緊張しているのです」

皇帝が笑った。「朕《ちん》が英明なる天子と？　なぜそう思うのだ」

私は心の中で叫んだ。なぜって言われても、歴史がそう言ってるんだもの。満六歳で即位し、鰲拝《オボイ》を排除し、三藩の乱を平定し、台湾を併合し、ガルダン・ハーンの乱を鎮圧した……。だけど、これは康熙帝《こうきてい》が晩年に自分の功績として評価した内容だから、ここで言うわけにはいかない。私は頭をフル回転させた。すると突然、高校時代に習った『沁園春・雪』が浮かんだ。なぜかそれがふさわしい気がして、深く考える間もなく声に出した。

惜しむらくは秦皇漢武の　いささか文才に輸《おと》る
唐宗宋祖は　やや風騒《ふうそう》に遜《ゆず》る
一代の天驕《てんきょう》たる　成吉思汗《チンギスハン》も　ただ弓をひき大雕《だいちょう》を射るを識《し》るのみ
倶《とも》に往きさりぬ　風流の人物を数えんには　なお今朝を看《み》よ

皇帝は、笑顔でうなずいた。「堯《ぎょう》、舜《しゅん》、禹《う》、湯《とう》といった古代の名君はよく引き合いに出されるが、そなたの話は斬新であった」

たしかに古代の名君を引き合いに出せば無難だったと後悔したが、結果的には皇帝のご機嫌を取れたので心底ほっとした。

「どうやらそなたは〝命知らず〟なだけの娘ではないらしい」皇帝はそう言うと、そばにいた太監に「褒美を取らせよ！」と言った。私はひざまずくと、褒美を頂戴して下がった。席へ戻ると、汗で手がびしょびしょだった。ふと顔をあげると、皇太子と第四皇子がこちらをしげしげと見ている。私は慌てて下を向いた。


今日の康熙帝《こうき》はすこぶる機嫌がいいようで、まわりの妃嬪《ひひん》たちも楽しげだ。

皇子たちも次々に皇帝のもとへ進み出て、祝福の言葉を述べている。

第九皇子が戻ってくると、今度は第十皇子が杯を手に進み出た。「父上、祝いの言葉も出尽くしたでしょうから、私は父上の健康と無事をお祈りいたします」と言って杯を空けた。

皇帝は首を振った。「祝いの言葉を覚えておらぬのであろう」

となりにいる艶っぽい妃が助け船を出す。「決まり文句ではないぶん、心を感じますわ」

皇帝はうなずきながら感慨深げに第十皇子を見た。「もう十七になるか」

側室が笑う。「第九皇子はこの年ですでに妻を迎えておられました。そろそろ第十皇子にもいかがでしょう」

この言葉に、他の皇子たちは聞き耳を立て、第十皇子は下を向いた。

皇帝が口を開いた。「そうだな」

妃が微笑む。「先日、静姫《せい》とも話したのですが、明玉《めいぎょく》も年頃になったので、お相手を探そうと思っておりました。第十皇子に娶《めあわ》せるというのはいかがでしょう」

第十皇子は猛烈な勢いで顔をあげると緊張した面持ちで皇帝を見た。皇帝はうなずきながら、「ふさわしいな」と答えた。

皇帝が第十皇子に言った。「郭絡羅《かくらくら》明玉《めいぎょく》を、正室として迎えよ」

第十皇子は顔を真っ赤にして慌てた。「父上、私はまだ若いですし……」

その言葉をさえぎるように皇帝が言う。「十七がまだ若いと申すか」

第十皇子は頭をかきむしり、声をあげた。「四兄上も八兄上も、先に側室を立てております。できれば私も先に側室を」

皇帝が渋い顔をした。「愚か者が！　明玉《めいぎょく》が正室になるというのに、何が不満なのだ」

第十皇子は言葉に詰まり、ひざまずいた。「そういう意味ではありません。私はただ……。その……」

その時、第八皇子が立ち上がり、微笑みをたたえておだやかに言った。「父上、十弟も突然のことに動揺しているのです。落ちつけば素直に喜ぶことでしょう」

兄のほうを振り返った第十皇子の顔は紫色になっている。あせりと怒り、そして苦しみの表情を浮かべつつも、助けを求めるようなまなざしで兄を見ている。

第八皇子は微笑みを保ちながら大きな声で言った。「十弟、早く父上にお礼を申し上げなさい！」

第八皇子の表情は気品にあふれ、瞳は深く、そして何の感情も読み取れない。

第十皇子の顔からしだいに表情が消えた。彼はゆっくりと前を向くと、地に手をつき、三回叩頭した。頭が床に当たる音とともに、「父上に感謝いたします！」という彼の声が響く。

第八皇子が安心したようにゆっくりと腰を下ろす。

叩頭する音は、己の心を打ち付けているように聞こえた。一回、二回、三回と重さを増すその音に、私は息が止りそうになった。昔の結婚は両親の命令や媒酌人の一声で決まるのだ。本人に決める権利はない。知識としては知っていたが、目の当たりにすると、これほど残酷なものはないと感じた。

私は怒りの視線を明玉《めいぎょく》に向けた。彼女もこちらを見ている。その顔は少し悲しげで、少し得意げで、少し不満げで、少し恨めしげだった。やがてその複雑な表情が消えていき、あでやかな笑顔へと変わった。私の怒りの視線を受けながら、彼女は優雅に立ち上がり、前へ進み出て皇帝に感謝を述べた。私は、並んでひざまずく第十皇子と明玉《めいぎょく》を見ながら、これでいいのか、と大声で叫びたくなった。彼は身分が高い皇子のはずだ。どうして尊い身分の人間が、〝自由〟という一番尊いものを奪われなくてはいけないのか。

姉だって同じだ。そして私にはお妃選びが待っている。これは紫禁城《しきんじょう》にいる人間全員の宿命だというのか。それまで抑え込んでいた恐怖が一気に押し寄せてきた。私は誰に嫁がされるのだろうか。康煕帝《こうきてい》のかたわらには、娘のように若い側室がいる。その場にいる見知らぬ顔という顔を見るうちに、私の体は震え出し、頭が混乱した。私は年寄りの側室になるのだろうか。それとも、若い男の正妻になるのだろうか。

そのあとは何がどうなったかも分からず、自分がどうやって宮廷を出たのかさえ覚えていなかった。屋敷に戻り、輿が止るやいなや、私は飛び出して中へ駆け込んだ。

とにかく私は力の限り、必死に走った。早く身を隠さないと、わけも分からないうちに誰かに嫁がされそうな気がした。

侍女や若い下男が私を追いかけながら叫ぶ。「若曦《じゃくぎ》様、若曦《じゃくぎ》様……」

第八皇子が足早に歩きながら、私を捕まえるよう衛兵に命じる。一人の衛兵が私の前に立ちはだかった。私はそれをよけようとしたが捕まってしまった。私はもがいた。とにかく一刻も早くどこかへ身を隠したかった。

遠くから第八皇子の声が近づいてくる。「おとなしくさせろ！」

突然、首のうしろを打たれる感覚が走り、そのまま意識が遠のいた。

＊＊＊

中秋節の祝宴以来、私は寡黙になった。巧慧《こうけい》と冬雲《とううん》に勧められても体を動かさなくなり、部屋で習字をするか、どこかでぼんやりするかの毎日を送っていた。

今になって初めて、この時代に来た現実を突きつけられたのだ。自分の運命を思いつつ、このますべてを受け入れていいのだろうかと何度も自問した。

召し使いたちは、いたわるような目で私を見るようになった。おそらく第十皇子の結婚で私が傷つき、おかしくなったと思っているのだろう。本当は違うのに。

姉は悲しげに私を見るばかりだった。私は日に日に痩せ、姉もまた日に日に痩せていった。時々巧慧《こうけい》のささやく声が聞こえてくる。「若蘭《じゃくらん》様、妹君に何か言って差し上げてください」そのたびに姉がおだやかに答える。「何を言っても無駄よ。時が経てば、これも運命だとあきらめるでしょう」私は思った。簡単にあきらめられるわけがないのだ。自分の運命が他人の勝手なひと言で決められるなんて私には受け入れられない。今日の努力が明日を作るのだと子供のころから信じてきた。「今日の花は、明日実を結ぶ」が座右の銘だ。他人に左右される運命などごめんだ。そんなの絶対に受け入れられない。私をここに連れてきた天を恨んだ。もともとこの時代に生まれたのなら、それも運命として受け入れられるだろう。だけど私は現代で二十五年も生活し、運命は自分で切り開くという教育を受けた。今さら運命だとあきらめろと言われても、絶対に受け入れられない。


秋が深まり、木の葉がはらはらと落ちはじめた。木の下に立ち、風に舞い散る木の葉をながめるのが私の習慣となった。

葉の一枚一枚が舞い手となり、風の中を左右にただよい、時に回転する。女形の役者のように、腰を小さく振り、しなを作り、最後は重力に負け、風との別れを惜しむかのように落ちていく。

第八皇子と第十四皇子も一緒に落ち葉の舞いを見ていた。

私はつぶやいた。「木の葉は悲しいわね。本当は落ちたくないのに、最後は落ちていく運命なのね」

第十四皇子がおだやかに言った。「今の君は〝時に感じては花にも涙をそそぎ、別れを恨んでは鳥にも心を驚かす〟の心境なんだ。でも時が経てば心も晴れて、そんなことさえ感じなくなるさ」

私は黙ったまま、風の中を舞い落ちる木の葉を見ていた。

しばらくして第十四皇子が言った。「若曦《じゃくぎ》、君は本当に十兄上が好きだったんだな」

私は目の前を落ちる黄色い葉を捕らえて言った。「そうよ。大好きだった。さっぱりしていて、明るくて、私を楽しい気分にしてくれたし、困った時はそばにいてくれた」手の中の葉っぱを思い切り投げ、それが風に舞うのを見つめた。「だけど、みんなが考えているような感情じゃないわ。友達として好きってことよ」

第十四皇子が疑うかのように言った。「だったら、なぜそんなに悲しむ。君がおかしくなったのは十兄上の結婚のせいだとみんなが噂している」

私は第十四皇子のほうを振り返った。「結婚が悲しいんじゃないの。本人の気持ちを無視して、他人が決めてしまうことが耐えられないの」私は少し黙ってから問いかけた。「自分の人生なのに他人に従うしかないなんてひどいわ。どうして自分で決めちゃいけないの？」

第十四皇子は息を吸い込み、驚いたように私を見ている。その時、第八皇子が冷たく言い放った。「今後、そのような道にはずれた言葉は、絶対口にするな」

私は口をゆがめて笑うと、そっぽを向いた。第八皇子は私のあごをつかんで自分のほうに向かせ、しっかり視線を合わせて言った。「分かったか」

顔を背けようとしたが、彼の手の力は強く、視線をそらせることができない。

手の力がますます強くなり、一音一音がはっきりと発せられた。「分かったか」

答えないでいると、ひねりつぶされるかと思うほどの痛みがあごに走った。「兄上！」第十四皇子が叫び声を上げげた。


第八皇子はなおも私に問う。「分かったか」

私は屈辱を感じながら、その冷たい瞳を見て、「分かりました」と答えた。

彼はゆっくり手を離すと、袖を振り払って行ってしまった。

第十四皇子が声を押し殺した。「気は確かか。大清国の天子を〝他人〟だなんて。八兄上は君を思ってああ言ったんだぞ」そう言い捨てると、第八皇子を追うように行ってしまった。

私は風に舞う落ち葉の中で呆然と立ったまま、風景の一部となっていた。


そこへ巧慧《こうけい》がやってきて、ため息をつき、そっと腕を取ってくれた。「若曦《じゃくぎ》様、風が強いので帰りましょう」

私は言われるままに彼女と一緒にゆっくりと歩いて帰った。屋敷に入ると、姉が私の手を取り「こんなに冷えてる」と言った。姉は私を座らせると、熱いお茶をいれるよう巧慧《こうけい》に命じた。

姉は両手で私の手をさすってくれた。その思いがぬくもりとなって少しずつ私の手に伝わり、心にしみた。姉のやつれた顔を見るといたたまれず、思わず抱きついて大声で泣いた。

姉は私の背中をたたきながら「気が済むまで泣きなさい」と何度も言った。

泣き続けるうちに涙も声もかれ果てたが、それでも私は姉に抱きついていた。

姉は黙ったまま私の背中をやさしくなでていた。私はつぶやいた。「私が明玉《めいぎょく》姫を殴ったことが、第十皇子との結婚につながったのかしら」

姉は私の体を起こし、絹の手巾で顔を拭いてくれた。「あなたが殴っても殴らなくても、明玉《めいぎょく》姫は第十皇子に嫁いでいたわ」姉はため息をついた。「私たちは、皇帝陛下の駒にすぎないの。あの時はいかにも陛下の思いつきのように見えたかもしれないけど、実際は貴妃が陛下のお考えを汲んで、お膳立てし、話を進めただけなのよ」

私は自分を買いかぶっていたようだ。明玉《めいぎょく》が私への仕返しのために彼を奪ったのかと勘違いしていた。とはいえ事実が違うと分かれば、第十皇子への罪悪感も少しは減った。宮中の人間にとって、突然の災難にみまわれることなど普通なのだ。私は恐ろしくなり、再び姉にしがみついた。これからは軽率な発言はするまい。そんなことをすれば、姉にとんでもない迷惑をかけてしまう。

＊＊＊

木々の葉もすっかり少なくなり、私も表面的には少しずつ平静を取り戻していた。時には侍女とふざけ合ったりもしたが、食事の量はあいかわらず少なかった。もちろんここから逃げ出したいとは思う。私がただの娘なら、逃げ出したとしても、せいぜい周囲に心配をかけるだけで済むだろう。しかし私は将軍の娘であり、第八皇子の妻の妹であり、これからお妃選びに参加する身だ。しかもこの世は愛新覚羅《あいしんかくら》家の天下。逃げおおせるわけがない。それに私が逃走したら、姉をどんなに悲しませることか。

ある日、部屋で習字をしていると、巧慧《こうけい》が来て、第十四皇子の来訪を告げた。さっそく筆を置き、部屋を出ると、庭に第十四皇子が立っていた。

私は拝礼をし、尋ねた。「どうして中に入らないの?」

「少し庭を歩かないか?」

私がうなずくと、巧慧《こうけい》が刺繍の入った薄緑色の絹の上着を私の肩にかけ、あまり風に当たらぬようにと言った。私は返事をして、そのまま第十四皇子と庭を歩いた。

いつまでも相手が黙っているので、無理に微笑んでみた。「何をしに来たの? そうやって黙られると息が詰まりそう」

第十四皇子は作り笑いを浮かべた。「ここに来るまでは、話そうと思うことがたくさんあったんだ。でも来たとたんに何を話せばいいか分からなくて」

私は立ち止まり、彼のほうを見た。「私は大丈夫だから」

彼も立ち止まり、ため息をついた。「君は大丈夫でも、十兄上がだめなんだ」

私はじっと彼を見た。

彼が再びため息をつく。「中秋節の祝宴以来、十兄上は一度も朝議に顔を出していない。父上が理由を聞くたびに、八兄上が、体調不良だと言ってごまかしているが、このまま続けば、父上が侍医を寄越しかねない」

私は自分の靴の先をじっと見て言った。「それで私に何をしろと？」

「会いに行って、元気づけてやってほしい」

私はしばらく黙ってからうなずいた。「いつがいい？」

「明日、朝議が終わったら迎えに来る。一緒に宮廷へ行こう」

「分かったわ」

＊＊＊

馬車で向かう途中、第十四皇子も私も黙ったままだった。

出かける時、姉は何も聞かなかった。おそらく第八皇子の使者を通じて事情を聞いていたのだろう。宮廷の前に到着すると馬車を降り、今度は召し使いに付き添われて輿に乗り換え、そこから延々と移動し、ようやく目的地に到着した。

第十四皇子は私を連れて庭へ入ると、正面の入り口を指さして言った。「私は遠慮するから一人で行ってくれ」

うなずいて行こうとすると、彼がこう付け加えた。「人払いをしておいたが、太監たちもじきに戻るだろう。時間はあまりない」

私は「うん」と返事をすると、簾をあげて中へ入った。

酒の匂いがするだけで、人影はいない。さらに奥の部屋へと進んでいく。入り口の簾の珠がぶつかり、パラパラと気持ちのいい音を立てる。目を閉じたまま寝椅子にころがっていた第十皇子が大声をあげた。「邪魔するなと言ったろう。出ていけ！」

私は進み出て彼を見たが、何を話せばいいのか分からなくて黙っていた。彼が猛烈な勢いで目を開け、私を見た。怒ったような表情が驚きに変わり、やがて暗く沈み、それからゆっくりと体を起こして座った。

私はテーブルのわきの椅子に腰を下ろし、酒徳利《とっくり》を振ってみた。少し残っていた酒がこぼれた。私はしばらく黙って、それから言った。「ずっと酔っ払ってるつもり？　こうしていれば明玉《めいぎょく》姫を娶らずに済むとでも思ってるの？」

彼は少し黙ってから答えた。「気分がイライラするんだ」

「何が不満なの？」

彼は下を向いて靴をはきながら、苦しそうな声を出した。「何が不満だと思う？」

乱れていた私の心は落ち着き、かえって冷静になった。「好きでもない明玉《めいぎょく》姫と結婚させられることでしょう？　そして私と結婚できないことが不満なのよ」彼は立ち上がり、同じテーブルの椅子に腰を下ろすと、酒を注ぎ、魂が抜けたような顔で手にした杯をしばらく見つめ、つぶやくように言った。「私の側室になってくれないか」

そんな言葉を予想だにしていなかった私は、一瞬呆然とした。そうだ、この時代は〝一夫多妻〟

が普通なのだ。

彼はこちらを向くと、すがるような目で私を見た。「きっと幸せにする。約束する……」

「いやよ」私は即座に答えた。

彼は唇を噛みしめると、うなずきながら私を見て、それから一気に酒をあおった。「分かってるさ！　たとえ正室として迎えると言っても、無理かもしれないと思っていた。でも私だって少しは期待していたんだ。だけどそれも今となっては……」彼は苦笑した。「かなわない夢だな」

私はかたわらにあった杯を手の中で転がした。「そこまで分かっているなら、さっさと腹をくって、これ以上貝勒《ベイレ》様に心配をかけないようにしたら？　皇帝陛下もお怒りになるわよ」

彼はまた酒をあおった。「父上の命令には従ったんだ。少しくらい荒れたっていいだろう」

私も酒徳利《とっくり》を引き寄せ、自分に注ぐと「逆らえない運命だと分かっているなら、こんな小さな事で苦しむなんて無意味よ。早くみんなを安心させたほうがいい」と言って杯をあおった。

一気に飲んだせいでむせた私は、絹の手巾で口を押さえた。口のまわりを拭こうとした時、彼がおだやかな声で聞いた。「若曦《じゃくぎ》、私のことが好きだったか？」

彼の瞳には期待と緊張と怯えがまざっていた。私はうつむいて、手巾をもてあそび、小さく答えた。「好きだったわ」

彼は大きなため息をつくと、微笑んだ。「若曦《じゃくぎ》、うれしいよ。ここ数日、それを確かめたくて仕方なかった。でも怖くて聞けなかったんだ」彼は再び酒をあおり、こう言った。「もう安心してくれ。これからは君が歌ってくれたあの曲を思い出にするよ。私を楽しませてくれたり、私を思いやってくれたことを思い出すだけで、幸せな気持ちになれる」

彼は少し黙っていて、それから再びゆっくりと話しはじめた。「私は小さい頃から学問をさぼりがちで、なかなか身につかないから、みんなの笑い者だった。だけど本当は努力していたんだ。いくら頑張っても四兄上や八兄上、そして十四弟にはかなわなかった。彼らは一度読んだものは忘れないのに、私は三度読んでも忘れてしまう。父上の言葉も、彼らは素早く理解するが、私はいくら考えても何を言わんとしているのかくみ取れず、失敗ばかりした。だけど八兄上だけが、そんな私をかばい、いつも助け船を出してくれた」彼は少し黙り、私に聞いた。「若曦《じゃくぎ》、君も私のことを足りない人間だと思うか？」

私はにっこりと微笑んだ。「そうね。だから私にもてあそばれるのよ」あえてそこで間を置いて続けた。「でも、そんなあなただから、一緒にいて楽しいの。うれしい時には喜び、不満を感じたらそれを正直に表す。好きなものはとことん好きだし、嫌いなものは嫌い。もしもあなたが、持って回ったような話し方しかしなくて、うれしくもないのに笑うような人間だったら好きにならないわ。あなたの前では、私も心のままに笑って、素直に不満を顔に出せる。あなたと一緒にいると、とても楽しいの。本当よ」

彼はふっとそっぽを向いて、しばらく黙っていたかと思うと、涙声で言った。「私も楽しいよ」

二人でしんみりとして座っていると、外から「もう戻ってこい！」と叫ぶ第十四皇子の声が聞こえた。

私は立ち上がり、二つの杯に酒を注ぎ、片方を第十皇子に渡した。彼に向かって杯をかかげ、一気に飲み干し、テーブルの上に伏せた。それを見た彼も、自分の杯を一気に干した。

私は笑顔で拝礼をとると「失礼いたします」と告げ、体を起こし、簾をくぐり、部屋をあとにした。

第五章
憂いの酒は酔いやすく

今年の初雪は音もなくやってきた。前日まで何の気配もなく、翌朝目が覚めた時は一面の雪景色だった。

大学卒業後は深圳《しんせん》で働いたので、もう三年は雪を見ていなかった。突然目の前に現れた光り輝く世界に、言葉にならない驚きと興奮がわき上がり、大はしゃぎで外へ出た。

止めてもムダだと判断した巧慧《こうけい》は、マントと帽子を出してきた。私はたくさんある中から、へりに白ウサギの毛がほどこされた赤い絹ちぢみのマントと、それに合わせた帽子を選び、少しでも早く雪を踏みしめようと外へ出た。

背中で巧慧《こうけい》が叫んだ。「早くお戻りくださいね」

はらはらと落ちる雪は、決して大きくはなかったが、天地の境界をぼかし、十歩も進むと、周囲が分からなくなるほどだった。

私は行くあてもなく、気の向くままに歩いた。誰もいない景色の中を、時々雪に足をとられながら進んでいく。こんなに広い世界にいながら、この私だけが周囲の人たちとは異質な存在なのだ。

〝この世を一人で進んでいく〟という孤独感が押し寄せてきた。

夢中になって歩いていると、うしろから雪を踏む微かな音が聞こえてきて、誰かが私に追いつき、並んで歩きはじめた。

顔をあげると、そこに第八皇子がいた。彼は黒テンのマントに、ひさしのついた黒い竹笠をかぶっている。挨拶をしなければと思いつつ、なぜかその気になれず、前を向いて歩き続けた。

彼も黙ったまま、離れることなく、ずっとついてくる。

静かな世界の中に、二人が雪を踏む音だけが響く。白く煙るこの世界にいるのが私たちだけのような錯覚に陥る。会話はなかったが、一人で歩いていた時の孤独感は薄れ、心がおだやかに落ち着いてきて、このままどこまでも歩けそうな気がしてきた。

雪の下の石に足を取られ、私は唐突にバランスを崩した。転ぶと思った瞬間、私をしっかりと支える彼の手があった。私は体を立て直し、声をあげることもなく、再び歩き出した。彼も何も言わず私の手をしっかりと握り、離そうとしない。何度か手をほどこうとしたが、許してもらえなかったので、そのまま歩いた。

周囲の景色を気にせず、ひたすら彼に引かれて歩くうち、私は方向感覚を失った。雪のせいもあって、自分がどこにいるのかも分からない。

ふと気づくと、第八皇子側近の太監李福《りふく》が出迎えに出てきて、目の前に立っていた。私は慌ててつないでいた手をひっこめようとしたが、第八皇子は離してくれず、ただ李福《りふく》に向かって「書斎にいる者は、皆下がるよう伝えよ」と命じた。

李福《りふく》はお辞儀をすると、走って先に戻った。私は再び手を離そうとしたが許してもらえなかった。彼は私の手を握ったまま歩き出し、気がつけば書斎の前に到着していた。

入り口に控えていた李福《りふく》がさっと頭を下げる。第八皇子はそれに構わず、私を引いたまま部屋へ入った。

中に入るとやっと手を離し、私の帽子を取ってくれ、さらにマントを脱がせようとした。驚いた私はうしろへ下がり、「自分でやります」と言った。

彼は笑うと、今度は自分のマントと笠を脱いで掛けた。

すでに火がおこしてあり、部屋は暖かかった。私もマントを脱いで掛けたが、どうしていいか分からず、そのまま立っていた。

彼が熱いお茶をいれてくれたので、私はそれを受け取り、手を温めた。

その後、彼は机の前に座り、積み重ねられた文書に目を通しはじめた。私がいつまでもお茶を持って立っていると、顔をあげて笑った。「君は立っているのが好きなのか?」

私は取り乱し、とりあえず彼から一番遠くにある椅子を選んで座った。彼は頭を振って笑うと、再び文書に目を通し、何かを書き込んだりしている。

たまに李福《りふく》が静かに入ってきては、お茶の葉を換えたり、炭を継ぎ足したりする。その動きは手慣れたもので、少しも音を立てることなく作業を終えて出て行く。

最初は第八皇子のほうを見ることができず、ひたすら自分の足もとを見ていた。しかし彼が文書を読むのに没頭し、まったく顔をあげないことに気づくと、少しずつ勇気がわいてきて、彼の顔を盗み見ることができるようになった。薄い青緑色の長袍《チャンパオ》に、透き通るような肌、澄んだ瞳に、微笑みをたたえた口もと。文書を読みながら、時々眉をひそめるが、すぐもとに戻る。筆で字を書く姿はとても気高い。その優雅さはまさに竹の露に吹く清風、玉のごとく美しい姿だった。

こんな人物が、雍正帝《ようせいてい》に〝阿其那《アキナ》〟などという、不名誉な称号をあてがわれることになるなんてとても信じられないし、納得できない。もしかしたら、そうすることが、雍正帝《ようせいてい》なりの最大の悪意の表しかたであり、殺すよりも強烈な決別の方法だったのかもしれない。

私は第八皇子をながめながら複雑な思いでいっぱいになった。

いつしか空腹を覚えた私は、部屋の中を見回してみた。彼の机の上に菓子の皿が二つある。何度も考えたあげく、取りに行く覚悟を決めた。ゆっくり立ち上がって近づくと、適当に選んで口に入れた。彼は顔をあげ、そんな私を見てニヤリとした。

「そろそろ帰らないと、姉が心配します」

彼は微かな笑みを残したまましばらく黙ってうつむき、再び顔をあげてこめかみを揉みながら李《り》福《ふく》の名を呼んだ。

李福《りふく》が足早に入ってきて、お辞儀をしたまま指示を待つ。

「若曦《じゃくぎ》を送り届けよ」

李福《りふく》は頭をあげると、私のマントと帽子を取り、着るのを手伝ってくれた。

雪はまだ降り続いていて、外には誰もいなかった。李福《りふく》は私の前を先導するように歩いている。気がつくと、彼が選ぶ道はすべてわきの小道ばかりだ。日頃から通る人も少ないので、今日みたいな日はカラスさえいない。ぐるぐるとあちこちを回り、とある道の入り口に到着したところで彼が言った。「この道を行けば、若蘭《じゃくらん》様のお屋敷に着きます。私はまだ仕事がありますので、ここから先はお送りできません」

私はうなずいた。「行っていいわ」

李福《りふく》は拝礼をして帰っていった。

＊＊＊

それから数日、私は時々自分の左手を見ては、ぼんやりとした。第八皇子の考えていることが分かるような分からないような複雑な気分だ。高校時代、かなり無鉄砲な恋愛をしたが、あれは分かりやすかった。でも第八皇子の心はまったく読めない。好きなのか、嫌いなのか、遊びなのか、真剣なのか、ただの興味本位か、はたまた何か企みがあるのか。

腹の探り合いに余念がない宮中の男にとって、美女というのは、風景を観賞するのと同じで、気晴らしの対象に過ぎないのかもしれない。あのまっすぐな第十皇子でさえ、私と明玉《めいぎょく》を同時に娶《めと》ろうとするくらいだ。彼らには何も期待しないほうがいいのかもしれない。

　幾何の証明問題につまずいた時、しばらく放っておくと答えが分かることがある。今回の難題も放っておくことにしよう。時間が経てば、答えが分かる日も来るだろう。


　それより問題なのは、三日後に控えた第十皇子の結婚式だ。

　第十皇子に会いに行って以来、一ヵ月以上も顔を合わせていない。すでに康熙《こうき》帝より屋敷を賜ったという話も聞いている。

　式に参加すべきかどうか迷ったが、やはり行かないほうが無難だろうと思った。

　行かない旨を告げると、姉は「そうね、行かなくてもいいわ」と言った。しかし巧慧《こうけい》が私をすみに引っ張って言った。「若蘭《じゃくらん》様は、新年や節句など、必要な時しか正室の所へご挨拶に行かれません。あちらはそれを不満に思っておいでです。もし今回、若曦《じゃくぎ》様が明玉《めいぎょく》姫の婚礼に参加しなければ礼儀を欠くことになり、若蘭《じゃくらん》様への風当たりがいっそう強くなるかもしれません」

　私は仕方なく、出席する旨を姉に伝えた。姉は今度もあっさりと受け入れたが、慌ててこう言った。「参加するなら、絶対に粗相はしないようにね」

　私は笑い、もちろんだと答えた。


　あっという間に当日がやってきた。私は感傷的な気持ちを隠すかのように、金の縁飾りのついた華やかな桃色の上衣を着た。

第八皇子は先に出かけ、私と姉は少しあとから屋根のない輿に乗り、会場である第十皇子の新しい屋敷へ向かった。到着すると屋敷の前にはすでにたくさんのきらびやかな馬車が並んでいた。第八皇子の貝勒《ベイレ》府に比べると多少見劣りするが、現代都市に住む私から見れば、信じられないほど豪勢な屋敷だった。

道には鮮やかな灯籠が光り、香の煙がただよい、にぎやかな音楽が聞こえてくる。すばらしく贅沢で、めでたいムードに満ちている。

笑い声や歌声、そして人々の話し声が、心地よい海のように広間を満たしている。その中で黙って座る姉と私は、どこか場違いな存在だった。

この広間に入った時から、それとなく私に向けられる人々の視線を感じていた。本当は今すぐにでも席を立って帰りたい気分だったが、ここで帰れば、更なる笑い者になるだけだ。花嫁の登場を待たずに帰ることはできない。

心の中で息をつくと、腹をくくるしかないと自分に言い聞かせた。口角を上げてみたら何とか笑えたので、キラキラの笑顔を作り、顔をあげて周囲をゆっくりと見回した。おもしろいことに、私と目が合うと、誰もがさっと視線をそらす。

心の中で苦笑いしながらキラキラの笑顔を振りまいていると、第四皇子と目が合ってしまった。その表情は氷のように冷たく、漆黒の瞳には何の感情も見いだせない。彼の鋭い視線に、かえってこちらの心を見透かされたような気がして、笑顔を保つことが危うくなる。

私は負けるものかと軽く息を吸い込むと、笑顔を立て直し、もう一度彼を見て、それから他の人たちのほうを向いた。

若い下男が走ってきて叫んだ。「新婦の輿が到着いたします」

この時、新郎がいないことに気づいた。広間を見回すと第八皇子もいない。私と姉に緊張が走る。

こっそりと第十四皇子のもとへ駆け寄り、「何かあったの？」と聞くと、第十四皇子も困ったような顔をしている。「昨日の時点では、十兄上に問題はなかったのだが」

震えが走った。まさかこの大事な日に第十皇子は騒ぎを起こすつもりなのだろうか。青ざめた私を見た第十四皇子が言った。「心配しなくていい。八兄上がついてるし、めったな事は起こらない」

私はうなずくことしかできなかった。

広間が騒がしくなるに従い、私の心は緊張で張り詰めた。その時、入り口のあたりから召し使いたちの「第十皇子！　第十皇子！」と叫ぶ声が聞こえてきた。

婚礼衣装に身を包んだ第十皇子が、第八皇子と一緒にいるのが見える。その後、第十皇子は太監たちに連れられて奥へ入っていった。

第八皇子は周囲の人たちと挨拶をかわしながら、にこやかに広間へ入ってきた。ちょうどそこにいた皇太子が「何があったのだ」と聞いている。

第八皇子は笑顔で答えた。「衣装が体に合わないので、駄々をこねているのです」

人々が一斉に笑った。「花嫁に嫌われるのが怖いんだろう」と誰かが冷やかしたので、さらに大きな笑いが起こった。

第八皇子は手を後ろに組んだまま皇太子の横に立ち、笑顔で人々と挨拶を交わしている。

視線が合いそうになり、私は慌てて下を向いた。第八皇子とはあの雪の日以来で、何となく顔を合わせづらかった。ふと見ると、にぎやかな広間の中で、第四皇子だけが我関せずといった顔で外を見ていた。


しばらくすると音楽が鳴り響き、みんなが一斉に入り口のほうを向いた。人々のうしろからのぞくと、遠くに第十皇子の姿が見える。彼は赤い帯を手に持ち、顔を覆い隠した新婦とともに入ってきて、そのままお祝いの声に送られながら、夫婦の部屋へ入っていった。

私は密かに深いため息を吐いた。このあと第十皇子は部屋から出てきて、お酒を注いで回るのだ。私にも酒を注ぎに来るのかと思うといたたまれない。出口を指さすと、姉がうなずいてくれた。

私は人々の視線を逃れるようにして会場を抜け出した。

十二月の北京は寒い。しかし今はこの冷たい空気が心を楽にしてくれる。

私は手を服の内側に隠すようにすると、首をすくめ、背中を曲げ、震えながら、人目につかない場所を探していた。と、その時、声が聞こえてきた。「そんなに寒がっているくせに、外で風に当たりたいのか」

顔をあげるとそこに第十三皇子がいた。彼は手すりにだらしなく座り、からかうようにこちらを見ている。私は思わず声をあげた。「なぜ中でお祝いの酒を飲まないの？」

彼は冷ややかに笑った。「君こそ、なぜここにいる」

拝礼していないことを思い出した私は、慌ててひざを折り、「第十三皇子にご挨拶を」と言った。

彼はフッと笑って「挨拶すべき相手は中にいるだろう？」と言い、私がまだひざを折ったままの姿勢でいることに気づくと、「もう立っていいよ」と言った。

私はゆっくりと体を起こし、彼が去るのを待った。

しかし彼はいつまでも動こうとせず、唐突にこう言った。「お互い傷付いた者どうしだ。付き合ってくれ」

意味が分からず彼を見た。

第十三皇子は手すりから飛び下り、大股でこちらに近づいてくると、私の手をとって歩き出した。

歩くのが速すぎてとてもついて行けない。かといって手も離せない。私は小走りになりながら「離して！」と言うのがやっとだった。

通用門から外に出た。門番をしていた若い下男は、第十三皇子ににらまれると、すくんで声も出せなかった。第十三皇子が口笛を鳴らすと、ひづめの音が聞こえてきて、黒光りした立派な馬がやってきた。

声をあげる間もなく私は馬の背に座らせられた。彼も馬に飛び乗ると、私のうしろから手をまわして手綱を握り、かけ声とともに勢いよく馬を走らせた。

まるで空を飛ぶような速さだ。私は恐怖のあまり彼の胸の中で体を縮め、すさまじい揺れに耐え、刺すように痛い風を避けるため、彼の肩に顔を押しつけた。

走るうちに体が凍えて無感覚になった。覇王のように振る舞うこの男は何を考えているのだろうか。私を凍死させるつもりか？　〝傷付いた者どうし〟と言ったところを見ると、明玉《めいぎょく》のことが好きなのだろうか。

馬がゆっくりと速度を落として止まった。彼は先に馬から下りると、私を抱き止めて下ろしてくれた。

骨にしみる寒さに、私は自分の肩を抱きながら歯を食いしばり、全身を震わせて立っていた。

彼は鞍《くら》から酒の入った革袋を取り出し、栓をぬき、片方の手で私の頭を支え、もう片方の手で私の口もとに酒を近づけて「飲め」と言った。ぶるぶる震えながら一口飲むと、焼けるような感覚が腹へと下りていった。「もう一口飲め」と言われ、私はまた飲んだ。

焼けつく感覚が五臓六腑に広がり、マヒしていた感覚が戻ってきたが、それでも震えは止まらなかった。

彼は私を置いて、林のほうへ行ってしまった。慌てて叫ぼうとしたが、寒くて声が出ない。

空は真っ暗で、私の横には馬がいるだけだ。寒さと恐怖に震えながら、二度と明玉《めいぎょく》とはケンカをするまいと心に誓った。この覇王に憎まれたら大変だ。

しばらくすると、乾いた枝を集めて戻ってきた彼が火をつけた。

私は思わず炎に駆け寄って座った。再び酒を勧められ、断りきれずに一口飲んでから返した。それからしばらくの間、二人はたき火の前に座り、酒を飲んで過ごした。

今ごろ姉が心配しているだろう。でも炎に照らされた覇王の冷たい顔を見ると、帰りたいと切り出す勇気さえ失せる。そもそも明玉《めいぎょく》が第十皇子に嫁いだのは私のせいではない。康熙《こうき》帝が決めたことなのだ。八つ当たりはやめてほしい。このままだと雍正《ようせい》帝の即位を見る前に、この覇王に殺されかねない。

革袋の酒がなくなってしまうと、彼は馬の所へ行き、新しい酒を持ってきた。

ゆっくりと飲むうちに、香港のランカイフォンで友達と飲んだことや、子供のころ、家にあったシャンパンをこっそり飲んで酔っ払ったことなどがよみがえった。昔の思い出に笑ってみたりして、私はぼんやり炎を眺めていた。それからどうしたのだろうか。そう、その後のことは何も覚えていないのだ。第十三皇子に起こされた時、空はまだ暗く、私は彼のひざの上につっぷしていた。

彼は火を消すと、私を馬に乗せた。

再び狂ったような速さで走るあいだ、私は来た時と同じように彼の胸の中で身を縮め、寒さで体の感覚を失った。貝勒《ベイレ》府に戻るころには、空が白みはじめていた。彼は私を門の前で下ろすと、「なかなか飲めるじゃないか。また一緒に飲もう」と言って去っていった。

目が回り、体の震えが止まらない。私は頭で門をたたいた。

なぜ手を使わないかというと、あまりの寒さに腕が動かないからだ。

門が開き、私は勢いよく中へなだれ込んだ。若い下男が慌てて私を支えながら叫んだ。「大変だ！体が冷え切っている」

部屋へ担ぎ込まれると、姉が飛んできた。召し使いたちが私の服を脱がせ、熱いお風呂に入れてくれた。ようやく体が温まったところで、私は風呂桶から引っ張り出され、寝台に運ばれた。

姉はたくさん質問をしてきたが、私が朦朧としているので、途中で聞くのを諦めた。私は酔った勢いのまま眠ってしまった。


侍女たちに起こされると、すでに夕食の時間になっていた。少し頭が重たいことを除けば他に問題はなかった。考えてみれば、昔から酒を飲んでも品行方正で、泣きわめいたり騒ぎを起こすこともなく、せいぜい寝てしまうくらいだった。この時ほど、自分の酒ぐせのよさに感謝したことはなかった。

身支度をして食卓へ向かうと、第八皇子が来ていた。酔いから覚めたばかりで頭が回転していないうえに、昨日の午後から何も食べていなかったので、私は挨拶もそこそこに食べはじめた。

ようやく頭が働きはじめると、昨晩のことをどう説明しようかと考えはじめた。そこへ姉の声が響く。「昨日は、第十三皇子とどこへ行ったの？」

私は驚いて聞き返した。「なぜ知ってるの？」

「皇子が消えれば、誰だって気づくわ」

考えてみれば、門番をしていたあの下男に聞けば分かることだ。だけど、笑ってしまうほど突飛な昨夜の出来事をどう説明すればいいのだろう。まだ少女だったころ、武侠《ぶきょう》小説を読んでは、美しい顔立ちの武芸者と一緒に馬に乗り、緑の草原を走り抜けながら見つめ合う妄想を何度も膨らませた。それが昨日の夜、現実になったのだ。ただし、一緒に馬に乗ったことを除いては、すべてが違い過ぎた。笑いがこみ上げたが、姉の恐ろしい形相を見てぐっとこらえた。

姉が不愉快そうに言った。「笑いたいなら笑いなさい。そのかわり、きちんと話してちょうだい」

私はこらえていたものを吹き出すように笑ったが、二人の冷たい視線に、笑うのをやめ、第八皇子のほうを見た。

彼は微笑んでいるように見えたが、瞳はどことなく冷めたかった。その視線に私が身震いしておとなしくなると、彼は何も言わずに下を向いて食べはじめた。

姉が言った。「答えなさい。昨日の夜、何があったの?」

「外でお酒を飲んだの」

「第十三皇子は、なぜあなたを連れ出してお酒を飲んだの?」

詳しく説明すると第十三皇子のプライバシーに触れることになる。私はさらっと答えた。「たぶん私に同情して誘ってくれたのね」

姉はやれやれと頭を振った。「嫁入り前の娘が朝まで帰らないなんて、周囲から何を言われるか分かったものではないわ」

おっしゃるとおりだ。私はますます紫禁城《しきんじょう》の人たちから好奇の目で見られることになるだろう。とはいえ、こうなったら仕方ない。だいたい私にどんな日々が待ち受けているかも分からないのだ。先のことなど考えるまい。なるようになれだ。

私はフッと息をつくと、涼しい顔で食事を続けた。

そんな私を見て、再び姉が口を開いた。「今回は貝勒《ベイレ》様がすぐに気づいて対応してくださったから大丈夫だったのよ。場所が第十皇子の屋敷だったことも幸いして、限られた召し使い以外、事実を知る者はいないわ。本当は人を出して捜索させようとも思ったけど、騒ぎが大きくなるからやめたの。第十三皇子と一緒だと分かっていたから、めったな事は起こらないだろうと思い、信頼できる下男を門の所に待機させるだけにとどめたのよ」姉はそこでひと息つくと、こう言った。「こんなことは二度としないと約束してちょうだい」

私だってあんな寒い外にいたくなかったのに、あの覇王に連れ出されたのだ。しかし、そう言うのも勝手すぎるだろうか。自分も発散したい気分で彼について行ったことは素直に認めよう。

食事が終わると、第八皇子は姉と少しだけ談笑し、すぐに帰ってしまった。

それでも姉は悲しむ様子もなく、かえってホッとしているように見える。第八皇子ほどのすてきな男性をもってしても忘れさせることができないなんて、姉が心に想う男性は、いったいどんな人物なのだろうか。

第六章
知己は得がたし

冬だというのに風もない。暖かい光に照らされて、体から力が抜けていく。こんな日にすばらしい馬術を鑑賞するのは至福だ。

数日前、皇太子から招待状が届き、乗馬の技を競いながら、みんなで楽しいひとときを過ごそうという誘いがあった。私なりに解釈すると、暇で仕方ないから僕と一緒に遊んでくれということだ。

招待状には、男女を問わず、優れた技量の持ち主に褒美を与えるとも書いてあった。身分の高い皇子やその奥方たちが褒美目当てに参加するはずはないが、他の者たちは、皇太子に目をかけてもらうチャンスとばかりに本気で参加するはずだ。

当初、その気のなかった姉を、私はしつこく誘って参加させた。

馬に乗れない私も、みんなに合わせて乗馬服に着替えた。なかなか勇ましい自分の姿を鏡に映し、一人悦に入った。姉も私を褒めてくれた。そんな姉と自分を見て、思わずため息をついた。この姉妹の母親はさぞかし美しかったことだろう。しかし佳人は薄命なのだ。

満州族の子供は乗馬が得意で、皇室の子弟も幼いころから訓練を受ける。会場ではすでに数人が馬を走らせていたが、三面を囲われた天幕の席はまだほとんどが空席だった。私と姉が入っていくと、座っておしゃべりをしていた第十三皇子と第十四皇子が立ち上がり、姉の前へ進み出て挨拶をした。先日とは打って変わって機嫌のよい第十三皇子を、思わず何度も見てしまった。そんな私に気づき、彼はこちらを向いて眉をヒュッと上げて見せた。私は慌てて視線をそらしたが、今度はその様子を第十四皇子に見られていたことに気づき、意味もなく顔を赤らめてしまった。

外で声が響き、拍手が起こる。みんなが一斉にそちらを見た。一頭の白い馬が電光石火のごとく駆け抜け、赤い乗馬服を着た若い女性がその上でひらひらと舞っている。彼女は鞭《むち》を使って地面に置かれた色とりどりの小旗を次々とはじき、拍手喝采を浴びた。

これほど高度な技を持った女性を初めて見た私はくぎづけになり、歓声をあげた。その女性は馬を一周走らせると、手綱を引いて速度を落とし、大歓声の中、馬場から出ていった。私は興奮して姉に話しかけた。「すごいわ！　まさに気高き勇者の姿ね。これを見られただけでも、今日来たかいがあった」

姉は笑って私の体をつついた。「そこまで言うなら、あなたもさっそく明日から練習しなさい」

私は今見た女性を思い浮かべ、ため息をついた。「人にはそれぞれ向き不向きがあるのよ。無理言わないで」

それを聞いた第十三皇子と第十四皇子が吹き出した。

興奮の余韻にひたっていると、例の赤い乗馬服の女性が鞭を手にやってきた。その顔を見た私は、それまでの興奮が吹き飛び、気まずい思いでいっぱいになった。それはあの明玉《めいぎょく》、つまり第十皇子夫人だった。私は心密かに思った。第十三皇子が惚れるのもムリはない。さすがの覇王もあの馬術には心を奪われるだろう。

彼女が周囲を見回すと、さっそく第十三皇子と第十四皇子が立ち上がって挨拶をした。兄嫁となった彼女に向き合う第十三皇子の姿に、私は心から同情した。

明玉《めいぎょく》はあごをキッとあげて私を見た。「まだ礼儀を身につけてないようね」そうだ。今となっては、私のほうから挨拶をしなくてはならないのだ。しかしよく考えたら彼女のほうだって私の姉に挨拶をしたことがない。だったら私も礼儀を欠いて無視してやろう。そう思ったのも束の間、第十三皇子の視線を感じてひるんだ。この覇王の機嫌をそこねたら、またひどい目に遭わされる。私は仕方なく「奥方様にご挨拶いたします」と言って拝礼した。

彼女はフンッと鼻を鳴らすと、私にかまわず席についた。私は彼女が腰を下ろすのを待ってから座った。

ひとしきり挨拶が終わったところで、皇太子が入ってきた。そのうしろから、第四、第八、第九、そして第十皇子も入ってきた。私たちは立ち上がって拝礼した。

皇太子は笑顔で「楽にせよ」と言うと、腰を下ろしながら明玉《めいぎょく》に言った。「郭絡羅《かくらくら》の娘は満州族の誇りだと父上が褒めていたが、今日、その意味がよく分かった」

明玉《めいぎょく》が笑顔で応える。「もったいなきお言葉です。皇帝陛下がお褒めになったのは私の姉であり、私のことではありません」

第十皇子の顔を見るのは結婚式以来だったので、何となく気まずかった。彼は入ってきた時からキラキラした瞳でこちらを見ている。私はドキドキして目を合わすことができなかった。

馬場では若い男性が馬術を披露していた。認めるのは悔しいが、その演技は明玉《めいぎょく》に比べると色あせて見えた。

その時、明玉《めいぎょく》の声が聞こえた。「馬爾泰若曦《ばじたいじゃくぎ》、せっかく乗馬服を着ているなら腕前を披露したら？」

やはりそう来たか。しかし第十三皇子がそばにいるので、言い返したい気持ちをぐっとこらえた。姉はそんな私を、よくぞ我慢したと言いたげに見ている。

するとまた明玉《めいぎょく》の声が響く。「馬爾泰《ばじたい》将軍の娘なら軍営で育ったのでしょう？　馬術などお手の物だろうに、どうして今日は披露してくれないの？」

この女はいつまで続けるつもりだ？　男もかなわぬほどの技量を持つ自分と比べることで、私に恥をかかせて楽しむ魂胆だろう。憎悪の目を彼女に向けようとしたが、第十三皇子がいることを思い出して、沈黙を守った。

私の成長ぶりに姉は大喜びだ。しかしここで皇太子が口を開いた。「馬爾泰若曦《ばじたいじゃくぎ》にも、ぜひ腕前を披露してほしい」

私が立ち上がって口を開く前に、第十皇子が助け船を出そうとして言った。「彼女は馬に乗れないのです。以前一緒に乗馬をしたことがありますが、馬夫にひかれながらゆっくり進むのがやっとです」

ああ、第十皇子よ、その発言では私を助けているのか、恥をかかせているか分からないわ。

間髪を入れずに明玉《めいぎょく》が冷ややかに笑う。「あら、やっぱり噂って当てにならないのね。馬爾泰《ばじたい》将軍の軍営は、誰もが騎馬の名手で精鋭ぞろいだと聞いたけど、ウソだったのね。精鋭どころか能なしの集団だったりして」

その言葉が終わるのを待たずして、となりにいた姉がすっと立ち上がり、笑顔で皇太子に言った。「私が披露いたしましょう。ただし、今日は自分の馬がありませんので、第十皇子夫人の馬をお借りできればと思います」どうやら明玉《めいぎょく》は、姉に火をつけてしまったようだ。私は姉の腕前を知らないので、ひどく不安になったが、ここは黙って見守るしかない。

皇太子がうなずくと、姉は天幕から出ていった。私はドキドキしながら前のほうへ走り寄り、馬場に注目した。

姉を乗せた白い馬が会場に入ってきた。速度は明玉《めいぎょく》ほど速くはなかったが、横乗りをしたり、馬の首に手を回し低い姿勢をとったり、鞍《くら》に片手をついて体を支えたり、身を翻《ひるがえ》したりするその姿は、乗馬というより、美しい精霊が馬の上で繰り広げるダンスのようだった。

喝采はますます大きくなり、天幕の中でも次々に声があがった。乗馬の得意な第十、第十三、第十四皇子たちも歓声をあげている。私も足を踏みならし拍手を送った。

姉は馬の上にまっすぐ立ったまま、天幕のほうへ向かってきた。細身の袖がついた桃色の緞子《どんす》に、銀鼠の短い上衣をはおり、蝶結びの帯を締め、馬上で服をなびかせている。十二粒の真珠をちりばめた髪はシンプルにまとめられ、あたかも空から舞い降りた天女のようだ。

姉の馬は減速する気配もなく、どんどんこちらへ近づいてくる。事故を心配した衛兵たちが走ってくる。それでも姉はスピードを落とさない。人々が息を飲んだ次の瞬間、馬はいななきとともに、天幕から十歩手前の位置で止まった。姉はなおも馬の上で直立している。水を打ったような静寂に続き、割れるような拍手喝采が起こった。

姉は馬からおりると、そばにいた衛兵に手綱を渡し、天幕へ入ってきて皇太子に頭を下げた。

「危険なことをいたしました。どうか私に罰をお与えください」

皇太子が笑った。「見事な腕前であった。そなたに与えるべきは、罰ではなく褒美である」

明玉《めいぎょく》は悔しそうにしながらも、感服したように姉を見ている。

皇太子は、姉に顔をあげるよう命じ、それから第八皇子に言った。「お前より奥方の腕前のほうが上ではないか」

第八皇子は優雅に微笑んで「まったくです」と答えた。

私は切ない気持ちでいっぱいになった。第八皇子は微笑んで見せているが、姉に馬術を教えた人物のことを知っているのだろう。

明玉《めいぎょく》と姉の馬術を見たあとでは、何を見ても興が乗らないのか、会場は盛り上がりに欠けた。

姉もずっと暗い表情のまま、ぼんやりしている。第八皇子も口もとに笑みを絶やさなかったが、どこか苦しそうだった。いたたまれなくなった私はこっそりと天幕を抜け出した。

歩きながらも、浮かんでくるのは姉の見事な技ばかりだった。あれを指導した人物は、姉のさらに上をいく腕を持っていたはずだ。きっとたくましく立派な男性だったのだろう。そして本当なら姉とその人物は、西北の砂漠を自由に飛び交う一対の鷹だったのだ。それなのに今や一人は土の中に眠り、一人は屋敷に閉じ込められている。

うしろから声がした。「もう人のものなんだ。いい加減に忘れろ」

振り返ると黒馬を連れた第十三皇子が物憂げに笑っている。

その笑顔が気に障《さわ》ったが、勘違いを正すのも面倒で、「お互い様でしょ」と返して、再び前を向いて歩いた。

一瞬ぽかんとした彼は、次の瞬間大笑いをして私を追ってきた。その異常な笑い声に、私は思わず立ち止まった。彼は私を指さした。「なるほど。さっきから人の顔を意味ありげに見ていると思ったら……私が明玉《めいぎょく》に想いを寄せていると勘違いしていたのか」そう言うと、さらに大きな声を立てて笑った。

私はイライラしていたことも忘れ、自分の勘違いにあっけにとられた。そしてお互いに勘違いをしていたのかと思ったとたんにおかしくなり、一緒になって笑った。

ひとしきり笑ったあと、改めて私たちはお互いの顔を見た。それまでの敵対心が一気に吹き飛んだ。私が歩き出すと、彼も一緒に歩き出した。黒馬がうしろをついてくる。

そうと分かればこちらも彼の勘違いを正したい。「じつは私も第十皇子が好きなわけではないのよ」

第十三皇子は驚いたように立ち止まり、まじまじと私を見て、「おあいこだな」と笑った。

しばらく歩くと小高くなった場所に着いた。いくらか平らな地面を見つけると、私はそこに膝を抱えるように座り、遠くの馬場に目をやった。彼もそばに座った。黒馬がその横で地面にひづめをこすりつけている。

私はどうしても我慢できずに聞いた。「だったら、どうして婚礼の夜、あんなに荒れていたの?」

彼は遠くを見たまま黙っていた。私は小さな声で言った。「言いたくないのなら、言わなくていいわ」

少しの沈黙のあと、彼が口を開いた。「べつに言えないような話ではないさ。あの日は母の命日でね」

私は「えっ」と声をあげ、思わず彼のほうを見たが、何を言えばいいか分からず、再び遠くを見て黙った。彼は苦しそうに笑った。「そして母が父上に嫁いだのも、何年も前の同じ日だ」

そんな人生をたどった女性がいたのだ。花のように美しい年頃に嫁ぎ、若くしてこの世を去ったその女性を思うのは、今やこの息子だけなのかもしれない。彼女の人生すべてを記憶にとどめるべき夫は何不自由のない最高の生活をし、妻が輿入れの時にかぶってきた赤い頭巾に触れた時の感動さえ忘れているだろう。

第十皇子の婚礼のあの日、赤い色彩で満たされた広間が、この息子にとってどれだけ残酷な情景に映ったことか。それを思うと同情せずにはいられれず、あの日の覇王のような態度への憤りはすっかり消えてしまった。

私たちはしばらく静かに座っていた。やがて彼が興味深げに笑った。「君が十兄上のことを何とも思っていないのなら、どうして兄上の誕生日に歌を贈ったり、結婚が決まってから様子がおかしくなったりしたんだ？」

私は少し考えて答えた。「虬髯客《きゅうぜんかく》が初めて紅払《こうふつ》に出会った時に、紅払《こうふつ》が何をしていたか知ってる？（いずれも唐代末の小説『虬髯客伝《きゅうぜんかくでん》』の登場人物）」

第十三皇子は記憶をたどるようにして答えた。「髪をとかしていた」

「そうよ。そんな出会い方をしても、男女の仲にならず、友情を築いた。男と女でも、恋心ではなく、人としての真心を通わせることはできるのよ」

彼が驚いたように私を見ている。私も彼をしっかりと見すえた。彼が言った。「いい言葉だ。〝恋心ではなく、人としての真心〟か」

理解を得られたことがうれしかった。この時代、男女の友情という考え方はあまりに斬新すぎて、普通なら受け入れられない。しかし彼は分かってくれた。私たちは見つめ合って笑った。

馬場にいる人たちが帰っていくのが見えたので、私も立ち上がった。「そろそろ戻りましょう」

腰をあげながら彼が言う。「飲みに行かないか」

突然の誘いに驚いたが、彼の笑顔は私の心を温かくした。「もちろんいいわ」

「馬が一頭しかないが、一緒でもいいか？」

私は笑った。「前回もそうだったじゃない」

第十三皇子は豪快に笑うと先に馬に乗り、私を引っ張り上げて後ろに座らせ、かけ声とともに勢いよく走りはじめた。

馬を操りながら静かな裏路地に入ると、美しい四合院（中庭のある伝統的な住宅）の前で止まった。門が開き、召し使いの老婆が出てきて挨拶をする。「前もっておっしゃってくだされればお待ちしておりましたのに。あいにく今は客の相手をしております。とにかく知らせて参りましょう」

「その必要はない。今日は友と飲みに来ただけだ。酒の肴を用意してくれ」

老婆はチラッと私を見て、服装から身分の高さを察し、すぐに挨拶をした。

勝手知ったる場所なのか、第十三皇子は私を連れてどんどん奥へと進み、こざっぱりとした部屋へ入った。カリン材のテーブルと椅子があるだけで、装飾品はほとんどなく、窓辺の机に置かれた白い磁器に青竹が生けてあるだけだった。

私は部屋を見回しながら腰を下ろし、尋ねた。「ここに大切な人がいるの？」

彼は笑った。「気分がふさぐと来て、一緒に酒を飲みながら話をするんだ」

私はうなずいた。その女性は、一般人など会うことのかなわないような芸妓なのだろう。

しばらくすると、先ほどの老婆と二人の下女が酒と料理を運んできた。彼女たちが出ていくのを待って、私たちは飲み始めた。

酒が進むにしたがい二人は饒舌になり、宮中のたわいもない出来事から古今東西にまつわる興味深い話題、詩や賢人の話で盛り上がった。話すうちに、二人とも嵆康《けいこう》と阮籍《げんせき》（ともに竹林の七賢）の信奉者であることが分かり、すっかり意気投合した。彼とはもっと早く友達になるべきだった。

中国数千年の思想史を振り返ると、いわゆる儒教の三綱五常が、皇帝権力を中心とする政治や文化に人々を縛りつけ、個人主義的な思想を抑え込んできた。しかし乱世に生まれた嵆康《けいこう》は、まるで闇夜の閃光のごとく、短くも鮮烈な生涯を送った人物だ。世に知られた著書『與山巨源絶交書』の中で、人間の平等性を説いている。彼の〝湯王や武王を非とし、周公や孔子を軽んずる〟とは、儒家が尊重する聖賢たちでさえ、数ある思想の一つにすぎず、万人に強制されるべきものではないという考えを語ったものである。人の幸福は本人自身だけが知るもので、それを追求することは個人の権利であるとした彼の思想は、自由・平等や個人主義に立つ現代の思想に通じる。

第十三皇子が自由な考えの持ち主だとは知っていたが、まさか嵆康《けいこう》のファンだとは思わなかった。皇子という支配階級の身でありながら、その地位や利益に固執しないことに驚く。こんな時代にあって、現代人である私の感覚を分かち合える貴重な存在に出会えた興奮と喜びに、私はますます饒舌になった。

彼もまた、驚きと喜びをもって、私と語り合ってくれた。儒教が重んじられるこの時代、男性でさえそれに対して疑問を投げかける勇気などないのに、私のように堂々と発言する女性がいることがめずらしいのだろう。

気分が高揚した私は、杯を手にして言った。「私が嵆康《けいこう》を好きなのには、もう一つ理由があるの」

今度は何を言い出すのかと興味を示す彼に、私はにっこりと微笑んだ。「宋玉《そうぎょく》や潘安《はんあん》みたいに、古来より美男と言われる人は多いけど、嵆康《けいこう》はただの美男じゃない。歴史書によれば、身の丈七尺八寸で容姿端麗。あとは何と言われているか知ってる？」

「たしか、ものごし上品にして、豪快かつ清らかな気性と評されている。松を吹き抜ける風と称されることもあるし、高遠にして悠然たる人物とも言われている」

私は彼の肩をたたいた。「そのとおり！　ただのヤサ男じゃなくて、強くてしなやかな男なの。陽光にすっくと立つ松のように、雪の重さにも、寒風にも耐えられる人よ」私は何度もため息をつきながら、うっとりとした。「強引ですぐに熱くなるようじゃ男とは言えないわ。嵆康《けいこう》こそ男の中の男よ！」

こんな話を人前でする女性を見たことがないのだろう。第十三皇子は感心したように言った。

「さすがだな。君らしい独特の価値観だ」

白状すると、最初は下心を持って第十三皇子に接した。私の姉は第八皇子の側室だし、私はいわば第八皇子派の人間だ。しかし歴史的に見ると、最終的に勝利を得るのは第四皇子と第十三皇子なのだ。史実を変えることができない以上、自分を守るためにできることはしておこうと思った。

しかし、そんな思惑とは別に、実際に第十三皇子と話すうちに、これこそが本当の友だと思えた。この時代にあって、人は誰しも平等だとか、皇帝でさえ他人の権利を侵すことなどできないと本気で思っている人間はない。だからこそ、彼が嵆康《けいこう》を崇拝し、この時代の社会のあり方に疑問を抱き、柔軟な態度で新しい価値観を受け入れようとすることは、ある意味で驚異なのだ。

酒を飲み終え、第十三皇子に送られて貝勒《ベイレ》府へ帰宅するころには真っ暗になっていた。彼は私のためにマントを借りてくれ、さらに馬をゆっくり走らせてくれたが、それでも体が冷えた。馬からおりた私は「ここでいいわ」と言った。

彼は少し考えるようして言った。「私から八兄上に事情を説明したほうがいいだろう」

「第八皇子も姉も怒ったりしないわよ」と笑って見せたが、彼は取り合わず、門をたたいた。中から二人の若い下男が出てくると、慌てて腰を折って拝礼した。第十三皇子は「拝礼はよい。それより貝勒《ベイレ》様に私が来たことを伝えてくれ」と言った。下男の一人が奥へ走っていき、もう一人が第十三皇子を客間へ通した。私はそこで第十三皇子と別れ、姉の屋敷に戻った。

部屋には姉と巧慧《こうけい》がいるだけで、他の召し使いはいなかった。

青ざめた顔で姉が言った。「こういうことは二度とないようにと言ったはずよ」

私は返す言葉もなく立っていた。友達と外で楽しく飲むという普通のことが、この時代では非常識な行為なのだ。私は思わずため息をついた。

姉と私の間には、三百年のジェネレーションギャップがある。理解を求めることなど不可能だ。

姉は悲しげに私を見ている。

長い時間が過ぎ、とうとう姉のほうが根負けして手を振った。「もう下がりなさい」

そんな姉を見るのがつらかったが、私だって悪いことをしたわけではない。この時代に来て多くのものを失ったが、さらに友達と遊ぶ権利まで失わなければならないのだろうか。私は黙って自分の部屋へ戻った。

翌朝目が覚めるともう遅い時間だった。寝転んだまま蚊帳《かや》の天井をぼんやりとながめ、第十三皇子と語り合ったことを思い出していると、また今すぐにでも飲みに行きたくなる。

この時代でも心の友を得られた喜びにひたっていると、蚊帳の外から下女の声がした。「お嬢様、貝勒《ベイレ》様がお呼びです」

私は飛び起きると、身支度を整え、不安に震えながら外で待っていた太監のあとをついていった。

書斎に到着すると、入り口いた李福《りふく》が私を中へ導いた。中へ入った瞬間、カタンと音が響き、李《り》福《ふく》が外から扉を閉めたのが分かった。心臓が激しく脈打つ。

第八皇子は青みがかった白い長袍《チャンパオ》を着て、腰の高さほどもある青磁の瓶のそばに立っている。瓶には掛け軸がたくさん収められている。私には目もくれず、窓の外に視線を向けたままだ。六角形の透かし彫りの窓から入る光が、その顔にまだらの影を作り、表情が読めない。

昨日の夜、第十三皇子は何を言い、第八皇子は何を思ったのだろう。私は声をかける勇気もなく、扉のそばにじっと立っていた。しばらくして第八皇子が振り返り、微笑んだ。「昨日は十三弟と何をした？」

「第十三皇子は何と言ったのですか？」

「質問しているのは私のほうだ」

一瞬取り乱しそうになった。しかしよく考えてみれば、人に言えないほど常識はずれなことはしていない。私は第八皇子の目をしっかり見て答えた。「第十三皇子に連れられて、酒を飲みに行きました」

彼は何の反応もなく、ただいつもの微笑を浮かべて私を見ている。こちらの心を見透かそうとするかのような目だ。私もあえて平然と彼を見たが、やがて気まずくなり、椅子を探すふりをして、彼の視線から逃げた。

座ったとたん、「来なさい」というやさしい声が響いた。戸惑うようにしていると、彼は温かい笑みを浮かべ、もう一度やさしく言った。「来なさい」

私はゆっくりと立ち上がり、そろそろと前へ進み、三歩手前で立ち止まり、うつむいたまま石の床を見つめた。

音にならないほどの小さなため息が聞こえた。「私がそんなに怖いか」そう言って彼が二歩近寄った。

彼に接近されると、いつもその存在感に心が乱れ、頭が真っ白になる。彼が私の手を取る。思わず引っ込めようとすると、強く握られた。彼は「じっとして」と言うと、懐から玉の腕輪を取り出し、私の手に通した。それは透き通った緑に一筋の血のような朱色が混ざった玉だった。

彼はそれを私の腕に深くはめると、机に戻って腰を下ろした。

止まっていた私の頭が少しずつ回転しはじめた。これは……どういうこと？　私はお説教を聞かされるために来たはずだ。彼のおだやかな声が響く。「吏部《りぶ》の姚《よう》侍郎がもうすぐここへ来る。君は帰りなさい」

私はあっけに取られ「えっ」と声をあげたが、慌てて拝礼をし、書斎を出た。外にいた李福《りふく》が私にお辞儀をしたが、それに応えることも忘れ、その場を去った。

私の慌てぶりを見た姉は、第八皇子にこっぴどく説教をされたのだろうと思ったらしく、「お叱りを受けても仕方ないわね」と微笑んだ。私は黙ったまま腕を袖の中に隠し、自分の部屋へ戻った。

夕食の時、姉は私の腕輪に気づき、「どこでそれを？」と聞いた。

答えられずにいると、姉はうなずきながら「第十三皇子は気前がいいのね。鳳血玉《ほうけつぎょく》はとても貴重なのよ」と言った。ここで勘違いを正すことなどできない。とりあえず第十三皇子からもらったことにしておこう。

姉は私を責めるでもなく、逆に感心したように言った。「第十三皇子は他の皇子にはない男気があるわ。すばらしいお相手だと思う」

私は下を向いてにんまりとした。やはり姉は人を見る目がある。他の妃や奥方たちなんぞは、母親のいない第十三皇子のことを、〝母方のコネを失った、貧しい、条件の悪い皇子〟と見なしているくらいだ。

食事を終え、お茶を飲んでいると、姉が唐突に言った。「だけど私たちにはどうにもならないこともあるの。だから余計なことは考えないほうがいいわ」

私は茶器を手にしたままポカンとした。どういう意味だろうか。仕方ないので「自分のことを大切にするわ」とだけ言った。

第七章
灯籠の宵に

春節が間近になると誰もが浮き足立つ。しかし私の心は暗くなるばかりだった。春節のすぐあとに元宵節《げんしょうせつ》がやってきて、それが過ぎるとお妃選びだ。すでに一ヵ月を切っている。新しい年を迎えるというのに希望をもつこともできず、いっそのこと永遠に新年なんか来なければいいとさえ思う。そんな私の思いなどおかまいなしに世の中は動き、とうとう康熙《こうき》四十四年を迎えてしまった。

宮廷でも春節は盛大に祝う。この半年のあいだ宮中のさまざまな祝宴に参加し、今では物珍しさも感じなくなり、ただ鬱々として何もかもが面倒に思えた。当日、私は冬雲《とううん》に支度のすべてを任せ、第八皇子と姉とともに宮廷へ向かった。

気持ちはふさぎ、豪華絢爛な装飾もまったく目に入らない。おざなりに拝礼をし、席に着き、周囲の人々に合わせて人形のように行動した。

中秋節の時とは比べものにならないほど多くの大臣とその奥方が集まり、とてもにぎやかだ。生気をなくした私のことなど誰も気に止めないので、かえってありがたい。人生は十中八九思うようにはいかないと昔から言われる。第十皇子と明玉《めいぎょく》の結婚がいい例だ。

ふと気づくと、第十皇子がこちらを見ていた。となりにいる明玉《めいぎょく》も私のことをじろじろと見ている。好意の視線と、悪意の視線の二つに、息苦しくなる。まるで針のむしろだ。仕方ないので、私は第十皇子をにらみつけた。彼は私の形相に慌てて目をそらせた。夫がもう他の女を見ていないことを確認した明玉《めいぎょく》は、軽蔑したように私を一瞥し、そっぽを向いた。

これでやっと平安が戻った。しかし安堵したのも束の間、また誰かの視線を感じた。また第十皇子かと思ったので、これ以上ないほど怖い顔でそちらを見やると、満面の笑みを浮かべた第十三皇子が遠くから視線を送っていた。彼の笑顔は、私の鬼の形相のせいで一瞬にして凍りついた。

私は慌て、顔が痛くなるほど筋肉を駆使して笑顔を作ったが、やっぱり正直な気持ちを伝えたくて、やるせない表情で彼を見た。彼は私に向かって笑顔で杯を持ち上げた。私はうれしくなり、自分の杯を高くかかげて視線を交わし、飲み干した。

杯を空《から》にした私はぼんやりと下を向いた。と、その途端、今度は第八皇子が笑顔か真顔か見分けのつかない微妙な表情でこちらを見ている。戸惑いながらも、とりあえず杯に酒を注ぎ、彼のほうを見ながらそれを高くかかげた。彼は笑顔で私を見つめ、自分の杯を上げて飲んだ。

これで落ち着けると思ったところに、今度は第十四皇子が何かを思うような目で私を見ている。仕方ないので、おどけた表情を返すと、彼は頭を振りながら口の端をあげて笑った。私もつられて笑った。

ふと見ると、そのとなりにいる第四皇子が、今のやりとりを見ていた。表情は淡々としているが、微かに楽しんでいるようにも見える。第四皇子の機嫌を損ねては、あとでどんな死に方をさせられるか分かったものではない。私は慌てて愛想笑いを浮かべると、すぐに目をそらした。

祝宴が終わるころには、私もすっかり疲れてしまい、心の中で大きなため息を吐き出した。皇子といえば皇帝の息子だ。彼らとの視線のやりとりは気を遣う。

姉と一緒に部屋へ戻ると、侍女に命じて手を洗う水を用意させた。私が一刻も早く寝ようとしているのに気づいた姉は、笑いをこらえるように言った。「今夜は年越しだから、まだ寝られないわよ」

愕然とした。もう何年も十二時まで起きたまま年越しをしたことがない。でもそれがこの時代の習わしなら仕方ない。姉は侍女たちに命じて、果物や菓子を運ばせ、巧慧《こうけい》や冬雲《とううん》を呼び寄せておしゃべりをしながら新年が来るのを待った。今にも眠ってしまいそうな私のために、巧慧《こうけい》はあやとりの糸を出してきた。

姉と冬雲《とううん》は会話を楽しみながら、私と巧慧《こうけい》のあやとりを見ている。するとそこに、下女の「これは貝勒《ベイレ》様！」という声が響いた。巧慧《こうけい》と冬雲《とううん》が慌てて立ち上がり、私と姉は顔を見合わせながら立ち上がった。

迎えに出る間もなく、第八皇子が入ってきた。その場にいた全員が慌てて拝礼をする。巧慧《こうけい》と冬《とう》雲《うん》は出ていき、私と姉はその場に立ったまま動かなかった。そんな二人の様子を見て、第八皇子は笑った。「私と新年を迎えるのが嫌なのか？」

姉は微笑むと「急にいらしたので、驚いただけです」と言い、第八皇子に椅子を勧めた。

「一緒に年を越そう。二人も早く座ったらどうだ」

私は黙ってお菓子を手に取り、腰を下ろした。

第八皇子と姉の会話はあまりはずまない。姉がすぐに黙ってしまうからだ。沈黙が流れると、私は眠気に勝てなくなり舟を漕ぎはじめた。見かねた姉は私を自分の胸に引き寄せ、「あとで起こしてあげるから、少し眠りなさい」と言った。

私は姉にもたれ、うとうとしながら、姉と第八皇子の会話を聞いていた。しかしその内容がすべて私に関わるものだったので、目を閉じながらも意識が冴えてしまった。

「若曦《じゃくぎ》は軍営で育ち、他のお嬢様たちとは違います。皇宮入りを果たしても問題を起こしかねません。ぶしつけなお願いで恐縮なのですが、貝勒《ベイレ》様から皇宮の方々にお口添えいただけないでしょうか」

「安心しなさい。言われなくてもちゃんとしておく」

私の頭をなでる姉の手から、妹を送り出すことへのためらいと悲しみが伝わってくる。

第八皇子は何かを察したのか、こう言った。「他にも言いたいことがあるなら、遠慮せず話しなさい」

「もし幸運にも若曦《じゃくぎ》がお妃選びを免れたとしても、皇帝陛下は結婚を勧めてこられるでしょう。どうやらこの子は第十三皇子と気が合うようです。第十三皇子と仲のよい第四皇子にお願いすれば、その流れで皇太子も動いてくださると思うのです。そのあたりを貝勒《ベイレ》様がお力添えくだされば、きっと縁談話を進められると思うのですが」

涙が出そうになった。日頃から夫に対してほとんど口をきかない姉が、私のために必死に頭を下げているのだ。

第八皇子はしばらく黙っていたが、フッと笑った。「まだその話をするのは早い」おそらくここで姉が不安げに第八皇子を見たのだろう。彼はこう付け足した。「しかし心配することはない。若曦《じゃくぎ》がつらい目に遭わぬよう、私が気をつけているから」

「ありがとうございます」

それきり二人は黙ってしまった。その時、外で爆竹が響いた。驚いて姉の懐から飛び起きると、姉は私の乱れた髪を整えて言った。「新年が来たわ」

第八皇子も私を見て微笑えんだ。「もう新年だ」

私は立ち上がると「よかった。これで寝ることができるわ」と言い残し、自分の部屋に戻り、寝台に倒れ込むようにして眠りに落ちた。


翌朝目覚めても、やっぱりそこは昔だった。残念だと思う一方で、毎年こんなふうに新年を迎えるのも悪くないという気もした。

髪をとかしてもらうとき、冬雲《とううん》に聞いてみた。「昨夜、貝勒《ベイレ》様はこちらにお泊まりだったのかしら？」

彼女は手を止めて、ため息をついた。「いいえ。若曦《じゃくぎ》様が部屋へ戻られてしばらくしたら、旦那様はお帰りになりました」

私は鏡に映る自分を見ながら沈黙した。

＊＊＊

春節のにぎわいも冷めやらぬうちに元宵節《げんしょうせつ》がやってきた。心は憂いに満ちているにもかかわらず、この日だけは胸躍るものがある。元宵節《げんしょうせつ》は上元灯節とも呼ばれ、家々に灯籠がともり、獅子舞や竜の灯籠が繰り出す。灯籠になぞなぞを書く遊びや、花火も楽しめる。日頃はあまり外に出られない女の子も、この日ばかりは友達と連れ立ち、灯籠をめでたり、なぞなぞを解いて遊ぶ。つまり、この日は女の子にとってかなり楽しみな日ということだ。月下で才人と美女が逢瀬を楽しむ様子が古い詩にもよくうたわれるので、そんなイメージも手伝って何やら期待もふくらむ。

日も暮れないうちから私は冬雲《とううん》に頼んで双環髷（左右対称に輪のように結う髪型）を結ってもらい、新しめの淡い黄色の上着をはおり、早く出かけようと巧慧《こうけい》をせかした。

巧慧《こうけい》が笑った。「お嬢様、暗くならないとお楽しみは始まりませんよ」

私はそんな言葉には取り合わず、彼女をせかし続けた。巧慧《こうけい》は仕方なく服を着替え、マントを二着持って私とともに屋敷を出た。

外に出てしばらくすると「十三妹！」と呼びかける声がした。この呼び名を知るのは紫禁城《しきんじょう》の中の人々だけだ。しかも面と向かって呼べるほど勇気のある人物は限られている。眉をしかめながら声の方向を見ると、書生が着るような青い長袍《チャンパオ》に身を包んだ第十三皇子が、美しい顔立ちの下男を連れてゆっくりとこちらへ向かってきた。

私はうれしくなって声をあげた。「すごい偶然ね！」

「作られた偶然さ」

一瞬何のことかと思ったが、おそらく貝勒《ベイレ》府の前で私を待っていたということだろう。「なぜ私が出てくると分かったの？」

「こんな日に、君がおとなしく家にいると思うか？」


私たちは並んで歩き、巧慧《こうけい》と美しい下男がその後ろをついてきた。しばらく歩いたところで第十三皇子が言った。「緑蕪《りょくぶ》をさそって灯籠を見たいと思うんだが」

私は少し考えて言った。「その人って、この前行ったお屋敷の人ね？」

彼がうなずいたので、私は微笑んだ。「もちろん大歓迎よ。人数は多いほうがいいし、この前上着を借りたお礼も言いたいしね」

第十三皇子は歩みを止めて振り返ると、下男に言った。「私の言ったとおりだろう？」

何のことか分からず、私は下男のほうを見た。

下男は歩み出ると胸の前で手を合わせ、頭を下げた。「普通の女性とは違うと聞いておりましたが、信じておりませんでした。しかし今日こうしてお目にかかり、第十三皇子の言葉が本当だと分かりました」

私は笑った。「あなた、緑蕪《りょくぶ》さんなのね！　会えると分かっていたら、借りた上着を持ってきた

「のに」そう言いながら、私はこの前見たあの部屋を思い出した。たとえ芸妓に身を落としても、あの部屋には気高さが漂っていた。他人から軽んじられることを警戒するあまり、まずは下男に変装して私の前に現れたのだ。

空が少しずつ暗くなり、通りの両側に掛けられた灯籠が天の川のように見える。行き交う人々も増え、おしゃれをした女性とにぎやかな笑い声が街にあふれる。すれ違う女の子たちの様子さえ私には新鮮で、思わず何度も振り返った。そんな私を見て三人が笑っている。緑蕪《りょくぶ》がからかうように言った。「まるで初めて街に出たみたいね」

私はため息をつき、頭を振った。「そのとおりよ。いつも牢に閉じ込められているのも同然だもの」緑蕪《りょくぶ》は驚いたように目を見開き、それから口をすぼめて笑った。

私はなぞなぞがよく分からないので街の様子を楽しんだ。第十三皇子と緑蕪《りょくぶ》もなぞなぞには興味がないらしい。私たち四人は気ままに歩き続けた。

第十三皇子の案内で、とある酒楼へ入った。店の者は第十三皇子をよく知るようで、慌てて窓辺のよい席を用意してくれた。「もうすぐ獅子舞と竜の灯籠がこの下を通ります。この席ならよく見晴らせますし、人も来ません」

私たちは高い位置から往来を見下ろし、おしゃべりを楽しんだ。と、そこに「十三兄上も来ていたのか」という声が響く。

振り返ると、第十四皇子と数人の若者が立っていた。若者たちがさっそく第十三皇子に拝礼したので、私と巧慧《こうけい》も第十四皇子に拝礼をした。二人の皇子は手を振った。「今日は普段着だし、拝礼など不要だ」

緑蕪《りょくぶ》は顔をそむけるように窓の外を見ている。巧慧《こうけい》はうつむいている。第十三皇子は笑顔ではあるものの気まずい表情だ。そして第十四皇子の笑顔はどこか冷ややかだ。第十四皇子がこちらに冷たい視線を向けたので、私は口をとがらせ下を向いた。

そばにいた痩せ型の青年が言った。「そちらにいるのは緑蕪《りょくぶ》さんでは？」緑蕪《りょくぶ》は青年のほうを振り返り、そっと頭を下げた。下男の格好をした人物が女性であることに気づいた第十四皇子が驚きを見せる。緑蕪《りょくぶ》は表情を変えることなく、うつむいている。私はテーブルの陰でそっと緑蕪《りょくぶ》の手を握った。彼女が私を見たので、私はにっこりと笑い、それから手を離した。

小太りの青年が皮肉な笑いを浮かべた。「さすがは第十三皇子。両手に花とは風流だ」

にわかに第十三皇子の顔がくもり、今にも怒り出すかと思った瞬間、第十四皇子の声が響いた。

「察察林《さつさつりん》、口を慎め！」

察察林《さつさつりん》はお上手を言ったつもりが、なぜ第十四皇子を怒らせてしまったのか分からず呆然としている。そばにいた仲間もたしなめようとしたが、時すでに遅しである。

私はまがりなりにも皇族の関係者だ。皇子たちにからかわれるのはいいとしても、他の人間がそれをやることは許されない。

二人の皇子は相変わらず向き合って立っている。私は言った。「お二人とも灯籠見物に来たのでしょう？　いつまで人間を眺めたら気が済むの？」これをきっかけに、みんなが席に着いた。

獅子舞も竜の灯籠もすばらしかった。しかしそれを無心に見ていたのは私と巧慧《こうけい》だけで、若者たちは別のこと考えていたようだ。こっそり私のほうを見る者もいれば、緑蕪《りょくぶ》ばかりを見る者もいた。

楽しい時間を過ごすうち夜もすっかり更《ふ》け、帰る時間となった。第十四皇子が「若曦《じゃくぎ》は私が送っていく」と言った。気づかれないようにそっと第十三皇子のほうを見て肩をすくめると、第十三皇子は笑った。ということで、第十四皇子が私と巧慧《こうけい》を送り、第十三皇子が緑蕪《りょくぶ》を送り、他の者たちはその場で解散となった。

外はかなり冷え込んでいる。巧慧《こうけい》がマントを私に掛けてくれた。私と第十四皇子は並んで歩いたが、貝勒《ベイレ》府に到着するまで終始無言だった。

門を開けてくれた若い下男は、第十四皇子に拝礼をすると、「お嬢様、やっとお帰りになりましたか。若蘭《じゃくらん》様が何度も人を寄越してお嬢様のことを尋ねておられました」と言った。

第十四皇子が聞く。「八兄上はいるか？」

「正室の所におられます。お伝えしてきましょうか？」

「書斎で待つと伝えてくれ」第十四皇子はそう言うと奥へ入っていった。

私が姉のもとへ行こうとすると、第十四皇子が厳しい顔で呼び止めた。「一緒に書斎へ行こう」とくに厄介なこともないだろうと思った私は軽くうなずき、巧慧《こうけい》を姉のもとへ行かせ、第十四皇子のあとについて第八皇子の書斎へ向かった。

書斎で待っていると、ほどなくして微笑みを浮かべた第八皇子が李福《りふく》に付き添われて入ってきた。彼は私がいるのを見て、微かに驚きの表情を浮かべた。

第十四皇子は挨拶もなく立ち上がると、さっそく話題に入った。「八兄上、若曦《じゃくぎ》が今日誰と一緒にいたと思いますか」第八皇子は笑顔のまま、李福《りふく》に目配せをして部屋から出て行かせ、書斎の扉を閉めた。

第八皇子は椅子に腰を下ろしながら微笑んだ。「誰といたのかな?」

第十四皇子は私のほうを見て言った。「十三兄上ですよ。いつのまに十三兄上とあんなに仲良くなったのかは知りませんがね」それからフンッと鼻で笑い、こう言った。「それだけならいいのですが、芸妓まで一緒だったのです」

「それのどこが問題なのよ!」怒りがこみ上げた。私が誰といようと、この人にとやかく言われる筋合いはない。

第十四皇子が腹立たしげに言う。「問題だね。紫禁城《しきんじょう》のお嬢様が芸妓なんかと一緒に遊ぶなんて聞いたことがない」

私は立ち上がると皮肉な笑いを浮かべた。「愛する人を追って身を投げた緑珠《りょくしゅ》も芸妓よ。金《きん》軍に抵抗した梁紅玉《りょうこうぎょく》も芸妓だし、金に仕えることを拒んで自害した李師師《りしし》も芸妓。衡《こう》王を救った美貌の将軍林四娘《りんしじょう》も芸妓だし、義憤に燃えて命を投げ捨てた袁宝児《えんほうじ》も芸妓……」と、ここで袁宝児《えんほうじ》が明末の人物で、清の兵士に抵抗したことに気づいて口をつぐんだが、第十四皇子をにらむ目だけは離さなかった。

私の反撃を予想だにしなかった第十四皇子は、驚きに言葉を失ったが、やがて苦々しい表情で言った。「兄上、聞きましたか。彼女もたいした勉強家ですよ。だけど、ろくでもない本ばかり読んでいるようだ」

私は目をむいた。「父や姉に言われるなら分かるけど、私が読む本について、あなたにとやかく言われる覚えはないわ」

第八皇子は首を振って笑った。「その辺にしておけ。十四弟、若曦《じゃくぎ》のことは私に任せて、お前はもう帰れ」

第十四皇子はまだ言い足りない様子だったが、最後にもう一度私をにらみつけると、袖を翻して出ていった。

第十四皇子などちっとも怖くなかったが、第八皇子が相手では話が違ってくる。私は下を向き、マントのひもをいじりながら黙った。

第八皇子がおだやかな顔で言った。「皇太子殿下はうまいことを言ったものだ。たしかに君は十三弟のように命知らずだ。そして清談を好む洒脱な名士の一面もあるようだ」彼は笑うと、「まあ座りなさい」と言った。遠くにある椅子に腰掛けようとすると、「話をしたいから、もっと近くに」と言う。逆らうわけにもいかず、私はうつむきながらゆっくりと彼のほうへ歩いていった。

私が腰を下ろすと、第八皇子はため息をつき、前を向いたまま黙った。

しばしの沈黙のあと、唐突に「怖いのか」と聞かれた。何を指して言っているのか分からず、困ったように見ると、また彼が聞いた。「お妃選びが怖いのか?」

その言葉に、それまで押し殺していた恐怖が一気にわき上がった。私はただうなずき、眉をしかめてうつむくことしかできなかった。

彼は少し黙り、やがてつぶやくように語りはじめた。「私が君の姉さんに初めて会ったのは、彼女がまだ十五歳の時だ」私は先ほどまでの恐怖など忘れ、彼の言葉に集中した。

「あの年、報告のために都を訪れた父君と一緒に若蘭《じゃくらん》はやってきた。めずらしいほど天気のいい春の日だった。水で洗い流したかのように澄み切った青い空。風には花の香りが微かにまじり、それが体にしみわたるようだった。乗馬をするために二人の下男を連れて郊外へ出かけた私は、小高い山を馬に乗って駆け抜ける少女を見た」ここで彼はうれしそうに笑った。「若蘭《じゃくらん》の馬術がどれだけ人を魅了するか君も見ただろう」

あの日、馬場で見た姉の姿を思い出し、私はうなずいた。

「あの時の彼女は、先日馬場で見せた雄姿さえも遠く及ばぬほど魅力的だった。鈴のような笑い声が山林をこだまし、聞く者を笑顔にしてしまうほどの喜びに満ちていた」彼は少し間を置いて続けた。「この世のものとは思えぬほどだった。紫禁城《しきんじょう》に美しい女性はいくらでもいるが、若蘭《じゃくらん》はまるで違う存在だった」

私は遠い日の姉に思いを馳せた。恋をして幸せのまっただ中にいた姉は、好きな男性と一緒に空を自由に飛び回れると思っていたはずだ。心の底からわき上がる幸せに満ちた姉が思い描いた人生は、屋敷に閉じ込められ、寵愛を得られるかどうかを気にしなら生きる女性の一生とはかけ離れたものだったろう。

「私はすぐに若蘭《じゃくらん》のことを調べ、皇帝である父から結婚を賜れないかと考えた。そんな時、父が馬爾泰《ばじたい》家の長女を私の側室に迎えようと考えていることを母から聞いた。人生であれほどうれしかったことはない。父が聖旨《せいし》を出した翌日から、私は都じゅうを駆け回り、婚礼の贈り物を探した。半年かけて見つけたのが鳳血玉《ほうけつぎょく》の腕輪だ」

私は自分の腕をあげて聞いた。「これが姉に贈るはずだった腕輪なのですか？」

第八皇子は私の手をしっかり取って言った。「婚礼の日がどんなに待ち遠しかったか。やっと迎えたその日、婚礼衣装に身を包んだ彼女の頭巾を取り、私は自分の目を疑った。二年ものあいだ待ちこがれたその人は、まるで別人になっていたのだ。彼女は二度と馬に乗らなくなったし、めったに笑わなくなった。なぜこうなったのか私は自問し続けた。人違いではないだろうかとさえ思った。西北に人を派遣して調べるうち、やっとその理由が分かった」彼はここで苦笑し、口を閉ざした。

まるで神のいたずらだ。私は心の中で大きく息をついた。そしてしばらく考えるうちに、嫌な予感に息が詰まりそうになった。「相手の人はどうして死んだのですか?」

「私が派遣した者が、君たちの父君を追い込んでしまったのだ。父君はその男性を遠ざけようと前線へ送り出した。そして……」彼はまた黙ってしまった。

心臓がすごい勢いで脈打つ。第八皇子が直接手を下したわけでなくても、その男性を死に追いやったことは事実ではないか。

腕輪をはずそうとすると、彼が言った。「はずしてはならない」

私はうつむいて腕輪を見つめた。「これは姉に贈るはずのものです」

彼は私の手をしっかりと握った。「これは愛する人に贈るものだ」そう言うと、もう片方の手で私のあごを持ち上げ、じっと見つめた。「約束してほしい。永遠にはずさないでくれ」

彼の黒い瞳には見たこともないようなやさしさと、深い悲しみがにじんでいた。その表情に思わずうなずくと、彼はゆっくりと笑みを浮かべた。

「心配しなくていい。君を妻に迎えられるよう父に頼んでみる」

私は驚きのあまり慌てて首を振った。「嫌です!」

彼の顔から微笑みが消え、青ざめていく。「君は皇帝の妃に選ばれたいのか?」

私はあせり、思い切り首を振った。そんなことは望んでいない。私は何も望んでいない。ただ幸せに暮らし、自分を心から愛し、大切にしてくれる人と一緒にいたいだけだ。気が向いた時だけ会ってもらえるような生活などまっぴらだ。私は人間であって、皇帝が誰かに下賜する品物ではない。

第八皇子はしばらく私を見つめたあと、目を閉じて大きく深呼吸した。そして再び目を開けるとため息をついた。「無理強いはしない。君の気持ちを尊重する」そう言うと、彼は李福《りふく》を呼んで、私を送り届けるよう命じた。

書斎から出ていこうとする私の背中に向かって第八皇子は言った。「参内《さんだい》する時はあまり着飾るな。十弟の誕生祝いの時のような派手な格好はだめだ」

私が振り返ると、彼は目を伏せたままゆっくりと言葉を発した。「皇帝陛下の目に止まりたくなければ、できるだけおとなしくしていることだ」私は複雑な気持ちで、「はい」と答えると、李福《りふく》のあとについて外へ出た。

青ざめた私を見た姉は、また第八皇子に叱られたのだと思ったらしい。ため息をつきながら私の顔をなで、冬雲《とううん》に寝る支度をさせた。

布団に入ってもなかなか眠れなかった。姉は第八皇子の気持ちを知っているのだろうか。そして第八皇子の姉に対する深い愛情に気づけなかった自分自身に腹が立った。様々な出来事にそのヒントがあったはずだ。

第八皇子が初めて私を見た時の少し驚いたような表情。そして私が馬に乗れないと知ったときの落胆ぶり。側室の姉が正室への挨拶を欠いているにもかかわらず、正室は面と向かってそれを責めないこと。表面的には姉があまり寵愛を受けていないように見えながら、実際には食べるものから生活用品まですべてが存分に満たされ、一番力を持つ太監さえも姉には一目置いている——どの事実を取っても分かるはずなのに、私には気づけなかった。

だったら私は何なの？　姉の身代わり？　どうして私がこの腕輪をはめていなければならないの？　なぜ私は腕輪を返さなかったの？　勇気がなかったから？　……私はいつまでも眠ることができなかった。

第八章
春を迎え、そして送る

初夏を迎えるころには花も盛りを過ぎ、緑が競い合うように伸びる。暑くなったとはいえ、夜はまだ肌寒い。私は手すりにもたれながら、湖面にゆれる三日月を見ていた。「春が来たと思ったら、もう過ぎていくのね」

何度か春を迎えるうち、宮中に来てすでに三年目になっていた。

お妃《きさき》選びのことはまだよく覚えている。私の想像では皇帝が自由に妃を選ぶものと思っていたが、実際は違った。まずは位の高い貴妃の佟佳《とうか》氏とその他のお妃たちにお目通りし、そこから名簿が作られ、名簿に対して康熙《こうき》帝の承認が下り、そこではじめて選抜が始まる。そして、なぜか私の名前は名簿からはずされていた。

あとから聞いた話では、事前に女官を選ぶさいに、二人の妃が同時に私を指名したらしい。そのうちの一人が第一皇子の母親である恵《けい》妃の納喇《ナラ》氏、そしてもう一人が、第四、第十四皇子の母親である徳《とく》妃の烏雅《ウヤ》氏であった。太監総官はすっかり困ってしまい、佟佳《とうか》氏に判断をあおいだ。佟佳《とうか》氏はさんざん悩んだあげく、私を乾清宮（皇帝の御所である殿舎）にて皇帝への献茶を司る女官に任命したのだ。

お茶をいれることなど簡単だと思うかも知れないが、皇帝にまつわることは何事も複雑だ。飲茶が一種の芸術に高められていることは知っていたが、ここまで面倒な決まりがあるとは思わなかった。茶葉の選別、水質の吟味、お湯の温度、茶器の配置、お毒味、お茶をいれるさいの所作、運ぶ時の歩き方を一から学び、さらに康煕《こうき》帝の細かい好みを頭にたたき込む。決して粗相は許されない。三ヵ月の訓練で、やっと指導係から合格をもらえた。

私が乾清宮へ送られたことには何か特別な理由があると思ったらしく、周囲の太監や宮女たちは、私と面倒な関係になることを極力避けようと、とても親切に接してくれた。私自身も言動にはことさら注意を払ったので、周囲にすんなりと受け入れられた。今や私は乾清宮において、皇帝への献茶ならびに日常のお世話を担当する十二人の宮女を束ねる立場にまで上りつめた。

湖面の月を眺めながら、この三年を振り返り、思わずため息をついた。そろそろ部屋へ戻ろう。明日はお仕えの当番だ。

＊＊＊

控えの間で芸香《げいこう》と玉檀《ぎょくたん》に茶の選別をさせていると、若い太監が走ってきて拝礼した。「陛下が公務を終えて戻ってこられます」

私は笑った。「何をそんなに慌てているの？　李《り》太監に見られたら、またお小言をちょうだいすることになるわよ」

太監は息を切らせて言った。「その李《り》太監に言われて来たのです。今日はとくに注意してお仕えするようにとのことです。じつは先ほど、朝議において皇太子殿下が弾劾されたのです」

私は表情を引き締めた。「李《り》太監にお礼を伝えて」若い太監はそそくさと挨拶し、走って帰った。

私は芸香《げいこう》と玉檀《ぎょくたん》に言った。「今のを聞いたわね？　今日はいつも以上に気をつけてお仕えするのよ」

二人はうなずいた。

皇太子胤礽《いんじょう》の大叔父である索額図《ソンゴトゥ》がクーデターに失敗し、家財没収のうえ監禁されてからというもの、表だって皇太子に累が及ぶことはなかったものの、皇太子の地位は安泰とは言えなかった。康熙《こうき》帝に一番かわいがられ、直接その教育を受けて育った皇太子は、甘やかされたことが災いし、他の皇子たちに比べて劣るところがある。そして優秀な皇子たちが皇太子の地位を虎視眈々と狙っていることも事実だ。

康熙《こうき》帝自身も感情と理性のはざまで悩んでいた。胤礽《いんじょう》が皇帝となる器でないことに薄々気づきつつも、大切に育て上げた息子を見放せず、さらに、最初の妻にして皇太子の母である孝誠仁《こうせいじん》皇后赫舎里《ヘシェリ》氏への思いもあり、皇太子廃位に踏み切れずにいた。そこへ今日の弾劾だ。康熙《こうき》帝の心中を察すると胸が痛む。

皇帝が戻ったことを伝える声が聞こえた。急いで芸香《げいこう》と玉檀《ぎょくたん》に茶をいれさせ、私は茶器の準備をした。康熙帝《こうき》の気分を考えると、鮮やかな茶器は避けるべきだ。現代心理学によれば、青は人の心を静めるという。青色の菊型茶器を選んだ。

茶器をのせた盆をかかげ、ゆっくりと入っていく。四方の椅子にそれぞれ人が座っていたが、部屋は静まりかえっていた。私はまっすぐ前だけを見て御前へと進み、茶器を置き、頭を下げ、ゆっくりと下がった。

簾をくぐり外に出た瞬間、止めていた息を吐き出すと、そばにいた太監にそっと尋ねた。「中にいるのはどなた?」

若い太監は声をひそめて言った。「第四、第八、第九、第十、第十三、第十四皇子です」

これだけそろうのはめずらしい。おそらく康熙帝《こうき》は彼らの意見を聞きたいのだろう。皇子たちのお茶を用意させねばと私は急いで戻った。

ところが私が命じる前に、玉檀《ぎょくたん》が微笑んで言った。「お茶の用意はできております。若曦《じゃくぎ》様が出ていかれてすぐ、王喜《おうき》が来て、皇子たちがおいでだと知らせてくれましたので」

私は感心してうなずくと、お茶の確認を始めた。玉檀《ぎょくたん》が言う。「お好みのお茶はすべて心得ておりますのでご安心を。第四皇子は太平猴魁《たいへいこうかい》、第八皇子は日鋳雪芽《にちしゅせつが》、第九皇子は明前龍井《めいぜんろんじん》、第十皇子は何でもお好きで、第十三皇子は……」

私は笑って手を振った。「分かったわ。それでいいから」

芸香《げいこう》が言った。「宮中の誰もが若曦《じゃくぎ》様の心配りに感心しています。これまでは皇帝陛下のお好みさえ分かっていればいいとされていたのに、若曦《じゃくぎ》様が来てからは、皇子たちの好みまで把握するようになったのですから」私がそうするのは将来を見据えているからだ。しかしそれを口に出すことはできない。

芸香《げいこう》を引き連れてお茶を運び、簾の手前まで来たとき、中から康熙帝《こうきてい》の声がした。「今日の朝議において礼部《れいぶ》より提出された上奏文について、皆の意見が聞きたい」

私は思わず足を止めた。たしかに皇太子の行動は目に余るものがあるが、今回はいったい何だろうか。簾をあげる役目の太監が、歩みを止めた私を不審そうに見るので、慌てて中へ入った。

ゆっくりと第四皇子のもとへ進み、お茶用の小机に彼のお茶を置く。今度は第八皇子のもとへと行き、頭を下げつつお茶を置く。ちょうどそのタイミングで第四皇子がゆっくりと口を開いた。

「私が思いますに、皇太子殿下は日頃より配下の者たちにとても寛大です。ですから物品管理を担当する配下の者が、目を盗んで私腹を肥やしたうえ、殿下の名をかたったという可能性もあります」

康熙帝《こうきてい》がゆっくりとうなずく。どうやら皇太子が康熙帝《こうきてい》への献上品を着服した件らしい。たしかこの事件で皇太子は康熙帝《こうきてい》の怒りを買うものの、関係者だけが裁かれ、本人はお咎めなしとなったはずだ。この時点で、まだ皇帝は冷徹に息子を裁くことはできない。

第九皇子のお茶を置いたところで第四皇子の発言が終わり、第十皇子が発言した。「配下の人間が何の後ろ盾もなく皇帝への献上品を盗み出すほどの勇気があるとは思えません。皇太子殿下が無関係のはずがありませんよ」

この男は相変わらず軽率な発言をする。ちょうど第十皇子のもとへ行き、芸香《げいこう》が持つお盆からお茶を取り、そばの机に置こうとした瞬間に、第十皇子がこう付け足した。「四兄上の今の意見は何だか変ですね。日頃から皇太子殿下とも仲がいいし、もしかして四兄上も……」と、そこで第十皇子は大声をあげて椅子から跳び上がった。

じつは私が彼の腕に熱いお茶をかけたのだ。そばにいた太監が皇子の袖を拭きながら、怪我がないか確かめる。

私はその場にひれ伏した。「お許しくださいませ！　お許しくださいませ！」そう叫びながら、心の中でつぶやいた。あなたが皇太子を悪く言うのは構わない。だってあの人はもうすぐ廃される身なのだから。だけど第四皇子を敵に回したらあとで泣くことになるわ。

私はすでに歴史の結末を知っているが、それを変えることはできない。しかし、そこに至るまでの悲しい過程は見たくない。せめて少しだけでも緩和できればと思ってやったのだ。

第十皇子はお茶をこぼしたのが私だと知ると、事を荒立てまいとこう言った。「大丈夫だ。かまうものか」

康熙帝《こうき》のそばにいた太監総官の李徳全《りとくぜん》が私のもとにやってきた。「まったくそそっかしい女官だ。早く退出せよ」

私は急いで退出した。簾の外に出た時、康熙《こうき》帝の声が聞こえた。「朕《ちん》は少し疲れた。皆も帰るがよい」どうやら皇帝の心も決まったのだろう。私は安心して茶房へ戻った。

芸香《げいこう》が盆を手にしたままやってくる。「今日はどうされたのですか。肝がつぶれるかと思いました」

私はうつむいて座ったまま何も答えず、頭の中を整理した。康熙帝《こうきてい》は天下の名君だ。人として外れたことさえしなければ、寛大な心で許してくれるだろう。そして第十皇子はかつて私を好きになってくれた人だし、きっと咎めはしないはず。今回はせいぜい棒打ちの罰を受けるくらいで、命までは取られまい。あの時は目の前の火を消すことしか頭になくて、あとのことまで考えていなかった。

黙って座っていると王喜《おうき》が入ってきて、片ひざを折って拝礼した。「若曦《じゃくぎ》さん、李《り》太監がお呼びです」動揺した芸香《げいこう》と玉檀《ぎょくたん》が立ち上がる。私は王喜《おうき》のあとについて部屋を出た。

庭の正面の木の下に李徳全《りとくぜん》が立っていた。そばまで行くと、王喜《おうき》は私を残して立ち去った。挨拶を済ませ黙って立っていると、しばらく間を置いて、李徳全《りとくぜん》が咳払いをして言った。「いつも慎重なお前が今日はどうした」

「どうぞ罰してください」

李《り》太監はため息をついた。「来月の俸禄はなしだ」

私は膝を折ってお礼した。「寛大なる配慮に感謝します」

李《り》太監は去りぎわに小さな声で言った。「宮廷は寛大な者ばかりではないぞ」

私は静かにその場に立っていたが、心の底からわき上がる恐怖と、下された罰への軽いショックとで、よろよろと座り込んでしまった。膝に頭を乗せ、唇を噛みしめ、涙があふれそうになるのを必死にこらえる。

「そんな所に座って何をしているんだ？」

第十皇子の声だ。私は無視してそのままの姿勢でいた。彼は隣にきて座った。「おい、さっきは大目に見てやったのに、その態度は何だよ」

それでも返事をしない私を見て、様子がおかしいと思ったのか、彼は手を伸ばして私の顔を上げ、驚きの声をあげた。「どうしたんだ。唇から血が出てるぞ。李徳全《りとくぜん》にどんな罰を受けたんだ」

そこには第十皇子だけでなく、皇子たち全員が立っていた。私は慌てて血を拭くと、立ち上がって拝礼をした。

自分を無視しておきながら他の皇子に挨拶をする私に、第十皇子は少しムッとしている。「君が話さないなら、李徳全《りとくぜん》に直接聞いてくる」と歩き出した。私は「やめて」と彼を止めた。

「だったら話してくれ」

第十皇子のこのせっかちな性格が恨めしくもあり、頼もしくもある。私は答えた。「罰として来月の俸禄はなしですって」

第十皇子が膝をたたいて叫んだ。「一ヵ月の俸禄を逃したからって、そこまで落胆するのか？」

「当たり前でしょう？　あなたにとってははした金でも、私にとっては大切なお金よ。それに私は今まで一度も罰を受けたことがないの。今回のことですっかり面目を失ったわ」

第十皇子は笑った。「分かったよ。怒らないでくれ。あとで何か欲しいものがあったら買ってきてやるから」

その言葉に私も笑った。他の皇子たちは沈黙している。第四皇子と第八皇子はいつもの淡々とした優雅な表情。第九皇子は暗い顔で私を見ている。第十三皇子は困ったヤツだと言いたげに私を見て笑う。第十四皇子は眉をひそめたままそっぽを向いている。

沈黙が続いたので、私は笑顔を作って言った。「ご用がないようでしたら、私は失礼させていただきます」

「下がっていい」と第四皇子が言う。

私は拝礼してその場を去った。

＊＊＊

昨日は夜の当番だった。朝、少し寝る時間をもらえるが、体はだるい。かといって昼間たくさん寝てしまうと、夜眠れなくなって、さらに翌日がつらくなる。私は寝椅子にもたれながら、明かりのもとで、明代の田芸蘅《でんげいこう》が書いた『煮泉小品』を読んでいた。

机の上に並んだ本はお茶に関するものばかりだ。今の仕事を私なりに評価すると、衣食住の心配もなければ、賃金や福利厚生も手厚く、なかなかのものだ。その代わり自由はなく、規則も厳しい。何か失敗をすれば体罰が待っているし、場合によっては命を取られることもある。

しかしこの三年のあいだに、そんな生活を自分なりに楽しみ、自由を見つけることも覚えた。精神的にもいい状態で毎日を送りながら、お茶に関する知識を増やすうちに、いつの間にかこの分野に関しては一目置かれるようになっていた。

田芸蘅《でんげいこう》の書にこう書いてある。

「今どきの人は茶に果実などを入れて楽しむようだが、あまり趣味がよろしいとは言えない。茶の味が損なわれるのでやめることをお勧めする。そもそも何かを入れるさい、匙を用いることになり、高価な金銀のものは望めず、銅を用いればその匂いが残る。すべてよろしくない。昔で言う北人がお茶に酥酪《そらく》を溶いたり、蜀人が塩をまぜるのは野蛮な飲み方で、評するにも値しない」

扉の外で王喜《おうき》の声がした。「若曦《じゃくぎ》さんはいらっしゃいますか?」

私は起き上がって答えた。「明かりがついてるのだから、もちろんいるわよ。何か用かしら?」

「李《り》太監がお呼びです」

私は本を閉じると慌てて髪を直し、服を整え、明かりを消して部屋を出た。

王喜《おうき》は片ひざを折って拝礼するとすぐさま歩き出し、説明を始めた。「皇帝陛下が、西洋人に教わった何やらわけの分からぬ問題に夢中になっています。李《り》太監がお食事をお勧めしても一向に召し上がる気配がないのです。時間も遅いですし、ここは若曦《じゃくぎ》様に何か解決策を考えてほしいと」

思わずニヤリとした。能ある者ほど仕事が増えるというのは本当だ。宮中に来て半年あまりのころ、乾清宮の控えの間で当番として待機したことがあった。その日は皇帝が深夜まで上奏文を読んでいて、しかもすでに三、四日徹夜続きとのことだった。李徳全《りとくぜん》は皇帝の体を心配しつつも、みだりに声をかけられず、気を揉みながら皇帝のそばに控えていた。

やはり皇帝というのは大変なのだと思いながらも、本物の康熙《こうき》帝をこの目で見られる興奮もあり、私はちらちらと皇帝を盗み見ていた。もう五十を過ぎた体だ。連日の徹夜に加え、朝は朝議のために早く起きなくてはならないので、すっかり憔悴しきっている。思わずその姿に、高校三年のクラスを受け持ち、毎日のように深夜まで授業の準備や宿題の採点に追われていた父の姿を重ねた。母はそんな父を心配し、無理矢理にでも明かりを消して父をベッドへ向かわせた。皇帝にはそんなことをしてくれる妻はいないのだろう。

そう思ったら、頭より先に口が動いてしまった。「もう遅いのだからお休みください。疲れをためては、よけい仕事に支障をきたしますよ」その瞬間、部屋全体に衝撃が走り、その場にいた全員が恐怖に震える目で私を見た。

自分でも大変なことを口走ったと思い、すぐさその場にひれ伏した。李徳全《りとくぜん》が血相を変えて私を叱責しようとしたその時、康熙帝《こうきてい》が表情をほころばせた。「朕《ちん》の十番目の娘も、嫁に行くまではよく朕《ちん》を心配し、同じようなことを言ってくれたものだ」康熙帝《こうき》はしばらくぼんやりすると、軽く頭を振って、李徳全《りとくぜん》に言った。「上奏文を片づけてくれ。今日はもう休む」

李徳全《りとくぜん》は満面の笑みを浮かべると、「はい」と言って、椅子から立ち上がる皇帝を支えた。ひれ伏した私のそばを通る時、康熙帝《こうき》は「立つがよい」と声をかけた。

私は床に額をつけ「感謝いたします」と言って立ち上がった。

康熙帝《こうき》は私をじっと見ると、李徳全《りとくぜん》に向かって笑った。「この者は馬爾泰《ばじたい》家の〝命知らずの十三妹〟だな?」李徳全《りとくぜん》が「そうでございます」と答える。康熙帝《こうき》はそれ以上何も言わず行ってしまった。私は自分の背中がびっしょりと濡れていることに気づいた。これほど命知らずだとは当の本人も知らなかった。お目にかかったことはないものの、十番目の姫君には感謝しなくてはならない。

康熙帝《こうき》によほど愛されていたのだろう。しかしそんな愛娘でも、遠くに嫁がせなくてはいけないとは寂しいものだ。

それ以来、李徳全《りとくぜん》は私のことを〝強運の武将〟と称し、事あるごとに作戦を考えさせた。運のいいことに、私の作戦は、多少の危険はあっても、毎回功を奏した。

殿舎に到着すると、王喜《おうき》は入り口の前で立ち止まり、「どうぞ一人でお入りください」と言った。私はうなずき、そっと中へ入った。

康熙帝《こうき》の横に立つ李徳全《りとくぜん》が私を見て小さくうなずく。私も小さくうなずくと、静かに康熙帝《こうき》のそばへ進み出た。お茶を変えるふりをして近づき、茶器を下げながら、皇帝が何をしているのかをサッと見た。陛下が夢中になっているのは幾何の問題だった。私はゆっくりと引き下がった。

茶房へ戻り、お茶をいれながら考えた。現代人の私にはさほど難しい問題ではない。康熙帝《こうき》は補助線を入れる位置を間違い、思考の迷路で道を見失っているのだ。あれでは時間がかかるのも仕方ない。いっそ考えるのをやめて、明日もう一度見直せば、補助線の間違いに気づき、あっさり解決となるかもしれないのに。

しかし私がずかずかと皇帝のもとへ行き、補助線をここに引いて、こう証明すればいいと教えるわけにもいかない。私は、フランスから来たブーヴェやジャン・フランソワ・ジェルビオンだとかポルトガルから来たトマス・ペレイラなどのイエズス会の人たちから数学の教えを受けたわけではない。もし康熙帝《こうき》から解き方を聞かれても、時代に合わせた説明ができない。

私はお茶を捧げ持ち、再び皇帝のもとへ行き、机の上にお茶を置き、気持ちを落ち着かせ、「陛下」と声をかけた。康熙帝《こうき》が下を向いたまま「うむ」と答える。「このままでは、あの西洋人たちは、二度と陛下に幾何の問題を出さなくなりますよ」康熙帝《こうき》はまた「うむ」と声をあげたが、問題から目を離さない。ところがしばらく間をおいて突然顔を上げて私を見た。私はすぐさま頭を下げ、続けた。「彼らは、この問題を面白いと思うからこそ陛下にお出ししたのです。しかし陛下がこのようにお茶も口にせず、食事も忘れて没頭されては、体を壊しかねません。そんなことになれば、彼らは大罪で裁かれることになりませんか?」私はさらに続けた。「それに幾何というものは、考えるのをやめて心安らかにしていると、ふっと分かったりするものではないでしょうか」私は怒りを買うのではないかという不安で、どうにかなりそうだった。

康熙帝《こうき》は筆を置くと、立ち上がってその場で腰を伸ばして言った。「李徳全《りとくぜん》！　またお前の仕業だな」

李徳全《りとくぜん》がこびるような笑いを浮かべ、頭を下げた。「陛下のお体が心配なのです」

康熙帝《こうき》も笑った。「よし、食事の用意をせよ」

李徳全《りとくぜん》は「承知しました！」と答えると、部屋の外に控えていた王喜《おうき》に、うれしそうに食事の指示を出した。

康熙帝《こうき》は私の顔をのぞき込んだ。「ますます大胆になりおった。すっかり李徳全《りとくぜん》の手先だな」

私はひれ伏すと「私も陛下のお体が心配なのです」と言って額を床につけた。

「立て」と言われ、立ち上がった。康熙帝《こうき》が言った。「とはいえ、そなたの細かい配慮には感心する。朕《ちん》のそばに少し仕えただけで、さまざまなことを心に留めて記憶しておる」

「陛下のお言葉が私にとっては新鮮で、自然と覚えてしまうのです」

康熙《こうき》帝はそれ以上私にかまわず、扉のほうへ向かいながらつぶやいた。「清国の誰もが、このように新しいものに心を開くようならば、憂いもなくなるというものだ」康熙《こうき》帝が出ていくと、私は息をついた。中国は数千年の歴史を持ち、広い大地と豊富な物資に恵まれ、世界の中心であるという思想が根づいている。そんな国が新しいものを取り入れようとしても、たかだか皇帝一人の興味だけでなし得るものではない。計り知れない苦しみと、国を失うほどの経験を経て、はじめて外の世界に学ぶことの重要さを知るのだ。絶対的な権力を手にする者は孤独だ。康熙《こうき》帝は真実に気づいているからこそ遠い先が見えてしまい、それゆえさらなる孤独を味わっている。古来より知者は孤独だというが、皇帝である彼の孤独は並ではない。

＊＊＊

今日は午後から新しい茶葉が届くことになっていた。当番の日ではなかったが、芸香《げいこう》と玉檀《ぎょくたん》が茶葉の扱いを間違えて風味を逃してしまうのではないかと心配になり、様子を見に行くことにした。

並木道を歩いていると、第十皇子と第十四皇子がやってくるのが見えた。道のはじによって拝礼をすると、第十皇子が言った。「他に誰もいないんだから、そんなに他人行儀に挨拶するなよ」その一方で、第十四皇子は冷ややかに鼻で笑い、黙っている。

私は笑顔で第十皇子に聞いた。「帰るところ？」

「いや、今から八兄上の所へ行くんだ」

「しばらく第八皇子にお会いしてないわ。よろしく伝えてね」

第十四皇子が冷たく言い放った。「本当に八兄上を案じているなら、そんな口先だけの気遣いなどやめろ。もし八兄上ではなく他の人を案じているなら、そらぞらしいことをするな」

言葉の真意が分からず、私と第十皇子は唖然として第十四皇子を見た。第十四皇子はいかにも関わるのが面倒だというように「十兄上、急ぎましょう。ぼやぼやしてたら私一人で先に行きますよ」と言って歩き出した。

第十皇子はポカンとしつつも、慌てて第十四皇子のあとを追った。私は眉をひそめた。自分はいつ第十四皇子に嫌われるようなことをしただろう。まさか昔の第十三皇子との出来事のせいだろうか。しかし私と第十三皇子の関係は彼もよく分かっているし、今さら腹を立てるようなこともないはずだ。


歩きながら無意識に腕輪に触れ、ふと思った。私は本当に第八皇子を案じているのだろうか。毎年のように彼が投げかける問いに、今年は何と答えるべきだろうか。すでに三年も問われ続け、さすがに第八皇子も飽きたのではないだろうか。

ぼんやり歩いていると、人にぶつかり転びそうになった。幸い相手が支えてくれたが、よく見るとそれは第十三皇子だった。「やだ。声をかけてくれればいいのに！」

彼は笑った。「君がぼんやり歩いているから、このままだとぶつかるんじゃないかと思ってはいたんだが」そう言うと、拳を口もとに当てて、笑いをこらえるようにした。「相手が私だったからよかったものの、こんな美人が突然懐《ふところ》に飛び込んできたら、他の男は勘違いするぞ」

私は口をへの字にして笑った。

「何を考えていたんだ?」

私は笑った。「教えない。まだ仕事があるから、無駄話をしてる暇はないの」

「そうか。だったら考え事などせず、まっすぐ前を見て歩け」

私は返事をする代わりに、思い切りひじ鉄をお見舞いし、彼のわきを通り過ぎた。「おっと!」という大げさな声のあと、さわやかな笑い声が響く。

ところがいくらも歩かないうちに、第十三皇子が追いかけてきた。私は慌てて振り返った。「どうしたの?」

「聞きたいことがあるんだ。ずっと聞こうと思っていたが、なかなか機会がなくてね。危うく聞き忘れるところだった」

「何かしら?」

「このあいだ、なぜ四兄上をかばった?」

私は何のことか分からず、聞き返した。「私がいつ第四皇子をかばったというの? そもそも助けを求められたことさえないわ」

第十三皇子は首を振った。「父上の所で話をしていた時だ。君はわざと十兄上にお茶をかけただろう」

はっとした。そういうことか。第十四皇子があんな態度を取った理由がやっと分かった。

「あれはまったくの偶然よ。たまたまお茶をこぼしただけ」

第十三皇子は笑った。「偶然だろうと何だろうと、とにかくお礼を言うよ。あのまま十兄上にしゃべらせておいたら、あらぬ誤解を招いて、四兄上が父上に対して面倒な釈明を強いられるところだった」私が黙っていると、第十三皇子は言った。「もう行くよ。君も忙しいんだろ？」私はぼんやりとうなずき、歩きはじめた。

私は腕輪をいじりながら、のろのろと歩いた。第十四皇子は私の行為を誤解したのだ。だったら第八皇子も誤解しただろうか。私が助けたのは第十皇子であって、第四皇子ではないのに。

ふと気がつくと、違う方向に歩いてしまったようで、乾清宮ははるか遠くだった。私はため息をついた。茶葉を見に行く気力も失せ、自分の部屋に戻ることにした。

＊＊＊

西日が傾く頃、私は柳のそばにある石に腰を下ろし、花々の中でたわむれる二匹の蝶を眺めていた。紫と白が混じり合う菖蒲は少し盛りを過ぎているが、夕日を浴びて飛び交う蝶は仲むつまじく、なんと美しい光景かと思ってしまう。

幼い子供の澄んだ声が聞こえた。「じっとして何をしてるの？」

見ると、六、七歳といった年頃の太った男の子だった。服装から、けっこうな身分であることが分かる。私は指さして答えた。「蝶を見ているのよ」

彼は私のもとへやってきた。「見てるだけなの？　捕まえなくちゃ面白くないよ」

私は笑って何も答えなかった。彼がまた質問した。「どこの人？」

私は蝶を見つめながら聞き返した。「あなたはどこから来たのかな？」

「僕が質問してるんだ」

私は何も答えず蝶を見ていた。蝶は前後になり、追いかけっこをするように飛んで行ってしまった。自分もこんなふうに飛んで行けたらどんなにいいだろう。私がいつまでも黙っていると、男の子が言った。「僕は愛新覚羅《あいしんかくら》弘時《こうじ》だ」私はその子をまじまじと見た。のちに雍正《ようせい》帝の手で身分を剥奪され、平民に落とされる息子だ。私は憂鬱な気分で前を向いた。

「僕に拝礼しないの？」私は再び彼を見た。こんなに幼いうちから、すでに主従関係をしっかり意識しているのだ。私は笑った。「今はまだしないわ。あなたがもっと大きくなったらしてあげる」

「他の宮女たちはみんな挨拶するぞ。さっきから僕の質問にも答えないし、なんだか宮女じゃないみたいだ」

私は微笑んだ。「あなた、どうして一人でいるの？」

彼はそれには答えず、質問を返した。「お前は誰なんだ？」

私がぼんやりして答えないでいると、彼は澄んだ声で「誰なんだ？」ともう一度聞いた。私は夕日に照らされて寂しく咲く花を見ながら「私が誰かって？」とつぶやいた。私は馬爾泰《ばじたい》若曦《じゃくぎ》？

それとも張暁《ちょうぎょう》？　清朝に仕える宮女？　それとも会社員？　頭が混乱した。

「そうね。誰なのかしら。自分でも分からないの」私は途方に暮れたように笑った。「本当に分からないのよ」

私の笑顔に恐怖を感じたのか、彼は固まってしまった。

子供を怖がらせてはいけないと、私は慌てて明るく微笑んだ。そこに一人の太監が慌ただしく走ってくる。「ここにいらしたのですか。探しましたよ。いつのまにこんな遠い所まで……」

見ると、そのうしろから第四皇子がやってきた。私はすぐに拝礼した。

第四皇子は弘時《こうじ》に対し冷ややかに言った。「何をしている」

弘時《こうじ》は父親をひどく怖がっているようで、小さな声で「この人と少しだけ話をしていたのです」と答え、突然思い出したかのように付け足した。「父上、この者は私に挨拶をしないのです。何を聞いても答えないし、自分が誰かも分からないと言っています」

弘時のヤツ、余計なことを言いおって。そんなだから痛い目に遭うのだ。私は為すすべもなくじっと立っていた。

第四皇子が太監に命じた。「弘時《こうじ》を妃のもとへ連れていけ」太監は返事をし、その場にしゃがみ、弘時をおぶった。弘時はまだ私に何か言いたげだったが、父親の厳しい顔を見て言葉を飲み込み、おとなしく去っていった。

第四皇子も一緒に立ち去るのかと思いきや、なぜか動こうとしない。私はその場を離れたかったが、勝手に去ることは許されないので、長く伸びた柳の影を見ながら、彼の言葉を待った。

しばしの沈黙のあと、彼が淡々と言った。「今後、私について何か知りたいなら、直接聞いてくれ」

驚いた。第四皇子のことを知っておこうと、第十三皇子に少し問い合わせただけなのに、それがもう本人に知れている。こんなことなら第十三皇子に頼むべきではなかった。

私が何も言わずに立っていると、彼は長袍《チャンパオ》のすそを手で整え、私がさっきまで座っていた石に腰を下ろし、目を細めて花を見た。「私の好きなお茶は太平猴魁《たいへいこうかい》、好きな菓子は玉蔻糕《ぎょくこうこう》、好きな色は雨上がりの空の青、白地に皴染《しゅんぜん》の技法で花と蝶を描いた磁器が好みだ。犬は好きだが猫は好まぬ。辛い食事も、飲み過ぎるのも好きではない……」

彼は少し黙ってからこう言った。「すべて十三弟から聞いて知っているだろう。質問が多すぎて他のことは忘れてしまったが、他に知りたいことがあれば、ここで聞いてくれ」

この言葉の真意は？　非礼を詫びろという意味なのか？　それとも本当にここで質問をしろと言っているのか？

そもそも私の作戦はこうだった。宮廷の中で絶対に敵に回してはいけない人物は二人。康熙《こうき》帝と第四皇子だ。康熙《こうき》帝の好みやタブーについては、すでに指導係から何百回も聞かされている。しかし第四皇子についてはよく知らない。だから彼と仲のよい第十三皇子から聞き出そうとした。そんな細々したことまで知らないと第十三皇子が言うので、知らないならさりげなく自然に本人から聞き出してくれと頼んだのだ。それがこの結果だ。

こうなったら開き直るしかない。私は事務的な声で聞いた。「嫌いな色は何でしょう」

本当に質問をはじめた私に、第四皇子は一瞬驚いたようだった。どれだけ肝のすわった女なのだと言いたげな表情で私を見ると、再びまっすぐ前を向いて答えた。「黒だ」

私はうなずいて続けた。「嫌いな香《こう》は？」

「梔子《くちなし》の香」

「一番好きな花は？」

「水沢木蘭《すいたくもくれん》」

「好きな果物は？」

「ぶどう」

「どんなお天気だとうれしいですか？」

「霧雨」

「嫌いなお天気は？」

「かんかん照《で》り」

……。

アイドルのプロフィールをたくさん見てきたせいだろう。意識しなくても次から次へと質問が口をついて出た。一番行きたい場所、子供の時に一番うれしかった事、一番気まずかった思い出……。驚いたことに彼はそんな質問にすべて答えてくれた。

頭の中は情報で一杯になり、これ以上は記憶できない。私は質問するのをやめた。

空が暗くなり、二人のあいだに沈黙が流れる。私はひざを折って拝礼すると「お聞きしたいことはこれですべてです。他にご用がなければ、失礼してもよろしいでしょうか」とお伺いを立てた。

彼は立ち上がると、少し何かを考えるようにしていたが、「行っていい」と言った。私は体を起こし、ぼうっとした頭で回れ右をしてその場を離れた。

第九章
草原で酌み交わす酒

立秋も近いというのに、夏の熱気は冷めず、ひどく熱い日が続いていた。そんな中で、康熙帝《こうき》は要塞を越えて遠征に行く計画を立てた。避暑という目的もあったが、体を鍛え馬術の腕を磨き、満州族としての誇りを若い世代に自覚させることも目的だった。歴史的に見ると、この遠征で大事件が起こるはずだ。しかし大変な目に遭うのは皇太子と第一皇子だけで、他の皇子たちに問題は起こらない。とにかく慎重に行動すれば大丈夫だろう。遠地の風景と涼しい気候を思い、私もぜひ随行したいと思った。

李徳全《りとくぜん》に随行を願い出ようと思っていたところに、「茶器を携え遠征に随行せよ」という命令が私に下ったことを王喜《おうき》が伝えに来た。私は願ってもいないチャンスに、嬉々としながら準備を始めた。高校へ上がる前まで新疆《しんきょう》で暮らしていたこともあり、草原の地にはかなり思い入れがある。

さっそく非番の日を利用して自分の部屋で旅支度をはじめた。服をたたんでいると、扉をたたく音がした。「どうぞ」と答えたが、誰も入ってくる気配がない。

私は手にしていた服を置くと、扉のほうを向いてもう一度「どうぞ」と言った。しかし誰も入ってこない。仕方ないので歩いていって扉を開けると、太陽の光の中に第八皇子が立っていた。老竹色の長袍《チャンパオ》を身にまとい、キンモクセイの木の下に立ち、私を見て微笑んでいる。木洩れ日を受ける笑顔は柔らかく、見る者の心にも日差しの暖かさを運んでくるようだった。

ぼんやりと立ち尽くす私を、彼が静かに見つめる。私は我に返り、慌てて前に進み出ると挨拶をした。彼が微笑んで言った。「はじめてここを訪れたが、静かでよい所ではないか」

私は少し誇らしげに「女官ですから、住む場所もこれくらいでないと」と答えた。彼が微笑んだので、私も思わず笑った。

「ここには玉檀《ぎょくたん》も住んでいるのですが、彼女は当番で不在なんです」私はそう説明してから、他に誰もいないことをさりげなく伝えてしまったことに、顔を赤くした。第八皇子は「知っている」と答えた。私は小さくうなずくと、気まずさをごまかすように落ち葉を拾い、手の中でもてあそんだ。

ここ最近、第十四皇子が私に嫌味な態度を取っているのとは対照的に、第八皇子は以前とちっとも変わらない。この際だから、あの件についてどう思っているのか直接聞いてみたかったが、彼のそばに立ち、夏の日差しを浴びるこの幸せな瞬間を失うのが惜しくて、何も言い出せなかった。

短い沈黙のあと、第八皇子が言った。「このたびの遠征だが、私は留守役を仰せつかった」私がうつむいたまま返事をすると、彼は続けた。「君にとっては初めての随行だ。期間も長いし、くれぐれも気をつけるように」

私は少し考えて顔をあげると、真面目な顔で言った。「ご安心ください。もう宮中に来て三年です。昔のように、何も知らない世話の焼ける娘ではないのです。やるべきことも、やってはいけないことも、すべて心得ています」

彼は私の目を見て笑ってうなずくと、視線を遠くに転じた。「たしかにここ数年の君は本当によくやっている。皇帝陛下や李徳全《りとくぜん》にまで重用されるようになるとは思ってもみなかった」彼は少し黙り、それから再び私を見て微笑んだ。「しかし、いつかその気の強さが災いしないかと心配なのだ」

私は少し沈黙し、ため息をついた。「強気で努力しなければ何も手に入れることはできません」そして笑って見せた。「もしこれが半年前なら、まだこんな住まいを得ていなかったし、こうして静かな場所でお話しすることもできませんでしたよ」

第八皇子も笑った。「何かを手に入れるためには、それなりの代償を覚悟すべきだな」私の中に軽い衝撃が走った。彼が何を手に入れようとしているのか、そのためにどんな代償を払おうとしているのか聞いてみたい。しかし彼の笑顔を見ると何も言えなくなる。私は微笑みを返すことしかできなかった。

庭の入り口で太監が「旦那様」と声をかけた。第八皇子は真顔に戻り、「もう行かなくては」と言った。私が黙ってうなずくと、彼はもう一度私を見つめ、それから去っていった。

小さくなる後ろ姿を見送りながら、私は木にもたれ、ため息をついた。たしかに自分が宮中でこんなにうまくやれるとは思っていなかった。テレビや歴史書に描かれる皇宮のイメージが先行し、恐怖しか感じなかった。だから来たばかりのころは、とにかく気をつけて、慎重に行動することだけを考えた。

戒めばかり意識させられる環境の中で、息を詰めるように暮らすうち、もっと気持ちよく過ごせるのではないかと思いはじめた。そのうち、自分が少しでも上の立場になれば自由になれることに気づいた。それからは努力を惜しまず、厳しい規律の中でそれなりの立場をつかみ取った。

突然、芸香《げいこう》の声が聞こえてきた。「若曦様《じゃくぎ》」

いつのまに庭に入ってきたのか、ひざを折って挨拶をしている。私は慌てて寄りかかっていた木から離れてまっすぐ立った。芸香《げいこう》が笑顔で言う。「荷物が少ないせいか、私の旅支度はもう終わりました。何かお手伝いすることはないかと思って来てみたのですが」

私は彼女を自分の部屋へ通した。「私の荷物も少ないのよ。でもちょうどよかった。何か忘れていないか一緒に確認してちょうだい」

＊＊＊

今回の遠征に随行したのは、皇太子、第一皇子、第四皇子そして第十三皇子だった。みんな乗馬はもちろん弓の腕も抜群だ。草原に到着したとたん、遊牧民族の血が騒ぎ出したようだった。彼らが馬で駆け回る様子を見ていると、この草原こそが彼らの家なのだと感じる。高い壁に囲まれた紫禁城《しきんじょう》で日々を送っていても、ほとばしる野生を内に秘めているのだ。

彼らの姿に見入っていると、玉檀《ぎょくたん》が近寄ってきた。「若曦様《じゃくぎ》は乗馬がお好きなのですか？」

私は彼らを目で追いながら「ええ、大好きよ。まるで風の中を飛んでいるようだわ。でも私は乗れないの」とため息をついた。

玉檀《ぎょくたん》が笑う。「私も乗れません。ここにいると、一日中馬がそばにいるのに、乗れないことが残念でなりません」

馬に乗るチャンスだってきっと自分で作れる。私はそんなふうに思いながら、彼女のほうを向いた。「荷物はすべて片付いた？」

「すべて確認し、片付けました」

「用意させた氷は届いたかしら？」

「先ほど、太監に確認を頼みました」私はうなずくと、青空のもとで緑の草原を駆けぬける彼らをもう一度だけ振り返り、その場を離れた。


茶房に入ると、作業をしていた太監たちがひざを折って私に拝礼した。私は卓上の果物をざっと確認し、太監らを立たせ、作業を続けさせた。

乾燥させた梅を見て玉檀《ぎょくたん》が言った。「これで冷たい酸梅湯《サンメイタン》を作るのですか？」

私はにっこりと笑った。「まあね。でもそれだけじゃないの」

私たちが腕まくりをして手を洗ったタイミングで氷が届いた。私は太監たちに命じ、かんなを使って薄い氷を作らせた。次に色とりどりの器を並べると、薄い布で絞っておいた数種類の果汁を、器の色に合わせて注ぎ分け、そこに薄氷を入れ、最後にお湯で戻したドライフラワーの花びらをあしらった。

ちょうどそこへ王喜《おうき》が走ってきた。「陛下と皇子たちがお戻りです」

「すぐ行くわ」と私は答えた。


お茶をいれ終えた玉檀《ぎょくたん》がこちらへやってきて声をあげた。「なんてきれいなの！　見ていると心まで涼しくなるようだわ」私は顔をあげて笑うと、太監には盆を、玉檀《ぎょくたん》にはお茶を運ばせ、一緒に天幕へと向かった。

中から笑い声が聞こえてきた。どうやら今日の康熙《こうき》帝はご機嫌がいいようだ。中に入ると康熙《こうき》帝のわきに皇子たちが座っていた。私はまず康熙《こうき》帝に挨拶をし、まずはお茶を出し、笑顔で言った。「乗馬のあとで体もほてっているでしょうから、冷たい果汁を用意いたしました。ぜひ陛下に味わっていただきたいのですが」

康熙《こうき》帝がうれしそうにする。「よし。うまければ褒美を出すが、粗末なものであれば罰するぞ」興味を示した康熙《こうき》帝を見た李徳全《りとくぜん》が、すみやかにやってきて、私の手から器を受け取ると、そっと皇帝の机の上に置いた。

菊の葉をかたどった緑の受け皿に、大輪の黄菊のような茶碗。薄い氷の浮かぶ半透明の梨の果汁には菊の花びらが添えてある。康熙《こうき》帝は一目見るなり「じつに凝っておる」と唸った。私が銀のさじを二本差し出すと、李徳全《りとくぜん》が受け取り、先に一本を使って毒味をし、それからもう一本を茶器に添えて康熙《こうき》帝に差し出した。

康熙《こうき》帝は一口含むと「このような趣向は初めてだ」とうなずき、李徳全《りとくぜん》に言った。「このたびは若曦《じゃくぎ》を連れてきて正解だった」李徳全《りとくぜん》もうれしそうにうなずいた。

康熙帝《こうき》が満足したのを確認すると、今度は皇子たちの番だ。第四皇子には、青いさざ波をイメージした受け皿に、水に浮かぶ木蘭のような真っ白な茶碗、中にはエメラルドグリーンのぶどう果汁を入れ、ジャスミンの白い花びらを散らした。手にした第四皇子は表情さえ崩さなかったものの、瞳に微かな喜びを浮かべ、そっと私を見ると、銀のさじを手にした。

皇太子には牡丹、第一皇子にはバラと、次々に違う飲み物が出されるのを見た康熙帝《こうき》は、第十三皇子の机のほうを見ながら、待ちきれないというそぶりを見せた。「次は何が出てくるのだ？」

私はお辞儀をしながら笑顔で答えた。「陛下がそこまで喜んでくださるなら、ご期待を裏切るわけにはいきませんね」

私は太監が持つお盆から第十三皇子に出す器を手に取った。白く輝く雪を思わせる受け皿に、凜と咲く紅梅をイメージした茶碗。中には梨の果汁とともに、小さな紅梅の花びらを散らした。第十三皇子はうなずくと、笑顔で銀のさじを手にとった。

康熙帝《こうき》が微笑む。「どれも見たことのない器だが」

李徳全《りとくぜん》に目配せしながら説明しようとすると、彼のほうが頭を下げて説明をはじめた。「すべて若曦《じゃくぎ》が昨年のうちに考えたものです。図案を見て大変おもしろいと思いましたので、担当の太監に命じ、御用窯で作らせました」

康熙帝《こうき》が再び質問した。「いったい何色作ったのだ？」

私は答えた。「全部で三十六色ですが、今回遠征に持ってきたのはこれだけです」

「機会があれば、他の器も見てみたいものだ」康熙《こうき》帝はそう言うと、微かにうなずいた。「その心配りに褒美を取らせよう。何が欲しい?」

私は慌てて頭を下げた。「器は私が考えたものですが、私一人でなし得たことではありませんので、自分だけ褒美をいただくわけにはいきません」

康熙《こうき》帝は言った。「ならば、皆に褒美を取らせよ」私はその場にひれ伏した。その後ろで、玉檀《ぎょくたん》や太監たちも嬉嬉としてひれ伏し、感謝を述べた。

康熙《こうき》帝が言う。「これなら、そなたも欲しいものを言いやすいであろう」

私は少し考えてから答えた。「陛下の凜々《りり》しい乗馬姿を拝見し、私も馬術を学んでみたくなりました。もちろん陛下の万分の一にも追いつくことはできませんが、少しでも学ぶことができれば、満州族の娘としてこれに勝る喜びはありません」そう言いつつ、自分の大げさな言葉に少し気恥ずかしくなった。そばで聞いていた皇子たちも笑っている。いつもポーカーフェイスの第四皇子まで口をゆがめて笑っている。

康熙《こうき》帝も笑った。「そこまで言われると、朕《ちん》も応じるしかない。よし、認めよう」私は額を地につけて感謝を述べると、玉檀《ぎょくたん》と太監を連れて退散した。

帰り道、彼らはしきりに私に礼を言った。「陛下から直々に褒美をいただけたことが、何よりも励みになります」

太監がうれしそうに言う。「他の者も大喜びですよ。幼少より宮中に入りましたが、陛下直々の褒美など初めてです」

もしあの時、褒美を独り占めしていたら、周囲を敵に回すところだった。会社員としてライバルたちと闘いながら身につけた処世術だが、この時代でも大いに役に立つ。誰とでも友達になることは無理でも、敵を減らしておくことは大事だ。

＊＊＊

天幕の外に座って涼んでいると、王喜《おうき》と玉檀《ぎょくたん》がうれしそうにやってきた。「うれしそうね。褒美でももらったの?」とからかうと、二人は笑った。「何をおっしゃいますか。じつは、モンゴルの王が陛下に謁見し、二頭の馬を献上したのです。とても貴重な馬だそうで、陛下が大変お喜びになり、今夜は宴を開かれるそうです」

私は立ち上がった。「いいわね。草原の人は威勢がいいうえに情に厚く、歌や踊りもうまいはずよ。今夜は楽しくなりそうだわ」

玉檀《ぎょくたん》が手をたたいた。「そうやって若曦《じゃくぎ》様が喜ぶに違いないと思っていました」

かがり火の中、酒が酌み交わされ、歌声や笑い声があふれる。肉の焼ける香ばしい匂いと酒の香りが星空のもとを漂う。私と玉檀《ぎょくたん》は喜びに顔を輝かせた。紫禁城《しきんじょう》の息苦しい宴に比べると、何と楽しいことだろう。

今日の陛下は酒ばかり召し上がっている。若い太監が炉をたき、飲み水を絶やさぬようにし、芸《げい》香《こう》は茶器の準備をし、陛下の喉が渇いたタイミングですぐにお茶を出せるように待機した。他のことは李徳全《りとくぜん》が仕切っているので、私は気楽だった。

深紅のきらびやかな衣装を身にまとった美しいモンゴルの娘が、酒の入った碗を捧げてやってくると、皇太子の前で立てひざになり、祝いの歌を献じた。言葉が分からないので、歌詞の意味を知ることはできないが、どことなく情熱を感じさせる歌だった。皇太子は少し照れながらも、うれしそうに聞き入っている。歌が終わると娘から碗を受け取り、酒を飲み干した。周囲から歓声がわき上がる。上座で微笑む康熙帝《こうきてい》が、下座にいるモンゴルの王に向かって何かを話しかけると、王は即座に碗を手に立ち上がり、モンゴル式の拝礼をし、酒を飲み干した。

先ほどの美しい娘が、今度は第四皇子の前へ行き、歌いながら軽く腰を振って踊り始めた。この情熱的な誘いに、あの冷淡な男がどうやって応じるのかと、こみ上げる笑いをこらえながら、玉《ぎょく》檀《たん》に耳打ちした。「あのお嬢さんが誰なのか聞いてきて」

第四皇子の表情はチベット高原の雪山のように溶けることはなかった。彼は淡々と歌を聴き、立ち上がって碗を受け取るとそのまま飲み干した。

その間、まったく表情が変わらないのだ。私は頭を振った。あの頑固さはむしろ尊敬に値する。ちょうど碗を娘に返す時、頭を振る私を見た第四皇子は、瞳の奥にひとすじの微笑みを浮かべ、もとの位置に座った。

娘は次に第十三皇子の前へ行き、再び歌いながら酒の碗を捧げ持った。その笑顔に、少し挑発的な表情が混じる。ちょうどそのとき玉檀《ぎょくたん》が戻ってきて、私の耳元でささやいた。「あの方はモンゴル王のお嬢さんで、蘇完瓜爾佳敏敏《そかんかじかびんびん》姫とおっしゃる、この地でも有名な美女です」なるほど、そうだったのか。皇子に酒をささげる役を担うだけの人物だと納得した。ふと見ると、ちょうど第十三皇子が立ち上がって笑顔で酒を飲み干すところだった。

彼は他の皇子たちのように碗を返さず、近くにいた召し使いに新たに酒を注がせて碗を捧げ持ち、微笑みを浮かべて敏敏《びんびん》にむかって高らかに歌いはじめた。思わぬ出来事に、全員が静まりかえる。その歌詞がモンゴル語なのか満州語なのか私には分からなかったが、とにかく魅力的な歌声であることは確かだった。

雄々しい体つきに、精悍な目鼻立ち、温かい笑顔にはおおらかさが漂っている。深みのある歌声は、静かな夜の闇をどこまでも突き抜けていくようだ。それは千年の昔から静寂を貫いてきたこの草原に、初めて響く音ではないかと錯覚させるような声だ。彼は草原の伝説に登場する天馬のごとく、美女を前に、軽く足を踏みならし、周囲を魅了した。

それでなくても敏敏《びんびん》の姿は最初から注目を集めていたというのに、今や全員がこの二人に釘付けになっている。私もすっかり心を奪われていた。第十三皇子の何と魅力的なことだろう。

最初は驚いて顔を赤らめていいた敏敏《びんびん》も、じきに笑顔を浮かべて歌に耳を傾け、それから恥じらうように微笑むと、第十三皇子から碗を受け取り、一気に飲み干した。第十三皇子がうれしそうに拍手をする。

つられるようにして、会場に楽しげな笑い声が広がり、拍手と歓声がわき起こった。私もうれしくなって拍手をした。「さすがは草原の娘ね」

敏敏《びんびん》は飲み終えた碗を召し使いに渡すと、康熙帝《こうき》のもとへ行き、ひざまずいた。「陛下、舞いを献上させてください」康熙帝《こうき》は笑顔で応じた。

彼女はゆっくり立ち上がると、少し体を曲げて、乗馬の姿勢をとった。みんなの注目が集まる。彼女が手をたたくと、軽快な草原の舞踏曲が流れ出した。うつむき、天を仰ぎ、体を傾け、くるくると回り、足を踏みならし、腰をそらし……その情熱的な踊りは草原の娘らしい輝きを存分に放っている。時に雄々しい鷹のように、時に駿馬のように、そしてこの大地の申し子のように輝いていた。

モンゴル人たちが音楽に合わせて手拍子を打ち、歌を口ずさむ。やがてそれは大きなうねりとなり、会場の赤い炎とともに燃えさかった。敏敏《びんびん》が皇太子の前へ行くと、皇太子は心を奪われたように一瞬呆然となり、慌てて手拍子をはじめた。彼女がくるくると回りながら次々にテーブルをめぐって盛り上げていく。第四皇子だけは手拍子を打ちながらも、相変わらず淡々とした表情のままだ。

踊りが終わると、歓声が上がった。敏敏《びんびん》は会場を見回しながら、第十三皇子の所で一瞬視線を止め、それから康熙帝《こうき》を見て、右手を胸に当てて拝礼した。康熙帝《こうき》はすぐに敏敏《びんびん》を立たせ、満足そうにうなずいてモンゴル王に何かを話しかけた。

私はひと息つくと玉檀《ぎょくたん》に告げた。「少し疲れたから、先に戻るわ。芸香《げいこう》と晨桜《しんおう》がしっかりお仕えしてくれてるし、あとは頼んだわね」

玉檀《ぎょくたん》が「分かりました。どうぞお任せを」と微笑んだので、私はうなずいて、会場から離れた。

宴の楽しげな声を遠くに聞きながら歩いていくと、見回りの衛兵たちが次々に身をかわし、道をあける。私は気にも留めないそぶりで、ちょっぴり偉そうに黙って歩き続けた。

私にも踊りで会場をわかせた経験がある。新疆《しんきょう》で育ち、ウイグル族の踊りだって、ウイグル族の少女たちに負けないほどだった。新疆《しんきょう》には踊りの得意な人間などいくらでもいて、べつに珍しいことではない。その後、高校へ上がる時に、父が北京で教師の職を得たため、一家で引っ越した。

あれは北京の高校時代のことだ。キャンプの時、私はウイグルの民族衣装を着て一心に踊り、喝采を浴びた。彼が本気で私を意識したのはあの時だ。それまでは、たまに私が彼の学年トップの座を奪うことはあったものの、すれ違いざまにちらっと視線を交わす程度の関係だった。

先生も親も、恋愛など早すぎると怒った。学年トップを争う優秀な二人は、公然と手をつないで校内を歩き、学生食堂で手を握ったままご飯を食べた。彼はそのために、左手で食事をする技をあっと言う間に身につけた。それなのに、結局は私のもとを去り、外国へ行ってしまった。そんな彼を忘れるために、私は北京を離れた。

草の上に寝転んで満天の星を眺めながら、昔の記憶がしっかり残っていることを意識した。いわば前世の出来事と言ってもいいような記憶が、さっきの踊りによって鮮やかによみがえった。手もとの草を握りしめると涙がこぼれた。もし自分の人生があれほど短いと知っていたら、北京を離れたりせず、両親のそばにいただろう。もしその後の三年間を両親と一緒に暮らしていたら、少しは悔いも残らずに済んだかもしれない。失恋の傷を癒やしたいがために、自分を愛してくれた両親をひどく悲しませる結果になった。

しばらく泣いたら気持ちが落ち着いてきた。深いため息をつき、体を起こすと、私は祈った。神様、私はどうなってもかまいません。だから両親と兄、そして兄のお嫁さんのことをお守りくださ い。そう心の中で唱えると、大地の上で三回叩頭《こうとう》した。それからしばらくぼんやりして、ゆっくりと立ち上がった。

振り返ると、第四皇子と第十三皇子が立っていた。闇にまぎれて彼らの表情は見えなかったが、私はあまりの気まずさに、拝礼することさえ忘れた。

第十三皇子が近づいてきて声をかける。「何かつらい事でもあったのか?」

第四皇子もゆっくりと歩いてきて第十三皇子のかたわらに立った。私は無理やり笑顔を作って答えた。「両親のことを思い出してしまっただけ」第十三皇子は表情をくもらせ黙った。第四皇子がそんな彼の背中をやさしくたたく。

私は話題を変えるため、彼らに尋ねた。「なぜここに?」

第十三皇子がいつもの表情を取り戻した。「少し飲み過ぎたので、酔い覚ましに歩いていたんだ」私は「ん?」と声をあげ、聞いた。「よく解放してもらえたわね」

第十三皇子が笑った。「人間なら、手洗いに立つことだってあるだろう?」私は口を曲げて笑った。

また沈黙が訪れたので、私は言った。「だったら、そろそろ戻ったほうがいいのでは?」

第十三皇子が「兄上、戻りましょう」と言い、私たちは一緒に歩き出した。

道すがら第十三皇子が唐突に質問した。「あの日、どうして私に紅梅の器を選んだのだ？」

それは、将来彼が十年ものあいだ幽閉され、後に名誉を回復するからだった。寒さに耐えて香気を放つ梅の花のようであってほしいという願いを込めたのだ。私は答えた。「梅は四君主とされる花の一つよ。まさかお気に召さなかったと？」

第十三皇子が笑った。「四兄上には、本人の好みに合わせて木蘭を出したろう？　だからなぜ私が紅梅なのか聞いてみたかったんだ」

よりによって、第四皇子の前でそれを口にするか！　私は嫌味を言ってやった。「肝心な時はろくに答えられなかったくせに、今はちゃんと好みを覚えているのね」そして小さな声でぼやいた。「まったく頼りにならないんだから」

第十三皇子はきまり悪そうに私と第四皇子を見ると、作り笑いを浮かべた。「私だって、君のためだと思うから、うまく聞き出そうと頑張ったんだ。結局は四兄上にばれてしまったけどね」私はふんと鼻を鳴らして取り合わなかった。

第十三皇子は意味ありげに笑うと、「今日は四兄上の前でも平気でこの話題を出すんだな。だったら、どうして以前はこっそりと四兄上について……何というか……」彼はよい言葉が見つからないとでもいうように黙ってしまい、こっちをジロリとにらんだ。

ちょうど天幕に到着したので、「もう休むわ。お二人はどうぞ宴にお戻りくださいませ。失礼いたします」と言って、二人に背を向けて歩き出した。第十三皇子が笑いながら第四皇子に小声で何か話しかけているのが聞こえた。

＊＊＊

康熙《こうき》帝から馬術を習うお許しをいただいた私は、空き時間を利用し、馬術の達人である下士官の教えを受けに行った。

その下士官は師であるにもかかわらず、私が先生と呼ぶことを頑なに拒否したので、仕方なく尼《に》満《まん》と名前で呼ぶことにした。このシチュエーションに、姉とかつての恋人だった下士官を重ねたいところだが、目の前の尼満《にまん》があまりにも他人行儀で堅苦しいので、妄想とのギャップにため息が出た。

ため息ばかりつく私のせいで、尼満《にまん》はますます萎縮し、話し方までぎこちない。これ以上彼には何も望めなかった。

薄氷を踏むがごとく恐る恐る教える教師と、つまらなそうに教えを受ける生徒。結局私一人が馬にまたがり、その辺をゆっくり回るだけだった。何度か馬を疾走させたい衝動に駆られたが、そのたびに尼満《にまん》に阻止された。彼曰く、技術が追いつかないうえに、馬の気性も安定していないので危険なのだそうな。私は仕方なくゆっくりと馬を進めた。

本当に教える気があるのだろうか。私に怪我でもさせて責任を問われることを恐れているのだろうか。私が都へ帰るまで、適当に時間をつぶして、ごまかすつもりなのではあるまいか？

太陽が西に傾いても、私はまだ草原をゆるゆると徘徊していた。尼満《にまん》は何度も切り上げようと声をかけてきたが、私が聞こえないふりをした。彼は仕方なくずっと馬のわきに付き添っていた。

その時、遠くに二頭の馬がやってくるのが見えた。一頭は第十三皇子の黒馬のように見える。馬を止めて待っていると、やはり第十三皇子だった。一緒にいるのは第四皇子だ。二人とも乗馬服に身を包み、皮のベルトを締め、鞍《くら》には白羽の矢が入った矢壺《しこ》を下げている。青い乗馬服の第四皇子はすらりとして、冷淡な中にも英気が漂っている。第十三皇子のほうは、銀のふちどりの白い乗馬服で、いつもにも増して凜々しい。

尼満《にまん》は皇子たちの姿に気づくと慌てて拝礼した。私はいちいち下りるのが面倒で、馬に乗ったままお辞儀をした。第十三皇子は手を振って尼満《にまん》を立たせると、私に向かって言った。「少しは上達したか？」

私は口をとがらせた。「どう乗れば振り落とされないかは覚えたわ」

第十三皇子が尼満《にまん》に「もう帰ってよいぞ」と言った。尼満《にまん》は私を見上げ、私の意思を確認すると一礼し、馬にまたがりゆっくりと去っていった。彼が遠くなったことを確認し、私は不満をもらした。「完全に私を子供扱いよ。難しいことは何も教えてくれないの」

第十三皇子が笑う。「子供に失礼だろ。君より乗馬のうまい子供はたくさんいる」

たしかにその通りだ。モンゴル族も満州族も騎馬民族だ。彼らの子供は、まだ歩けないうちから父親について馬の背に乗る。私は笑ってため息をついた。

第十三皇子が少し考えるようにしてから言った。「腹が減ったのでとりあえず食事に帰るが、そのあとなら時間がある。もし今晩でもいいなら教えてやろう」

私は大喜びで手をたたいて声をあげようとした。その瞬間、手綱が緩んでいたせいで、驚いた馬がクルクルと回り始めた。私は恐怖に目をつぶり叫び声をあげた。馬がすぐに止ったのでゆっくりと目を開けてみると、第十三皇子が手綱を引いてくれていた。彼は手綱を私に返すと、第四皇子に言った。「どうやらとんでもない生徒を受け持ってしまったようだ」

第四皇子は笑顔に見えなくもない微妙な表情で私を一瞥すると、同情するような目で第十三皇子を見た。


私は早々に夕食を済ませ、口をすすぐと、芸香《げいこう》と玉檀《ぎょくたん》に必要な指示を与え、急いで約束の場所へ向かった。少し早く来すぎたようで誰もいない。私はマントを草の上に敷き、その上に寝転がって星空を眺めた。

待つうちに少しうとうととした。人の気配を感じたので、目を閉じたまま、隣の地面をポンポンとたたいて言った。「こうして寝そべって見ると星がきれいよ。あなたもどう？」

隣に人の座る気配がした。私は眠気に任せてつぶやいた。「待ちくたびれて眠くなったわ。乗馬は明日教えてちょうだい。今日は寝転がって星でも見ましょう」返事がないので不思議に思い目を開けると、そこにいたのは第四皇子だった。彼は私の隣に座って空を見上げている。

私は飛び起きて拝礼すると、周囲を見回した。

「あの……第十三皇子は？」

第四皇子はしばらく空を見上げていたかと思うと、ゆっくりと口を開いた。「皇太子に呼び出されたので、私が代わりに来た」

「でしたら私は失礼します。乗馬はまた日を改めてということで結構ですので」

「私が教えるのでは不満か？」

私は猛烈な勢いで首を振った。「そうではありません。今日は少し眠いですし……」

「ならば、ここに寝て星を見るか」

私はここで頭を地面に打ちつけて自害すべきだろうか。雍正《ようせい》帝と寝転がって星を見るなどあまりに恐れ多い。いっそ殺してもらったほうが楽かもしれない。即座に答えた。「今はもう眠くありません」

彼は淡々と言った。「では馬に乗ろう」

私はビクビクしながら、第四皇子がこんな遊びに付き合ってくれるのは、第十三皇子に頼まれたからだろうか、などと考えた。

そこには少し小ぶりの馬がいた。「十三弟が君のために選んだ馬だ。性格はおとなしい。私は母馬のほうに乗る。子馬は自然にあとをついてくるはずだ」そう言うと、彼はひらりと大きい方の馬に乗った。私が慌てて子馬に乗ると、彼は馬を進めた。「最初はゆっくりと一周してみよう。君がその馬に慣れたら、今度は走らせる時の注意点を教えてやる」私は返事をした。

一晩訓練を受け、部屋に戻った私は心身ともにボロボロに疲れ果て、手洗いもそこそこに寝床へ倒れ込んだ。

彼の指導はすばらしかったし、私の進歩もめざましいものがあった。なにしろ一晩のうちに、母馬のあとについて小走りができるまでになったのだから。しかし彼と一緒にいると、体じゅうが緊張する。将来の雍正帝《ようせい》だと思うだけで、その厳しい指導に、生きた心地がしなくなる。

私は自分がすでに張暁《ちょうぎょう》ではなくなっていることを自覚した。張暁《ちょうぎょう》だったころの私は雍正帝《ようせい》が大好きだった。彼は皇位を争う時も、むごい手段は用いず、敵に情けをかけ、自分を厳しく律した人だ。第八皇子や第九皇子が幽閉されたのも、雍正帝《ようせい》暗殺を企てたのだから仕方ないことだと思っていた。

しかし今の私は、そんな結末を絶対に見たくない。もう自分は馬爾泰若曦《ばじたいじゃくぎ》になってしまったのだ。いつの間に変わったのだろうか。知らず知らずのうちに、時の流れが私を変えたのだろう。

もちろん将来の雍正帝《ようせい》である第四皇子と個人的なつながりを強めておくことは私にとって保険になる。しかしご機嫌を取ろうにも、あの無表情な顔を見ると、言葉が出なくなる。そんな相手に乗馬を習うのはつらい。

寝付けない私は布団の中で何度も寝返りを打ちながら、やはり無理だと思った。会社員としてがんばった三年と、宮中で鍛えられた三年で、自分はかなり成長したと思っていたが、相手の存在が大きすぎて、まったく歯が立たない。

とにかく高望みをせず、失敗しないことだけに集中しようと自分に言い聞かせた。私の場合、気の利いたお世辞を言うにはまだまだ修行が足りない。だったら彼の機嫌をそこねる可能性を減らすことに集中すべきだ。やはり第四皇子に乗馬を習うのは避けるべきだ。いつ爆発するか分からない爆弾を抱えるのは危険すぎる。

しかし神のいたずらだろうか。さんざん念を押したにもかかわらず、第十三皇子は再び約束を破り、私の前に第四皇子が現れた。あとで必ず第十三皇子に文句を言ってやろうと心に誓った。

私は愛想笑いを浮かべて第四皇子に言った。「今日の昼は当番でしたので、疲れてしまいました。今晩の乗馬はお休みしてもよろしいでしょうか」私を見る第四皇子の表情はあいかわらず冷淡だ。勇気をふりしぼると、「もし他にご用がなければ失礼いたします」と言って、ひざを折って拝礼したまま返事を待った。彼の顔を見上げても何の反応もない。仕方ないのでゆっくりと体を起こし、息を吸い込み、その場を立ち去ろうとした。それでも彼は何の反応も示さない。少しほっとして、早々にその場を立ち去ってしまおうと、歩みを速めた。

ところがしばらくすると馬の足音が聞こえてきた。振り向くと、第四皇子がさっと馬から飛び下り、私を引き寄せた。顔と顔が近づき、私は声にならない叫びをあげた。

彼は、まるで抱き合うようにして立っていることが当たり前だとでもいうように、冷淡なまなざしでこちらを見ている。何度かその腕を逃れようともがいたが、そのたびに強い力で引き寄せられ、よけいに体が密着した。私はただ声も出せずに目を見開いていた。人をからかうにも程がある。

その瞬間、彼の冷たい唇が私の唇を覆った。必死に頭をそらして逃れようとしたが、強い力で押さえつけられ、抵抗できなかった。私は彼を受け入れまいと、唇を固く結んで必死にあごを引いた。

強引なことをされた女性が平手打ちを食らわせるテレビのシーンが頭をよぎる。しかし今は明玉《めいぎょく》とのケンカとは話が違う。私の手は押さえつけられ、うしろに回された。彼はからかうような瞳で、唇を私の顔に軽く当てて言った。「長い時間をかけて私の気を引こうとしておいて、今度ははぐらかすのか」彼は氷のような唇で私の頬に口づけして言った。「おめでとう。君の企みは成功した」

私は目を見張った。言葉を返そうとしたが頭が混乱し、思わず「放して!」と怒りをあらわにしてしまった。それでも彼は唇を私の耳もとに近づけて軽くもてあそぶようにしながらささやいた。「もし望むなら、君を娶《めと》る許しを父上にもらおう」体が熱を帯び、力が抜けそうになるが、心はどんどん冷めていった。私は無理して深呼吸すると、心を落ち着かせ、あだっぽく笑った。

彼が動きを止めたので、私はその耳もとに息を吹きかけて言った。「第四皇子は今回女性をお連れにならなかったので、不自由していらっしゃるのですね?」彼が体をこわばらせるのが分かった。私は笑って言った。「強要されるなら仕方ありません。私はお断りできる立場ではありませんから。この野原でそれをお望みなら従いますが」

第四皇子はゆっくりと背筋を伸ばすと、私の顔をまじまじと見た。私は微かな冷笑を浮かべると、あごをクッとあげ、すべては皇子しだいだと訴えるように毒を含んだ視線を送った。彼がふっと笑った。私は虚を突かれた。彼はゆっくりと顔を近づけ、再び私の唇に口づけをした。いくら体をそらしても、それを逃れることができない。まるで冷たい唇から冷気が伝わってくるようだ。私はゆっくりと目を閉じた。全身が氷のように冷えていく。もうだめだ。終わった。毒をもって毒を制そうとしたのに、完全な失敗だった。

次の瞬間、彼は突然唇を離すと、私を解放し、馬に飛び乗った。いきなり放り出された形になった私は、思わずその場にへたり込んだ。

彼が馬上から私を見下ろして言った。「馬に乗れ」

どうやら私は難を逃れたようだ。神様に感謝しながら、へたった足でずるずると馬によじ登った。そのまま帰れるのかと思いきや、彼は野営地とは反対の方向へ進んでいく。安心したのも束の間、私の心はまた不安でいっぱいになった。

彼が淡々と言い放つ。「安心しろ。君は国を滅ぼせるほどの美女ではない」私はとりあえずこの言葉に少しほっとした。

彼は少しスピードをあげながら、私の姿勢を見て悪いところを指摘しはじめた。すでに何も言い返せなくなっていた私は、ひたすら自分の根性に鞭打ちながら、馬術の習得に専念した。

＊＊＊

翌日、第十三皇子に会った。もし視線で人を殺せるなら、彼はその場で死んでいたか、少なくとも重傷を負ったはずだ。第十三皇子はまともに私を見ることができず、目を泳がせている。彼に眼《ガン》を飛ばしていると、何かの気配を感じた。ふと視線を転じると、そこに冷淡な表情の第四皇子が立っていた。私は取り乱しつつ、おとなしく下がった。

ちょうど皇太子がみんなの注目を浴びて弓を射っているところだった。私はお茶を換えにいくふりをして第十三皇子のわきを通り過ぎながら、小声で「今晩会いにいくから」と言い残し、何事もなかったように去った。

その夜、支度を整えて第十三皇子の天幕の前まで行くと、側近の太監三才《さんさい》が私を出迎えた。「旦那様がお待ちです」

私は「ありがとう」と微笑んだ。

三才《さんさい》は愛想笑いを浮かべ、「何をおっしゃいますやら。これが私の仕事です」と言った。

中へ入ると、第十三皇子が羊毛の敷き物の上で座布団にもたれて本を読んでいた。彼は私に気づくと、本をその場に置いた。私も手近にある座布団を二つ取って、座りやすい場所を作り、机の上にあったお茶を自分で注いだ。

彼は私のそばに座り、作り笑いを浮かべた。「何か君を怒らせるようなことをしたかな?」

私はふんと鼻を鳴らした。「私に乗馬を教えるのがそんなに嫌なの? 皇子様相手に怒れる立場じゃないけど、何度もこんな目に遭わされたらたまらないわ」

「君は何か誤解しているようだ。最初の夜は、皇太子に呼ばれて行けなかったんだ。気が進まなかったが、相手が皇太子では逆らえない。だから四兄上に代わりを頼んだ。次の日は……」彼は少し言いよどみ、こう言った。「とにかく用があって行けなかった。べつに意地悪したわけではない」

「皇帝陛下と皇太子殿下以外に、私との約束を破らなければならない相手って誰なの？」

彼は気まずそうに笑った。「敏敏《びんびん》姫だ」

私の怒りは笑いに変わった。たしかにそれは言いづらい。しかし昨夜の出来事を思い出すと、やはり怒りをぶつけずにはいられない。私はやけ酒を飲むようにお茶をあおった。

彼はけだるそうに座布団にもたれて笑った。「てっきり喜ぶかと思ったのに、何を怒っているんだ？」

私は彼をにらんだ。「喜ぶですって？　何を喜べばいいのよ」

彼は身を乗り出して言った。「四兄上のことが好きなんじゃないのか？」

とんでもない勘違いに、私の怒りは乾いた笑いに変わった。「私がいつ第四皇子を好きだと言った？」

彼は頭を振った。「献茶の仕事をするようになってから、君は四兄上を妙に意識しているじゃないか。皇太子には冷たいのに、四兄上への心遣いは並ではない。それがずっと腑に落ちなかったんだ。半年前、君が女官に昇進した時、四兄上の好みを私に尋ねたろう。茶器や菓子など、すべて四兄上の好みのものを出している。この三年間、君がずっと四兄上の一挙手一投足を気にしているように見えて仕方ない。好きじゃないと言われても信じられないさ。だったら、あそこまでする理由

「が他にあるのか？」

私は少しずつ冷静さを取り戻した。どうやらすべては自分が招いたことのようだ。人を責めている場合ではない。

うつむいて黙り込む私をつついて第十三皇子が得意げに笑った。「恥ずかしがることはない。おそらく四兄上も君のことを憎からず思っている。そうでなければ、あの性格で自ら女官に乗馬を教えようとするはずがない。四兄上の前でさんざん君のことを褒めておいた私の手柄でもあるのだから、いつかお礼の酒でも飲ませてくれよ。」と茶化したかと思うと、いきなり真面目な表情で言った。「兄上はああ見えて、情に厚い人なんだ。私への態度を見れば分かるだろう」

私はしばらく沈黙すると「もう帰るわ」と立ち上がり、「とにかく第四皇子のことは何とも思ってないの。だから余計なことはしないで」とだけ言い残して部屋を出た。

第四皇子の好みやタブーを尋ねた時に、あらぬ誤解を招かぬよう、他の皇子の好みも一緒に聞いた。しかしそんな小細工は簡単に見破られたようだ。第十三皇子は第四皇子と仲がいいうえに、私の親友でもある。私の細かい行動を見ていた彼は完全に誤解したのだ。そして第十三皇子が誤解したくらいだから、第四皇子本人が誤解するのも無理はない。

好みを尋ねるだけでも誤解を招く行為なのに、この三年間、私は何かにつけて第四皇子に注意を払っていた。それが第十三皇子の目には恋心に映ったのだ。いったいどう説明すれば、この誤解を解くことができるだろうか。

自分の天幕に帰ってからも気持ちはふさぎ、お茶をこぼして手を火傷《やけど》するわ、たらいをひっくり返して絨毯を濡らすわで、イライラは頂点に達し、思わず大声をあげてしまった。驚いた芸香《げいこう》と晨《しん》桜《おう》が隣の天幕から駆けつけた。「大丈夫ですか。絨毯は私たちが換えて差し上げますから、どうか気を静めてください」

私は感情を抑えると「慌てるとロクなことがないわね」と無理に笑った。そう口に出すだけで、心が少し落ち着いた。

＊＊＊

馬術の稽古はやめることにした。第十三皇子に持ちかけられても、その都度話をはぐらかしたので、彼も話題にしなくなった。

そんなある日、ちょうど私が当番でお仕えしていた時に、急使が飛び込んできた。李徳全《りとくぜん》は書簡を受け取ると急いで康熙《こうき》帝に渡した。もしや皇太子に関わることだろうか。この遠征で皇太子が廃されることを私は知っていた。でも具体的にどういう流れでそうなるのかはよく覚えていない。

書簡に目を通した康熙《こうき》帝は表情をこわばらせ、猛烈な勢いで立ち上がった。「今後は毎日報告を寄越すよう伝えよ」

外でひざまずいていた兵士が「御意！」と叩頭し、走り去った。

康熙《こうき》帝がゆっくりと腰を下ろして言った。「命令を下す」李徳全《りとくぜん》がすぐに前へ進み出てひざまずき、言葉を待つ。「第十八皇子の胤祄《いんかい》が重病とのことだ。三日後に都へ向けて発つ。今すぐ蘇完瓜《そかんか》爾佳《じか》に接見を」

李徳全《りとくぜん》は身を震わせると叩頭し、その場を離れた。

そばにいた宮女や太監らが息を殺して立っている。私も急な展開におろおろした。何しろ出来事の結末は知っていても、細かいことは何も知らないのだ。必死に歴史を思い出そうとしたが、第十八皇子に関することは何も覚えていない。とにかく慎重に行動するしかない。

お仕えの交代の時間が来て、初めて自分がずっと立ち尽くしていたことに気づいた。歩こうとしても体がこわばり、うまく足が進まない。康熙《こうき》帝はモンゴル王蘇完瓜爾佳《そかんかじか》に接見し、帰京を早める旨を伝えた。モンゴル人たちもじきに野営を発つということで、荷物をまとめはじめた。誰もが音も立てずに忙しく動き回り、数日前の賑わいはすっかり消えていた。私も自分の部屋に向かいながら、どうすれば効率よく荷物をまとめられるかを考えていた。

当番の仕事と荷物の整理を同時にこなす必要がある。こういう時こそ手抜かりがあってはならない。体は疲れていたが、気は張っていた。

翌日の夜、数人の太監に茶器の梱包を手伝わせた。時々、遠くで騒がしい音がしているのが気になったが、それでも手だけは忙しく動かしていた。

しばらくすると音がしなくなり静かになった。私はそのまま梱包を続け、作業を終えた。

部屋へ戻ると、玉檀《ぎょくたん》が険しい顔で立っていた。彼女は私をすみへ引っ張っていき、声をひそめた。「やはりご存じないようですね」彼女は戸惑う私に事情を説明した。「モンゴル王が献上した馬を、皇太子殿下が勝手に乗り回し、モンゴル人の間で騒ぎになっているのです。皇帝陛下に献上した馬を皇太子殿下が好き勝手に乗ることは、モンゴルへの不敬を意味しますから」

「それで、陛下は何と言ってるの？」

「モンゴル側の怒りを静めるために、彼らの前で皇太子殿下を激しく叱責されました」玉檀《ぎょくたん》は少し考えて、こう付け加えた。「たしかに陛下はお怒りでしたが、悲しんでおられるようにも見えました。第十八皇子の病状にみんなが心を痛めているというのに、皇太子殿下が乗馬に興じていたことを嘆いていらっしゃるようでした」彼女はそう言うと、ため息をついて黙ってしまった。

私は呆然とした。この出来事が、のちに皇太子が廃されるきっかけとなるのだ。私は玉檀《ぎょくたん》に命じた。「急な帰京の準備で疲れていると思うけど、くれぐれも気を引き締めてね。少しの気の緩みが大きな災いにつながる恐れもあるのだから」

〝大きな災い〟という言葉を強調した私の言い方に、玉檀《ぎょくたん》はしっかりとうなずいた。「そうですね。私もその通りだと思います」

私たちはしばらく黙ったまま座り、それから洗面を済ませて休んだ。これから皇子たちに何が起こるのだろう。この事件の結末にたどり着くまでの過程が分からない私は、不安な気持ちでなかなか寝付けなかった。

この状況下で、生半可な歴史の知識はほとんど役に立たない。この時代に来ると分かっていたら、清朝の歴史を一字一句すべて覚えたのに。とはいえ、それもまた役には立たないだろう。歴史はある程度都合よく脚色されているものだ。へたに知っていても、かえって自分を窮地に追い込むかもしれない。玉檀《ぎょくたん》が何度も寝返りを打つ音が聞こえる。どうやら彼女も寝付けないようだ。

大所帯での移動が始まった。途中、第十八皇子の病状が悪化しているとの知らせが入り、康熙帝《こうき》の表情はますます悲痛なものとなった。私たちは細心の注意を払ってお仕えした。兄弟である皇子らの表情も悲しげだ。しかし皇太子の悲しげな表情だけは、どことなくわざとらしく、腹立ちと甘えの気持ちを無理矢理押し込めているように見える。康熙帝《こうき》は皇太子に対して終始冷酷な態度を通していた。そのせいで皇太子はどこか怯えているようにも見えた。


明け方のまだ目も覚めない時間に、外から芸香《げいこう》の呼びかける声がした。私と玉檀《ぎょくたん》は跳び起きた。扉を開けると、芸香《げいこう》は挨拶も忘れて私のほうへ駆け寄ってきた。玉檀《ぎょくたん》も服をはおって私のもとへ来た。

芸香《げいこう》は動揺を隠しきれない様子で言った。「昨夜、陛下が激怒されまして……」私と玉檀《ぎょくたん》が相づちを打つ。「それというのも、皇太子殿下が天幕のすき間から陛下の様子をのぞき見していたのです。それに気づいた陛下が烈火の如くお怒りになり、机の上の物を床にたたき落としたのです。李《り》太監がすぐに対応し、衛兵を増員して外に待機させました」

にわかには信じられない話だった。そんな不敬を働くとは、皇太子は何を考えているのだろうか。芸香《げいこう》が続ける。「それで、今日は若曦《じゃくぎ》様の当番ではないのですが、李《り》太監がぜひとも若曦《じゃくぎ》様に来てほしいとおっしゃっているのです」私はさっそく服を着替えて支度を整えると、念のため芸香《げいこう》を伴って出かけた。

それから数日の慌ただしい移動を経て、ようやく布爾哈蘇台《ほじはそたい》の行宮《あんぐう》に到着した。もう少しで紫禁《しきん》城《じょう》だ。これで一息つけると周囲は安心していたが、私だけは戦々恐々としていた。なぜなら、皇太子を廃する旨を最初に康熙《こうき》帝が宣言したのは、この場所だと知っていたからだ。私は今まで以上に気を引き締めた。

その夜、就寝の支度をしている康熙《こうき》帝に急報が届いた。知らせを読んだ皇帝は、うなだれ、何も言わず、手の甲に筋が立つほど強く手紙を握りしめた。私は心の中でため息をもらした。おそらく訃報だろう。第十八皇子は八歳にして夭折したのだ。

李徳全《りとくぜん》はひざまずいたまま押し黙っている。まわりにいる宮女や太監らも静かに立っている。康《こう》熙《き》帝は同じ姿勢で座ったまま動かなかった。ふだんは威厳と迫力に満ちて年齢など感じさせない陛下も、今は五十五歳という年齢そのままに見える。

しばらくして康熙《こうき》帝が李徳全《りとくぜん》にぽつりと言った。「皆を下がらせよ」私たちは速やかに退出し、李徳全《りとくぜん》だけが残った。

外には、急報が来たことを知った皇子たちが心配そうに集まっていて、私たちが出ていくと一斉にこちらを見た。私は宮女たちに言った。「陛下に命じられて下がったけれど、念のため待機していましょう。今夜は私と玉檀《ぎょくたん》が待機するので、他の者はいったん帰って休みなさい。明日の朝、改めて指示を出します」宮女らは小さな声で返事をすると、静かにその場を去った。王喜《おうき》も、自分ともう一人の太監だけを残し、他の太監を帰らせた。王喜《おうき》が私の耳元でささやく。「皇子たちには何と説明しましょうか。ここにずっと立たせていては、お体にも障《さわ》りますし、責任を負えません」

「だけど中にお通しするわけにもいかないわ。何かあればお知らせすることにし、いったん帰っていただきましょう。それぞれ配下の太監たちから説明させ、皇子たちには事情を含んでいただいたうえで、今夜は陛下を煩わせないようにしないと」

王喜《おうき》はうなずくと、皇子たちの前へ進み出て頭を下げた。「陛下はすでにお休みになれらましたので、どうかお帰りくださいませ。何かあれば、私が直接お知らせに参りますので」

皇子たちは困ったように顔を見合わせた。第四皇子と第十三皇子が、探るように私のほうを見る。私は第十三皇子を見て小さくうなずいた。第十三皇子が皇太子に言う。「今夜はひとまず帰って休みましょう。明日もまた父上のお供が必要ですから」第四皇子も応じるようにうなずき、歩き出した。

ところが皇太子が食い下がり、王喜《おうき》に詰め寄った。「李徳全《りとくぜん》を呼べ。やっと直接話すどこまで身の程知らずの皇太子なのだろう。李徳全《りとくぜん》は温厚かつ公正な人柄で、皇帝から全幅の信頼を寄せられる側近中の側近だ。彼の目配せ一つで難を逃れられるかが決まるほどだ。宮中の人間なら、皇帝の妃嬪をはじめ文武百官に至るまで、李徳全《りとくぜん》に敬意を表し、人前で呼び捨てにすることなどありえない。

さすがの王喜《おうき》もあきれて作り笑いを浮かべた。「李《り》太監は陛下のお世話をしておりますので、今お呼びするわけにはいきません」

皇太子が不満げに言う。「父上はもう休んだのだろう？　だったらここに出てきて話すことくらい簡単だろうが」

王喜《おうき》は助けを求めるように私のほうを振り返った。私は身を縮めて眉をしかめ、お手上げだという表情をした。できることなら今の皇太子とは関わりたくない。

王喜《おうき》は再び皇太子を説得しようと何かを言ったが、皇太子は耳も貸さず、「お前たちは、こそこそと何を隠している」と言いながら、ずかずかと歩き出した。止めようとした衛兵たちに向かって皇太子が怒鳴る。「道を空《あ》けろ！　愚か者めが！　私を誰だと思っているんだ！」衛兵たちが仕方なく道をゆずる。その場にいた皇子たちが慌てて皇太子をなだめようとする。

その時、騒ぎを聞きつけた李徳全《りとくぜん》が扉を開けた。そこには憔悴しきった面持ちの康熙帝《こうき》が立っていた。皇帝はその場にひざまずいた皇子たちに言った。「武官、文官すべてを集めよ」

王喜《おうき》が返事をし、命令を伝えに走る。

康熙帝《こうき》は言葉もなく皇太子を見つめた。その表情に皇太子は怯え、頭を垂れてその場に伏せ、動かなくなった。

まもなくして、遠征に同行していた武官、文官が集まり、びっしりと並んでひざまずいた。

康熙帝《こうき》は全員を見渡すと、怒りと悲しみに満ちた目で皇太子を見据え、静かに言った。「お前は朕《ちん》の戒めにも耳を貸さず、身勝手な行いを繰り返した。二十年ものあいだ、それを大目に見てやったというのに、お前は悔い改めるどころか、ますます増長していった。偉大なる先祖より受け継ぐこの国を任せることはできぬ！」康熙帝《こうき》は涙を流した。

配下の者たちはひたすら叩頭し「陛下、どうかお考え直しを！」と言うことしかできなかった。

康熙《こうき》帝は、皇太子の罪状をゆっくりと数え上げた。「二十九年の噶爾丹《ガルダン》討伐の遠征中に朕《ちん》が病に倒れた時、お前を行宮に呼び寄せた。しかしあの時のお前は、父を心配する心さえ失った不孝者だった。このたびの第十八皇子胤衸《いんかい》の死に際しても、兄弟の死を悲しむ心を失っていた。日頃より配下の者や民に対して情け容赦なく殴打を浴びせ、お前の側近までもが権力を笠に着て搾取を重ねている。民の怒りは抑えがたい……」

康熙《こうき》帝は涙を流して語ると、息を切らせ、数日の心労がたたったのか、その場で気を失った。侍医を呼ぶ声や、皇帝に語りかける者の声で、その場は騒然となった。しばらくして意識を取り戻した皇帝は、第一皇子に皇太子の監視を任せ、その場にいた全員を退出させた。

李徳全《りとくぜん》が皇帝を支え、寝室へ連れて行ったが、あれではとても眠れるような心境ではないだろう。私は沈痛な思いでその場に立ち尽くした。この事件を史実として読んだ時は何とも思わなかった。それどころか康熙《こうき》帝が不埒な皇太子を甘やかさずにさっさと廃していれば、その後の壮絶な皇位争いなど起きなかっただろうにと、康熙《こうき》帝の甘さに不満を感じたほどだ。

ところが今の私は目の前で起きた出来事に心が張り裂けそうになっている。康熙《こうき》帝に長くお仕えして情がわいたのか、それとも息子に対する父親の愛情や憤り、その心痛が分かるからなのか、康熙《こうき》帝の流す涙に、私の心までが震える。彼は皇帝であると同時に父親でもあるのだ。

第十章
なんぞ帰らざる

都へ帰り着いてからずいぶん経ったが、宮廷の内外ではさまざまな思惑が飛び交っているようで、大臣たちが次々と参内しては、皇太子廃位の撤回を請う上奏文を提出した。それに対して康熙《こうき》帝は沈黙を通していたので、誰にもその真意を推し量ることはできなかった。

このあと康熙《こうき》帝がいったん皇太子を復位させる史実を知る私は、ちょっぴり優越感にひたりながら、右往左往する大臣たちを見ていた。侍者の中で落ち着いていたのは李徳全《りとくぜん》と私だけだ。実際のところ、大臣たちがどの皇子の味方で、誰と敵対し、誰とつながっているのかが見極められず、他の侍者たちはどう対応すべきか混乱するばかりだった。

歴史を先に知る私が落ち着いているのは当然として、李徳全《りとくぜん》の落ち着きぶりには驚かされる。世の中のことを知り尽くした老練な古狸の貫禄だろうか。逆に彼のほうも私の落ち着きにに感心しているようだった。私が未来を知ることを彼は知らないのだから、当然と言えば当然だ。

誰もが恐々とする中で、十一月を迎えた。

控えの間で茶葉の確認をしていると、王喜《おうき》が入ってきて拝礼をした。「若曦《じゃくぎ》さん、第三皇子がお見えです」私はうなずくと、踏み台から下りて、芸香《げいこう》にお茶をいれるよう命じた。

お茶を捧げ持ち、静かに入室し、第三皇子のそばの机にお茶を置き、退出した。ちょうどその時、第三皇子の発言が聞こえた。「二兄上（皇太子）のことで、父上に申し上げたいことがございます」私には、彼がここへ来た理由がすぐに分かった。たしか第三皇子は、皇太子がおかしな行動に出たのは、第一皇子がラマ僧巴漢格隆《ばかんかくりゅう》を使い、妖術をかけたせいだと告発するのだ。

どうして私は土壇場になってから大事なことを思い出すのだろうか。とはいえ、この件については大筋を知るだけで、いつ何が起こるのかは知らない。思い出せたとしても何の役にも立たないだろう。

とにかく今は皇太子の復位を静観していればいいのだと自分に言い聞かせた。しかしここで第八皇子たちのことが気になる。遠征から戻って以来、彼らには一度も会っていない。空席となった皇太子の座をめぐり、彼らはどんな画策をしているのだろう。いろいろ考えをめぐらせてみたものの、第八皇子たちに生命の危機が迫るのはもっとあと、つまり第四皇子が帝位に就いてからだということを思い出し、少し落ち着いた。

第三皇子の告発を受け、康熙《こうき》帝はすぐさま人を遣《つか》わし、謹慎中の第二皇子の屋敷を調べさせた。その結果、たしかに第一皇子が仕掛けたと思われる妖術の品が出てきた。康熙《こうき》帝は激怒し、第一皇子の爵位を剥奪し、屋敷内に幽閉し、厳重に監視させた。それからというもの、皇太子の復位を願う上奏文が次々に届いたが、復位への動きはまったく見られず、皇太子は相変わらず上駟院《じょうしいん》（馬の管理を司る院）に拘束されたままだった。

私は第一皇子のことが気になって仕方なかった。歴史でこの出来事を勉強した時も、彼が本当にそんなことをしたのか疑問に感じた。皇帝の長子ともあろう者が、皇太子の座を手に入れるために、妖術などという奇妙な手を使うものだろうか。しかしその答えは分からずじまいだった。

皇太子の行動がすべて妖術のせいだというのも馬鹿げている。そもそも大叔父索額図《ソンゴトゥ》のクーデターが失敗してから、皇太子の行動は道をはずれていったのだ。しかし表向き、康熙帝《こうきてい》は妖術の件を信じているようだった。もしかすると信じたふりをして皇太子の罪を免じ、それまで皇太子に対して執拗に嫌がらせをしていた第一皇子を罰したかったのかもしれない。それともこの時代の人は本当に妖術を信じたのだろうか。私には分からない。

第一皇子は、この時から雍正《ようせい》十二年に亡くなるまで、なんと二十六年ものあいだ幽閉生活を送るのだ。このあと皇太子が幽閉され、続いて第十三皇子、第八皇子、第九皇子、第十皇子、第十四皇子も幽閉される運命にある……。

私は心の中で自分に言い聞かせようと叫んだ。この件は忘れよう。二度と考えてはいけない！

＊＊＊

ある日、上奏文を読み終えた康熙帝《こうきてい》は、しばらく黙り込んだあとで、李徳全《りとくぜん》に命じた。「李光地《りこうち》をここへ呼べ」

康熙帝《こうきてい》の重臣として台湾の平定で功を立てた人物だ。私が彼を見るのは初めてではなかった。以前にも皇帝に呼ばれて来たことがある。しかしこの微妙な時期になぜ彼が呼ばれたのだろうか。私はお仕えする当番ではなかったので、それを知るチャンスはなかった。

その夜、夕食を済ませ、玉檀《ぎょくたん》とお茶を飲んでいる時も、李光地《りこうち》のことを考えていた。当番だった玉檀《ぎょくたん》に聞くこともできるが、そもそも皇帝と臣下の会話を外に漏らすことは最大のタブーであるし、私も彼女にそれを強要してまで知りたいとは思わなかったので、自分で勝手に推理しようと思った。

玉檀《ぎょくたん》が突然扉のほうへ歩いて行き、外を確認すると、窓と日よけをすべて開け放った。外の景色がすっかり見える。私はお茶を飲みながら、彼女が何をしようとしているのか見ていた。

彼女は私の隣に戻ると、お茶をすすり、涼しい顔をしながら、声を殺して話し出した。「今日、陛下と李《り》殿が新しい皇太子の冊立に関するお話をされました」私は微かにうなずき、先を続けるよう促した。

「李《り》殿が推挙されたのは第八皇子です」

私は思わず手を震わせ、お茶をこぼした。慌てて茶器を置き、絹の手巾を出して拭くと、玉檀《ぎょくたん》も自分の手巾を取り出して手伝ってくれた。気を取り直した私は、手巾の刺繍の柄について、どんな柄がいいかとか、宮中の誰の考えた図案がいいとか、誰の刺繍が一番うまいかといった、たあいのない話をした。

その後、二人とも部屋へ戻って休んだが、ずっと心にひっかかるものがあり、目を閉じても眠ることができなかった。

翌日、身支度をする時に鏡を見ると、あまりにも顔色が悪かったので、思わず紅を多めにつけた。仕事をしていてもぼんやりしてしまい、李徳全《りとくぜん》に何度も目配せをされて、慌てて自分に活を入れた。

康熙帝《こうきてい》は朝からずっと黙って考え込んでいる。熱いお茶を出しても、一口も飲まれない。何度お茶を取り替えに上がっても、皇帝は同じ姿勢で座っていた。殿内でお仕えしているのは李徳全《りとくぜん》と私だけで、李徳全《りとくぜん》は皇帝の席より一段下がった所に、まったく表情を変えず、まるで木のように立っている。

外から若い太監がやってきて言った。「第二皇子がおいでになりました。今、外でお待ちです」

皇帝が淡々と言った。「通せ」

第二皇子胤礽《いんじょう》は中へ入ると、その場にひざまずいた。二ヵ月あまりの監禁生活で、すっかり痩せ、顔色も悪く、怯えた表情をしている。

しばらくの沈黙ののち、康熙帝《こうき》は彼を立たせると、「ついてきなさい」と言って、奥の別室へ入っていった。

李徳全《りとくぜん》が手振りで指示を出して表の扉を閉めさせると、今度は私のほうへ来て小声で「陛下に何かしら召し上がっていただく工夫を頼む」と言い残し、別室へ入っていった。

私は外に立ち、さっきまで皇帝が座っていた玉座を見つめた。ここまで苦労を重ねる意味があるのだろうか。とはいえ誰しも同じかもしれない。私だってかつて管理職にのぼりつめるために必死だった。資格試験を受けまくり、上下関係に心を砕いたものだ。種類は違っても、すべては人生においての名利を得るためだ。ただ、彼らの場合はあまりにそれが大きいから、そのぶん苦しみも大きいのだ。私ごときがとやかく言うことではない。たしかに世の中には名誉や利益を捨てられる人もいるだろう。しかし何をして生きろというのだ？　誰もが僧侶や世捨て人になるわけにはいかない。もしそんなことになったら、喜捨をして彼らを養う人さえ、この世からいなくなる。

そんなことを考えていたら、中から胤礽《いんじょう》の泣く声が聞こえてきた。漏れ聞こえる声なので、会話の内容までは聞き取れなかった。とはいえ康熙帝《こうきてい》が折れるのは時間の問題だ。必死になって聞き耳を立てる必要もない。


長い時間が過ぎ、胤礽《いんじょう》が出てきた。私は急いで扉を開け、彼を支えて送り出した。外には監禁場所まで連れ帰る係の者が待っていた。私は外で待機していた玉檀《ぎょくたん》に細かい指示を与え、熱いお茶と菓子を用意させた。

お茶と菓子を捧げ持ち、中へ入ると、康熙帝《こうき》が窓辺に立っていた。私が炕《こう》（中国式オンドル）の上にある小机にお茶と菓子を置くと、李徳全《りとくぜん》がこちらを見てうなずいた。

私は身をかがめて皇帝に近づいた。「陛下、本日の菓子は、陛下が夏にご覧になった蓮から取った花蕊《かずい》を乾燥させ、すりつぶして作ったものです。蓮のほのかな味がいたします。どうぞお召し上がりください」

康熙帝《こうき》は何も言わず、小机のほうへ歩んだ。李徳全《りとくぜん》が毒味のために、一部を食べ、銀の箸を差し込んで小皿に乗せると皇帝に差し出した。

康熙帝《こうき》は黙って一口食べ、それからお茶を飲んで言った。「この茶は何だ？　甘い中に微かな苦みを感じるが」

私が頭を下げて答えようとすると、李徳全《りとくぜん》が先に口を開いた。「昨日、若曦《じゃくぎ》より、お茶に銀杏の葉を混ぜてもよいかと聞かれました。理由を尋ねると、ここ数日陛下は咳をしておられ、のぼせも見られるようだと言うのです。陛下ご自身も気に止めておられぬほどの症状なので、薬を処方するほどではありません。何しろ薬とて体に多少の害はあるものですから。そこで銀杏の葉を少量だけお茶にまぜるのがちょうどよいと申すのです。私から侍医に確認したところ、確かに効果があるということだったので、許可しました」康熙帝《こうき》は私を見てうなずくと、黙ってお茶を飲んだ。

＊＊＊

その後、何の動きもないまま日々が過ぎ、胤禩《いんじょう》はあいかわらず拘束されたままだった。皇帝の臣下たちは、先行きが見えないまま戦々恐々としていた。派閥争いは激化し、皇太子復位を支持する者と反対する者、それぞれが意見を闘わせた。

皇子たちの態度も様々だった。遠征から帰ったあと、第十三皇子が皇宮に現れる回数はめっきり減り、第四皇子は病気を理由に外出さえしなかった。第八皇子ももともと乾清宮に顔を出さなかったし、第九、第十四皇子もたまに見かけたが、そそくさと帰っていくので話す機会もなかった。

そんな様子を康熙帝《こうき》は冷ややかに見るだけで何も発言せず、たまに私を相手に、お茶に関するおしゃべりを楽しむのだった。どこの水がいいとか、このお茶の名前は気が利いているとか、誰それの書いたお茶に関する詩がいいなど、話を楽しむ様子だけを見ると、まさに悠々自適だ。私や李徳全《りとくぜん》も心おだやかにお仕えでき、まるで事件などなかったかのように錯覚する。

私はそんな康熙帝《こうき》を心から尊敬した。あれだけの心労を抱えながら、みじんも表に出さず、それでいて各人の動きをしっかりと見ているのだ。

そんな日々が過ぎるうちに、とうとう大晦日を迎えた。皇太子の地位を廃された第二皇子は今も拘束中で、第一皇子も幽閉されたままだ。朝廷内は皇太子の座をめぐって落ち着かないままで、年越しの宴は例年どおり行われているものの、その陰では不穏な波がうごめいていた。

表面だけ浮かれた年越しなど、とても楽しむ気分にはなれない。ちょうど大晦日が当番だった私を気遣い、玉檀《ぎょくたん》が交代を申し出てくれたが、彼女にこそ年越しを楽しんでもらいたいと断った。

私は殿舎の中で、蝋燭とお香を見回りながら康熙《こうき》四十八年を迎えた。

＊＊＊

元旦の空がうっすらと明るさを帯びる。

私は机の前に座り、窓の外をぼんやりと眺めていた。玉檀《ぎょくたん》が窓辺を通り過ぎながら心配そうに私を見る。「夜通しお仕事だったのに、お休みにならないのですか？」

私ははっと我に返り「今ので休めたわ」と言って微笑み、窓を閉めた。玉檀《ぎょくたん》は笑って外へ出て行った。

私はそのまま同じ場所に座っていた。太陽の光が少しずつ強くなり、部屋が明るくなる。しかし心は暗くなるばかりだ。思わず机につっぷした。なぜ？　なぜ来ないの？　今年は忘れてしまったの？　それとも忙しくて時間がないの？　もしかしたらもう二度と来ないの？

お昼に太監が食事を運んでくるまで、誰一人訪ねてこなかった。なんとなく食欲もわかず、お膳をわきに寄せ、靴もぬがず、布団もかけず、寝台に横になった。ずっと覚悟はしていたし、彼が私を手放しても心乱すことなく忘れられると思っていた。そもそも一人の男性が、同じ女性をいつまでも追い続けるはずがない。ところが、いざそうなってみると、自分はこんなにも冷静さを失い、落ち込み、傷つき、心を痛めている。

絶望しかけたその時、扉をたたく音がした。急いで起き上がり、走っていって扉を開けると、そこに立っていたのは見たこともない若い太監だった。私が怪訝な顔をすると、彼は拝礼し、愛想笑いを浮かべた。「私は小順子《しょうじゅんし》と申します。乾清宮へ来ることが少ないので、見覚えがないと思われるのは当然です」

私がじっと見ていると、彼は周囲を見回し、たもとから絹の赤い包みを取り出した。何の包みだろうかと思ったが、とにかく送り主は分かっているのでさっさと受け取った。彼はうれしそうに拝礼し、そそくさと帰っていった。

扉をしっかりと閉め、机の前に座り、心を落ち着け、包みを開けた。中から出てきたのは首飾りだった。

髪の毛のように細い銀糸が波のように絡み合い、そこに半透明の玉で彫られた木蘭がついている。本物の小さな花かと見まごうほどの精緻な彫りだ。少し鼻を近づけると微かに清遠香《せいえんこう》の匂いがした。

衝撃に体が震えた。送り主は彼ではない！　あの人だ！　手に持った白い木蘭の冷たさが、あの唇を思い出させる。私は思わず首飾りを机の上に投げた。木蘭はカタンという音をたて、包んであった赤い絹の上に落ちた。

絹の布には、銀色の水紋のような模様がほどこされていて、白い木蘭が水に浮かんでいるように見える。私はしばらくそこから目を離すことができなかった。あの息づかいが耳もとに聞こえ、冷たい唇が頬をかすめる感覚がよみがえる。寒気を感じつつも、心が熱くなるのを感じた。私は猛烈な勢いで椅子から立ち上がると、急いでそれを包み、物入れ用の箱の一番底に押し込んだ。

その時、底にしまってあった三通の手紙に目が止まる。指で触れるうちに、我慢できずに取り出して机の上に置いた。その内容も、筆跡や墨の色も、すべて私の中に深く刻まれている。長く孤独な宮中の夜、何度その内容を頭の中で繰り返したか分からない。

泣き笑いのような表情を浮かべて小さな声で自分に言った。「これからは、もう来ないのね」深くため息をつくと、一番下の一通を開いた。

東門の広場　坂に茂る茜草
その家は近けれど　あの人は遠い
東門の栗の木　建ち並ぶ家々
お慕いしても　ここにはいない

これは康熙《こうき》四十四年の元旦にもらったものだ。

東門の外　女は雲のごとく
雲のごとくおれど　思う人はいない
白い衣にもえぎの布　あの人と笑いたい
門外をぬければ　女は茅花のごとく
茅花のごとく多けれど　思う人はいない
白い衣に茜染め　あの人と笑いたい

心の中でそらんじていると、また扉をたたく音が聞こえた。慌てて手紙をかき集めながら答えた。「どなた?」私はあたりを見回しながら、手紙を布団の下にしまった。

扉の外から声がした。「若曦《じゃくぎ》様、方合《ほうこう》でございます」私は混乱し、その場で身をこわばらせた。

中からの反応がないことを不審に思った方合《ほうこう》が再び扉をたたく。「若曦《じゃくぎ》様」

慌てて扉を開けると、私は責めるように言った。「今年はずいぶん遅いじゃない」

方合《ほうこう》が愛想笑いを浮かべる。「昨夜は夜通し陛下のもとでお仕えでしたよね。若曦《じゃくぎ》様の就寝のじゃまにならぬよう遅く行けと、第八皇子に命じられたのです。」私は複雑な気分に、胸がつかえそうになりながらその場に立っていた。方合《ほうこう》は周囲に人がいないのを確かめると、封筒を差し出し、拝礼して帰っていった。

扉を閉め、封筒を胸に、机へ戻る。しばらくじっとして、それからゆっくりと開封した。ユリの香りをたきこんだ便箋の上に、柔らかくも力強い楷書の文字が並ぶ。

色あせて　色あせて　なんぞ帰らざる
君のためでなければ　露にまみれているものか
色あせて　色あせて　なんぞ帰らざる
君のためでなければ　泥にまみれたりするものか

刀で心を突かれるような痛みが走った。私は胸を押さえ、そのまま机に伏せた。様々な思いが去来する。「私はどうして彼の想いに応えられないの？　どうして……」

＊＊＊

春節が過ぎ、梅が咲きはじめた。木の下に立って目を閉じると、高貴な香りが漂ってくる。康熙《こうき》帝はいつになったら皇太子を復位させるのだろうか。あれからもう二ヵ月になる。歴史的に復位がいつ行われたか思い出せないが、おそらく年のはじめではなかったろうか。結果を知っている私でさえこれだけ気をもんでいる。他の人たちは一日が一年に感じられるほどの焦燥感をもって、日々を送っていることだろう。

突然耳もとで第十皇子の声がした。「また考え事か?」

うれしくなって振り返ると、そこには第十皇子だけでなく、第九、第十四皇子、そして遠征以来ずっと会っていなかった第八皇子がいた。拝礼をして顔を上げるとき、意識的に第八皇子のほうに視線を送ったが、彼と目が合った動揺に、私は再び顔を伏せた。

第九皇子が周囲を見回して言った。「今日は君に聞きたいことがあって来たんだ」

ほとんど話したことのない第九皇子が私に何の用だろう。「聞きたいこととは何でしょう」他の皇子たちが少し緊張している。第八皇子だけが不快そうに眉をひそめ、第九皇子を見る。

「父上が二兄上に接見した時、どんな話をしたか教えてほしい」

なるほど、その話か。あの時、殿舎にいたのは私と李徳全《りとくぜん》だけだ。李徳全《りとくぜん》の口を割らせるのは空から月を取ってくるほど至難の業だ。だから私に聞きに来たのだ。

あの時は別室の外にいたので何も聞いてないと告げようとした瞬間、第八皇子が言った。「若曦《じゃくぎ》、君はもう行きなさい」

第十四皇子が言う。「聞いたっていいでしょう。彼女と李徳全《りとくぜん》しか知らないことなのに、他に誰に聞けというのです」

第八皇子が言う。「御前に仕える者は、そこで交わされた話を他に漏らしてはならないのだ。もし漏らしたことが知れたら若曦《じゃくぎ》がどうなると思う」

第十四皇子は私を一瞥すると、梅の花に目をそらして黙ってしまった。第十皇子が取り繕うように言う。「若曦《じゃくぎ》、早く仕事に戻ったほうがいいよ」

第九皇子がふんと鼻を鳴らした。「ここには私たちしかいないんだ。我々が聞いたことを漏らさなければ、誰にも知られやしない」そう言って、冷ややかに私を見た。

第八皇子の表情がますます厳しくなったので、私はとにかく説明だけしようと思った。「私はあの時、部屋の外にいたのです。陛下と第二皇子の会話は聞いておりません」

第九皇子が皮肉な笑いを浮かべた。「八兄上、聞きましたか。八兄上が目をかけて大切に育てたというのに、なんて恩知らずな犬なんだ……」

第八皇子は「九弟！」と声を荒げると、弟たち一人ひとりの顔をにらみつけ、最後に第九皇子を見て言った。「父上に関することを彼女に尋ねるな。誰も聞いてはならぬ」

第九皇子は暗い顔をした。第八皇子は冷静なまなざしで第九皇子を見ている。第十四皇子が冷ややかに私を見る。第十皇子は対立する兄たちをなだめようとする。

第九皇子は私を見て冷笑を浮かべると、すごい勢いで去っていった。第十四皇子がそれを追う。第十皇子も困ったようにこちらを見ると、頭をかきながら行ってしまった。

第八皇子は微笑みながら静かな瞳で私を見つめ、去っていった。

本当に会話など聞いてないのに、誰も私の言葉を信じていない。遠くなる第八皇子の背中も、どこか冷たい。彼も私の言葉を信じていないのだろうか。私は涙をこらえて歩き出した。第八皇子がいつも見せる陽光のような温かい笑顔と笑い声を思い出し、胸の痛みに歩けなくなった。私は大きく息を吐くと、気を取り直して考えた。少しくらい彼の役に立つことをしたっていいじゃないか。私は彼らのあとを追った。

私の足音に彼らが振り返る。第九皇子は冷たく笑ってそのまま行ってしまったが、他の皇子たちは立ち止まってくれた。

息を切らせながら周囲を確認し、口を開こうとした瞬間、第八皇子が言った。「何も言う必要はない。帰りなさい」

私は首を振った。「本当に何も聞いていないのです。信じてください」彼らが疑いの色を浮かべる。第十皇子のほうを向いて私は笑顔で言った。「あなたは先に行って」

「私を追い払うのか？」第十皇子は助けを求めるように第八皇子を見たが、第八皇子もやさしく諭《さと》すように言った。「いいから先に行け」

機嫌を損ねた第十皇子の袖を引っ張って私はささやいた。「そのほうがあなたのためなの」それでもまだ彼が行こうとしないので、甘えるように言った。「お願いだから分かって」

彼は困ったように袖を引き戻すと、「お嬢様らしさがなくなったな！」と声を荒げて去っていった。しかしもう怒っているようには見えなかった。私は思わず舌を出し、第八皇子と第十四皇子のほうを見て笑った。第八皇子は暖かな笑顔を取り戻し、うなずきながら私を見ている。第十四皇子はそれを見てあきれたように大きなため息をついた。

私は周囲を見回し、声をひそめると「陛下は皇太子殿下をとても大切に思っておいでです」とだけ告げた。あとはいつもの調子で、「遠征から持ち帰ったあの絵画ですが、姉上は気に入ったようですか？　巧慧《こうけい》や冬雲《とううん》に贈った飾りは喜んでもらえたでしょうか」と、たあいのない質問をした。

第八皇子が笑って答える。「みんな気に入っていたようだ」

「年越しの宴には姉上も参加したようですが、私はちょうど陛下にお仕えしていたので会うことができませんでした。どうか姉上によろしく伝えてください」

第八皇子がうなずいたので、私はひざを折って拝礼した。「それでは失礼してよろしいでしょうか」

第八皇子が「行きなさい」と言い、私はその場を去った。

＊＊＊

それから数日は、不安な気持ちが消えなかった。軽率に第八皇子にあんなことを告げて大丈夫だったろうか。私のひと言がどんな影響を及ぼすかが心配だ。彼らが皇太子の地位を奪う手を緩めるのか、それともさらに攻撃を強めるのか。いくら考えても私には先が読めなかった。あのひと言を言ったがために、望まぬ方向に動いてしまったらどうしよう。そんな事を考えながら歩いていると、第十三皇子に呼び止められた。

振り向くと第四皇子も一緒だった。第十三皇子とは、遠征中に部屋を訪ねて以来だ。雑事に追われ、第四皇子とも会って話す機会がなかった。今こうして第四皇子を前にしたとたん、私は耳たぶが熱くなるのを感じた。彼の冷たい唇が私の頬、唇、そして耳を滑っていった草原の夜がよみがえる。気まずさのあまり、私はそそくさと拝礼し、その場を立ち去ろうとした。

第十三皇子が腕を伸ばして私を止めた。「久しぶりだというのに、ずいぶん冷たいな」

私は慌てて笑顔を作った。「冷たいだなんて。ただ、やることが山積みで忙しいの」

彼は私の言葉をまったく信じていないように頭を振り「じゃあ行っていいよ」と笑った。ところが私が足を踏み出す前に、今度は第四皇子が口を開いた。「聞きたいことがある」

身動きできなくなった私を見た第十三皇子は少し笑い、それから咳払いをしてわざとらしい笑顔を浮かべて言った。「えっと……そうだ、私は用があるので先に失礼するよ」私は去ろうとする彼を引き止めようと手を伸ばしたが、見事にかわされた。彼は私に目配せすると足早に行ってしまった。

憂鬱な気分だ。何を言えばいいのだろう。どう説明すれば第四皇子を怒らせずに、勘違いだと納得させられるのだろうか。

第四皇子が淡々と切り出す。「父上が二兄上に接見した時、どんな話をしていた」

私の不安と焦りは一気に吹き飛んだ。しかし同時に言葉にできない感覚に襲われた。安心したくせに、どこかがっかりしている自分がいる。どうやらうぬぼれが過ぎたようだ。

気持ちを切り替えて答えた。「あの時、私は部屋の外にいたので、陛下と第二皇子の会話は聞いていないのです」

第四皇子が周囲を見回しながら近寄ったので、私は思わずうしろへ下がった。しかし彼がさらに近づく。私はうしろにあった木にぶつかりそれ以上動けなくなった。相手の息づかいまで聞こえてくる。「あの夜のことを気にしているのか」

私は思いきり首を振り、心の中で叫んだ。あなたさえ忘れてくれれば、私は何とも思わない。誤解させたのは私のほうだし、そもそも私はそれほど大胆な人間ではないのだ。

彼は私の目を見てやさしく語った。「あの時は、私が勘違いしてしまったのかもしれない」私は必死にうなずきながら、心の中で、「誤解が解けたならそれでいいのよ！」と叫んだ。ところが安心したのも束の間、彼が私を見つめて微笑んだのだ。戦慄が走り、足から寒気がはい上がる。彼が言った。「でも口づけしたことは後悔していない」私の心臓は早鐘を打った。しかし今はこの緊張を抑え、彼の言葉の意味することを理解し、最善の策を講じなくてはならない。

いきなり彼が手を伸ばして私の襟元をめくった。冷たい指先が肌をすべり、震えが走る。こんな大胆なことを、さも当たり前のことのように自然とやってのけるとは。頭に血が上り、相手が未来の雍正帝《ようせい》であることも顧みず、私はその手を払った。

彼は私の非礼を気にするそぶりもなく、すっと引き下がると、感情のない声で「どうして着けていない」と聞いた。

あの首飾りのことだ。私は無愛想に答えた。「部屋に置いてあります。今度お会いした時に、お返ししようと思っていました」

彼がさげすむような冷たい目で私を見る。私は怒りのあまり、恐れも忘れてにらみ返した。彼は口を曲げるようにして笑うと言った。「受け取ったのだから、もう返す必要はない」受け取ったのは、送り主を勘違いしたからだ。しかし、まさか第八皇子からだと思って受け取りましたなんて言えるわけがない。私は沈黙した。

「きっかけを作ったのは君だ。勝手に終わらせてもらっては困る」

言うに言えない不平を抑え、私はただ相手をにらむことしかできなかった。彼は冷淡な表情に微かな笑みを浮かべていたかと思うと、真顔になって言った。「いつか君は、あれを身に着けたいと思うようになるだろう」

その口調は淡々としていたが、有無を言わせない迫力があった。考えてみれば、正面からまともに闘って勝てる相手ではない。ここは違う手を考えるしかない。たとえば、〝柔よく剛を制す〟とか〝四両で千斤を倒す〟と言うではないか。知恵を絞れと自分に言い聞かせながら、必死に心を落ち着けた。

彼が話題を戻す。「会話の一部でもいい。何か聞こえなかったか？」私は我に返ると冷静に答えた。「聞こえませんでした」

彼は黙ったまま背中で手を組み、じっと私を見た。どうしても何かを聞き出したいようだ。

私は頭をフル回転させた。あの時、李徳全《りとくぜん》が私を中に入れなかったのは、こうなることを予想していたからだ。もう一つ考えられることは、李徳全《りとくぜん》が私を試したということだ。もし私が皇子の誰かとつながっていれば、私は手先となり、盗み聞きしようとしただろう。でもあの時の私は、話など聞こえない殿舎の扉の近くに待機しながら別のことを考えていた。盗み聞きなどしていたら、あの老練な李徳全《りとくぜん》に見抜かれていた。そう考えると急に恐ろしくなった。もしあの時、つまらない好奇心から話を聞こうとしたら、今ごろ自分はどうなっていたのだろう……。

とはいえ今は李徳全《りとくぜん》のことを考えている場合ではない。目の前にいる第四皇子の攻撃をどう切り抜けるかだ。どんな些細なことでもいいから、私の口から聞き出そうとしている。もちろん答えなくてもいいのだが、相手は未来の雍正帝《ようせい》だ。ここで機嫌をそこねてしまっては、これまでの苦労が水の泡だ。

いろいろ考えたあげく、私は笑顔で言った。「あの時聞くことができたのは、第二皇子の泣き声だけです」それだけと言うと、拝礼して去ろうとした。

「義理の兄にも同じように答えたのか？」

こわばった体でゆっくり向き直ると、春の花のような笑顔で答えた。「もちろんです」

彼の冷たい目が私を見る。私は笑顔のまま柔和な表情で彼を見た。しばらくの沈黙のあと、彼は「帰っていい」と言った。私はお辞儀をすると、ゆっくり回れ右をしてその場から去った。

中庭に帰り着くと、玉檀《ぎょくたん》が微笑んだ。「若曦《じゃくぎ》様、なんだかうれしそうですね」

その時になってやっと自分が作った笑顔を崩さぬまま歩いてきたことに気づいた。その途端、笑顔が崩れ、玉檀《ぎょくたん》を驚かせてしまった。私は黙ってうなずくと、そのまままっすぐ部屋へ向かった。今は何も考えたくない。

こんな思いをするのはたくさんだ。早く皇太子を復位させてほしい。冷静な第四皇子でさえあせりを見せているのだから、朝廷の臣下たちなど推して知るべしだ。皇太子の悪行が第一皇子の呪詛によるものだとされながら、あいかわらず皇太子は拘束されたままだ。この状況に戸惑わない者などいるわけがない。

数日経ったある日の午後、部屋で本を読んでいると、王喜《おうき》が走ってきて、いつも以上に丁寧な拝礼をし、その場に立ったまま黙り込んでいる。私は本を置いて聞いた。「言いたいことがあるなら言って」

彼はしばらくうつむき、やがて口を開いた。「今日の朝議で陛下がお怒りになりまして……」

一大事だ。しかし王喜《おうき》がわざわざ私に伝えに来たのはなぜだろう。心を落ち着かせて尋ねた。

「いったい何があったの？」

彼は顔をあげて私を見たが、すぐに目をそらして再びうつむき、ためらうように言った。「じつは皇太子の冊立が議題に上がりまして、大臣の阿霊阿《あれいあ》殿、鄂倫岱《がくりんたい》殿、揆叙《きしょ》殿、王鴻緒《おうこうしょ》殿と、第九、第十、第十四皇子が共同で、第八皇子を推挙したのです」私は思わず椅子から立ち上がった。昔から皇帝というものは、皇子と大臣が結託することを何より嫌う。そういう行為は朝廷の分裂や混乱を招くうえ、皇帝不在の場で話し合いが行われていることを意味するからだ。康熙《こうき》帝とて例外ではない。

「それで、陛下は何と？」

「大変お怒りになり、陛下は……」彼は言いよどんだ。

「いいから、はっきり言ってちょうだい」

「じつは幽閉される以前の第一皇子が、第八皇子を支持する旨を口にされたことがあったのです。ですから陛下は、第八皇子と第一皇子が結託して皇太子の座を奪おうとしたのだと確信し、お怒りになったのです。第八皇子が朝廷内で徒党を組んだとして責め、激しい口調で……」

王喜《おうき》が黙ってしまったので、私はあせった。「早く言って！」

私の切迫した表情に、王喜《おうき》は慌てて話を続けた。「『お前はおとなしい顔をしながら謀反を企て、徒党を組み、第二皇子を陥れたのだ。かくなるうえは爵位剥奪、監禁のうえ、議政処で審理をとり行う！』とお怒りに」王喜《おうき》は皇帝の言葉をそのまま再現した。

背中に悪寒が走り目の前が真っ暗になった。私は崩れるように椅子に座り込んだ。頭が真っ白になり、監禁という言葉だけがこだまする……。優雅で高潔なあの人が鎖につながれるなんて！

放心状態の私に王喜《おうき》が呼びかける。「若曦《じゃくぎ》さん、若曦《じゃくぎ》さん！」

私は必死に冷静さを取り戻そうとした。「それからどうなったの？」

「皇子たちが第八皇子のために許しを請いました。第十四皇子は陛下の前でひざまずき、『八兄上が謀反を企てたというのは誤解です。私が死をもって証明します』とまでおっしゃったのです」

私はうなずき、さらに先を話すよう促した。

「陛下は、皇子と大臣が結託して皇太子を引きずり下ろそうとしたことが我慢ならなかったのです。そこへさらに第十四皇子が死をもって証明するなどと楯突いたものですから、怒りが頂点に達し、その場で衛兵の刀を抜き、第十四皇子に斬りかかりました」私が思わず声をあげたので、王喜《おうき》が顔をひきつらせた。

大丈夫だ。私は密かに自分に言い聞かせた。第十四皇子は乾隆帝が即位する時代まで生きるはずだ。私は王喜《おうき》を促した。「それで？」

「第五皇子が陛下の足にしがみつき、涙を流しながら止め、他の皇子たちも何度も叩頭して許しを請うたので、陛下も思いとどまり、事なきを得ました」

私は大きく息をついた。「もう驚いたりしないから、その先を聞かせてちょうだい」

「陛下は第九皇子を平手打ちし、第十四皇子には棒打ち四十回の刑を言い渡しました」

私はふと気になって尋ねた。「第十皇子は？」

「第九、第十、第十四皇子はいずれも第八皇子への誤解を解こうと陛下の前へ進み出てひざまずきましたが、陛下に激しく楯突いたのは第十四皇子のみです。第十皇子はひたすら叩頭されていただけなので、謹慎のうえ反省という処分で済みました」

何も考えられない。無数の針が刺さったように心が痛み、しだいに麻痺していった。

王喜《おうき》はしばらく黙っていたが突然口を開いた。「李《り》太監がおっしゃるには……」

私ははっとした。おそらく王喜《おうき》は李徳全《りとくぜん》の指示で、この話を私に伝えに来たのだ。「李《り》太監は何と？」

「若曦《じゃくぎ》さんにはよくお休みいただき、明日のお仕えに支障なきようにとのことです」

「それだけ？」

「それだけです」

私は少し考えてから王喜《おうき》に言った。「李《り》太監によろしく伝えてちょうだい」

王喜《おうき》は去り際に振り返って言った。「若曦《じゃくぎ》さんは第八皇子の義理の妹君ではありますが、あまり心配しなくても大丈夫ですよ。これだけ陛下に重用されているのですから、今回の件で立場が悪くなることなどないはずです」

私は胸が熱くなるのを感じ、「ありがとう」と礼を言った。王喜《おうき》は帰っていった。

一人静かに座っていても、心は落ち着かなかった。「きっと大丈夫だ」と自分に言い聞かせた。第十四皇子への罰が棒打ちだけで済んで本当によかった。第八皇子もしばらく監禁されるだけだ。そう思いながらも、なぜか涙が次々とあふれて止まらなかった。

私は歴史の結末を知っていても、そこに至る経緯は知らない。単純な結末だと思っていたことが、これほどの苦しみを経て到達するものだとは思わなかった。これから何が待ち構えているのだろうか。私の知らないどんな事が起こるのだろうか。どれだけの過程を経て皇太子は復位するのだろうか。今でさえこれだけ苦しいというのに、十数年後に起こるであろう事件など、私にはとても耐えられそうにない。今すぐ彼に会いたい。外に出ようと立ち上がり、扉の手前まで行っては戻ることを繰り返した。私は宮廷の外に出られない身なのだ。なすすべもなく、何も考えられず、椅子に戻って座ることしかできなかった。


心が沈んでいたせいで、空が暗くなったことにも気づかず座っていた。

誰もいないと思って入ってきた玉檀《ぎょくたん》が、明かりをつけたとたん私の姿に気づいて驚いた。「食事は召し上がったんですか？」

私は我に返って答えた。「まだよ。あなたは？」

「私もまだです。一緒に食べましょう」

私はうなずいた。玉檀《ぎょくたん》がこらえていたものを吐き出すように言った。「若曦《じゃくぎ》様はこれまでずっと陛下にお仕えしていらしたんです。陛下は、謙虚で思いやりのある若曦《じゃくぎ》様を大変気に入っておられますし、今回のことで冷遇されはしませんよ」彼女はそう言うと、少し考えてこう付け加えた。「それに、皇子たちは陛下の実の息子です。時には激しく怒ることだってありますよ。きっと数日も経てば陛下の気持ちも静まるはずです」

私は黙ったまま彼女の手を取った。この三年間の苦労は無駄ではなかった。李徳全《りとくぜん》はずっと私を大事にしてくれているし、今回も私に配慮して、王喜《おうき》を通じて康熙《こうき》帝の件を伝えてくれた。王喜《おうき》や玉檀《ぎょくたん》だってこんなに私を慰めてくれる。もちろん私が心配しているのは自分が冷遇されるかどうかではなく、もっと他のことだったが、それでも彼らの温かさには救われた。

翌日、乾清宮へ行くと、明らかに私を意識した宮女や太監たちの態度が気になった。私の苦境を楽しんでいるように見える者、好奇の目を向ける者、同情を示す者、涼しい顔をしながらこれをチャンスに抜きん出ようとする者。しかし私は顔色ひとつ変えず、いつもどおり微笑みを浮かべてお仕えしたし、李徳全《りとくぜん》もいつもどおり私に接した。そんな様子を見て、彼らも少しずつ態度を改めていった。

努力してのぼりつめたはずの地位も、やはり第八皇子の義理の妹であること抜きには成り立たないのだ。何しろここ最近の朝廷における第八皇子の力は、皇太子をもしのぐほどなのだから。

皇子たちの中でも、皇太子擁護の立場を取るのは第四皇子と第十三皇子だけで、第九、第十、第十四皇子は第八皇子を推している。第五皇子は中立を保っているが、第九皇子と母を同じくする兄弟であり、兄弟仲もいい。大臣らに至っては、皇太子に不満を持つ者が多く、第八皇子の支持者が多い。

今日の康熙帝《こうきてい》はいつもどおりの温和な表情で文書を読んでいたが、目もとには疲れがにじみ出ている。私を見ても表情ひとつ変えないので、こちらもいつもと変わりなくお仕えした。もともと私のほうも、皇帝の覚えが悪くなるかどうかは二の次なので、それほど心乱れることもない。

その夜、李徳全《りとくぜん》からはお褒めの言葉までいただいた。「お前には心底感心する。私が同じくらいの年かさのころは、陛下の引き立てを失うことばかり恐れていたものだが」

私はただ「温かいお言葉、感謝いたします」とだけ答えた。私が皇帝に誠心誠意お仕えするのは、他の意図があってこそで、引き立てなどそれほど期待していない。ただ李徳全《りとくぜん》はそれを知るよしもないだろうが。

その後、第九皇子と第十皇子は自宅で謹慎、第十四皇子は棒打ちのせいで歩くのも困難となり、自宅療養していた。他の皇子たちも誰一人顔を見せないので、事情を聞きたくても誰にも聞けず、私自身も周囲から注目されていたので、迂闊なことはできなかった。こんな時に粗相でもしようものなら、すぐに足をすくわれる。とにかく平然として静かに耐えるしかない。おかげで食欲もめっきり減り、私はどんどん痩せていった。

ある夜、姉のことを案じながらぼんやりしていると、扉をたたく音がした。すぐに反応できず、やっとのことで立ち上がって扉を開けに行った。外には人影がなく、地面に手紙が置いてあった。急いで拾い上げ、扉を閉めた。深呼吸をして封を開けると、そこには第十四皇子の字が並んでいた。

〝無事ゆえ心配するなかれ〟

紙いっぱいに広がる文字は裏まで透けるほどのたっぷりの墨で書かれ、第十四皇子の力強さが心に届いた。私はその手紙をしっかりと胸に抱き、目を閉じ、声を立てずに涙を流した。ずっと不安だった心が少しだけ安らいだ瞬間だった。


翌日、別室で茶器の整理をしていると王喜《おうき》が入ってきて拝礼し、厳粛な顔で言った。「陛下が今日の朝議で、皇太子の復位を宣言されました。大臣たちが祝いの言葉を述べ、陛下もご機嫌でいらっしゃいます」

「それはよかったわ」私はさらりと笑った。

王喜《おうき》も笑顔になる。「皇太子冊立は明日で、第三、第四、第五皇子は親王に封じられ、第七、第九、第十、第十二、第十三、第十四皇子は貝子《ベイセ》の爵位を授けられ、第八皇子は貝勒《ベイレ》の爵位を回復されました」

降り止まぬ雨はない！　私はゆっくりと息を吐くと、心からの笑顔を取り戻した。それにしても同じ息子だというのに、康熙《こうき》帝の皇太子に対する偏愛ぶりにはあきれる。とはいえ似たようなことは庶民の家庭でもあるし、四十人以上も子供がいる皇帝なら仕方ないのかもしれない。そもそも皇太子は皇帝自らが手塩にかけて育てた唯一の息子だし、数十年にも及ぶ息子への愛が、そう簡単に消えるはずがないのだ。それに加え、朝廷内で第八皇子への支持が集まる中で、自ら育てた息子のほうを正当な跡継ぎとすることで、自分の絶対的な権力を誇示したいという気持ちもあったのだろう。

第十一章
惜しむべきは若き歳月

四月は蝶が舞い、草花が育ち、山水が微笑み、生気があふれる。

この時代の北京は、まだあの忌まわしい黄砂もなく、空は青く、景色は澄み渡たり、さわやかな水彩画のようだ。風が木々のあいだを抜けると、葉が柔らかい笑い声をあげる。芽吹いたばかりの葉は太陽を浴びて光り、見る者の心まで明るくする。

ちょうどライラックの盛りで、枝には濃淡の異なる紫の小さな花がひしめき合うように咲き、遠くにいても香りを感じることができる。私は竹かごを手に、その花を摘む。日干しにすれば料理に使えるし、風呂に入れれば肌を潤し痒みを抑えてくれる。花が小さいので、開ききっていないものや、枯れそうなものは避け、きれいに咲いているものだけを摘む。午前中かけても集められるのはかごに半分ほどで、その量を集めるだけでも腰は痛くなり、額に汗が浮かぶ。

手巾で汗を拭いていると、第十皇子と第十四皇子がやってきた。さっそく拝礼すると、第十皇子が摘み取ったライラックを見て言った。「こんな仕事まで自分でやるのか。若い太監にでもやらせればいいんだ。顔が真っ赤だぞ」

私は笑った。「花の良し悪しが分からないとできない仕事なの」

第十四皇子が笑ってため息をつく。「そんなに頑張らなくてもいいだろ」

私は笑って何も答えなかった。

彼らがいつまでもその場に立っているので私は言った。「お二人はよっぽど暇なのかしら。いつまで私の花摘みを見ているの？」

第十皇子が言う。「じつは君に会いに来たんだ。玉檀《ぎょくたん》に聞いたらライラックを摘みに行ったと言うから、ここだと思ってね」

第十四皇子が私のうしろにあるライラックの木を見て「それは昔、孝荘文《こうそうぶん》皇后が植えたものだ」と言った。私は「えっ」と声をあげ、思わず振り返った。大玉児と呼ばれたあの草原の伝説的女性が植えたのか。時がうつろい、本人がこの世を去った今でも、花は春風の中で揺れている。

「ところで私に何の用かしら？」

第十四皇子が第十皇子に言った。「ほら、言ったとおりだろ？　本人はまた忘れてるよ」

第十皇子がうなずいて言う。「他人の誕生日は覚えているくせに、自分の誕生日だけは忘れるんだよな」

そういえば、私の誕生日は三日後だった。馬爾泰若曦《ばじたいじゃくぎ》は十八歳に、そして張暁《ちょうぎょう》は三十歳になる。不思議な偶然で、若曦《じゃくぎ》と私の誕生日は同じ日なのだ。もしかしたら私がこの世界に来たことと何か関係があるのだろうか。

いきなり自分の年齢を意識させられて、思わずこう返した。「女は誕生日など忘れたいものよ。毎年増えていく年なんか意識したくないわ」

第十四皇子が笑いながら第十皇子に言う。「祝いに来たのに、逆恨みされそうだ」

第十皇子が言う。「年齢のことはさておき、何か欲しいものはないのか？」

「いつもどおり何でもいいわ。それだけで十分うれしいから」

「去年はちゃんとしなかったし、今年は何か特別なものを贈りたいんだ」と第十皇子。

「そう言われても、本当に欲しいものなんか手に入らないし、外で何か面白い物でも見つけてくれればいいわ」

二人は顔を見合わせた。第十四皇子が真剣な顔で言う。「手に入らないかどうかなんて分からないだろ。言ってみろよ」第十皇子もじっと私を見ている。

私は顔をそらした。宮中に入って以来、姉と会えるのは年越しや祝日の行事の時だけで、会えたとしても挨拶を交わす程度だ。個人的におしゃべりすることなどできない。誕生日を姉と一緒に過ごすことが今の私の願いだが、厳しい決まりに縛られる身では、それも許されない。宮中にいるほとんどの者たちは、肉親に会う機会さえ得られないのだ。たまに顔を見られるだけでも恵まれていると思わなくてはいけない。それに、皇太子の件が落ち着いたばかりで第八皇子もほとんど宮中に姿を見せないし、こんな時に自分のわがままをかなえるために手を煩わせることなどできない。私は微笑んで言った。「たかが誕生日よ。何か面白いものでも選んでくれればいいわ」

二人は口をつぐんでしまった。第十四皇子が言った。「宮中に仕えるようになったせいで、本心を口に出さない悪い癖がついたようだな。昔の快活さはどうした」

そういう癖がついて当然だ。こんな所いたら、どんなに粗野な人間でも慎重にならざるを得ない。私は真顔で答えた。「誕生日なんてどうでもいいの。それよりあなたたちが無事で、みんなが平和でいてくれることのほうが大事よ」

第十四皇子が何も言わず、じっと私を見る。第十皇子も一連の騒動を思い出したのか、神妙な面持ちで立っている。

あの騒動のあと、この二人には二回ほど会ったが、いずれも騒動の話題には触れず、まるで何もなかったかのように挨拶をし、言葉を交わしただけだった。しかし今の発言だけで、二人の表情は一気に沈んだ。

私は気分を換えようと微笑んで言った。「そこにいてもいいけど、私は失礼して花摘みを続けさせてもらうわ。この時期を逃すとまた来年まで機会がなくなるから」

第十皇子が笑顔を取り戻した。「もう行くよ。邪魔して悪かった」

しかし第十四皇子はまだ私を見たままじっと立っている。第十皇子が彼の肩を叩く。「十四弟、何を考えているんだ？」

第十四皇子が笑って言った。「いや、べつに。じつはある詩を思い出して」

第十皇子が苦笑する。「また知識人を気取るつもりだな。どんな詩を思い出したんだ？」

第十四皇子は微笑みながら詩を吟じた。「〝金糸の衣を惜しむなかれ、惜しむべきは若き歳月。花の盛りを得たならば、花あるうちに手折るがよい〟」

私は静かに微笑んだ。第十皇子はポカンとして私のほうを見るとため息をついた。私は二人に向かってお辞儀をすると、あとは一心に花を摘み続けた。

彼らが去ってしまうと寂しさがこみ上げた。私の年齢は、この時代においても現代においても、いわゆる適齢期を過ぎてしまった。摘み取る花を選びながら、神様に語りかけた。私は普通の女の子です。特別な人間になりたいわけじゃないのです。過去に傷つき閉ざした心を、いつか誰かが開いてくれることを願っているのです。だけどそんな人がいるのでしょうか？

＊＊＊

菱花鏡《りょうかきょう》をのぞきながら、自分の顔にそっと触れてみる。白くなめらかな肌、明るく輝く瞳、赤くみずみずしい唇。まだ若い顔をしているが、心は若さを失い、何となくもの寂しい。

誕生日の今日は当番もない。どう過ごしたらいいのだろう。北京にいたころは、毎年母がバースデーケーキを買ってくれた。深圳《しんせん》に移ってからは、母の依頼を受けた兄が、ネットでケーキの配送を手配してくれた。私は机につっぷしたまま起き上がる気になれなかった。もう四年が過ぎた。もとの時代に戻りたいという願いは叶いそうもない。どうやら私は馬爾泰若曦《ばじたいじゃくぎ》として生きるしかなさそうだ。

誕生日というのは母が私を産んでくれた日だ。そう思ったとたん、どうしようもない悲しみがこみ上げ、今日という日に何かを期待する気も失せた。私は起き上がると、適当に書棚から本を取り出し、寝椅子にもたれた。

表紙を見ると唐詩だった。適当に開いたページは孟郊《もうこう》の「遊子吟《ゆうしぎん》」。気分が滅入り、机の上に放り投げる。たった今、目に入った詩の一節がこだまする。

慈母は糸を手に　旅立つ子の衣を縫う
丹念に縫いつつ　子の行く末を案じる
小さき草が　春光のごとき母の愛に報いるのは難しい

私はため息をつき、寝椅子に転がって目を閉じた。心が折れそうだった。その時、扉をたたく音が聞こえた。慌てて起き上がり、服を整えて「どうぞ」と応える。

見覚えのない宮女が満面の笑みで入ってくる。私が立ち上がると、彼女は拝礼をして言った。

「若曦《じゃくぎ》様にご挨拶いたします。私は良《りょう》妃様にお仕えする彩霞《さいか》と申します。良《りょう》妃様が大変お気に召された手巾の刺繍がありまして、誰の図案か調べたところ、若曦《じゃくぎ》様のものと分かりました。つきましては、若曦《じゃくぎ》様にお越しいただき、新たな図案を描いていただきたいのですが」

急な話に驚きながらも、「承知しました」と答えた。

私は彼女に連れられて良《りょう》妃のいる殿舎へと向かった。良《りょう》妃には以前何度か会ったことがあるが、宮中に入ってから訪ねるのは初めてだ。第八皇子の母親であり、姉の義理の母に当たるわけだが、私に対して親しく接してくれるわけでもなく、私のほうも会えば儀礼にのっとり挨拶をするだけだった。とはいえこの四年間で、妃たちの私に対する態度は大きく変わった。何しろ私は康熙《こうき》帝のそばに仕える者の中では、李徳全《りとくぜん》の次に頼りにされる存在となったのだから。皇太子の事件で第八皇子が冷遇された時、てっきりその影響が私に及ぶと思われた中で、以前と変わらず康熙帝《こうき》に重用されたことが、ますます宮中における私の立場をよくした。

彩霞《さいか》が簾を上げた。「若曦《じゃくぎ》様、どうぞお入りください」うなずいて客間に足を踏み入れたが、そこに人影はなかった。奥の部屋から話し声が聞こえたので、そちらへ行ってみると、入り口の前にいた宮女の彩琴《さいきん》が私を見て、すぐに珠簾をあげてくれた。彼女は良《りょう》妃に仕える宮女の中でも格が一番上で重用されている。彼女に近づいて小声で「お世話になります」と言うと、彩琴《さいきん》は笑顔で中へ入るよう促してくれた。

良《りょう》妃は寝椅子に座っていた。そしてその一段下がった所に、礼服に身を包んだ姉が座っていた。私は胸が熱くなり、良《りょう》妃と姉に拝礼した。「良《りょう》妃様と第八皇子夫人にご挨拶申し上げます」

良《りょう》妃は手をあげて私を立たせると言った。「あなたの絵がすばらしいものだから、私にも何枚か描いてもらおうと思ったの」

「良《りょう》妃様の目に止まり光栄です」

良《りょう》妃は宮女に椅子を運ばせ、私に遠慮させまいと「立ったままで絵は描けないでしょう？」と言った。

妃のそばに座るなど恐れ多いことだが、他には姉と彩琴《さいきん》だけなので、お言葉に甘えて座らせてもらった。姉のほうを見て微笑むと、姉も微笑んだ。

良《りょう》妃が言った。「若蘭《じゃくらん》もなかなか宮中に上がる機会がないでしょう。今日は偶然にも姉妹が顔を合わせることができてよかったわね」

いつのまにか彩琴《さいきん》が机の上に墨と紙を用意している。

良妃《りょう》が立ち上がって言った。「若曦《じゃくぎ》はここで絵を描きなさい。若蘭《じゃくらん》はそこに座って、私の好みを伝えてちょうだい」私と姉が承知しましたと立ち上がると、良妃《りょう》は彩琴《さいきん》を伴って表の客間へ行ってしまった。

姉は私の頬をなでた。「あなたの仕業ね。二日前に貝勒《ベイレ》様の使者が来て、今日、良妃《りょう》様の所へご挨拶に上がるようにと言われたの。特別な日でもないのに、何事だろうと思ったけど、よく考えたらあなたの誕生日じゃない。きっと会わせてもらえるのだと思ったわ」

私は姉にもたれて甘えるような声を出した。「姉上は私に会いたくなかったの？」

姉は笑った。私たちはしばらく寄り添うようにして手を取り合い、それから机のそばに座った。

私は筆を取った。「良妃《りょう》様はどんな柄がお好み？」

「淡い色合いの上品な感じかしら」

私はうなずき、梨の花を描きはじめた。葉はつけず、花だけをたくさんちりばめた。

黙って見ていた姉がふと口を開いた。「宮中で多くを学んだのね。話を聞いたときは、あなたを呼び出す口実かと思ったけれど、本当に上手だわ。私も欲しいくらいよ」

私は筆を置き「あとでいくらでも描いて届けてあげるわ」と言った。私自身、小さいころから絵画を学んでいた。決して上手なほうではなかったが、図案を考えることくらいは簡単にできる。宮中では他に娯楽もないので、いろいろ描いているうちに腕が上がったのだろう。

私たちは静かに座っていた。こうしていると、貝勒《ベイレ》府で暮らしはじめたころを思い出す。当時は暇をもてあまし、一番の課題は、何をして遊ぶか考えることだった。私は微笑みながら姉の肩に頭をのせ、体をあずけた。歌を歌ったり、ケンカをしたり、第十皇子とふざけ合ったり、第十四皇子にからかわれたり、下女たちと羽根蹴りをしたりと、四年前のことが昨日のことのように思い出される。この世界で過ごした中で、あのころが一番楽しかったかもしれない。

「もう十八になったのね」と姉がつぶやく。私が「うん」と答えると、姉は私の頭を押し戻し、真面目な表情になり、「皇帝陛下にお仕えして長いけれど、これからどうするつもり？」と言い、それからふと窓の外を見て小声で聞いた。「誰か意中の人はいないの？」

姉さんたら、私の母にそっくりだ。恋愛など早すぎると言ったくせに、数年も経つと、恋人もいないのかと心配する。私は切ない気持ちを表に出さないように笑った。「むやみに心を動かすなって、昔は言ったくせに」

「あの時は、お妃《きさき》選びがあったからよ。たとえ選ばれなくても、貴族や大臣のご令息に下賜される可能性もあるし、そうなれば、へたに恋などしても悲しむだけじゃない。だけど今のあなたはもういい年齢だし、陛下にも重用されて自分の考えを述べることだって許されるようになった。そろそろ自分のことを考えなさい。まさか一生宮女でいるつもり？」

私は静かに微笑んだ。

姉は私の腕輪を見て言った。「まだ身につけているのね」私は慌てて袖の中に腕を隠した。姉は少し考えるようにして言った。「そんなに第十三皇子が好きなら、娶《めと》ってもらえるよう陛下に頼んでみてもいいわ。そういえば第十皇子もまだあなたを想っているようだし、それを無視するわけにはいかないわね。だけど第十皇子の奥方が……」姉はここでふっと笑って言った。「あなたの性格なら、あの明玉《めいぎょく》姫と渡り合えるわね」

一人の男をめぐって、他の女と同じ屋根の下で角を突き合わせる人生なんてご免だ。どれだけ愛があればそんなことが可能なのだ？

突然思い出したように姉が言った。「第十四皇子もいいんじゃない？」

私は笑いをこらえられなくなり「いくらでも出てくるわね。他には？」と茶化したが、姉は大真面目だ。「貝勒《ベイレ》様もあなたをかわいがっているわね」

一瞬顔が引きつった。私は作り笑いをして言った。「そんなこと言えば、どの皇子だってみんな私にはやさしくしてくれるわ。私は人気者だから」

姉が笑う。「どの皇子も結婚相手としてすばらしいけど、第十三皇子と第十四皇子の二人なら、よく一緒に遊んだし、気心も知れているでしょう。あまり話したこともない相手に嫁ぐよりはずっといいわ」

口ごもる私を姉が問い詰める。「若曦《じゃくぎ》、いったいどんな人がいいの？」

私は前を向き、つぶやくように答えた。「結婚するなら、全力で私を愛してくれる人がいいわ。姉さんも分かるでしょう？」

姉は黙ってしまった。

いまだに姉は第八皇子に愛を感じていない様子だ。「私の話はもういいわ。それより姉さんはずっとどうしてたの？　顔を合わせることはあっても、話す機会がなかったから心配してたのよ」

姉は梨の絵に目を落として言った。「何も変わったことはないわ」

「忘れることはできないの？」

姉は体を固くしてしばらく沈黙していたが、ふっと口を開いた。「忘れたくても絶対に忘れられないわ」

「目の前にいる人じゃだめなの？」

姉は猛然と顔をあげると私を見た。それから悲しげに笑い、顔をそむけた。「あの人を憎んでいるわけではないの。だけど許すことができない。あの人が人を遣わして調べさせなければ……彼が死ぬことはなかったはずよ」姉は声を震わせ、そのまま黙った。

「だけど、悪気があったわけじゃないわ」と私は言ってみたが、姉は黙っていた。

人は時として、ある感情から抜け出せなくなる。それを貫くことで、永遠の孤独という代償を払うと分かっていてもだ。私はいたたまれなくなり、筆を手にすると満開のエリカの花を一気に描いた。少しは悲しみがまぎれるような気がした。

ちょうど墨が乾いたころに、彩琴《さいきん》が戻ってきた。「できましたか？」

私は絵を渡し、姉と一緒に良妃《りょう》のいる客間へ移動した。

良妃《りょう》は私の絵を手にして言った。「これは梨の花ね。手巾に梨の花の刺繍というのはめずらしいかもしれないわね」

私は笑顔で答えた。「丘処機《きゅうしょき》の『無俗念―霊虚宮梨花詞』を思って描きました」

良妃《りょう》が微笑む。「〝その姿は麗しく、心は高潔なり。魂は気高く、抜きん出た才あり〟ということね。何だかもったいないようだわ」そう言うと、他の絵を見た。「あら、これは見たことのない花ね」

まずいことをした。エリカの花ことばが〝孤独〟なので、思わず描いてしまったが、エリカはスコットランドの荒野に咲く花で、この時代の中国に存在したかどうかは分からない。私は恐る恐る答えた。「これはツツジの仲間でして……」確かにエリカはツツジ科の花だから嘘ではない。「崖などに生息するので、なかなか見ることができないのです。私はかつて西北から都へ来る途中に一度だけ目にしました」

良妃《りょう》はうなずいた。「どこか世俗を離れたような美しさがあるわね。それにしてもあなたは聡明なのね」その時、良妃《りょう》はふと私の腕輪を見て、一瞬驚いた。私が慌てて腕をひっこめると、良妃《りょう》もすぐにもとの表情に戻り、絵を彩琴《さいきん》に手渡し、刺繍の手配をするよう命じた。

用が済んだので、私は挨拶をして殿舎を後にした。

黙々と歩き、ふと気づくと太和殿の前に来ていた。私は壁の陰に隠れるようにして、遙か遠くにある入り口をうかがった。しばらくすると朝議が終わったのか、官吏たちが続々と出てきた。その中に、官服に身を包んだ見覚えのあるシルエットがゆっくりと歩いてくる。以前にもまして痩せたように見えるが、優雅なさまは変わらない。遠いので表情はよく見えないが、微笑みを絶やさない口もとと、少しも笑っていない瞳を感じることができた。

彼が階段を下り、広場を歩いて行く姿を、私はただ見守っていた。人と連れだって歩いているのに、ひどく寂しそうに見える。正午の日差しに照らされても、その光が彼の心に届くことはない。

スコットランドの荒野に咲くエリカのように、輝くほど美しい姿でありながら、孤独な心を隠しきれないのだ。

　突然、彼がこちらを振り返った。私は慌てて首をひっこめると、壁に張り付くように隠れた。鼓動が激しくなる。しばらくして恐る恐る顔を出してみると、遠ざかっていく背中が見えた。

　門の向こうに消えかけるその姿を、私はもっと見たくて、思わず漢白玉の回廊に沿って小走りに進んだ。太監や衛兵たちが不思議そうに私を見たが、誰もが私の顔を知っているので、何も問いはしない。

　清朝の決まりでは、文武大臣らは午門《ごもん》の左の脇門を、皇族らは右の脇門を使うことになっている。高い場所の柱の陰から見ていると、皇子たちが右のほうへ行くのが見えた。彼は誰かと談笑しながらゆっくりと歩いている。

　もうすぐ午門という所で、彼が突然立ち止まり、再びこちらを振り返った。私は柱に隠れてじっとした。

　かなり待ってからのぞいてみると、そこにはもう誰もいなかった。昼の日差しが地面の白い石版に跳ね返り、ひどくまぶしい。私は柱にもたれたまま、ズルズルと地面に座り込んだ。

　一つの感情にとらわれる姉を責めたが、しょせんは私も同じではないか。これから迎える未来への恐怖を捨て、勇気を出せばいいのに。意地など張らずに、一人の夫を他の女性と共有することを受け入れれば、もっと楽になれるのに。単純になって、目の前の愛を素直に受け入れれば、もっと楽に生きられるはずなのに。

ちょうどそこを通りかかった太監が私を見つけて驚き、拝礼をした。私は慌てて立ち上がると、気を取り直して歩き出した。

ふと見ると、前のほうを誰かが歩いている。第十四皇子のようだったので、追いかけて声をかけた。彼が振り返る。「誕生日の主役じゃないか。出かけていたのか？」

私は笑って答えた。「あなたこそ、これからどこへ行くの？」

「朝議のあと母上への挨拶を済ませたから、これから君の所へ行こうと思ってた」

「徳《とく》妃様の所にもっといなくてよかったの？」

彼は少し沈黙してから言った。「じつは四兄上と十三兄上がいたから、さっさと逃げ出してきたんだ」

私は黙って歩いた。庭の入り口に着いたところで彼に言った。「机を運んでくるから、ちょっと待っててね。今日はお茶をごちそうするわ」私が部屋へ入ると、彼も手伝おうと部屋へ入ってきた。「いいから外で待ってて。あなたがお茶を飲む姿を見られるのは構わないけど、私が皇子に机を運ばせていたとなると大変だわ」彼は素直に部屋を出た。

キンモクセイの木の下に机と小さな椅子を二つ並べ、紫砂《しさ》の茶器を出すと、小さな炉でお湯を沸かした。庭門はあえて開けたままにしてある。

第十四皇子は茶器をもてあそびながら、うちわで火をあおぐ私に言った。「これは二年前、君に頼まれて私が探した茶器じゃないか。あの時はわざわざ人に頼んで閩南《ミンナン》から持ち帰らせたんだ。初めて見た時、南方のものは独特だと思ったよ。茶杯は一口分しか茶が入らないほど小さいし、急須だって宮中で使う蓋碗《がいわん》ほどの大きさしかない」

「そうね。南方の人は功夫茶、つまり茶芸を楽しむから、小さい茶杯で時間をかけて飲むのよ。功夫（時間や手間）茶と呼ぶのはそこから来ているのね」

急須にお湯をかけて温め、茶葉を入れ、こぼれるほどお湯を注ぐ。最初のお茶は茶杯を洗うのに使い、飲むのは二煎目からだ。茶芸の技法でいう〝関公巡城《かんこうじゅんじょう》〟から〝韓信点兵《かんしんてんぺい》〟への流れだ。

お茶を差し出すと、第十四皇子はにこやかに受け取り、最初に少しすすって味わい、それから一気に飲み、「けっこう苦いな」と笑った。

私は自分の茶杯のお茶をゆっくりと飲んだ。「これは大紅袍《だいこうほう》というお茶よ。ふだんあっさりした緑茶を飲んでいるから濃く感じるのね」

第十四皇子は笑顔でもう一杯飲んだ。

私は尋ねた。「あの出来事があったから、第四皇子を許せないの？」

手にした茶杯を見つめながら彼は言った。「許せないというより、悲しいんだ。父上が私に刀を向けた時、最初に止めようとしてくれたのは五兄上だった。五兄上は九兄上と同母兄弟だが、ふだんはあまり親しくしていない。だけどあの時は、真っ先に泣いて頼んでくれた」

そう言うと彼はお茶を一気に飲んだ。「四兄上と私は同腹の兄弟だが、実際に小さいころから一緒に遊んでくれたのは八兄上で、四兄上とは……」ここで口をつぐみ、再び言葉を続けた。「四兄上と八兄上は同じ時に貝勒《ベイレ》の爵位を授けられたというのに、四兄上は今や親王だ。あれほど世渡りのうまい男はいないよ」

「あの時は、第四皇子もひざまずいてあなたへの許しを請うたと聞いたわ」

彼は頭を振った。「ひざまずかない兄弟などいなかったよ」

第十四皇子と第四皇子の不仲は子供のころから始まっていたのだ。活発な弟と陰のある兄という、性格の違いもあるかもしれない。同母兄弟であるにもかかわらず、第四皇子は孝誠《こうせい》皇后に育てられたので、徳《とく》妃が、自ら育てた第十四皇子のほうをかわいがってしまうのも無理はない。それに加えて康熙《こうき》四十二年から始まった皇太子の座をめぐる争いでも、第四皇子はつねに皇太子を支持し、第十四皇子は第八皇子を推している。この兄弟の絆は薄れるばかりで、将来に至っては皇位をめぐり敵対するのだ。

私は茶杯を軽く持ち上げて笑った。「今日、姉に会って話ができたわ。お酒の代わりにこのお茶で、あなたに感謝を示すわ」

「君の誕生日なのに、私がごちそうになるのも変だな」彼は茶杯を手にして一杯飲むと言った。

「だが君が感謝すべき相手は私じゃない」

私はうつむき、自分の茶杯を見つめた。

「若曦《じゃくぎ》、君はどう思っているんだ？　八兄上がどれだけ君のために心を砕いてきたか知っているだろう。愛新覚羅《あいしんかくら》家は、八兄上みたいに一途な人間が多いんだ」

まさかドルゴンや順治帝じゃあるまいし、一途と言ったって程があるだろうと思った。

「お妃選びの時だって、八兄上は君を名簿からはずすため、私を通じて、私の母に、君を宮女として召し抱えるようお願いしたんだ。八兄上の母君は権限が弱かったために表だっては動けなかったが、陰ではずいぶん働きかけてくださったはずだ」彼はふっと息をもらした。「皮肉なことに、四兄上も十三兄上に頼まれて母に同じことを依頼したんだ。めずらしく私たち兄弟の意見が一致したと母は喜び、君を召し抱える件を快諾した」

「たしかあの時は、徳《とく》妃様だけでなく、恵《けい》妃様も私を召し抱えようとしたはずよ」

「まさかその件を君が口にするとはね」

私は黙って笑った。

「おそらく君が皇帝の妃に選ばれることを恐れた八兄上の正室とその妹の明玉《めいぎょく》が手を回したんだろう。明玉《めいぎょく》の兄は、第一皇子の学友だ。第一皇子の母君である恵《けい》妃に、君を召し抱えるよう頼んだのだと思う。おかげで私の母の手間は省けたわけだが、君が直接父上に仕える身となることは、誰も予想しなかった」

ようやく私にも事情が飲み込めた。第十四皇子は笑いをこらえながら言った。「君が父上に仕えることになったと知った八兄上は取り乱し、怒りのあまり半年も正室に会うことを拒んだんだ。その後、父上が女性としての君にまったく興味を示す様子もなく、君のほうも立派にお仕えしていると知り、兄上は溜飲を下げた」

「そんな経緯があったにもかかわらず、恵《けい》妃様は私に嫌がらせの一つもしなかったわ。これも第八皇子のおかげなの？」

第十四皇子がうなずいた。「八兄上はある時期、恵《けい》妃に育てられたことがあるんだ。だからお願いごとなど簡単さ。それに……」彼はそこで眉を寄せると口を閉ざしてしまった。その先は言わなくても分かった。第一皇子が皇太子の座を諦めて第八皇子を支持する側に回ったのだから、その母親が第八皇子に味方するのは当然だ。しかし第一皇子はかつて皇帝に第八皇子を支持する旨を表明し、そこから今の幽閉生活に至っている。私は胸が痛くなった。

私たちは黙ったまましばらく座っていた。第十四皇子が茶杯を持ち上げたので、私は「もう冷めてしまったから、ちょっと待って」と言って急須にお湯を注いだ。

「若曦《じゃくぎ》、君は八兄上をどう思っているんだ？」

私は黙ってお茶を飲んだ。四煎目は味が薄れ、苦みだけが残る。質問への答えが見つからず「分からない」という言葉が口をついて出た。

第十四皇子が怒って立ち上がった。「知らないだろうから教えてやる。君が宮中でいじめを受けないよう、八兄上はずっと手を尽くしているんだ。そうでなければ、君の力だけで何もかもうまく回るわけがないだろう。具体的なことまで話すつもりはないが、それだけは知っておけ。それから、八兄上が妻として迎えたのは正室と君の姉君だけで、それ以外の二人の側女《そばめ》だって、昔から仕える者を置いているだけだ。紫禁城《しきんじょう》のどこにこんな皇子がいると思う。私など四人の妻に側女が一人、十三兄上には三人の妻がいる。十兄上だって二年前から二人の側女を置いている。八兄上が陰で何と言われているか知ってるか？　恐妻家で新しい妻を娶るのが怖いんだと言われているんだぞ。もちろん八兄上はそんな男じゃない。私たち兄弟の中に、女に頭が上がらないような情けない男がいるはずないだろ」彼は息を切らし、深呼吸すると、大声で怒鳴った。「馬爾泰若曦《ばじたいじゃくぎ》、君の望みは何なんだ！」

私の望みなど、彼には理解できないだろう。それに、話したところで彼に何ができるというのだ？　ちょうどそこに第四皇子と第十三皇子のやってくる姿が見えた。第十四皇子が最後に放った〝君の望みは何なんだ！〟という声が遠く離れた二人の耳にも届き、彼らが一瞬立ち止まる。

私は急いで椅子から立ち、「第四皇子と第十三皇子が来たわ」と言った。

第十四皇子は二人のほうを振り返り、それから私のほうを見て「質問に答えないつもりだな」と冷たく言うと、庭から出ていった。

第四皇子と第十三皇子が顔を見合わせている。第十三皇子が「おい、十四弟」と呼びかけたが、第十四皇子は聞こえないふりをして行ってしまった。

私も彼を呼び止めようと足を踏み出したが、二人の皇子が庭門の所まで来ていたので、追うのをあきらめて拝礼した。

第十三皇子は茶器に目をやり、二つの椅子のうちの一つに座ると、手に持っていた木の箱を机の上に置いて言った。「私たちも誕生日の主役にお茶をごちそうになっていいかな」

私は苦笑しながら、もう一つの椅子に第四皇子を座らせ、新しいお茶をいれ、二人に「お召し上がりください」と差し出した。

第十三皇子は茶杯に手をつけず「その前に椅子を持ってきて君も座れよ」と笑った。

「座るなど、とんでもない」と答えると、第四皇子が立ち上がり去ろうとした。「私がいると気詰まりなようだ。ならば失礼しよう」第十三皇子がそれを引き止め、私に向かって言った。「君には座ってもらわないと困るんだよ」彼はそう言うなり、すたすたと部屋へ入っていき、椅子を持ってきた。

せっかくお祝いに来てくれたことだし、第十三皇子の面目をつぶさぬよう、私は第四皇子に向かって「失礼いたします」と拝礼して座った。

第十三皇子はやっとお茶に手をつけると、ゆっくりと味わうように目を閉じた。「武夷山《ぶい》九龍《きゅうりゅう》窠《か》の岩壁で採れる大紅袍だな。昔から献上品に用いられ、多い年でも八斤弱しか採れない希少なお茶だ」そう言うと、今度は目を開けて言った。「十四弟が飲みに来るのも無理はない。それにしても父上はこんな高級品を君に下賜するのか」彼は茶器をじっと見た。「南方の茶器まで出してくるとは、君のもてなしには驚くよ。大紅袍の深い味は、こういう小さな急須と茶杯で少しずつ飲んでこそ分かるというものだ」

お茶の価値を知る第十三皇子に、私は思わず微笑んだ。

第十三皇子は飲み終えた茶杯を置き、微笑んだ。「それで馬爾泰若曦《ばじたいじゃくぎ》、君の望みは何なんだ?」

第十四皇子が放ったのと同じ言葉なのに、こちらはずいぶんと柔らかい物言いだった。私は切ないやらおかしいやらで、「もちろん私の望みは贈り物よ」と言って手を差し出し、机の上に置かれた木の箱を見ながら「お茶のお礼はどこかしら?」と聞いた。

第十三皇子は「ないよ」と笑いながら私の手をはたいた。

「手ぶらでお茶を飲みにきたの?」と私が言うと、彼は笑った。

私は改めて彼を見つめ、「ありがとう」と言った。

「礼を言われる覚えは数え切れないほどあるが、今回はどの件だ？」

「以前、私のために、徳《とく》妃様にとりなしをお願いしてくれた件よ」

彼は第四皇子を見ながら笑った。「その件なら、四兄上に礼を言ってくれ」私はすぐさま椅子から立ち上がり、第四皇子に向かって「感謝いたします」と膝を折って拝礼した。

第四皇子は涼しい顔で私を立たせた。第十三皇子はあまりに丁重な私の態度に少し驚いている。

私は椅子に座ると、第十三皇子を見た。「あなたが頼んでくれたから第四皇子も口利きをしてくださった。だから、あなたにもお礼するわ」と言って茶杯をかかげた。第十三皇子は微笑んで茶杯をかかげ、お茶を飲み干した。

「君は〝生き恥をさらすくらいなら死を選ぶ〟とまで言っていたろう。だからあの時はとてもじゃないけど放っておけなかったんだ」

そういえばお妃選びがはじまるのを宮中で待つあいだ、第十三皇子が訪ねてきたことがあった。もし皇帝の妃に選ばれたらどうするかと聞かれた私はそう答えたのだ。彼の友情に心が熱くなった。私は第十三皇子と微笑みを交わし、申し合わせたかのように同時に茶杯をかかげて乾杯し、一気に飲み干した。

男女の壁を越えた純粋な友情。当時の彼はまだ若く何の権限もなかった。それでも私を救うために、一番信頼できる人物に助けを求めてくれたのだ。人生において真の友を得ることのなんと素晴らしいことか。

そんな私たちを見て、第四皇子はお茶を飲みながら口もとに笑みを浮かべている。

やかんを取ろうと横を向くと、玉檀《ぎょくたん》が帰ってくるのが見えた。彼女は庭門の手前で客人の顔を見るなり、驚いて歩みを止めた。

私はやかんを炉に戻すと、立ち上がって彼女に目配せした。彼女は慌てて中へ入ると、皇子たちに向かって拝礼した。第四皇子が「立つがよい」と言う。

玉檀《ぎょくたん》が身のやり場に困っているので、私は「先に部屋へ行って休んでいなさい」と言った。

その時、二人の皇子が席を立った。「お茶もごちそうになったし、そろそろ行くよ」第十三皇子が机に置いてあった木箱を差し出す。

お礼を言うと、第十三皇子が言った。「これは四兄上が、任務で西北へ出かけた李衛《りえい》に命じて持ち帰らせたものだ。これ以上の贈り物はないと思うから、私もヘタな物を用意するのをやめたんだ。いちおう私の気持ちも入っているということで」

すぐ第四皇子に礼を言おうとしたが緊張で声が出ず、ただ頭を下げた。

第四皇子はそんな私にチラッと目をくれたたけで出ていった。第十三皇子も小さく笑うとそのまま行ってしまった。私は木箱を手に庭に立っていた。桃の木を使った普通の箱で、何の彫刻も飾りもついていない。興味津々で開けてみると、異なる色のガラスの小瓶が三つ入っていた。現代ならまだしも、この時代にこれほど精緻なガラス瓶を作る技術は並大抵ではない。

さっそく椅子に座り、ますは乳白色の小瓶を取り出した。木の栓を抜いて鼻に近づけてみる。驚いたことに、中に入っていたのは沙棗《さそう》の樹脂だった。我慢できずに今度は深紅の小瓶を開ける。こちらは鳳仙花《ほうせんか》の汁だ。続いて黒い瓶を手に取る。おそらくオスマだろうと見当をつけながらそっと匂いをかぐ。間違いない。

何年ぶりだろうか。喜びと切なさがこみ上げてくる。すべて幼いころの思い出の品だ。

ウイグル族の娘は、赤ん坊のうちから、母親の手で、新月のような美しい眉を描いてもらう。その時に使うのがオスマという植物の汁だ。鳳仙花は女の子たちが一番好きなもので、これを爪に乗せて包んでおくと、数日で爪が美しい紅色に染まる。沙棗は髪の毛をお下げにする時に欠かせないものだ。まだ整髪用ジェルなどなかった時代に、激しいダンスにも崩れないお下げを作る時の必需品だ。

机の上に並んだ小瓶に胸がいっぱいになった。その一方で、これが第四皇子からの贈り物だと思うと複雑な気持ちになる。西北の地で生まれ育った馬爾泰若曦《ばじたいじゃくぎ》にこれを贈る心の細やかさ。そして奇しくもそれは新疆《しんきょう》育ちの私の心にも響いたのだ。中身は素朴なものだが、遠い地から取り寄せるために、どれだけ心を砕いたかと思う。

私はしばらく小瓶を見つめ、それから木箱にしまうと、部屋へ戻って大切にしまい込んだ。庭に出て茶器や机を片付けていると、玉檀《ぎょくたん》が出てきて手伝った。先ほどの緊張はすっかり消え、いつもの表情に戻っている。

その夜、夕食を取りながら玉檀《ぎょくたん》に話した。「今日は私の十八の誕生日だから、第十三皇子が贈り物を届けてくれたの」

玉檀《ぎょくたん》が笑みを浮かべた。「若曦《じゃくぎ》様と私は本当に縁があるんだわ。じつは私も誕生日なんです」そう言うと立ち上がって拝礼し「若曦《じゃくぎ》様にお祝いを」と言った。

「すごい偶然ね」私も笑った。

食事のあと、玉檀《ぎょくたん》を散歩に誘った。彼女も腹ごなしに歩きたいと思っていたらしく、誘ってよかった。

月末なので空にかかるのは三日月だ。しかも今日は色が一段と際立っている。私たちは静々と歩いた。

しばらく歩いたころで私が口を開いた。「何を考えているの？」

短い沈黙のあと彼女が答える。「母や、弟と妹のことを考えていました」

「長女だったのね。どうりでしっかりしてる」たしかに彼女は最初から大人びたところがあった。仕事が速く、気が利いて、口も堅く、他の宮女たちと他人の悪口に興じることもない。だからこそ、そばに置いたのだ。

「褒めすぎですよ。しっかり者だとすれば、それは貧しさのせいかもしれません。父もいなかったし、人より苦労した分、世間を知ったということです」

私は思わず彼女の顔を見た。現代人の習慣で他人を詮索しない癖がつき、一年以上も一緒にいるというのに、彼女について知っていることといえば、満州人で包衣《ボーイ》（家奴）の出身ということだけだった。包衣は身分が低いとはいえ、貴人が出ることもある。第八皇子の生みの母、良《りょう》妃も包衣の出身だ。あの有名な年羹堯《ねんこうぎょう》も雍正《ようせい》帝の包衣だし、『紅楼夢』の作者曹雪芹《そうせっきん》の先祖も正白旗漢軍の包衣だ。

今日初めて実家の話を聞き、彼女が貧しかったことを知った。この時代でも現代でも、私にとって貧困はあまり身近ではない。何を言ってあげればよいか分からず、ただ黙って一緒に歩くことしかできなかった。

そんな私の気まずさを察してか、玉檀《ぎょくたん》は笑って言った。「今日は若曦《じゃくぎ》様のおめでたい日だというのに、関係ない話をしてしまって申し訳ありません」

「こういう話ができて、距離が縮まったように感じるわ。あなたさえ嫌じゃなければ、私を姉のように思ってくれていいのよ」そう言いつつ、ため息が出た。彼女はいつか出宮すれば家族に会うことができる。しかし私は永遠に会えないかもしれないのだ。「私も両親が恋しい」思わずそんな言葉が口をついて出た。

玉檀《ぎょくたん》がため息をつく。「入宮したら家族と会うことはできませんからね」彼女は私を見て言った。「それでも若曦《じゃくぎ》様は私たちより幸せですよ。姉君が第八皇子夫人で、他の皇子たちからも懇意にされ、誕生日まで祝ってもらえるのですから」彼女は再びため息をついた。「ひたすらお仕えする身の私の誕生日など、誰も覚えていてはくれませんよ」私は何も言えず黙った。

水辺までやってくると、水面に映る月を見てしばらくぼんやりとした。私は月を見上げて言った。「両親も同じ月を見ているはずね」そう言いつつ、両親が見ているのは同じ月ではないだろうと思った。

玉檀《ぎょくたん》も月を見上げた。「もしこの月に叩頭したら、両親に叩頭するのと同じことになるでしょうか」私はうなずいた。

私たちはその場で三回拝跪をした。ちょうど頭を地につけている時に音がしたので振り返ると、灯籠を下げた李徳全《りとくぜん》がやってくるのが見えた。うしろには康熙帝《こうき》がいる。

私と玉檀《ぎょくたん》は慌てて道のすみに下がり、ひざまずいた。康熙帝《こうき》はかがみ込み、やさしく声をかけた。「立つがよい。静かに散歩したくて、人払いをさせなかったのだ。気にすることはない」私たちは叩頭してから立ち上がった。

康熙帝《こうき》が聞いた。「なぜここで拝跪していたのだ?」

私は答えた。「離れて暮らす両親もきっと同じ月を見ていると思い、両親にぬかずくつもりで、月にぬかずいていたのです」

康熙帝《こうき》は月を見上げ、しばらく黙っていた。こんな話をしても、皇帝を困らせるだけだと分かっていたが、とっさに他の理由も思いつかず、本当のことを話してしまった。仮にうまい言い訳を思いついたとしても、玉檀《ぎょくたん》のいる前で君主を欺くという大罪を犯すこともできない。

康熙帝《こうき》が月を見ているあいだ、李徳全《りとくぜん》は灯籠を手にじっと足元を照らしていた。しばらくすると康熙帝《こうき》は後ろ手に組み、ゆっくりと去っていった。

私と玉檀《ぎょくたん》はひざまずき、皇帝が遠ざかるのを見送ると、ゆっくりと立ち上がり、部屋へ向かって歩きはじめた。気になって振り返ると、灯籠の光はすでに見えなくなっていた。普通の老人なら、息子や孫と一緒に散歩をするものだ。しかし孤高の皇帝は太監と一緒に散歩をする。まるで西《せい》王母《おうぼ》が玉簪《かんざし》で天の川を作って牽牛《けんぎゅう》と織姫《おりひめ》を引き裂いたように、皇帝の玉座が、彼と二十数人の息子たちを引き裂いてしまったのだ。

部屋へ戻り、装飾品の箱をひっくり返してみた。馬爾泰《ばじたい》将軍が若曦《じゃくぎ》のために持たせたものや、姉がくれたものなど、どれも高価なものばかりだ。その中から花形の碧玉がついた簪とそれに似合う耳飾りを選んで包み、玉檀《ぎょくたん》の部屋へ行った。

玉檀《ぎょくたん》は着替えを済ませ、髪をほどいていた。私は包みを差し出した。「遅くなったけど、誕生日のお祝いよ」

彼女が恐縮して受け取ろうとしないので、私は少し怖い顔をした。「出したものを収めさせるつもり？　いいから受け取ってちょうだい」

玉檀《ぎょくたん》は申し訳なさそうに受け取ると、中身を確かめる前に言った。「でも私は若曦《じゃくぎ》様に何のお祝いも差し上げていません」

「そのうち、私の描いた図案を手巾に刺繍してちょうだい。私は刺繍が苦手だから、それが一番うれしいわ」玉檀《ぎょくたん》がうなずく。

玉檀《ぎょくたん》が部屋の外まで出てきて送ろうとしたので、私は笑って止めた。「となりの部屋なのにわざわざ出てこなくていいわよ。まさか私の部屋に押しかけるつもり？　今日は疲れたから休ませて」

玉檀《ぎょくたん》はその場に立ち止まり、私が部屋に入るまで見ていてくれた。

第十二章
ひとり憂う恋

康熙《こうき》四十八年六月。ここは熱河《ねっか》。

今回の塞外遠征に随行を許されたのは皇太子と第八皇子だけだった。これには康熙《こうき》帝の複雑な思いが関係している。

皇太子の一連の事件で、第八皇子は皇帝の激しい非難を受けたが、いまだにその勢力は衰えていなかった。第八皇子を支持する大臣らが、次々に皇太子の不徳を訴える上奏文を提出したうえに、李光地《りこうち》などの重臣も皇太子を認めたくないとして、第八皇子を支持していた。さらに第八皇子は貴族の子弟らとも親交が深く、江南の文人らにも評判がよかった。たとえば何焯《かしゃく》という学者。蔵書家、書道家でもある人物だが、彼は第八皇子の学問の師であり、銭謙益《せんけんえき》、方苞《ほうほう》といった著名な学者に師事している。こうした江南に影響力をもつ人物が、第八皇子のために書籍を求めたり、文人とのつながりをつけるおかげで、第八皇子は江南の知識人たちのあいだで〝真の賢王〟と称されていた。

絶対的な権力を誇りたい康熙《こうき》帝にとって、第八皇子のような存在を都に残していくことは不安以外の何物でもない。康熙《こうき》帝は第八皇子と仲のよい第九、第十、第十四皇子をあえて都に残し、彼らとのつながりを断つことで、皇帝不在の都で不測の事態が起こるのを防ごうと考えたのだ。

一方、復位を果たした皇太子はいまだに勢力を回復できず、それゆえに大臣たちの取り込みに必死だった。今回の遠征は四月末から九月末という五ヵ月間の長期に渡ることもあり、不穏な動きを見せる皇太子を都に残していくのも、皇帝にとっては不安だったのだ。

遠征中は朝廷内のことを毎日報告させ、皇帝自らが決裁した。今年早々に親王に封じられた第四皇子は、今回の騒動において冷静に対応したとの評価を得て、留守中の朝廷内の公務を任された。

遠征中の皇太子は第八皇子に敵対心を抱き、表向きは笑顔でも、時々陰険なまなざしを送っていた。一方、第八皇子はいつもどおり、謙虚で温厚な態度で皇太子に接し、みじんも敵意を感じさせない。

そんな兄弟関係や親子関係をはたで見るのは本当に疲れる。


馬で戻ってきた康熙《こうき》帝が皇子や大臣と語り合っている。私はお茶を捧げ持ち、中へ入った。康熙《こうき》帝は一口飲むなり言った。「若曦《じゃくぎ》が去年の遠征で出してくれた冷たい果汁がなつかしい。たしか朕《ちん》は菊で、お前は牡丹だったな」と皇太子のほうを見た。

「はい、私は牡丹でした。あれはよかったですね。美しいうえに、暑さを忘れさせてくれました」

私は頭を下げて言った。「陛下がそうおっしゃるのでしたら、明日にでもご用意しましょう」

康熙《こうき》帝がうなずいた。「そういえば、お前は馬術を学びたいと申しておったが、少しは進歩したのか？」

りをした。


「はい、ほんのわずかですが」

「もっと励むがよい」

私は皇帝の機嫌を損ねないよう、顔を輝かせて言った。「陛下に感謝いたします」

私の過剰な喜びように皇帝が笑うと、大臣たちも笑った。私はお辞儀をし、静かにその場から退出した。第八皇子が私の様子を終始微笑んで見ていたが、目を合わせる勇気がなく、気づかないふりをした。


ここでも私は玉檀《ぎょくたん》と同じ天幕で寝起きをした。月の下で語り合って以来、私は彼女を本当の妹のようにかわいがり、彼女も私を大切に思ってくれた。

陛下に励まされたというのに一向に馬に乗る気配のない私を見て、玉檀《ぎょくたん》が不思議そうに聞く。

「お好きだと言いながら、乗馬をなさらないのですね」

兵士に指導をお願いしても、どうせまたあの尼満《にまん》のように、おざなりな指導しか期待できない。私の身分など気にしないような第四皇子でないと、本気の指導はできないだろう。こうしていると、今でも第四皇子の一挙手一投足が鮮明によみがえってしまう。私は気を取り直し、無理に笑顔を作って玉檀《ぎょくたん》に言った。「最近疲れているの。体を休めてから再開するわ」

今回の遠征に参加した皇太子と第八皇子の仲がよくないせいで、随行した大臣らもぎくしゃくし、派閥に属さない者までがビクビクしている。さらに、拝謁に来たモンゴル人は、前回のこともあり、皇太子の顔を見て明らかに不快の色を浮かべている。

それでも康熙《こうき》帝の前では、いつもどおりに歌や踊りが演じられるし、皇帝もぎこちない空気に気づかないふりをしている。私も割り切ってお仕えした。

ある日の午後、外をぶらついていると、敏敏《びんびん》に会った。相変わらず美しい。遠慮して引き下がろうとする私のもとへ彼女がやってきて言った。「この前会ったわ」

改めて聞くと漢語が少したどたどしい。私は彼女が聞き取りやすいよう少しゆっくりとしゃべった。「そうですね。私は前回も随行して参りました」

彼女が笑い出す。「気を遣わないで。話すのはヘタでも、聞き取るのは問題ないから」私はうなずいた。

敏敏《びんびん》が言う。「もし時間があるなら、一緒に散歩しない？」

時間があるからというよりは、あえてこの元気な姫と話をしてみたいと思った。それに、彼女にも何か話したいことがありそうだ。もし第十三皇子に関係することなら、ぜひとも聞いてあげたい。私たちは一緒に歩きはじめた。

「敏敏《びんびん》姫は乗馬をしに行かなくていいのですか？」

「私たちは一日中いつでも馬に乗るの。あなたたち紫禁城《しきんじょう》の人みたいに、わざわざ時間を作って乗るわけじゃないのよ」

私が笑うと、彼女が聞いた。「乗馬は得意？」

「その前に、乗れるかどうかのほうが問題です」

敏敏《びんびん》は驚いたように私を見た。「漢人の娘は馬に乗れないというけど、あなたも漢人なの？」

「私は満州人ですが乗馬が苦手なのです。上手になりたい気持ちはあるのですが」

彼女が目を輝かせる。「だったら私が教えてあげるわ。人に教えるのは初めてだけど、きっとうまく教えられると思うの」

これほどうれしい話はない。私は大喜びでお願いした。

せっかちな彼女は、そうと決まったとたんに私を引っ張って馬屋へ向かった。ところが到着する手前で、馬に乗った男性たちに出くわした。そこにはモンゴル人もいれば、満州人もいる。モンゴル人たちは敏敏《びんびん》の姿に気づくと馬から下りて挨拶をした。満州人も姫に挨拶をし、そのあと私にも挨拶をした。

敏敏《びんびん》は私を見て微笑むと、「手間が省けたわ」と言い、彼らの馬の中から適当な二頭を選んだ。もちろん馬を差し出すほうも気持ちよく応じた。

私たちは馬に乗ってゆっくりと走りはじめた。敏敏《びんびん》が言う。「あなた、ただの宮女じゃないのね」

「陛下にお茶を献じるのが仕事です。彼らは私の顔を立てて挨拶してくれただけですよ」

「そんなに美人なのに宮女でいるなんてもったいない。父の妃たちも、あなたにはかなわないわ」

率直で気持ちのいい娘だ。宮中にいると言いたいことも言わない人間が多いので、こんな人物に出会えるのはうれしい。私は笑顔を返した。

馬が大きかったので、私はビクビクしながら乗っていた。彼女は指導熱心で、とにかく怖がらず大胆に乗れと言う。そもそも馬から落ちることなど当たり前だし、自分も子供のころは落馬したものだと話してくれた。

説得力のある指導にうなずきながらも、いつまでも手綱を持つ手の力を抜くことができない私は、のろのろと走っていた。

突然、彼女が笑顔で「しっかり座って」と大きな声をあげたかと思うと、私の馬の尻を思い切り打った。何が何だか分からないうちに馬が疾走する。体がうしろに傾き、私は叫び声をあげた。うしろで敏敏《びんびん》の笑い声が聞こえる。「怖がっちゃダメよ。しっかり座って」

いつのまにか手綱がゆるみ、私は両手で馬のたてがみをつかんでしがみついた。たてがみを引っ張られた馬は痛がり、私を振り落とそうと暴れる。

私は叫び声さえあげられなくなり、目をつぶり、振り落とされまいと必死にたてがみを握った。馬は狂ったように身をよじり、私を落とそうとする。手がすべり、これ以上つかんでいられなくなる。この時代の自分は落馬事故で死ぬのだろうかと絶望したその時、聞き覚えのある声が響いた。「若曦《じゃくぎ》、しっかりしろ」

その声に励まされ、私は必死に馬にしがみついた。「若曦《じゃくぎ》、若曦《じゃくぎ》！」彼が何度も呼ぶ。彼は私のすぐそばにいる。名前を呼ばれるたびに、恐怖に縮み上がった心が少しずつ落ち着く。彼が必ず助けてくれる。心に希望がわき、力がよみがえる。

彼は鞭《むち》をうまく使って私の手綱を引き寄せ、ゆっくりと引っ張りながら言った。「若曦《じゃくぎ》、まず片方の手を離して、馬の首にまわせ」

馬の速度が少しゆるむ。私はゆっくりと左手をたてがみから離し、さぐるように馬の首にまわした。彼が言う。「よし、もう片方の手もだ」

両手で馬の首につかまると、彼がゆっくりと手綱を引き、馬を止めた。目を開けるより早く、彼が私の体を抱き下ろす。体から力が抜け、私は彼の胸の中に倒れ込んだ。

敏敏《びんびん》が馬で駆けつける。彼女は馬が止まる前にひらりと飛び下り、私に向かって叫んだ。「大丈夫？」

「ええ、大丈夫よ」

彼女は胸に手をやった。「どうなるかと思ったわ。どうして手綱をゆるめたの？」

私が立ち上がろうとすると、彼がしっかり支えてくれた。しかし彼はそのまま私から離れ、少しうしろに下がった。これで終わりなの？　私は彼のぬくもりを失い、少し寂しかった。

私の表情を見た敏敏《びんびん》が心配して聞いた。「怪我してない？」私が慌てて首を振ると、敏敏《びんびん》は改めて彼のほうを向いて言った。「第八皇子へのご挨拶が遅れました」

彼が笑う。「挨拶などいい」

敏敏《びんびん》は微笑み、本当に拝礼を省略して言った。「皇子に助けていただかなければ、大変なことになっていました」そして再び私のほうを見て言った。「今日はもうやめましょう。ゆっくり休んで、元気になったらまた教えてあげるわ」

そう言われても、ここから野営地までは距離がある。馬に乗る気にもなれないし、かといってどれくらい歩けば着くかも分からない。私は途方に暮れた。

そんな私の気持ちを察した敏敏《びんびん》が言った。「私が送ってあげるから一緒に乗って」

第八皇子が言う。「お気遣いは不要です。ちょうど帰るところですし、若曦《じゃくぎ》は私が連れ帰りましょう。敏敏《びんびん》姫は乗馬をお楽しみください」

私は戸惑いを感じつつも断ることができずにいた。敏敏《びんびん》は、「第八皇子にお礼申し上げます」と笑顔で言うと、私に向かって「また会いにくるわ」と言い残し、馬を走らせて行ってしまった。

すぐうしろに第八皇子が静かに立っている。敏敏《びんびん》の姿が小さくなると、彼は私の手を取り、傷を見て眉をひそめた。「痛むか？」私の手のひらは、たてがみを強く握っていたせいで、青紫色にうっ血していた。

首を振って手をひっこめようとしたが、彼が離すまいと力を入れる。傷が痛み、私が声をあげた瞬間、彼が力を緩め、そのすきに手を離した。

「君を連れて帰らなくてはいけないのに、手も握るなと？」私は彼を見ることができなかった。

第八皇子は私を胸に抱いて馬に乗った。青い空に白い雲が浮かび、緑の草原に柔らかい風が吹く。理性を失いそうだった。今だけ、この瞬間だけでいいから、彼が第八皇子であることも、妻がいることも忘れたい。私は目を閉じると、彼の胸に身をあずけた。

ゆっくりと馬が歩く。私の頭に彼のあごが当たり、呼吸まで感じられる。その柔らかくくすぐったい感じに、心が負けてしまいそうだった。

彼は片手で私を抱き寄せ、もう片方の手で手綱を引いている。世界にいるのが私たち二人だけのように感じる。この時間が永遠に続き、このまま馬に乗って幸せにたどり着けるような気がした。

「君の心には私がいる」彼がささやく。そこには確信に満ちた響きがあった。

私は目を開いて遠くを見つめたが、目がかすみ、景色が白く光る。否定しなくてはと理性が叫んでも、彼の言葉に心が揺れ動き、言葉が出ない。

彼は大きな声で笑うと、私をしっかりと抱きしめて言った。「君の心には私がいる」そして今度は私の耳もとで大きく息を吐くと、つぶやくように言った。「君の心には私がいる」

その声と吐息が心に響く。どんなに抗おうとしても自分が落ちていく。私は目を閉じ、考えることをやめた。

野営に到着すると、彼は馬からおり、それから私を抱きかかえるようにおろしてくれた。

喜びに満ちた瞳がこちらを見ている。私は目を合わせる勇気もなく、下を向いたまま急ぎ足で歩き出した。彼が馬を引いて私に追い着く。

袖を引っ張られ、歩く速度をゆるめたが、それでも前を向いたまま歩いた。彼はその場の空気を変えようとするかのように言った。「なぜ敏敏《びんびん》姫と一緒にいたんだ？」

「偶然会って、乗馬を教えてもらったのです。だけど助けてもらって本当によかった」

「たまたま通りかかったんだ。遠くから君らしき姿を見つけ、最初は行こうかどうか迷ったが、行ってよかった」彼は少し沈黙してからこう言った。「これからは私が乗馬を教える」

すれ違う人々が挨拶をし、次々に道を譲る。彼は馬を兵士にあずけ、馬屋へ連れていくよう命じた。失礼しようと私が拝礼すると、彼はうなずき、やさしい声で「行きなさい」と応じてくれた。

私はそそくさと自分の天幕へ向かった。

中に入ったとたん、張り詰めた糸が切れ、羊毛の絨毯に崩れるように倒れて目を閉じた。心が痛い。間違いなく私の心の中には彼がいる。あれほど尽くしてくれた相手に何の感情も抱かないでいるほうが不自然だ。だけど、どうしようもない。私には未来に対する恐怖と打算がある。そして彼には大きな野心と多くの妻がいる。

腹ばいになっていると、突然誰かが私の肩をたたいた。押し殺したような男の声が「若曦《じゃくぎ》」と呼ぶ。

驚いて声をあげようとすると口をふさがれた。「私だよ」と耳もとでその声がささやく。

首をひねってうしろを見ると、モンゴル服に身を包み、フエルトの帽子をかぶり、頬までヒゲの生えた男がいる。彼は片手を私の肩にのせ、もう片方の手で私の口をふさいでいる。皇帝のいる野営に侵入するとはただ者ではない。私は必死にもがいた。

おや、と思った。困ったように何かを訴えるこの目。どこか見覚えがある。よく見るとそれは第十四皇子だった。

彼はニッと笑うと、私の口から手を離した。私は大慌てで起き上がり、窓辺へ走ると、外を確認し、それから部屋の四方を確認して、彼を屏風のうしろへ引っ張った。

腰をおろすと、なんとか心が落ち着いた。

こちらの緊張ぶりに比べ、相手は平然としている。口もとはヒゲに隠れて見えないが、目は笑っている。私は声を押し殺した。「何を考えてるの。都に残れと言われてるでしょう。陛下の命令に背いたらどうなるか分かってるの？」

彼は笑うだけで、何も答えない。

「なぜ都を出てきたの？」

「八兄上に会いにきたのさ。だけどまわりは父上や皇太子の側近ばかりで、ヘタをすると後ろ姿だけでも私だと気づかれる。だから君の力を借りたいんだ」

頭をフル回転させ、この時期の歴史上の事件を思い出そうとしたが、何も浮かばなかった。清朝の研究でもしていないかぎり、現代人が知っているのは大まかな歴史の流れだけだ。毎年何が起こったかなんて知るわけがない。康熙《こうき》五十一年に再び皇太子が廃されることは分かっている。だとすれば、今、何が起こるだろうか。私は聞いた。「都で何かあったの？」

「べつに何もないさ。ただ、八兄上に相談したいことがあるんだ。書簡を送ると誰かに読まれる危険があるし、細かいやり取りにも時間がかかる」

事情を聞こうとした私を制して彼は言った。「詳しいことを言っても君には分からない。だから何も聞くな」そして、こう付け加えた。「それが君のためだ」

私は彼の顔を見た。ふとヒゲがじゃまに感じ、思わず手を伸ばして引っ張ってみる。彼が顔をそらす。私がまた引っ張る。彼は笑いながら防御する。私は半分真面目な顔で言った。「触らせないと許さないから」

しばらく揉み合ったが、武術の心得のない私が勝てるわけがない。彼はあっという間に私の腕を押さえて言った。「こっちだって許すものか」

　私が顔をしかめてにらむと、彼は手の力をゆるめ、顔を上げてすべてを諦めたように言った。

「分かったよ。好きにしろ」

　私は大喜びで手を伸ばしたが、すぐにやめた。「そんなことより、どうしたら誰にも気づかれずに第八皇子とあなたを引き合わせることができるか考えなくちゃ」

　彼がうれしそうに微笑む。「君ならきっと力になってくれると思った」次の瞬間、彼が私の手を見て驚く。「その手、どうしたんだ？」

「馬に乗って怪我をしたの」

　彼は傷を見て眉を寄せた。「八兄上がどんなに心を痛めるか」

　ヒゲを見ながら二人を引き合わせる方法を考えていた私の脳裏に、昔見たテレビが浮かび、笑いがこみ上げた。大声で笑うわけにもいかず、必死にお腹を押さえ、そのまま座布団の上に倒れ込んだ。

　第十四皇子は私の体をつついて言った。「何を笑っているんだ？」

「絶対にバレない方法を思いついたの」私はまた笑った。

「その様子じゃあ、どうせロクでもない方法なんだろ？　聞いてやるから言ってみろ」

「女装するのよ。第八皇子と女性が一緒にいるのを見ても、それが雄々しい第十四皇子だなんて誰も思わないわ」私の頭には、香港コメディが浮かんでいた。第十四皇子がロングスカートをはき、ばっちりお化粧した姿を想像すると、笑いが止まらない。

呆然とする第十四皇子。男尊女卑のこの時代に、皇子に向かって女装しろなどという不謹慎な発言が信じられないのだろう。しかし、しばらくすると頭を振って一緒に笑いはじめた。彼が私の頬をつねり上げる。「私をからかうとは許しがたい。今日は徹底的に懲らしめる必要がありそうだ」

笑いながら「ごめんなさい、許して」と体をかわしたが、彼は執拗に攻めてくる。私は両手をあげ、許しを請うた。「第十四皇子、手の傷が痛いわ」

彼は攻撃をやめると、座り直して真剣に考えはじめた。その顔に、私もふざけるのをやめた。

「冗談だから、今のは忘れて。あなたに女の格好なんかさせたら、命がいくつあっても足りないくらい罰せられるわ。この問題は慎重に進めればそれほど難しくないはずよ」

彼は少しほっとしたようだが、それでもまだ心配そうにしている。私は言った。「こんな弟を持って、第八皇子は幸せね」

彼は顔をくもらせた。「父上には、男気しかないヤツだと叱られるんだ」康熙《こうき》帝の言葉をみだりに評価するのは恐れ多いので、〝私はそうは思わないけど〟という意思表示として、肩をすくめて見せた。

「君は宮中に行って変わってしまったかと思ったが、昔のままでうれしいよ」

「今夜はどこへ？」

「どこでだって夜は越せる」彼はそう言って立ち上がると「今夜もう一度来るから、八兄上に会う方法を考えといてくれ」と言って出て行こうとした。

私は慌てて引き止めた。「出たり入ったりしたら、それだけで目立つわ。私が静かに過ごすのが好きだとみんな知ってるの。だから意味もなく訪ねてくる人はいないわ。とりあえずここにいてちょうだい。夜になったら何とかして第八皇子に会わせてあげる」

「ここは他に誰かいるのか？」

「玉檀《ぎょくたん》よ。だけど何とかして彼女を遠ざけておくわ。彼女とは気の置けない仲だから心配しないで」

第十四皇子は何かを考えるように「玉檀《ぎょくたん》か」とつぶやくと、うなずいて座った。

人目を避けながら、何日もかけてここにたどり着いたのだろう。食事も睡眠も満足に取れていないのか、声がかすれている。私は外へ出ると、お菓子と蜂蜜入りのミルクを用意した。戻ってみると、彼はすでに絨毯の上で眠っていた。私は足音を忍ばせ、お盆を窓辺の机に置いた。とたんにその音に反応した第十四皇子がすごい勢いで起き上がる。私は慌てて言った。「温かい乳よ。これを飲んだらゆっくり眠って。私が見張ってるから安心してね」枕を渡してあげると、彼はミルクを飲み、それから横になった。私は薄い布を彼に掛け、屏風の向こうへ移動した。

屏風にさえぎられ、外から部屋の奥は見えない。私は適当な本を選び、小さな座布団にもたれるようにして本を読むふりをした。当然ながら内容などまったく頭に入ってこない。

どうやったら二人を引き合わせることができるだろうか。やはり私が呼びに行くのがいいだろうか。そんなことを考えていると、外で「若曦様《じゃくぎ》」と声がした。

驚いて手が震えた。本をパタンと閉じて下に置く。

急いで立ち上がると、体で入り口をふさぐようにして外をのぞいた。そこにいたのは第八皇子の召し使い宝柱《ほうちゅう》だった。「旦那様の命令で、お薬をお持ちしました」彼は私に薬を手渡すと「朝晩二回、ぬるま湯で洗ったあとにつけてください。数日もすればばうっ血も治るはずです」と言った。

宝柱《ほうちゅう》が帰ろうとしたので、引き止めてその場で待たせ、いったん中へ戻った。すでに第十四皇子は目を覚ましている。私はそっと尋ねた。「あの人は信用できる?」

第十四皇子はうなずいて言った。「信用できる。八兄上が君への薬を託すくらいだからな。兄上は君に関することとなると特別に気を遣うんだ」彼はそう言いながら私に向かってウインクするようにまばたきをした。

まだこんなお茶目なことをする心の余裕があるのかと感心し、私はあらためて第十四皇子を見た。再び宝柱《ほうちゅう》のもとへ行こうとすると、第十四皇子が私を引き止め、耳もとでささやいた。「私は命令に背いてここに来た。たとえ信じられる相手でも、知られないに越したことはない。だから君だけが頼りだ」

私は黙ってうなずいた。昔から何かというとケンカになった第十四皇子が、こんなに私を頼ってくれるのかと思うと気分がいい。

外へ出ると宝柱《ほうちゅう》が頭を下げた。私は少し考えてからこう聞いた。「第八皇子は、いつも夜は何をされるの?」

「本を読まれたり、囲碁を打たれたり、とくに決まっておりません」彼は微笑みながら答えた。

「ありがとう。帰っていいわ」

唐突な質問に少し戸惑いつつも、彼はおとなしく帰っていった。

中へ戻ると第十四皇子に言った。「夜までまだ時間があるから、もう少し眠ったら？」

彼は「もういい」と言って、机の上のお菓子をほおばりながら、「それより早く薬を塗れ」と気遣ってくれた。

手を洗って軟膏を塗ると、若い太監に命じて、二人分の食事を用意させた。他の女官と一緒に食事をすることはよくあるので、不審に思う者などいない。太監は気持ちよく応じてくれた。

食事を済ませ、夜になったところで、落ち合う場所を打ち合わせた。先に私が外に出て周囲の安全を確認し、それから彼を外へ出した。人目を引かぬよう、彼はごく自然な速度で歩いていった。

その後、私は一人で第八皇子の所へ向かった。外に李福《りふく》が立っている。周囲は静かだ。私が堂々と進んでいくと、彼が拝礼し、入り口の布をあげてくれた。私はうなずき、中へ入った。

第八皇子は机で書き物をしていた。私が入っていくと笑顔でうなずき、椅子をすすめてくれた。少し待っていると、彼は筆を置き、私のもとへ来て手を見た。「明日は働けるか？」

私はその質問には答えず「ここで話しても大丈夫ですか？」と聞いた。

「君が来ると思ったから、外にきちんと見張りを置いている」

私はうなずき、彼に耳打ちした。「第十四皇子が来ています」

第八皇子は険しい顔で「目的は聞いているか？」と尋ねた。私は首を振った。

落ち合う場所をそっと伝えると、彼はしばらく考えて「私一人で会いにいくから、君は帰りなさい」と言った。

私はうなずいて戸口へ向かったが、振り返って言った。「くれぐれも気をつけてください」

彼は「大丈夫だ。安心して帰りなさい」と微笑んだ。出ていこうとすると、「君が私を案じてくれるなんて、うれしいよ」という声がした。私はそこで一瞬足を止めたが、急いで外に出た。

部屋へ戻ったものの落ち着かず、私は中で行ったり来たりしていた。その時、外で声がした。「姫様、こちらが若曦《じゃくぎ》様の天幕です」

入り口の布を上げると、そこには敏敏《びんびん》が立っていた。彼女は私を見て微笑んだ。「心配で顔を見に来たの」

「敏敏《びんびん》姫にご心配いただいて恐縮です。あれくらい大したことありませんよ」

彼女は地面を見つめながら、ためらいがちに言った。「少し外を歩かない?」

本当はここで彼らを待っていたかったが、私が心配していても仕方ない。むしろ散歩に出るのもいいだろう。彼女も何か話したいことがありそうだ。私は笑顔で応じた。

並んで歩き出すと、敏敏《びんびん》が言った。「さっき聞いたんだけど、あなたって皇帝陛下のお気に入りなんですってね」

「お気に入りだなんて。私はただ心を込めてお仕えしているだけです」

彼女は何か言いたげにこちらを見るが、すぐにまた前を向いてしまう。私は黙って彼女が口を開くのを待った。野営を抜けて人が減ってきたところで、ようやく彼女が切り出した。「第十三皇子はどうして来ていないの?」

やはりその話か。「遠征に同行するか否かは、ご本人が決めることではなく、陛下がお決めになるの」

彼女はしばらく黙ってからこう言った。「第十三皇子の奥方様は美しいの？」

私は心の中でため息をついた。第十三皇子のあの時の歌声が彼女の心を奪ってしまったのだ。私は答えた。「敏敏《びんびん》姫のほうがずっと美しいと私は思いますよ」

「本当？」彼女の顔が輝く。

私は心からうなずいた。紫禁城《しきんじょう》の女は幾重にも着物を着込み、一挙手一投足に至るまで決まりにしばられている。それに比べ、敏敏《びんびん》は草原に咲く花だ。風とともに舞い、生き生きした色彩と香りを放っている。

彼女が不安げに尋ねる。「私って粗野で礼儀知らずに見えないかしら。あなたを見ていると、話す速さや声の高さなど、とても上品なんだもの」

お転婆と言われた私がいつの間に上品な女性になったのだろう。宮中で四年も暮らしたからといって、そこまで劇的に変わるだろうか。何だかおかしくなり、草原の静寂を破るような声を立てて笑ってしまった。「私が上品かどうかは別として、敏敏《びんびん》姫が美人であることは間違いありませんよ」

彼女も私につられて大きな声で笑った。「宮廷の女性はおしとやかに笑うのかと思ったら、あなたみたいに大声で笑う人もいるのね」

二人は笑みを浮かべながら歩いた。そう言われれば、女性が大笑いするのをしばらく聞いていないし、私自身も大声で笑うのは久しぶりだ。そもそも紫禁城《しきんじょう》の女たちは話し声まで抑えぎみなのだ。私はますます敏敏《びんびん》が気に入った。第十三皇子を好きになるあたりも、男を見る目があっていい。この娘ならストーレトな質問も受けてくれるだろう。私は直球を投げた。「第十三皇子がお気に召したのですね？」

彼女は笑顔をこわばらせたかと思うと、恐る恐る「私、そんなに分かりやすい？」と口にした。

私は笑った。「とても分かりやすいですよ」

彼女は少し黙ったかと思うと、夜空の星さえかすんでしまうような明るい笑顔で草原の果てを見て言った。「そのとおりよ。私はあの人が好き」恥ずかしそうにこちらを向いた彼女に、私は笑顔でエールを送った。「そのとおりよ」彼女は再び夜の草原に目を転じると切ない笑みを浮かべた。「あれほど魅力的な歌声を聞いたことがないわ。あの人が私を見つめて歌い出した時、胸が高鳴った。男の人のあんな笑顔も見たことがない。どこか品を感じる力強い笑顔。それでいて見る者に情熱を感じさせる笑顔よ」そう言ってあの夜の感動にひたっていたかと思うと、彼女は私をまっすぐ見て言った。「あんな人に会ったのは初めて」

これが恋だ。恋など十分知っているつもりだったが、改めて感動させられた。たとえこの先に何があろうと、彼女は恋をし、恋によって幸せと苦しみを味わっている。経験した者にしか分からない甘酸っぱい感覚。私はただ微笑み、彼女の気持ちに寄り添った。彼女は恥ずかしそうにそっぽを向いた。

私は言った。「第十三皇子はすばらしい男性ですよ」

彼女は朝焼けのような笑顔で振り向くと誇らしげな表情をした。しかし次の瞬間、その顔がくもる。「でも父は嫁いではならないと言うの」

「なぜですか？」

彼女は眉をひそめ、「誰にも言わないでね」と念を押してから話した。「紫禁城《しきんじょう》の女の人は不幸だと父が言うの。お前は草原の花なのだから、草原でこそ咲けるのだって」

王の言葉に嘘はない。娘を心から愛しているのだ。草原にいれば、敏敏《びんびん》は永遠のお姫様だが、紫《し》禁城《きんじょう》へ行けば第十三皇子の数ある妻の一人になってしまう。それに第十三皇子が彼女をどう思っているかも分からない。嫁いだとしても愛され続ける保証もない。何よりも彼は未来において監禁生活を送る運命にあるのだ。

私の表情がどんどん暗くなるのを見た敏敏《びんびん》が言った。「父の言葉など信じてなかったけど、あなたの顔を見る限り、この話は本当なのね」私は彼女の手を握ったが、二人とも手が冷え切っていて、温め合うことはできなかった。

敏敏《びんびん》が聞いた。「あなたは意中の人がいるの？」

何と答えればいいか分からず黙っていると、遠くから騒ぎ声が聞こえてきた。見ると無数のたいまつが動いている。あれは彼らが落ち合う予定の場所ではないだろうか。不吉な予感に私は走り出した。

「どうしたの？」と敏敏《びんびん》も走り出す。私は答える余裕もなく、必死に走った。

あちこちで声がして様子が分からない。私はそばにいた人を捕まえて「何があったの？」と聞いた。

相手は私と敏敏《びんびん》を見て慌てて拝礼をはじめた。「拝礼はいいから早く事情を説明して！」

「賊が侵入したとのことです。現在、皇太子殿下の命令で捜索しております」

「賊って、どんな?」

「暗くて顔は見えませんでしたが、モンゴルの服を着ていたそうです。皇太子殿下の命令で矢を放ちましたが、命中したかどうかは不明です」そう言いながら彼は前方を指さした。「場所はあちらです」

矢を放った? 目の前が真っ暗になり倒れそうになるのを必死にこらえた。深呼吸して気を取り直し、再び走る。敏敏《びんびん》も一緒に走る。彼女が言った。「ずいぶん大胆な賊ね。うまい場所に逃げ込んだものだわ。この先はモンゴルの野営地だから紛れてしまえば見つかりにくいもの」

矢を放ったという言葉が頭の中で鳴り続ける。第八皇子はどこにいるのだろう。人の群れの中を走り回るが、たいまつの明かりだけでは周囲がよく見えない。捜索に繰り出した者たちは誰も私たちに注意を払わない。

モンゴルの野営地では敏敏《びんびん》だけが頼りだ。「どこかに隠れる場所があるかしら?」私の様子が尋常でないことに気づいた彼女は、何も聞かず、私の手を引いて天幕の間を進んでいった。

行く先々に人がいる。皇太子がすでにモンゴル側と交渉したらしく、多くのモンゴル人が集まって捜索に協力している。

あせるばかりで、どうすればいいか分からない。私はただ走り回った。敏敏《びんびん》も必死になって隠れられる場所を探している。

誰かが私の腕を引っ張り、天幕の中へ引き込んだ。次の瞬間、うれしさのあまり小さく叫んだ。

「第十四皇子！」私はすぐに確認した。「怪我してない？」

闇の中で、私の腕をつかむ彼の手が震えているのか分かる。「大丈夫だ」という彼の答えに安心したのも束の間、彼が言った。「だが八兄上が矢を受けた」

私は驚きの声をあげ、口を押さえた。自分の手が震えている。第十四皇子は力強く私の手を取って言った。「若曦《じゃくぎ》、撃たれたのは腕だから命に別状はない」

第十四皇子に強く握られても私の手の震えは止まらない。私も強く彼の手を握ると、彼はさらに強く握り返した。手のひらの傷が痛んだが、そんなことは気にならなかった。落ち着け！　と何度も自分に言い聞かせる。今やるべきは第十四皇子の安全の確保だ。第八皇子の怪我は腕だから、きっと大丈夫。

どうすべきかを必死に考えていると、外から「若曦《じゃくぎ》、若曦《じゃくぎ》……」という敏敏《びんびん》の小さな声が聞こえてきた。はぐれてしまった私を探しているのだ。

とっさに私は第十四皇子に確認した。「蘇完瓜爾佳敏敏《そかんかじかびんびん》姫と面識はある？」

「面識はない」

詳しい説明をする時間はなかった。すぐに幕のすき間から「敏敏《びんびん》姫」と小声で呼んだ。一瞬うろたえた第十四皇子に「彼女が私たちを助けてくれるわ」とだけ説明する。

中に入ってきた敏敏《びんびん》が私たちを見る。「これはいったい……」

私は彼女の足もとにひざまずくと、地面に頭をつけて言った。「敏敏《びんびん》姫、どうかお助けください」

敏敏《びんびん》が驚いて私の体を起こそうとする。「どういうことか説明して。私にできることがあれば何だってしてあげる」

驚いた第十四皇子も私を立たせようと引っ張った。私は彼を押しのけると、しゃべる隙を与えない勢いで訴えた。「ダメだって言ったのにどうして来たの？　おかげで皇太子殿下に賊だと勘違いされたのよ。どうするつもり？　言い訳なんかできないわよ。宮女と外の人間が人目を忍んで逢い引きしていたなんて知れたら死罪よ。だからってこのまま放っておいたら、あなたは賊として殺される……この私に一人で生きろと言うの？」私は涙を流しながら、一方では第八皇子のことを心配していた。

敏敏《びんびん》は「あっ」と声を上げると「この人、あなたの恋人なのね」と言った。

私は間髪を入れずに答えた。「そうです。宮中にいる私になかなか会えないものだから、遠征に乗じて会いに来てしまったのです。それなのに皇太子殿下に見つかり、賊だと思われたのです」

敏敏《びんびん》は小さな声で笑うと、私を引っ張って言った。「首をはねられる危険を冒してまで会いに来るなんてすごいわ。彼のことは許してあげましょうよ。あとは私がうまくやるから安心して。あなたの恋人ならきちんと守ってあげる」

敏敏《びんびん》を騙して利用することに大きな罪悪感を覚えながら、いつかこの恩に報いようと心に決めた。恋する乙女のなんと頼もしいことか。自分にも果たしたい恋があるからこそ、他の恋人たちの危機を放っておけないのだ。

芝居の意味を理解した第十四皇子は、すっかり都からやってきた青年になりきっている。敏敏《びんびん》は私たちを連れて外に出た。彼女は目の前の青年に興味津々で、「怖い思いをしたでしょう」、「苦労したでしょう」と気を遣い、私たちの馴れ初めまで聞き出そうとしている。

第十四皇子のほうも、このかわいいお嬢さんの期待に応えようと、いかにも若曦《じゃくぎ》のことが好きですというそぶりで話をし、敏敏《びんびん》を感動させている。

すれ違う兵士たちが次々と敏敏《びんびん》に挨拶をするが、姫と一緒に堂々と歩くモンゴル人の青年を賊ではないかと疑う者など一人もいない。

分かれ道の所で、私は敏敏《びんびん》に言った。「人目を引かないように、私はここで別れます」

敏敏《びんびん》は笑った。「安心して。明日にはまた元気な恋人に会わせてあげるから」

第十四皇子は私を見ると、大丈夫だと言うようにうなずいた。私は不安を隠すように笑顔を作り、その場を去った。

※著者による注：康熙四十八年、皇太子復位を喜び、康熙帝は他の皇子にも爵位を授けた。第十四皇子も貝子《ベイセ》に封じられたが、父親との緊張関係は続いた。第八皇子と他の皇子の結託を恐れた康熙帝は、同年四月の塞外遠征において、第十四皇子、第九皇子、第十皇子の随行を許さなかった。この状況の中、第十四皇子は変装し、商人になりすまし、昼は身を隠し、夜は第八皇子のもとへ行き、密かに話し合うという不可解な動きを見せている。この章は、こうした記録に基づいて執筆したが、彼が危険を冒してまで第八皇子のもとへ何をしに行ったのかについては、いかなる資料や専門家からも答えを得ることができず、謎のままである。

第十三章
君がため紅をさす

外の大騒ぎとは対照的にこちらの野営地は静かだった。賊といってもまだ確証がないことなので、皇太子も皇帝には知らせていないのだろう。第十四皇子の安全は確保したものの、第八皇子のことが心配で、はやる気持ちを必死に抑え、人目を引かぬよう普通の速さで歩いた。

道のりがひどく長く感じられ、気持ちばかりがあせる。

第八皇子の天幕の前には、いつものように宝柱《ほうちゅう》と順水《じゅんすい》が静かに立ち、何も変わった様子はない。ところが私が近づくと、彼らは行く手を阻むように拝礼し、「旦那様は洗面中ですので、ご遠慮ください」と言った。

しかし、すぐに李福《りふく》が中から顔を出した。「若曦《じゃくぎ》さん、お入りください」

宝柱《ほうちゅう》と順水《じゅんすい》はいぶかるように顔を見合わせつつも、すぐに道を空けた。

部屋の中に第八皇子の姿はなかった。おそらく屛風の向こうの寝台だろうと思ったが、奥へ入るのもはばかられ、その場に立っていると、「来なさい」という第八皇子の声がした。

彼は上半身を脱いだ格好で横になっていた。私が来るので薄い布で体を隠していたが、それでも裸の腕がのぞいている。

男性の体を見るのは初めてではない。学校時代は、二の腕をむき出しにした夏服の男子生徒などいくらでも見たものだ。しかしこの時代の男性の肉体を見るのが初めてなうえに、相手は第八皇子だ。私は顔が熱くなり、あわてて目をそらした。しかし彼の傷が心配で再び視線を戻し、また顔を熱くした。

彼は低く笑って「近くへ」と言った。私はその場を動かず、彼の左腕の真っ赤な傷を目にしたまま涙をこらえた。

李福《りふく》がやってきて寝台の前にひざまずいた。「旦那様、お薬を塗りましょう」第八皇子はうなずいたが、李福《りふく》のほうは見向きもせずに私を見つめている。

李福《りふく》は薄布をどけると木綿の布で血を吸い取り、傷口に粉状の薬をふった。私は思わず近寄って傷を見た。幸い浅い傷だったが、血が止まらない。「この薬、ちっとも効いてないようだわ。大丈夫なの？」

李福《りふく》は作業の手を止めることなく言った。「これは一番効くお薬です。第九皇子が大金をはたいて雲南《うんなん》から取り寄せたもので、今回わざわざ持参したのです」

第八皇子が笑った。「よい薬も効果が出るまで時間がかかるのだ」

ただ見守ることしかできない自分が情けなかった。こうなると知っていたら、この時代に来る前に医学を勉強しておくんだったと思いながら、ふと李福《りふく》の〝わざわざ持参した〟という言葉にひっかかった。まさか皇帝の座を得るためには流血も断頭も辞さない覚悟だというのか。

「十四弟に会ったのか？」と第八皇子が尋ねた。

第八皇子の腕に布を巻こうとしている李福《りふく》を手伝うため、私は第八皇子の腕を支えようと手を伸ばしながら、「はい」と答えた。

第八皇子に触れた瞬間、彼の腕が驚いたように微かに震える。私の手のひらがぴったりと彼の肌に触れる。再び顔が熱くなる。軽率なことをしたかと思ったが、李福《りふく》は私が第八皇子の腕を支えていることに安心し、布を巻き付けることに専念しているので、今さら手を離すことはできない。火の玉に触っているかのように手のひらが熱く感じ、私は首まで赤くしながら顔を伏せてじっとしていた。

第八皇子は横になったまま身じろぎもしない。李福《りふく》だけが冷静で、手早く布を巻き終わり、道具を片付け、静かにお辞儀をして出ていった。

私が慌てて手を引くと、第八皇子の腕がドサリと落ち、彼がうめき声をあげた。私は慌てて「大丈夫ですか?」と聞いた。思春期の娘じゃあるまいに、自分は何を取り乱しているのだろう。

彼は笑って、起き上がろうとした。座りやすいよう座布団を当ててあげようと私が下を向いている間に、彼の体に掛けてあった薄布が滑り落ちる。知らずに顔を上げた私は、あらわになった彼の体と対面してしまった。何もなかったように涼しい顔をしていればいいものを、私が真っ赤になって慌てて背中を向けたので、さらに気まずい雰囲気になる。自分が情けない。

私は小さな声で言った。「もしご用がなければ、これで失礼します。第十四皇子は無事なのでご安心ください」すると彼の手が私を引き止めた。抵抗しようとすると、彼が言った。「これ以上力を入れると、今の手当てが台無しになる」

慌てて振り返ると、彼は右手で私を引き止め、怪我をした左手で滑り落ちた薄い布を持っている。手当が台無しになるとは思えなかったが、仕方なく薄布を受け取り、彼の体に掛けた。彼は私をとなりに座らせた。

「夢を見ているようだ。私はずっと……」

その言葉をさえぎり、私は取って付けたように質問した。「どうして私が第十四皇子に会ったと思ったのです？　無事かどうかも分からないはずなのに」

第八皇子は頭を振って笑った。「君は私が負傷しているのを見て驚きもしなかった。つまり十四弟に会って事前に聞いていたということだ。あいつの無事については確信がある。ここは皇太子派の人間ばかりではない。私の味方はいくらでもいる。何かあればすぐに知らせが入るはずだし、君の表情を見れば、あいつの安全が確保されたことくらいは想像できる」

その答えは予想していた部分もあれば、予想を超えた部分もあった。「どうして皇太子に知れてしまったのでしょう？」

第八皇子は眉を寄せて少し考えてから言った。「出かける時は人目を引かぬよう気をつけていたが、たまたま誰かに見られたのかもしれない。周囲は私と十四弟の姿をよく知る者ばかりだし、私が都と連絡を取り合うことを警戒した皇太子が、監視させていた可能性もある」

「それほど警戒するのは、都で何か重要な事件が起きたということかしら」

第八皇子は私を見て笑った。「父上は、都に残った者たちと私が連絡を取り合うことを禁じた。皇太子にしてみれば、私が命令に背いた現場を取り押さえたいのだろう。近々父上は官吏の異動をするつもりらしい。十四弟の情報では、私にとって不利な異動だという。皇太子は、私が何も手を打てないまま九月に都へ帰ることを望んでいる。だからこちらの動きに神経をとがらせているのだ」

「すでに陛下が決められたことなら、手の打ちようなどないのでは？」

「詳しい話をすると長くなるが、天子といえどもすべてを思いどおりにできるとは限らないのだ。もし知りたいのなら、詳しく話してやってもいいぞ」

私が口をとがらせて黙っていると、第八皇子が尋ねた。「十四弟はどこに？」

「当ててみて」私は笑った。

「当てろということは、私が思いつかないような人物に託したな」そう言って少し考えて言った。

「敏敏《びんびん》姫ではないか？」

「おっしゃるとおりよ」いとも簡単に当てられるとはがっかりだ。

彼の驚く様子に得意になった私は「教えません」とそっぽを向いた。

「本当なのか？　すごいではないか。どうやって話をつけたのだ」

そんな私を、彼はただ微笑んで見ている。私は彼の腕の傷を見ているうちに恐ろしくなった。

「弓を放つなんて、皇太子殿下はずいぶん手荒いわ」

彼は皮肉な笑いを浮かべた。「賊が侵入したとなれば弓を使う大義名分が立つ。この機会に我々を亡き者にしようと考えたのだろう」

私はこの先の史実を思い出し、戦慄した。

そんな私を第八皇子がすごい勢いで胸に抱き込んだ。体を離そうとしたが、強い力にあらがえない。彼は私の頭に頬を押しつけるようにしてささやいた。「そんな顔をしないでくれ。君が遠くに感じてしまう。いったい何を思っているんだ？　怖いのか？　もし怖いなら、心配しなくていい。私がいる限り、誰にも君を傷つけさせはしない」

その時、ちょうどこちらへ走ってきた李福《りふく》が私たちの抱き合う姿を見て、慌ててひれ伏して地面に頭をつけた。第八皇子は動じる様子もなく、ごく自然に私を放し「何かあったのか？」と聞いた。私はきまり悪さに李福《りふく》の顔を見ることができなかった。

「ただ今報告が入りまして、モンゴルの野営地を捜索していた皇太子が、再三の捜索にもかかわらず賊が見つからないということで、今度はこちらを捜索せよと命じたそうです」

第八皇子が笑った。「そんなことをすれば父上を困らせるだけなのに。敵も必死のようだな。ちょうどよかった。私の無実を証明してやろう」

こんな傷を負っているというのに、隠しおおせるというのか。たとえ今晩は誤魔化せても、明日やあさってては分からない。馬に乗れば傷が開いて出血する可能性だってある。だからといって、理由をつけて乗馬や狩りを休むことができるだろうか。

第八皇子は李福《りふく》に「熱い茶を用意してくれ」と命じた。李福《りふく》が去っていくと、今度は私に言った。「その服を取ってくれ」

服を手渡すと、彼は立ち上がり、着替えはじめた。私はまた顔を赤らめながら、着替えを手伝った。飾りボタンをとめながら、ふと彼の胸もとに触れた自分の指先が熱くなる。彼の体も熱い。服を着せて帯をしめると、服装に落ち度がないかしっかり確認し、彼をまっすぐ見てうなずいた。これなら外に出ても問題ない。

第八皇子は再び私を抱き寄せた。逃れようとしつつ、「若曦《じゃくぎ》」とささやかれたとたん、体から力が抜け、身をあずけてしまった。

李福《りふく》が屏風の向こうから「旦那様、お茶の用意ができました」と声をかけた。身を離そうとした私を彼は力強く抱きしめた。李福《りふく》が「旦那様？」とまた声をかける。

私は彼の腕から離れようと身をよじり、顔を赤らめながら、怒ったように声を殺して言った。

「第八皇子！」しかしその声が震えてしまい、かえって甘えているように響いた。

彼は軽く笑いながら私を放し、「先に帰りなさい」と言うと、屏風の外に出ていきながら「宝柱《ほうちゅう》を呼べ」と命じた。彼のあとをついて私も屏風の外へ出た。そのまま帰ろうと思ったが、無事に皇太子を欺けるのかが心配で、立ち去る気になれなかった。

彼は机の前に座ると、本を手取り、帰りそびれている私をちらっと見つつ、何も言わずに出されたお茶の温度を確かめた。「これではだめだ。煮えたぎるように熱くしろ」

顔色を変えた李福《りふく》が茶碗を手に出ていった。いったい彼は何をしようとしているのだろう。

第八皇子が宝柱《ほうちゅう》のほうを見て言った。「今回はつらい役目を引き受けてほしい」

宝柱《ほうちゅう》がひざまずき、第八皇子の言葉を待つ。「よく聞け。皇太子がやってきたら、私の右腕に熱いお茶をこぼし、火傷を負わせるのだ。決して故意だと見破られぬよう、自然にやれ」

唖然とする宝柱《ほうちゅう》に第八皇子は「分かったな」と念を押した。

宝柱《ほうちゅう》が「承知しました」とうなずく。

「下がってよい」

煮えたぎるような熱いお茶？　しかし言われてみれば一番いい方法かもしれない。ふと見ると第八皇子は私のことなど見向きもせず、楽しそうに本を読んでいる。私は唇を噛みしめ、天幕の外へ出た。

そのとたん、四人のお供を従えた皇太子とはち合わせした。すでに周囲では静かに捜索がはじまっていた。おそらく賊が第十四皇子だという確信がないので騒ぎ立てることもできず、第八皇子の所へ探りに来たのだろう。

私が拝礼すると、皇太子は眉を寄せて笑った。「君はこんな所にいたのか。姉君が八弟の奥方だから、親しくしているのだな」

「宮中に入る前は貝勒《ベイレ》府で暮らしておりましたので。第八皇子がいい軟膏を持っているので、今日はそれをいただきに来たのです」皇太子のほうから義理の妹であることまで言ってくれたのだから、ここは堂々としているのが得策だ。私は薬をもらいに来た理由として手のひらの傷を見せた。

紫色のうっ血を見た皇太子は眉をひそめて原因を聞いた。私は簡単に答えた。「今日の午後、乗馬中に怪我をしたのです」

「私もうっ血に効く薬を持っているから、あとで誰かに届けさせよう」と皇太子が言った。ありがたい厚意に礼を述べると、皇太子が聞いた。「君はいつからここに？」

「第八皇子とおしゃべりをしていましたので、ずいぶん長い時間おりました」

皇太子が何かを考えるようにしていると、第八皇子が自分から外へ出てきて笑顔で挨拶をした。

「二兄上がお越しとは存じ上げず、失礼しました」

皇太子は第八皇子の顔色をじっくり観察するようにして言った。「急に気が向いたので来ただけだ。気にするな」

第八皇子は笑顔で皇太子を中へ導き、そのあと一瞬私のほうを見たが、寸分も笑顔を変えることなく、そのまま入っていった。

宝柱《ほうちゅう》がお茶をささげ持って入っていくのが見えた。私は思わず立ち止まった。しばらくして、茶器が落ちるガシャーンという音とともに、「第八皇子!」と叫ぶ召し使いの声がした。続いて宝《ほう》柱《ちゅう》が許しを請う声、皇太子が叱りつける声、李福《りふく》が侍医を呼ぼうと騒ぐ声が響く……。

私は胸が苦しくなり、小走りに天幕の陰に隠れた。侍医を呼ぶために誰かが走っていく。宝柱《ほうちゅう》が引きずり出され、外でひざまずいている。おそらく棒打ちの刑は免れないだろうと思っていると き、李福《りふく》の命令で宝柱《ほうちゅう》の口がふさがれ、椅子にうつ伏せにされた。打たれる尻には、みるみるうちに血がにじみ、真っ赤になっていった。

私は急ぎ足で自分の天幕へ戻った。これ以上彼らのゲームに付き合うのはごめんだ。それでなくても息苦しい毎日だというのに、血が流れるさまなど見たくもない。

＊＊＊

なぜこんなに暗いのだろう。星もなく、ただ風の音だけが聞こえる。とてつもない不安に押しつぶされそうだ。前方に微かな光が見える。思わず走り出したが、足もとがふらつく。それでもあの温かい光に追いつきたくて走る。

それは灯籠を手に、ゆっくりと歩く第八皇子だった。竹色の長袍《チャンパオ》が風になびく。彼は私に気づくと立ち止まって微笑んだ。玉のように美しい顔に控えめな笑み。私の中の不安や恐怖が嘘のように消える。

喜びのあまり、「第八皇子！」と叫ぶ。と、その時、一本の矢が飛んできて灯籠に突き刺さる。炎が消えると同時に彼の微笑みが絶望の色を帯びる。悲しそうに私を見る彼の姿が暗闇に消えていく。

「嫌よ！」私は胸が張り裂けそうになって叫び、猛烈な勢いで起き上がる。屏風の外から玉檀《ぎょくたん》が飛んできた。「若曦《じゃくぎ》様、悪夢でも見たのですか？」

激しい鼓動に体が震える。玉檀《ぎょくたん》が私を抱きしめてやさしく声をかける。「若曦《じゃくぎ》様、大丈夫ですか」

その笑顔、その瞳。私は玉檀《ぎょくたん》にすがりついた。体が寒い。玉檀《ぎょくたん》は何も聞かず、私をしっかり抱きしめてくれた。

しばらくして気持ちが落ち着くと、私は無理して笑って見せた。「もう大丈夫よ。あなたも寝なさい」

「私もここで一緒に寝ましょうか？」という玉檀《ぎょくたん》の言葉に、私は首を振って横になった。彼女は私に布団を掛け、出ていった。

暗闇の中で私は大きく目を見開いていた。目を閉じるのが怖い。あの絶望したような彼の微笑み。悲しげな瞳……。

頭の中から追い出そうとすればするほど、その姿がよみがえる。私は布団の中で体を縮め、昔のことを思い出していた。初めて姉の部屋で会った時の彼の語らう様子。落ち葉の中で私を厳しく諭したあの顔。黒いマントを着て雪の中を一緒に歩いてくれた姿。腕輪をはめてくれた時の、悲しみと期待の混じったあの瞳。キンモクセイの木の下で見た、春の日差しのような笑顔。ユリの香りをたきこんだ便箋……。

第十四皇子が説明してくれなくても、第八皇子が陰でどれだけ私のために動いてくれたかは分かる。宮中に入ったばかりのころも、私を担当した指導係の女性はとても寛容だったし、太監や女官たちもよく面倒を見てくれた。すべて彼のおかげだ。きっと私が気づいている以上に手を尽くしてくれたはずだ。

タイムスリップする時に第四皇子の屋敷に行っていればどんなに気が楽だったかと思う。私は最初から歴史の結末を知っている。だから冷静に第八皇子とは距離を置けると思っていた。危険を顧みず突き進むことなどせず、冷静に自分を守れると思った。それなのに四年の歳月が少しずつ私の中に溶け込み、命の一部となり、まるでこの腕輪のように体から切り離すことができなくなっている。どんなに強固な壁で防御しても、長い歳月の力がそれを崩してしまうのだ。

結局一晩中眠ることができなかった。外で音が聞こえる。どうやら玉檀《ぎょくたん》が起きたようだ。私も思い切って起きてしまおうと布団から出た。私の顔を見た玉檀《ぎょくたん》が驚いて言った。「何だか一晩のうちにやせ細ってしまったみたい」

私は鏡をのぞいて笑った。「あまり眠れなかったせいね。顔色がすぐれないから、そんなふうに見えるのよ」

眉を引き、紅をさし、耳飾りをつけたが、それでも顔色の悪さは隠せず、瞳だけがまるで炎が宿っているかのようにギラギラしていた。私は自分の顔に向かって挑戦的に笑うと、「歴史を変えられるかどうかは、あなたにかかっているのよ」とつぶやいた。

＊＊＊

朝、陛下のもとへ上がると、第八皇子がやつれた私を見て驚きの表情を浮かべた。私は布を巻いた彼の右腕をちらっと見ると、康熙《こうき》帝にお茶を献じた。皇太子が火傷の一件について説明している。康熙《こうき》帝は第八皇子を養生させるため、数日間は御前に顔を出さず休むようにと命じた。第八皇子は拝礼してお礼を述べ、自分の天幕へ戻った。

ちょうど私が皇太子にお茶を出すタイミングで康熙《こうき》帝が聞いた。「昨晩の賊はどうなった。何か盗まれたか?」

皇太子の正面にいた私には、彼の手が机の下で震えるのが見えた。皇太子は答えた。「まだ捕らえておりません。幸い気づくのが早かったので、何も盗まれた形跡はありません」

康熙帝《こうき》はお茶を飲んで言った。「賊がモンゴル服を着ていたという理由でモンゴルの野営地を何度も捜索したあげく、何も見つからなかったそうだな。モンゴル人らが機嫌を損ねておるぞ」

皇太子は顔がゆがめて立ち上がった。「私の判断が甘かったために父上にはご迷惑をおかけしました。どうぞ罰をお与えください」

「今後は慎重に行動することだ」康熙帝《こうき》のやさしい言葉に皇太子が大きくうなずいた。

康熙帝《こうき》は食事を済ませると、皇太子や大臣を伴って狩りに出かけた。一行の姿が見えなくなるまで見送ると、私はすぐに引き返した。

第八皇子の天幕の前まで来ると、決心していたとはいえ、足が止まりそうになる。しかしこの四年間、彼がどれだけ尽くしてくれたかを思い、再び歩き出した。

中へ入ると、ちょうど食事中だった。両腕が不自由なため、李福《りふく》が食べさせている。第八皇子が私を見つめる。李福《りふく》は頭を下げると第八皇子のうしろに下がった。私は黙って第八皇子を見つめて微笑み、前へ進み出て李福《りふく》に言った。「どうぞ下がってちょうだい」

李福《りふく》は第八皇子のほうをちらっと見ると、お辞儀をして出ていった。私は椅子を引き寄せて第八皇子のとなりに座り、箸と皿を手に、料理を彼の口もとへ運んだ。

彼は口を開けず、少し不安げな瞳で私を見ている。私は手にした料理をいったん戻し、にっこりと笑った。「私がお世話するのは嫌ですか?」

「もしこれが始まりなら最高の喜びだ。だが、これが最初で最後の一回ならば、今使ってしまうのが惜しい」

私は唇に笑みをうかべ、彼を見つめ、もう一度料理を彼の口もとへ運んだ。彼は私の目を見て笑うと素直に食べた。

二口目を食べたところで彼が「李福《りふく》！」と叫ぶ。李福《りふく》が急いで入ってくると、彼は笑って言った。「酒を用意せよ」

李福《りふく》が躊躇する。「旦那様、お怪我が治るまでは、お酒は控えたほうがよいかと」李福《りふく》はそう言いながら私を見た。

第八皇子が笑う。「主人の私がいいと言っているのだ」李福《りふく》はそれ以上何も言わずに出ていくと、酒徳利《とっくり》と二つの杯を持ってきた。

酒を受け取った私が「一杯だけにします」と言うと、李福《りふく》は安心したように頭を下げて出ていった。

杯を彼の口もとへ運ぶと、彼がうれしそうに私を見る。以前は暗かった瞳が、今は微笑みがこぼれるほどに輝き、顔は玉のように光っている。その素直な表情に、私の中にあったわだかまりがわずかに消えた。これでいいのだ。少なくとも今の彼はこんなに幸せを感じてくれている。

彼に見つめられ、冷静さをすっかり失った私は視線をそらした。「お飲みにならないのですか？」

彼が私の持つ杯からゆっくりと飲むと、私も一杯飲んだ。

食事を済ませ、口をすすぎ、手を洗い終えると、李福《りふく》がお膳を下げた。座布団を整えて彼を座らせると、尋ねた。「何か本でも読みましょうか？」

「必要ない。君がそばに座ってくれればそれでいい」

「今日は当番なので、陛下にお茶を出しに戻らねばなりませんし、第十四皇子も心配なので会いにいこうと思います」

彼は黙って私を見ている。どうしても彼には逆らえない。しかも私自身が彼の意に沿いたいと思っている。私は彼のそばに座った。「では少しだけ」

第八皇子は私を見つめて笑うと、ふっと息を吐いた。「君がこうやって自らそばに来てくれることを、どれだけ待ち望んだことか」

私は顔を赤らめ、下を向いて黙った。女性は甘い言葉をささやかれると弱いのだ。

彼が体を動かして近づこうとしたので、私は思わず遠のいた。彼は軽く笑うとそれ以上近づくのをやめた。強い視線を感じる。喜びと不安に耐えられなくなり、私はそそくさと立ち上がると「もう行かなくては」と言った。

「しつこく引き止めると、もう来てくれなくなりそうだ。行きなさい」

微笑んで出ていこうとすると、彼が「十四弟に会う必要はない」と言った。なぜだろう。私は振り返った。「敏敏《びんびん》姫の所にいるなら安全だ。二日ほど待って、皇太子の監視が緩んだら考えよう」

「もし用が済んだのなら、一刻も早く皇子を都へ帰したほうが安全なのでは？」

「今は皇太子の目が光っている。動くのは危険だ。ただの賊ではなく本当に十四弟なら都へ引き返す。皇太子もそれを見込んで、外に人を配しているはずだ。数日待って、皇太子が諦めたころに帰るほうが安全だ」

私はうなずいた。彼らは小さいころからこうした知恵を磨いてきたのだ。心配などせずに任せておくのがよさそうだ。この私が十人で束になっても、彼らの半分にも及ばない。そう思いながら天幕を出ると、背中で声がした。「今夜、待っている」

六月の青い空。歩きながら雲を見上げて思った。浮き雲のようにいい加減な気持ちではいられない。不安を感じつつも自分に強く言い聞かせた。これからは全力で彼を愛し、全力で彼に愛してもらうのだ。


お仕えを終えて、芸香《げいこう》に夜の当番を引き継ぐと、自分の天幕へ帰った。バラのエキスを入れた風呂につかり、香りに包まれて目を閉じる。今夜はこの時代に来て初めてのデートだ。

お風呂からあがると、玉檀《ぎょくたん》にお願いして、いつもよりきれいな髷を結ってもらった。青海産の塩と手製の歯ブラシで歯を磨き、仕上げに水を混ぜたバラのエキスを口に含んで吐き出した。蘭の香りの息を作るのは難しいし、ここはバラの香りでもいいだろうと思った。

支度を整えて鏡をのぞいた。玉のごとき美貌とまではいかないが、まあ悪くない。

外へ出ると、丸顔のモンゴルの娘がやってきた。「姫様が若曦《じゃくぎ》様をお招きしたいと仰せです」

「申し訳ないけれど、今日は忙しいのでうかがえないわ。二日後には挨拶にうかがうと伝えてちょうだい」娘は少し疑うように私を見たが、すぐに去っていった。

第十四皇子の様子が気になる。しかし彼ならきっと第八皇子の意図を汲めるはずだし、敏敏《びんびん》のお相手もうまくやっているはずだ。それぐらいの技量がなければ皇太子に対抗することなど到底無理なのだから。

第八皇子は一人で囲碁を打っていた。私が入っていくと、頭の先から足の先までながめて満足そうに微笑み、向かいに座るよう手を差し伸べた。「私のために、こんなに美しくなってくれたのか?」

私はそれには答えず、尋ねた。「腕が不自由なのに、なぜ囲碁なんかを?」

彼は李福《りふく》に碁盤を片付けさせ、膳を運ぶよう命じると、笑って答えた。「少し指を動かしていただけだ。力もいらないし、火傷のほうも軽いから平気だ」

「宝柱《ほうちゅう》は大丈夫ですか?」

「あの程度のことは耐えられる」

私は心の中でため息をついて黙った。

二人で食事を済ませると、彼のために少し本を読んであげた。ろうそくの揺れる火を受ける彼の顔はおだやかだ。いつも外で見せる作られた微笑みは消え、瞳に喜びが満ちている。私が目を上げるたび、春の水のような目で私に微笑みかける。私はそのたびに心臓がドキドキして、慌てて本に目を戻すのだった。

帰りぎわ、彼は引き止めなかった。ただ黙って私の手を取り、両方の手でしばらく包み込むようにして、それから私を帰した。

何事もなく数日が過ぎた。皇太子の落胆した表情からも、賊を追うのは諦めたことが分かる。第十四皇子が敏敏《びんびん》にどんな話をしたのかは知らないが、どこかで偶然顔を合わせるたびに、彼女は意味ありげな笑みを浮かべて私を見る。とくに具体的な話を交わすことはなかったが、私はできるだけ彼女と距離を置くために、丁重に拝礼をしてすぐに下がるようにした。

その日の午後、敏敏《びんびん》が一人でいるところを狙って近づき、笑顔でひざを折って拝礼した。彼女は慌てて私を立たせた。秘密を共有した女子は親密になる。

敏敏《びんびん》は私に腕組みをして言った。「彼が恋しいのね。私の目から見ても、あれはなかなかいい男よ」

私は彼女を横目でにらんで笑った。「姫様はおいくつですか？　まだ十四、五歳でしょう。まるで人生経験豊かな大人の女みたいな口ぶりですね」

敏敏《びんびん》は私をつつくと口をとがらせた。「せっかく恋人を褒めてあげてるのに、からかわないで」

「今晩お邪魔してもいいですか？」

彼女は首を振りながら言った。「もしダメだと言ったら？」

「もし彼がお気に召したのなら、姫様に差し上げましょう」

彼女は真っ赤になって言った。「まあ恐ろしい。あなたにはかなわないわ。分かったから今晩いらっしゃい」

第十四皇子はまだヒゲをつけたままだった。いったいどうやって顔を洗っているのだろう。この邪魔なヒゲを取って本来の端正な顔を見たい衝動に駆られたが、必死に思いとどまった。

敏敏《びんびん》は私と第十四皇子を見ると、うれしそうに言った。「私は外へ行くから、二人だけでゆっくり話してちょうだい」彼女は私に軽く目配せをして出ていった。

しばらく静かにしてから第十四皇子が言った。「今回は本当に感謝している」

「長い付き合いなのに、感謝だなんて水くさいわ。それに私なんかいなくても、あなたたちの味方が助けてくれたはずよ。今回はたまたま私だったというだけよ」

彼は小さく笑ったが、すぐに真顔になって聞いた。「兄上が火傷を負ったそうだな」

私はため息をついた。「それについては今から直接本人に聞いて」

彼が驚く。「どこで会えるんだ？」

「もう少ししたら、モンゴルの野営地に来るわ」

彼が笑った。「それはいい。もともと皇太子はモンゴル人の反感を買っていたうえに、いもしない賊のために何度も野営地を捜索して彼らを怒らせた。皇太子もしばらくはここに近づかないはずだ」

私は時間まで第十四皇子とおしゃべりをし、ちょうどいい頃合いになったところで彼を送り出した。

外にいた敏敏《びんびん》が入ってきた。「どうして彼は出かけたの？」

「もうすぐ都へ帰るので、仲のよい友人たちに挨拶に行ったのです。彼らは日頃私の面倒を見てくれているので、お礼をしたいらしくて」苦しい言い訳だったが、まだ若くて素直なお姫様は信じてくれた。

彼女は私の横に座ると言った。「もし時間があるなら戯曲を教えて」いつの間に自分が戯曲を歌えることになっていたのかと一瞬驚いた。

敏敏《びんびん》がニヤニヤする。「彼に聞いたわよ。あなたが彼に歌を捧げたことがきっかけですってね」

あの男はいったいどんな作り話をして、このお嬢さんを喜ばせたのだろうか。私は力なく笑うと、「いいわよ」と答えた。

敏敏《びんびん》が遠慮がちに聞く。「第十三皇子も戯曲を聞くのが好きかしら」

「お好きですよ。あの方は楽《がく》に秀《ひい》でていらっしゃるので、琴も笛もお上手です。貴族のご子息たちの間でも評判なんです」

敏敏《びんびん》は夢見るような表情で「あの人の琴や笛を聞いてみたい。きっとすてきでしょうね」とつぶやくと、次の瞬間、猛烈な勢いで私の手を引っ張った。「あなたは聞いたことがあるの？　もし知ってるなら教えて。あの人はどんな表情でどんな曲を演奏するの？　どんな衣装を身に着けるの？　いったい誰のために演奏するの？……」

矢継ぎ早の質問に、私は恐縮して言った。「じつは聞いたことがないのです」

一気に落胆した敏敏《びんびん》を、何とかして慰めようと思った。「もし来年の遠征に第十三皇子が随行することになったら、敏敏《びんびん》姫のために演奏していただくよう私からお願いしておきましょう」

彼女は一瞬顔を輝かせたと思うと、また暗い表情をした。「あなたと第十三皇子は仲がいいのね」

「私が十三歳のころから一緒に遊んでおりますので、気の置けない仲なのです」と答えながら、今回は第十四皇子を恋人に仕立てておいて助かったと思った。そうでなければ、あらぬ誤解を招いていた。私と第十三皇子の男女を越えた友情は、この時代ではなかなか理解されないだろう。

うらやむように見る敏敏《びんびん》に私は言った。「かならず敏敏《びんびん》姫のために演奏してもらいますからね」

うれしそうに微笑んだのも束の間、彼女の顔がまた曇る。「あの人の奥方様はたくさん演奏が聞けてうらやましいわ」

私は返事に困った。一夫多妻の時代に、この手の嫉妬は当たり前のように存在する。第八皇子に私の苦しい気持ちが分かるのだろうか？　この恋に苦しんでいるのは彼だけじゃない。私の中にある強い抵抗感、無力感、苦しみ、葛藤が彼には分かるまい。それに、第八皇子の正室はどうなるのだ。安親王岳楽《がくらく》の孫娘という高い身分でありながら、夫の心はとうに離れている。彼女が私の存在を知ったらどんなに心を痛めるだろう。現代人に言わせれば、今の私は他人の家庭を壊す不届き者だ。仮に将来、第八皇子が今の妻を捨て、私を唯一の妻にしてくれたとしても、私の背負った十字架は一生消えないのだ。

敏敏《びんびん》と私がそれぞれの思いで暗く沈んでいたところに、第十四皇子が戻ってきた。敏敏《びんびん》は慌てて立ち上がると「私は出ていくわ」と言い、外へ行ってしまった。

二人きりになると、第十四皇子は微笑み、私に向かって恭しく拝礼した。突然のことに私は驚き、「何をしているの？」と聞いた。

「義姉上《あね》、これからは私のほうからご挨拶しなくてはなりませんね」第十四皇子の言葉に、私は顔が熱くなるのを感じた。言い返す言葉が見つからない。

第十四皇子はそんな私を見てゆっくりとため息をつき、感慨深げに言った。「兄上の願いがやっと叶ったんだな」

「これ以上おかしなことを言うなら、私は帰るわ」

第十四皇子は引き止めようとしなかったが、何歩も歩かないうちに私のほうが立ち止まった。

「ところでいつ出発するの？」

「明日の晩だ」

「これ以上敏敏《びんびん》姫におかしな作り話をしないでね。つじつま合わせが大変だわ。戯曲を教えろなんて言われたのよ」

「以前、十兄上のために歌ったじゃないか」

私は頭を振った。「いつか敏敏《びんびん》姫に本当のことを言う時が来たら何て言えばいいのかしら。きっと許してもらえないわ」

私は外に出て、ぼんやりと考えた。以前の自分はそれほど将来のことを思い煩うことなく過ごしていた。しかし今は恐怖を感じながら、一歩一歩探るように歩んでいる。私の周囲にはウソと騙し合いがはびこり、流血が絶えない。歴史の結末さえ知っていれば、身の危険を確実に回避できると思っていた。それなのに自分はいつの間にか抗うことのできない流れに飲み込まれている。

＊＊＊

午後、敏敏《びんびん》の使いが私を呼びに来た。今晩恋人が都へ帰ると三ヵ月先まで会えなくなるから、今のうちに会っておけということだった。純粋で善良な彼女を思うと、心苦しくなる。いつか自分が利用されていたと知ったら、彼女は人を信じなくなるのではないか。

滴るように光る星と広い大地。風に草が舞う。敏敏《びんびん》に守られながら、私と第十四皇子は野営を出た。三人がそれぞれ馬を引き、怪しまれないようにゆっくりと歩いていた。後方から足音が聞こえたのではっとして振り返ると、第八皇子の姿が見えた。彼を待とうと私が立ち止まると、驚いた敏《びん》敏《びん》が第十四皇子を守るようにして前に立ちはだかった。

「敏敏《びんびん》姫、ご安心ください。第八皇子は我々の事情を知っています」

安心した敏敏《びんびん》は第十四皇子に言った。「貝勒《ベイレ》様が見送りに来るなんて、あなたって大したものね」

「とんでもない」第十四皇子が照れくさそうに笑った。

第八皇子は私から手綱を受け取ると、私のとなりを歩き、第十四皇子がその前を歩く形になってしまった。まずいと思った私は取り繕うように前に出て、第十四皇子と肩を並べて歩きはじめた。敏敏《びんびん》と第八皇子がその後ろを並んで歩く。

私と第十四皇子が黙って歩いているので、別れを悲しんでいるのだと勘違いした敏敏《びんびん》は、私の腕を取りながら、第十四皇子に向かって言った。「愛しているなら何とかして皇帝陛下のもとから若《じゃく》曦《ぎ》を奪う方法を考えなさい。若曦《じゃくぎ》の悲しそうな顔を見ていると私のほうがつらくなるわ」

あせった私が話題を変えようとすると、第十四皇子が慌てて「時間も遅いし、もう出発するよ」と言った。第八皇子が笑顔でうなずく。第十四皇子は敏敏《びんびん》に向かって言った。「敏敏《びんびん》姫には感謝します。いつか必ずこのご恩に報います」

敏敏《びんびん》は下唇を突き出して言った。「これは若曦《じゃくぎ》のためよ。報いたいと思うなら、若曦《じゃくぎ》を幸せにしてくれればそれでいいわ」

　第十四皇子はきまり悪そうに黙ると、私のほうを見てうなずき、それから馬に飛び乗り去っていった。彼の後ろ姿を見送りながら、心配事が一つ片付いたとほっとする。今度は第八皇子と自分の問題をしっかり考える番だ。

　いつまでも第十四皇子を見送る私の腕をゆすり、敏敏《びんびん》が「もう帰りましょう」とやさしく声をかけた。

　彼女の顔を見ると良心が痛んだ。「もし仮に、いつか私が大きな過ちを犯したと知ったら、敏敏《びんびん》姫は許してくれますか？　私を許して、今みたいに接してくれますか？」彼女は一瞬ポカンとして、それから真顔で答えた。「あなたがどんな過ちを犯すのかにもよるわね。私を怒らせるような事をするつもりなの？」

　私は首を振ると無理に笑って見せた。「何となく聞いてみただけです。身分の高い方に対して、自分でも気づかないうちに無礼を働くかもしれないと思って、事前に申し上げたのです」

　敏敏《びんびん》が口をとがらせる。「あなたは私の友達よ。そんなこと言わないで」そう言うと彼女は私の腕から手を離し、先に歩きはじめた。

　私は慌てて彼女の手を取ると、一緒に歩きはじめた。「私だって敏敏《びんびん》姫を友人だと思うからこそ大事にしたいのです」

　彼女は歩みを緩めると私の手を握り返した。「草原の人間はね、一度結んだ友情を簡単に捨てたりしないわ」私はうなずき、敏敏《びんびん》と一緒に笑った。彼女のおおらかな笑い声に比べ、私の笑いは心許なかった。

野営地へ着くと、敏敏《びんびん》は私たちと別れ、自分の天幕へと帰っていった。いつまでも彼女の後ろ姿を見送っていると、第八皇子が「私の所へ寄って少し休め」と言った。私は小さくうなずき、彼のあとをついていった。

第八皇子は天幕に入ると、李福《りふく》に入り口の番をさせた。二人で向かい合って立つと、第八皇子は私を抱き寄せた。彼の肩にもたれると、微かに傷薬の匂いがする。私がゆっくりと彼の腰に手をまわすと、彼はぐっと力を入れて私を抱きしめた。

しばらくそうしていると彼が耳もとでささやいた。「九月に都へ戻ったら、父上に結婚を賜わるつもりだ」私は彼の肩にもたれたまま、何も言わずに彼を抱きしめる手に力を入れた。

彼は腕をほどくと私を寝椅子のほうへ連れて行き、一緒に座った。「怪我はもう大丈夫なのですか?」

彼が微笑んでうなずく。「大した火傷ではないのに侍医が大げさに騒いでいるだけだ。矢の傷は九弟の薬が効いている。半月もすれば馬にも乗れるようになるだろう。都に戻る前にしっかり乗馬を教えてやる」

私は微笑んだ。「本を読みましょうか?」

彼は首を振った。「宮中に入る前は宋詩もろくに読めなかったのに、今では『本草綱目』まで読んでしまうのだから、君の本好きには驚かされる。私の屋敷には蔵書がたくさんあるから、好きなだけ読めばいい」

本をたくさん読んだのは康熙《こうき》帝の歓心を買うためだ。私は恥ずかしくなって顔を赤くした。「宮中も暇といえば暇なので、他にやることもなく、本を読みあさっただけです」

いきなり第八皇子がかがみ込んで私に口づけをした。「これからは退屈な思いはさせない」

優雅で上品な彼にこれほど積極的な一面があるのか。私は驚いて頬に手を当てながら彼を見た。恥ずかしさに顔が熱くなる。とっさに立ち上がって言った。「本を読まなくていいなら、私は帰りますね」

彼は私を引き戻すと、抱きしめて笑った。「十四弟に聞いたぞ。君はかつて十弟に戯曲の一節を歌ったそうだな。私には歌ってくれないのか？」

「あれはいい加減なお遊びで、とても披露できるものではありません」

彼は何も言わず、ただ笑って私を見ている。私はうつむいて少し考えると、立ち上がり、机まで歩いていった。花瓶に挿してあるツツジの花を抜くとそっと鼻に近づけ、それから彼のほうを見て微笑み、歌った。

茉莉花《ジャスミン》よ、茉莉花よ、どんな花より芳しい
摘んで飾りにしたいけど、叱られてしまうかしら
茉莉花よ、茉莉花よ、雪より白く輝いて
摘んで飾りにしたいけど、笑われてしまうかしら
茉莉花よ、茉莉花よ、どんな花より美しい

摘んで飾りにしたいけど、来年芽吹くか気がかりで

〝歌であろうと踊りであろうと、まずは自分が感動しなければ、相手に感動を与えることはできない〟子供時代にダンスを習ったとき、母に言われた言葉だ。私は彼のほうは見ず、花でいっぱいの花壇でふとジャスミンを見つけた少女になりきり、体の向きを変えたり、喜んでみたり悩んでみたりと、歌詞に合わせて表情を変えながら歌った。

歌い終わってふと第八皇子を見ると、驚いたように私を見ている。摘もうと思えば摘めた花を、彼は大切に思うからこそ、ずっと摘まずにいてくれた。その思いを私は理解し、心に刻んでいることを歌に託した。そして彼はそんな私の意図を感じ取ってくれたのだ。

私は軽く微笑むと、持っていたツツジを高くかかげ、彼に向かって投げた。第八皇子がそれを無意識に受け取る。私はそれ以上彼のほうを見ることなく天幕を出た。

第十四章
手を取りて花の中へ

七月の草原は美しい。風が吹いて草が波立つさまは紺碧の海を思わせる。そこに小さな花々が彩りを添え、風がやめば錦織のように、風が吹けば山水の演舞のように見える。

夕日が沈む時間になると、私と第八皇子は手を取り合ってそんな草原を散歩するようになった。時には何も話すことなく、ただ歩き、疲れたら座って休み、肩を並べては、夕日が沈んで月が出るのをながめた。また時には、私があれこれと好き嫌いを並べ立てたり、太陽が大き過ぎるから髪が乾くと文句を言ったりするのを、彼がただ笑って聞いてくれる。私が太陽を指さしながら、夸父《こほ》（神話に登場する巨人）が太陽を追いかけたって本当かしらと質問を投げる。彼が「本当だ」と答えると、私は「嘘だ」と言い、彼が「嘘だ」と言えば、私は「本当だ」と反論する。反論する時の私は、その昔、弁論大会でつちかった弁舌を大いにふるう。またある時は月を見ながら、彼が月にまつわる詩を次々と聞かせてくれる。それを子守歌の代わりにうとうとすると、彼は私を胸に抱きながら馬でゆっくりと帰る。一緒に星を見れば、「あれが織姫と彦星だ」、「いや違う」と言い合う。結局最後はいつも私がへそを曲げ、彼が笑いながら私を抱きしめ、怒った顔が一番美しいなどと冗談を言うのだ。

あいかわらず敏敏《びんびん》は私に戯曲を教えろとせがんでいた。仕方なく、学生時代に寮の親睦会でやった劇を教えることにした。ところが教えているうちに、あるアイディアがわいて、二人で真剣に練習を繰り返すようになった。

ある晩、私は敏敏《びんびん》に言った。「今夜はお客様を呼んでるの」

「誰？」と目を輝かせる彼女に、私は笑って答えなかった。私は衣装に着替え、髪を弁髪《べんぱつ》のように一本の三つ編みにし、薄い藍色の長袍《チャンパオ》に金色の帯を巻き、帽子をかぶった。

敏敏《びんびん》が笑う。「男装もなかなかステキよ」

「敏敏《びんびん》姫こそ江南の娘の衣装がお似合いです」

そこに敏敏《びんびん》の侍女がやってきて言った。「第八皇子がお見えです」

敏敏《びんびん》が微笑む。「お客様って貝勒《ベイレ》様のことだったのね」

私がうなずくと、敏敏《びんびん》は侍女に向かって「席へお通ししてちょうだい」と命じた。

私と敏敏《びんびん》は屏風のうしろに潜んで彼が座るのをうかがっていた。彼には私たちが屏風のうしろに隠れていることが分かったようで、笑いながら茶杯を手に取り、お茶を味わっている。

私は敏敏《びんびん》をつつき、ささやいた。「先に出てください」

「何だか緊張してきたわ」彼女は動こうとしない。

「何を言ってるんですか。あんなに多くの前で歌や踊りを披露したくせに」

「戯曲は初めてなんだもの」彼女はそう言って衣装を整えると、手にかごを下げて出ていった。

屏風のすき間からのぞくと、敏敏《びんびん》の格好を見て驚いた第八皇子が、今度は屏風のうしろにいる私のほうをうかがっている。きっと私が何の格好をしているのか察しがついたのだろう。彼は再び敏《びん》敏《びん》を見て微笑んでいる。自分が見られたわけでもないのに、その笑顔に胸がドキドキした。

敏敏《びんびん》はかごを手に桑の葉を摘む動作をしている。そこへ私が扇子を動かしながら登場して歌う。「秋胡《しゅうこ》は馬を走らせ故郷を急ぐ。鞍《くら》にまたがり見やれば、桑を摘む女の姿。前から見ても後ろから見ても羅敷《らふ》のよう。ここは馬を下りて確かめようか……」

私と敏敏《びんびん》の掛け合いが始まる。彼女は二十年以上も夫の帰りを待つ羅敷という女性で、私は彼女の待つ家に帰る夫の秋胡《しゅうこ》。途中で妻に出くわし、その貞操を確かめるべく見知らぬ男になりすまし、妻をからかうシーンだ。

私は扇子で敏敏《びんびん》のあごをクッとあげると、わざとらしい笑顔で視線を送り、軽薄な男になりきって敏敏《びんびん》をからかう。「こんな妻を残していくとは何たること。まるで空に輝く月、土に眠る黄金。愛でる者のない花ならば、私が摘んでしまおうか。桑畑には誰もいない。神女《しんじょ》と襄王《じょう》と洒落こもう」そう歌いながら、私は敏敏《びんびん》の頬を軽くなでる。

敏敏《びんびん》は顔を赤らめ、扇子を広げると、恥じらうように歌う。「旅のお方は口が軽い。私の話をよくお聞き。大事な夫があるこの身、誰が誘いに乗るものか……」

いつも彼女と練習する時、これほど力を入れて口説いたことはなかった。そして彼女もこれほど大胆に言い寄られたことがないのだろう。役の上のことなのにすっかり赤くなっている。男の態度に腹を立てて怒鳴る役どころのはずが、恥じらいながらも拒むことができずに受け入れてしまいそうな女に見える。

涼しい顔で演じ終わった私とは対照的に、敏敏《びんびん》は頬を染めて、拍手を送る第八皇子の顔をちらっと見ただけで外へ出ていってしまった。

第八皇子が笑う。「敏敏《びんびん》姫にとんでもない歌を教えたものだ。父君の蘇完瓜爾佳《そかんかじか》王が知ったらどうする」

「どうするって？　それは私が考えることではなく、第八皇子がお考えになるべき問題では？」

彼は私をにらんで笑った。「君のおかげで、これから苦労が増えそうだ。しかし……」彼は私を抱き寄せて耳もとでささやいた。「できることなら夫を気遣って、厄介事はほどほどにするように。夫として一緒にいる時間を減らしたくないからな」そう言うと、第八皇子は私の頬を軽くなでた。さすがに面の皮が厚い私もこれには顔が熱くなった。彼は私の反応を楽しむように笑うと、席に戻った。

再び顔を見せた敏敏《びんびん》は、すでに衣装を着替えていた。私が男装のまま顔を赤らめて立っているのを見ると、彼女は顔を伏せて笑った。「着替えないの？」

第八皇子がすかさず言う。「着替えなくていい。こういう格好もいいものだ……」彼は敏敏《びんびん》のほうを見て、「色気がある」と付け加えた。

私は目をむいたが、敏敏《びんびん》は素直に笑って答えた。「私もそう思うわ」

そもそも私がこんな格好をしたのはお芝居で彼を喜ばせるためだ。すでにその目的は果たされた。私は彼のほうを向いて笑うと、勢いよく扇子を広げてあおぎ、着替えるために天幕を出た。

＊＊＊

ある日の昼、お仕えを終えて戻ると、天幕のほうから微かな香りが漂ってきた。玉檀《ぎょくたん》がジャスミンの粉でもひっくり返したのだろうか？

中に入るとそこは一面真っ白の世界に変わっていた。机、床、椅子、寝台、すべてがジャスミンの白い花で埋め尽くされている。甘い香りでいっぱいだ。緑の葉は碧玉《へきぎょく》のごとく優雅な輝きを放ち、咲き初めの花は雪のようにみずみずしい。

私はわき上がる喜びにひたっていた。彼はどこからこれほど多くの花を集めたのだろう。花を贈るというのは古風な手だが、贈られる側はやはり感動する。私は花に顔をうずめて深呼吸した。

突然「若曦様《じゃくぎ》」と呼ばれ、慌てて振り返ると、玉檀《ぎょくたん》が立っていた。大量の花の言い訳を考えていると、彼女が笑った。「さきほど張《ちょう》太監の使いが持ってきたのです。何に使いましょう？」

私は取り繕うように答えた。「使い道はいろいろあるわよ。お茶、沐浴、髪飾りなど、乾燥させた花より使い道が多いわ」

「そうですね」玉檀《ぎょくたん》は笑うと、自分の用事を済ませて出ていった。

ジャスミンを入れた風呂に浸かり、髪を整え、匂い袋に花を詰めて腰に下げる。約束の場所へと急ぐと、山の斜面に彼が座っているのが見えた。私は足を忍ばせて近づき、後ろから目隠しをして言った。「だーれだ？」

彼は私の手の上に自分の手を重ねて答えた。「草原の仙女かな？」

「いいえ、人食い妖怪です！」

彼は笑いながら私の手をはずし、私を草の上に押し倒すと、首に顔をうずめて言った。「誰かと思えば茉莉花《ジャスミン》の精か」彼が頭を上げると、顔と顔が接近し、その黒い瞳に私が映っているのが見える。心臓が強く脈打つ。彼がゆっくりと顔を近づける。その柔らかい唇が私の唇に触れた瞬間、第四皇子の氷のような唇がよみがえり、私は思わず身をかわしてしまった。

恥じらっているのだと思った第八皇子は、やさしく笑い、私の頬に口づけをし、それからゆっくりと唇のほうへすべらせてきた。私は目を閉じ、それを受け入れた。やさしさ、慈しみ、恋い慕う気持ちのすべてが唇を通して伝わってくる。体の緊張が解けて、雲の中にいるような心地になる。

第八皇子は私を抱きしめて言った。「若曦《じゃくぎ》、私がどんなにうれしいか分かるか？」

私は彼の肩に頭をあずけて「私の姉上に初めて会った時よりも？」と聞いた。とたんに、姉に嫉妬するなんてどうかしていると、自分の口をたたきたくなった。

彼は少し沈黙し、それから私の体をしっかり支えて目を見た。「それとは違うものだ。若蘭《じゃくらん》を初めて見た時、私は無限の驚きと喜びを感じた。結婚が決まった時、自分は幸せ者だと思った。だが花嫁衣装の頭巾を取った瞬間、自分の間違いに気づいた。私は自分勝手な思い込みで想像の中の若蘭《じゃくらん》に恋をし、それが本当の姿であるかどうかなど考えもせず、あの時の明るい笑い声ばかりを追い求めていたのだ」彼は私の頬をなでた。「若曦《じゃくぎ》、同じ過ちは二度と犯したくない。君と若蘭《じゃくらん》は似ている。初めて君を見た時は驚いた。しかし十弟の誕生祝いの時に、あの騒ぎを見て思った。君と若蘭《じゃくらん》は違う。若蘭《じゃくらん》は澄んだ谷川のようで、がむしゃらに人と争ったりしない。落ち葉の中で君は、なぜ自分の人生を他人に決められなくてはいけないのか、と訴えた。あの時の冷徹で厳しい表情は今も忘れない。君が十三弟に連れ出されて凍えて帰った時、恨み言ひとつ吐かなかったのを見て、私は苦々しく感じた。その時、いつのまにか自分の心に君が住み着いたことに気づいたんだ」

彼はなぞるように私の眉に触れた。「私が何年も君を想っていたことは知っているはずだ。君には自分から望んで、喜びをもって私に嫁いでほしいんだ。若蘭《じゃくらん》の時のような過ちは犯したくない。私には分かる。君の心にも私がいる。それなのに、なぜ君は私を拒み続ける。どうすれば心を開いてくれるんだ?」第八皇子は私の目を覆った。「そんな目で見ないでくれ。なぜいつもそんな目をする。最初に会った時から、君はそんなふうに悲しい目で私を見ていた。いったい何に心を痛めているんだ」

私は首を振って彼に抱きついた。「あなたを失いたくないの。ずっと幸せでいてほしいだけなの」

彼は驚き、それから喜びを感じたように私を抱きしめた。「失うことなどない。私は永遠に君のそばにいる」

私は彼の肩に頭をのせて黙っていた。これまでいろいろあった。半日近くも書斎で立たされたこともあったし、あごをつかまれてしつこく返事を要求されたこともあった。私は思わず彼の肩を強く噛んだ。彼は小さくうめき、私を抱きしめたままじっとしていた。ゆっくりと口を離すと、彼が戸惑うように見た。私は少し勝ち誇ったようにして眉を上げて見せた。「君子は十年かけてでも、仕返しをするのよ」

戸惑っていた彼は、次の瞬間大きな声で笑い、勢いよく私を抱きしめた。二人はそのまま草の上を転がった。目が回りそうなる。彼が唇を押しつけてきた。すべての想いを開花させるかのような、炎のように熱い口づけだった。私は一瞬にして理性を失い、我を忘れ、すべてを捨て、本能のままに彼の唇を受け入れた。

＊＊＊

九月になり秋風が吹くと、天地が広がったように感じる。第八皇子と敏敏《びんびん》の指導のおかげで、私の乗馬はすっかり上達し、一人で青い空と草原の間を疾走できるようになった。太陽の光と風を受けていると、自分が飛んでいるかのように感じる。

私と敏敏《びんびん》は、馬を極限まで加速させる感覚が好きだった。あの爽快感は言葉にならない。すべての束縛から解かれ、どこへでも行けそうな気分になる。その点、第八皇子は速度がもたらす快感を求めることはなく、いつも私たちが疾走するのを見て笑っていた。私と敏敏《びんびん》は何度も速さを競った。もちろんほとんどの場合は私が負ける。だからこそ、たまに勝った時のうれしさは格別だった。

私と敏敏《びんびん》はいつも笑っていた。彼女は興が乗ると、モンゴルの歌を歌い出す。歌詞は分からないが、青い空、緑の大地、白い雲、そよ風をたたえた内容だということは分かった。なぜなら私もここの自然が大好きだからだ。この時代に来て、これほど明るく笑って過ごしたことはない。この空間を馬に乗って疾走する時だけ、私はすべてを忘れ、馬爾泰若曦《ばじたいじゃくぎ》ではなく、本当の自分に戻れる。

敏敏《びんびん》といる時は、できるだけ第八皇子と距離を置いた。いつかは彼女についたウソがばれる時が来るだろうと分かっていても、今はまだ隠していたかった。第八皇子はからかうように何度か視線を送ってきたが、しつこく繰り返すことはせず、つねに私を見守っていてくれた。私が大声で笑うと、慈しむように私を見つめ、私が得意になっていると、たたえるように私を見つめてくれた。敏《びん》敏《びん》のほうが歌がうまいと私が言えば、そんなことはないというように笑って首を振る。敏敏《びんびん》に悟られそうで心配になり、たしなめるように彼をにらむと、笑って視線をそらす。それでも何気なく彼のほうを見ると、必ず温かい視線がこちらに向けられている。

こんな第八皇子を見たことはなかった。かつての彼は、いくら口もとに上品な微笑みを浮かべていても、瞳に喜びは宿っていなかった。しかし今はつねに瞳が微笑んでいる。

＊＊＊

お仕えを終え、今日は先にお風呂に入り、それから第八皇子と一緒に夕食を食べようなどと考えながら歩いていると、皇太子に出くわした。私はすぐに道のはじに下がって拝礼した。彼は私を立たせると、ジロジロとこちらを見て言った。「最近はずいぶん忙しいようだな」

私は返事をせず、笑顔で次の言葉を待った。

「第八皇子と親密のようだな。しょっちゅう二人で乗馬に出かけているとか」

私は笑顔で答えた。「どんな噂をお聞きになったのか存じませんが、第八皇子とはもともと親しくしておりますし、乗馬を教わることは、陛下にもお許しをいただいております。少しでも早く上達したいという私のために、第八皇子が時間をさいてくださっているのです。すべては陛下の期待に背くことのないようにという思いからです。兵士に教えを請うても、怪我を心配してか、誰も本気で指導してくれないものですから」

そう言うと、私は静かに目を伏せた。皇太子は私を見ていたかと思うと、そのまま去っていた。

私は頭を下げて見送ると、足早に天幕へ戻った。


支度をして第八皇子の所へ行くと、すでに夕食の準備ができていた。

第八皇子はこだわりが強く、すべてに完璧を求める。今は野営中なので、都にいる時ほど細かいことは言わないが、口に合わない食事には手をつけない。私も好き嫌いが多く、皮や内臓は口にしない。

厨房はきっと頭を抱えているだろう。それでなくても味付けへの要求が多い第八皇子が、最近はさらに使用禁止の食材を増やしているのだ。「あれもダメ、これもダメ、しかし新鮮で味のよい料理を出せ」では、作る方もたまったものではない。

私が箸をつけなかった物は、二度と食卓にのぼらない。その配慮に感動しつつも、そこまでしてもらう必要はないと言った。私が嫌いなものでも、彼が嫌いとは限らないからだ。それでも私の苦手なものはすべて排除され、魚もすべて皮をはいで出された。

食後のお茶を静かに楽しみながら、私は言った。「さっき皇太子に会ったわ」彼は茶器を置いてじっと耳を傾けた。私は少し恥ずかしくなって茶器に目を移した。「何だか私たちを疑ってるみたいだった」

彼は笑った。「気にしなくていい。もともと隠すつもりなどないし、勝手に疑わせておけばいいのだ。どうせ、もうすぐ都へ帰るのだし、帰ったらすぐに私たちの結婚について話を進めようと思っている。皇太子が警戒しているのは、御前でお仕えする君から、私に何か重要な話が漏れることだ。父上の意向を汲みやすくなるからね」

私は眉をひそめ、手にしていた茶器を見つめていた。彼は立ち上がると、私の手を取り、文机のほうへ向かった。

私が墨をすり、彼が静かに字を書く。彼の字はゆったりとして美しい。康熙帝《こうき》は力強さに欠けると言って彼の字を嫌い、たびたび練習を命じている。しかし彼のほうはあまり気に掛けていないようで、練習のためではなく、心を静めるために字を書くことが多い。

紙一枚分を書き終えると、彼は筆を置き、何かを考えるようにずっと見ていた。私は思わずのぞき込んだ。

殷泰《いんたい》　　四川陝西総督

噶礼《ガーリー》　江南江西総督
江琦《こうき》　甘粛提督
師懿徳《しいとく》　江南提督
潘育龍《はんいくりゅう》　鎮綏将軍
年羹堯《ねんこうぎょう》　四川巡撫

名前と役職の羅列で、私には彼らの関係さえ分からない。しかし最後の名前を見て思わず声に出してしまった。「年羹堯《ねんこうぎょう》……」

第八皇子はぼんやりしている私を抱きかかえてひざの上に座らせると、私の肩に頭を乗せてしばらく黙り込み、小さな声で言った。「どうして君はいつもそうやって四兄上に関係することに興味を示す」

私はとっさに言い訳を考えた。「第十三皇子のせいよ。私と彼が仲良しなのは知ってるでしょう？だから第四皇子のことも気になるの」これで第八皇子が納得するかどうかは不安だが、これ以上の言い訳が見つからなかった。

私は話をそらすように切り出した。「これは陛下が決定された人事？」

彼は私の手を握った。「そうだ。だが年羹堯《ねんこうぎょう》の配属はまだ発表されていない。おそらく都へ帰ってから命が下されるのだろう」

「今回の異動はあなたにとって有利なの？」

彼は軽く笑った。「どちらとも言えない。十四弟が駆けつけてくれて、何とか手を打てた。そうでなければまったく違う結果になっていた」

やぶ蛇になる話は避けるべきかとも思ったが、開き直って聞いてみた。「年羹堯《ねんこうぎょう》の起用はあなたにとって有利なの？　不利なの？」

彼はすぐには答えず、私に回した腕に力を入れ、それから笑って言った。「もし君がそれを尋ねてくれなければ、今夜は眠れなくなるところだった。今の質問を聞いて安心したよ」

私が彼をにらんで肩をたたくと、彼は笑って言った。「年羹堯《ねんこうぎょう》はただの包衣《ボーイ》出身者だ。私の立場を揺るがすような人物ではない。ここで四兄上に有利な人事も尊重しておいたほうがいい。そうすることが父上の意向に沿うことになる。それに今回は、都にいる四兄上に助けられたんだ」

私は眉をひそめ、年羹堯《ねんこうぎょう》の名前を見ながら沈黙した。第四皇子が第八皇子を助けた？

「何を考えているんだ？　そもそもなぜ君は年羹堯《ねんこうぎょう》の名前を知っている」

心の中でため息をついた。波乱の人生を送った有名な将軍を知らないわけがないじゃないか。しかし今の時点の年羹堯《ねんこうぎょう》は、低い身分の出身で、役人としても出世の途中。紫禁城《しきんじょう》でも無名の存在だ。私が知るのは理屈に合わない。ここは引き続き第十三皇子に登場してもらうしかないだろう。

「第十三皇子がこの人物を褒めているのを何度か聞いたの。〝聡明にして闊達、弁舌に優れ、文才あり。何をやらせても優秀だ〟って」第八皇子はうなずいた。「出身から考えても、十年足らずで四川巡撫に昇格するのはかなり早い。四兄上の引き立てがあってこそだ。まあそれだけ四兄上の役に立っているということだな」彼は笑うと、こう続けた。「馬爾泰《ばじたい》家の君の弟たちが、ずっと父君のそばにいるのは残念だ。君に似た聡明な義弟たちが私のそばにいて力になってくれたら、私の立場も安泰なのに。年羹堯《ねんこうぎょう》のような義理の兄弟がそばにいて、四兄上がうらやましい」

少し嫌な気分だった。第四皇子の妃である年《ねん》氏と私を比べて言っているのだ。私は何も答えず、彼の胸に抱かれていた。この人は、他の女の人もこんなふうにひざの上に座らせて抱きしめるのだろうか。複雑な気持ちを押し殺すようにして、私は彼の耳もとでささやいた。「〝我が心は石でなし、転ぶものか。我が心は蓆《むしろ》でなし、巻けるものか〟」私は彼の手を取って指をからめた。「〝生死を共にせんと誓い、手をとりて共に老いん〟」

彼は大きく息を吐くと、私の耳もとで心をこめるようにゆっくりと言った。「我も君に誓わん」

恋愛なら過去にも経験がある。しかしそれは若い時代の、無邪気で他愛ないものだった。純粋に遊び戯れ、いつしか幕を閉じるだけの恋だ。ところが今は違う。想い想われながらも、そこにはつねに苦しみがあり、明るく笑っても、どこか心が重く、さまざまな思惑に頭を悩ませている。


楽しい時間はいつだって早く過ぎる。気がつけばもう九月も終わりだった。敏敏《びんびん》は数日前、父親といっしょにモンゴルの地へ戻っていった。私たちも二日後には出発だ。紫禁城《しきんじょう》の赤く高い壁を思い出すと、ますます草原との別れが悲しくなる。このまま時間が止まり、永遠にここにいられたらどんなにいいだろう。

草原との別れを惜しむ私のために、第八皇子は私を連れて、それまで二人で足をのばした数々の場所を馬でめぐってくれた。時間が経つうちに夕日が沈み、満天の星が現れる。九月ともなれば夜は冷え込む。彼は私をマントに包んで胸に抱いた。私がいつまでも帰ろうと言わないので、馬の進むがままにさまよい続けた。

「離れの庭は馬場に造りかえよう。そうすれば君はいつでも乗馬を楽しめるぞ」

私が愛しているのは乗馬ではなく、馬に乗ることで得られる自由だ。私は言った。「馬を下りて少し歩きたいわ」

彼は馬を止めると、私を抱きかかえるようにして下ろした。二人で並んで歩く。

私はなかなか口を開けずにいた。この言葉を言うために三ヵ月間心を尽くしてきた。しかし、どうしても言い出せない。二人の愛を紡ぎ、彼の心をしっかりつなぎとめてきたけれど、もし要求を受け入れてもらえなかったらすべてが終わりだ。

第八皇子が足を止めてやさしく聞いた。「若曦《じゃくぎ》、何を考えているのだ?」

彼は私の言葉を静かに待ちながら、私のマントがはだけないように直している。私は深呼吸すると自分の足元に視線を落とし、切り出した。「お願いがあるの。聞いてもらえるかしら」

彼が私の手を握る。「今さら何を言うんだ」そう言うと、彼は手を伸ばして私の顔を上げて目をのぞき込んだ。「君の願いなら、全力でかなえてやる」

私は顔をそらし、暗闇に目を転じた。分かっている。大清国第八皇子の力をもってすれば、かなえられない事などほとんどない。でも私の願いは……。

私は彼を見据えてはっきりと言った。「もし私が皇帝の座を諦めてと言ったら?」

彼の顔から笑顔が消え、驚きと戸惑いが浮かぶ。私は彼の目を見てゆっくりと聞いた。「この願いに応えてくれる？」

彼はひっそりとした表情をたたえ、感情の消えた瞳で私を見た。私も二つの目でしっかりと彼を見た。沈黙を破って彼が言う。「その問題と私たち二人の問題は、何の関係もないと思うが」

私はひと言ずつはっきりと告げた。「このお願いを聞いてくれたら、あなたと一緒になる。だけど、聞いてくれなければ別れるわ」言葉を発するだけで全身の力を使い切った。同時に、言葉の一つ一つが自分の心を刺した。

信じられないという彼の顔。しかしこれは私の本心なのだ。冗談などではない。私は真剣な顔をして見せた。つないだ手が氷のように冷たい。彼は私を引っ張って歩き出した。「君は疲れているんだ。帰って休みなさい」

私は力一杯彼を引き止めて言った。「私は真剣だし、冷静よ」

彼は背を向けたまま石のように黙っている。その後ろ姿が痛々しい。私は後ろから彼を抱きしめ、背中に頬をつけた。「毎日とても楽しかった。これから先もこうして過ごしたいの。春は郊外で花を愛で、夏は湖で舟に乗り、秋は緑の草原で馬を走らせ、冬は炉を抱いて雪景色を楽しみ、梅を描く。一緒に本を読み、詩を書くのもいいわね。あなたのために歌い、舞うわ。私は踊りが得意なのよ。きっと気に入ってくれるはず。長江のあたりの風景にもあこがれるわ。江南へ行くのもいいわね。何なら北方だっていいのよ。料理も得意よ。何年も作ってないけど、きっと上手に作れるわ。この国の誰も作れないような料理だって作れるのよ。それから……」

「君はずっとこのために画策していたのか」彼は私の言葉をさえぎると、腕を振りほどいて向き直った。「私に捧げてくれた歌も言葉も、すべてこれを言うためだったのか！」

私は唇を噛みしめ、涙をためて彼の手を取った。「あなたへの想いは本物よ」彼は何も言わず冷たい目で私を見ている。私は彼の手を自分の胸に当てた。「分かってるでしょう。私の心の中にはあなたがいる。分かってるはずよ……」

彼は目を閉じて深く息を吸い込むと、激しい勢いで私を抱き寄せた。「若曦《じゃくぎ》、どうしてなんだ。君が言った言葉を今でも覚えている。自分の人生が他人の手にゆだねられることが我慢できないと言ったね。あの時、私は君を叱責したが、心の中では同じことを感じていた。私は母の身分が低いせいで、小さいころから宮中でも冷遇されてきた。上りつめるため、何事も慎重に、細心の注意を払い、出過ぎず、礼儀正しく行動した。なぜなら、私には傲慢な態度が許される条件がそろっていないからだ。皇太子、一兄上、四兄上、九弟、十弟は、身分の高い母親を持ち、母方の親戚の援助を得られる。皇太子には大叔父の索額図《ソンゴトゥ》、一兄上には明珠《めいじゅ》、四兄上には隆科多《ロンコド》がついている。しかし私には誰もいない。頼れるのは自分の力だけだ。ここまで頑張ってきたのは、自分の運命は自分が握っていると思うからこそだ。私だって同じ皇帝の息子だ。皇太子と何が違う。皇太子がその器ならば文句も言うまい。だが才も徳も備えていない相手に、どうやって服従しろと言うのだ。単に母親が皇后だったというだけで、生まれながらにしてすべてを与えられるのは間違っている。私は絶対に認めない。ここにくるまで私がどれだけ苦労したか分かるか。九弟、十弟、十四弟を味方につけるため、どれだけ心を砕いたと思う。頼れる血筋がなければ、頼みの綱は大臣らとの関係だ。そのために私がどれだけ努力をしたと思う」

話の途中から私は涙をこらえられなくなっていた。彼は指で私の涙を拭きながら言った。「若《じゃく》曦《ぎ》、私は皇位も君も諦められない」

私は彼を抱きしめて泣いた。一生分の悲しみが今この瞬間に一気に襲ってきたようだった。

彼は私を抱きしめながら、背中をなでてくれた。私は自分の決意が崩れそうになるのを必死にこらえた。絶対にここで折れてはいけない。これ以上先延ばしはできないし、今さら後にも引けないのだ。

今はまだ皇太子との対決で、第四皇子は出てこない。それどころか、第四皇子は水面下で第八皇子を助けている状態だ。しかしあと二年もすれば、すべての状況が変わる。第四皇子との闘いが始まってからでは遅いのだ。しかしそれを口に出すことはできない。

第八皇子は私が落ち着くまで黙って抱きしめてくれた。それから手巾で私の涙を拭くと、一緒に馬に乗り野営地へ戻った。彼は衛兵たちの視線をものともせず、私を天幕まで送り届け、やさしく言った。「もう余計なことは考えず、しっかり休みなさい」

すでに玉檀《ぎょくたん》は寝ていた。私は暗闇の中を手探りで寝台まで歩いた。しっかり休めと言われても、とても休めるような気分ではなかった。

＊＊＊

馬車は草原を離れ、一日一日と、戻りたくない紫禁城《しきんじょう》へ近づいている。人前に出る時だけは笑顔を作れても、それ以外は無理だった。一緒に馬車に乗った玉檀《ぎょくたん》は、そんな私を気遣い、異常なほど沈黙を守っている。馬車の中で一日中会話がないこともあった。

できるだけ第八皇子とは顔を合わせないようにした。どうしても会わざるを得ない時も、なるべく目を合わせないようにした。これから自分はどうすべきだろうか。私は必死に考えていた。第八皇子のほうも冷静になるための時間が必要だと思っているかもしれない。または紫禁城《しきんじょう》に帰ったとたんに、多くの仕事に追われ、私に会う時間などないかもしれない。

第八皇子は私を大切にしてくれている。しかしそれは、一人の男が愛する女を大切にするというものにすぎない。私のためにすべてを諦めるはずがない。彼にとって権力を得ることは生命の一部なのだ。私が何を言っても、玉座を争う闘いから下りることはないだろう。

だからといって、私が彼と一緒になって第四皇子と闘えるだろうか。そこには第十三皇子もいる。皇子たちは生まれた時から権力争いの中で育っている。私が西北の沙漠で遊んでいた時に、彼らはすでに腹の探り合いをしながら皇帝に気に入られるための闘いをしていた。子供のころから数々の策略を学び、それを実践している。それに比べて、私が人生で一番苦しんだことといえば、初恋の相手が自分のもとを去ったことくらいだ。

権謀術数で私が知っているのは孫子の兵法くらいだが、それさえも本で読んだことはないし、三十六計のうち、知っているのは十にも満たない。『三国志演義』のテレビドラマも、ラブロマンスなしの男の闘いには興味がわかないという理由で見ていない。会社の出世争いなど、皇帝の座をめぐる争いに比べれば子供のままごとだ。私も宮中の四年で少しは進歩したかもしれないが、彼らから見ればお粗末なものだ。私の強みといえば、康熙《こうき》帝に重用されていることだけだろう。

第四皇子が次の皇帝になることは分かっている。でも彼が水面下でどんな動きをして玉座にたどり着くのか、彼が今何を画策しているのかは誰も教えてくれない。そもそも歴史学者の間でさえ、康熙《こうき》帝が雍正《ようせい》帝に玉座を譲ったのか、それとも雍正帝が帝位簒奪《さんだつ》を図ったのか、いまだに意見が分かれているくらいだ。

策略家という意味では、私より第八皇子のほうが数段上だ。だとすれば、第四皇子との闘いにおいて私の出る幕はない。そもそも私には官界のことが分からない。玉座を狙う一番の有力者は第四皇子だから注意しろと言ったところで、何の助けにもならないだろう。第八皇子は本当に第四皇子に対して警戒心を持っていないのだろうか。

将来皇帝になるのは第四皇子だと教えたとしても、女の私が言うことなど信じないだろう。三百年後の世界から来たなんて説明しても、頭がおかしくなったと思われるか、化け物か何かだと思われるのが落ちだ。化け物を彼が今までと変わりなく愛するとは思えない。へたをすれば退治されるだろう。

考えれば考えるほど、自分が袋小路に入ってしまったことを思い知らされる。目の前にはもう進める道がないのだ。私は苦しみのあまり顔を覆って下を向いた。隣に座っていた玉檀《ぎょくたん》が心配して「若曦様《じゃくぎ》」と呼びかける。

私は同じ姿勢のまま聞いた。「もし死ぬと分かっている人がいて、その人を助けたいのに、話を聞いてもらえないとしたらどうする？」

玉檀《ぎょくたん》は困ったように「若曦様《じゃくぎ》……」とつぶやいた。

私は顔を上げた。「気にしないで。深い意味はないから」

玉檀《ぎょくたん》は首をかしげて少し考えてから聞いた。「なぜその人が死ぬと分かっているのですか？　助言したら死なずに済むのですか？　その人はどうして耳を貸さないのですか？」玉檀《ぎょくたん》に理解してもらうのは無理だ。私は彼女を見て首を振った。彼女もそれ以上何も聞こうとはしなかった。

＊＊＊

明日の午前には北京に到着する。私はその夜、玉檀《ぎょくたん》に頼んで髪を特別きれいにしてもらった。新月のような細い眉、憂いを帯びた瞳、白くてつやのある玉のような肌、うっすらと微笑みを浮かべた唇。鏡の中の女は私をあざ笑っているようだ。あなたはまだ諦められないの？　どこまで愚かなの？

私が来たと知ると、李福《りふく》はすぐに中へ入れてくれた。第八皇子は文机の向こうに座り、澄んだ瞳で静かに私を見ている。彼はこのおだやかな表情の下に何を秘めているのだろう。愛の力でこの人の意志を変えるなんて無理だ。どうして私はもっと大人になって割り切ることができないのだろう。

彼は立ち上がって近づいてくると、私を抱きしめた。「明日、都へ到着したら、すぐに父上に結婚の許しをいただく」

私は彼の腰に回した腕に力を入れた。こうして彼の胸に抱かれるのは今日が最後になるかもしれない。

胸の痛みに耐えかねて体を離すと、彼は私の肩に手を置き、じっと見つめた。目を合わせる勇気がなく、私は唇を噛みしめて下を向いた。「あのお願いを受け入れてくれないなら、陛下に結婚の許しを得る必要はないわ」

彼は肩に置いた手に力を入れてやさしく語りかける。「皇帝が結婚を命じれば、逆らうことはできないのだぞ」

私は顔をあげて笑った。「たとえ皇帝に命じられても、私の意志を変えることなんて誰にもできないわ。命令を受け入れるくらいなら尼にでもなるわ。最悪でも死を賜われば済むことよ」

彼の手に力が入る。肩が痛い。彼はしきりにうなずきながら、冷たく言い放った。「ずいぶんと立派な覚悟だ。だが私には分からない。君は死んでまで私との結婚を拒むというのか？」

「あなたとの結婚を拒んでいるのではない。あなたに帝位争いから身を引いてもらいたいだけなの」

「なぜだ。結婚と帝位争いに何の関係がある」

私はしばらく黙って下を向き、それから顔をあげた。「皇帝の座を争うことがとても危険だからよ。勝てばいいけど負けたらどうなるの？　第一皇子のように幽閉されるだけならまだいいわ。だけど……死ぬことだってあるのよ……それでも闘うの？」彼は私の肩から手を離すと、ゆっくりと椅子のほうへ歩き、腰を下ろし、ぼんやりと前を見た。「勝てば正義、負ければ悪だ。万一負けた時は諦める」そして私のほうを向いて言った。「だが今は君に何を言われようと諦めない。小さいころから苦労を重ねてここまで来た。私に諦めろというのは無理な相談だ」彼は少し黙り、続けた。「それに皇太子が相手なら必ず勝てる。とはいえ、勝ち目がなかったとしても諦めるつもりはない」その口調は落ち着いていたが、命を犠牲にすることもいとわない確固たる意志が感じられた。

「たとえば第五皇子のように生きることはできないの？　あの人は文才に恵まれ、学問に専念している」

第八皇子は何も答えなかった。諦めた私が拝礼して出ていこうとした瞬間、彼が言った。「もし私が皇帝の座につけたら、君を皇后にしてやる。だから私と一緒にこの闘いに賭けてくれないか」

私は彼に背を向けたまま言った。「私は誰かに人生を決められたくないし、誰かの人生を左右したいとも思わない」

立ち去ろうとすると、大きな声が響いた。「待て！」私は足を止めた。「こちらを向きなさい」

振り向くと彼は悲しい目をしていた。私は思わず視線をそらした。

「死をもってでも私を阻止するくらいなら、私と共に闘って死ぬという選択もあるだろう」

そうだ。私には彼と一緒に死ぬという選択もあるのだ。頭が一瞬混乱した。ずっと彼の悲惨な末路を回避する方法ばかり考え、一人の女として生死も顧みず目の前の幸せをつかむという選択肢を考えることはなかった。私はただこう返事をした。「分からないわ。よく考えてみる」

「そうか。よく考えてくれ」彼はため息をついた。出ていこうとする私に、彼がやさしく言った。

「怖いと言うなら、責めはしない」

第十五章
一雨ごとに秋のわびしさ

どうして彼と一緒に生死を共にるす道を選べないのだろう。私はずっと自問していた。もし未来が史実どおりになるなら、彼は雍正《ようせい》四年に亡くなる。今は康熙《こうき》四十八年だから、それまで十六年も一緒にいられることになる。

本当に愛しているなら、生死を共にする覚悟ができるはずだ。梁山伯《りょうさんぱく》と祝英台《しゅくえいだい》も、ロミオとジュリエットもそうしたじゃないか。昔はこれらの物語に感動して涙したくせに、いざ自分がその立場になると躊躇するのはなぜだ。本当は彼を愛してないのか、または愛が足りないのか、それとも長年に渡る感謝と憐憫から彼を救いたいと思うだけで、生死を共にする気持ちはないのだろうか。考えれば考えるほど自分の気持ちが分からなくなる。

十月の北京は一雨ごとに冷える。

私はこの季節の紫禁城《しきんじょう》が好きだ。雨に煙る宮殿は冷たさの中にもやさしい美しさを感じさせる。雨がやめばもとどおりの宮殿で、いつもと何ら変わりないことは分かっているのだが、やはり雨の日の美しさは何にも代えがたく、傘をさして外に出たくなる。

空模様は人生に似ている。さっきまで小雨だったかと思うと、突然大雨に変わり、先が読めない。小さな傘では足りず、黄緑色の着物のすそがすっかり濡れてしまったので、急いで近くにあった回廊に逃げ込んだ。

ふと見ると、他にも誰かが雨宿りをしている。それが誰だか分かったとたん、私は思いきり後悔した。彼女たちがいると知っていたら、ずぶ濡れになろうとも、ここへは来なかった。

とりあえず傘を下に置き、慌てて拝礼した。「第八皇子夫人、第十皇子夫人、ご機嫌うるわしゅう」

第十皇子夫人である明玉《めいぎょく》は私を無視したが、第八皇子夫人は微笑んで「立ちなさい」と言ってくれた。

一刻も早く立ち去ろうと再び拝礼し、「ご用がなければ失礼してよろしいでしょうか」とお伺いを立てたが、第八皇子夫人は黙って私を見るだけで、何も言わない。

困っていると、廊下の向こうからパタパタと走る音がして、かわいらしい子供の声が聞こえた。

「母上！」

伏せていた顔を少し上げると、四、五歳くらいの男の子が走ってくるのが見えた。うしろから慌てふためいた若い太監が追いかけてくる。男の子は夫人の胸に飛び込んだ。その目元は第八皇子によく似ている。この子が弘旺《こうおう》か。私はそれ以上顔を見ることができず、うつむいた。

夫人は笑った。「走ってはいけませんよ。怪我でもしたら父上が心を痛めます。この間だって遊びに夢中になり、燭台を倒して手の甲に熱い蝋をかけてしまったでしょう。何でもなかったからよかったけれど、父上は大変お怒りになって、そばにいた召し使い全員を罰したのよ。一番重症の召し使いは三ヵ月も床に伏したそうよ」

　私はひざを折った姿勢のまま話を聞いていた。覚悟はしていたが、この耐えがたい状況にこれほど早く遭遇するとは思わなかった。第八皇子の妻になれば、嫌でも彼女たちとこうして闘うことになるのだ。そんな毎日は地獄だ。

　弘旺《こうおう》は忠告など上の空で、母親の胸に抱かれながら私をじっと見ていた。「この人、側室にそっくりだね」

　明玉《めいぎょく》が言う。「姉妹ですもの。似ていて当然よ」

　それを聞いた弘旺《こうおう》は母親の懐を飛び出し、走ってきて私を蹴った。「お前たちは母上を苦しめる悪者だ！」

　私は蹴られたひざを押さえた。第八皇子によく似たその顔を見ると、痛みが何倍にも増幅する。第八皇子夫人が息子を叱った。「弘旺《こうおう》、何をしているの！　こっちへ来なさい」明玉《めいぎょく》はいい気味だと言わんばかりに私を見ている。

　弘旺《こうおう》はかまわず私に言った。「母上をいじめるから、僕はお前たちのことをいじめるんだ」彼はもう一度私を蹴ろうとした。

　〝お前たち〟ということは、私だけでなく姉も含まれているということだ。姉にも同じことをしているのだ。私は怒りのあまり自ら立ち上がった。

　我慢していても解決しないなら、我慢する必要などない。私は弘旺《こうおう》から身を守るように離れると、第八皇子夫人に言った。「ご用がないようなので、失礼します」

夫人の許しが出るのも待たずに立ち上がったうえに、頭も下げずに真正面から相手を見据える私の態度に、夫人はひどく驚いている。

明玉《めいぎょく》が皮肉な笑いを浮かべた。「姉上、だから言ったでしょう。この人は礼儀も知らない野蛮人なの。側室の姉でさえ礼儀を尽くすのに、たかが宮女の分際で無礼を働くなんて信じられないわ」

私は明玉《めいぎょく》を一瞥すると、回れ右をして歩き出した。すると第八皇子夫人が「待ちなさい！　誰が行っていいと言ったの！」と叫んだ。

私は振り返り、唇の端で笑った。「国に法があるように、宮廷にも決まりがあります。たとえ身分が低くても私は乾清宮の人間です。もし私を罰したいのなら、今の出来事を李《り》太監に直接訴えてください。そうすれば、決まりに従って私は罰を受けるでしょう。この場で奥方様が勝手に私を罰するのは筋が違うと思います」

二人の夫人はあっけにとられ、身じろぎもせず立っている。第八皇子夫人が私をにらむ。私も負けじとあごを軽くあげて彼女を見た。

三すくみの状態になっていると、突然夫人たちがにこやかな顔をし、私の後方にむかって「これは第四皇子」と拝礼をした。弘旺《こうおう》も甲高い声で挨拶をしている。

振り返ると、二人の太監を伴い、第四皇子が廊下に入ってきた。雨よけを着て、太監が傘を差しかけているにもかかわらず、えりもとが濡れている。どうやら彼も雨宿りに来たようだ。私は慌てて拝礼した。

第四皇子は私たちに目をくれ、「立ってよい」と言った。

私は言った。「第四皇子、ご用がなければ私は失礼いたします」

彼は外の大雨を見て一瞬戸惑ったが、おだやかに言った。「行ってよい」

私は出ていこうとして、傘を置いたままであることに気づき、少し戻って傘を手に取った。全員の目がこちらに向いている。私は第四皇子のほうを向いてお辞儀をし、「傘を忘れていました」と言い、段を下りる手前で足を止め、第八皇子夫人に向かって言った。「罪のない子供を使って弱い者いじめとはいかがなものでしょうか。しかも相手は毎日読経に励み、あなたと争おうともしない人間なのですよ」明玉《めいぎょく》が呆然としている。私は苦笑いを浮かべて言葉を続けた。「自分は手を出さずに善人のふり。さぞかし気分がいいことでしょうね」私はそのまま降りしきる雨の中を歩き出した。背中に視線を感じたので、あえて背筋を伸ばし、四月の風の中を散歩するかのごとく優雅に歩いた。たとえ負けても去りぎわは美しくなければならない。

雨に煙る景色の中を、雨たまりを踏みながら寂しさに耐えて歩いた。バラバラと音を立てて降る雨。雨は傘をたたき、地面をたたき、私の心をたたいた。こんな小さな傘では、天の神様が流す大量の涙をさえぎることなどできない。私はずぶ濡れになった。

熱い湯につかって体を温めたが、鼻づまりの症状が取れなかった。日頃から体を大事にしているので、大きく体調を崩さなかったのが救いだ。

私は掛け布団にくるまり、寝椅子にもたれて窓の外を眺めていた。どうやら雨は止んだようだ。

キンモクセイの葉が大雨のせいでずいぶん落ちてしまった。残った葉からはまだ水がポタポタとしたたり、それが散っていった仲間を思って泣いているように見える。

庭に誰かが来た気配がしたが、面倒なのでそのまま座っていた。その人物は窓が開いているのに気づくとそばまでやってきて、寝椅子にいる私に向かって拝礼した。「若曦《じゃくぎ》様、失礼いたします」

今年のはじめに首飾りを持ってきた太監の小順子《しょうじゅんし》だった。「立っていいわ」と私は声をかけた。いつまでも私が動こうとしないので、彼が言った。「届け物に参りました」

私はキンモクセイを見ながら答えた。「足りない物はないわ。持ち帰ってちょうだい」

小順子《しょうじゅんし》はしばらく困ったように私を見ていたが、懐から鼻煙壺（かぎ煙草入れ）を出すと、窓辺の机に置いて頭を下げた。「若曦《じゃくぎ》様は少し鼻の調子が悪いようですね。これをかいでくしゃみを出せば、詰まりも取れるでしょう」そう言うと、私の返事を待たずに帰っていった。

少しずつ日が沈み、寒くなってくる。それでも私は動く気分になれず、布団の中で体を丸めていた。ちょうど帰ってきた玉檀《ぎょくたん》が、慌てて開けっぱなしの窓を閉める。「若曦《じゃくぎ》様、雨に当たったうえに、窓まで開けたままでどうしたのですか？」

「閉めるのが面倒だったの」

彼女は机の上の明かりをつけると、そこにあった鼻煙壺を手にとって笑った。「手が込んでいて素敵ですね。描かれている犬も元気があってかわいらしい」彼女はそう言って私のそばへやってきた。「鼻声じゃないですか。これでもかいでみては？」

首を振る私を無視し、彼女は瓶を開け、蓋についた細い棒の先を私の指につけた。そっと鼻を近づけると、鼻がムズムズして頭に刺激が走り、立て続けにくしゃみが出た。

一気に鼻の調子がよくなったので私は笑い、「けっこう役に立つのね」と言って鼻煙壺を手に取った。二重ガラスでできていて、内側に三匹の犬がケンカをしている様子が描かれている。犬たちの表情が真に迫っていて味わいがある。

ふと今朝の出来事を思い出した。この絵は二人の夫人と私に当てはめられそうだ。二匹の赤犬が、一匹の白犬をいじめている。しかし白犬には余裕があり、逆に赤犬たちをからかっているようにも見える。

私は思わず吹き出した。あの人は私たちのやり取りを、取るに足らない犬のケンカと言って笑わせたいのかもしれない。それにしても、よくこんな物を見つけたものだ。あの冷淡で冗談も言えないような人にこんなユーモラスな一面があることに驚かされる。見れば見るほどおもしろく、いつの間にか憂鬱な気分など消えてしまった。

＊＊＊

御前にお仕えする身としては、少しの咳でも大きな災いにつながりかねない。私は大事を取り、李徳全《りとくぜん》に休みをもらい、玉檀《ぎょくたん》に当番を代わってもらった。

その日、ずいぶん悩んだあげく太監の方合《ほうこう》に会いに行った。「第八皇子に会って話したいことがあるの。私はこの二日間お休みだと伝えてちょうだい」

庭門の鍵を開け、竹の揺り椅子に座り、顔に本をかぶせて日の光を浴びていると、門をたたく音がした。私は本を取って目を開け、「どうぞ」と言った。

門のきしむ音とともに第八皇子が入ってきた。彼は門を閉じると、私の用意した香炉と茶器を見て笑った。「これはうれしい」

私は立ち上がった。「その気になれば、もっと喜びを享受できるのに」

彼は香炉から昇る煙を見ながら一瞬沈黙し、それから尋ねた。「もう体は大丈夫なのか？　雨の日に出歩いたりするから体調を崩すのだ」

「今日は聞きたいことがあるの。弘旺《こうおう》様が私の姉をいじめていると自分で言ったの。本当にそんなことをしているのかしら」

彼は眉をひそめ、ため息をついた。「弘旺《こうおう》がいつそんなことを言った」

私は口の端で笑った。「いつ言ったかよりも、それが事実かどうかが問題だわ」

彼はあきれたように頭を振って笑った。「子供の話を真に受けるのか？」

「子供の話だからこそ、正直なんじゃないかしら」

「弘旺《こうおう》はたまに若蘭《じゃくらん》にいたずらをするようだ。しかし若蘭《じゃくらん》は気にしていない。子供のすることだからと言って笑っている。君もむきになるな」

「あなたが愛する一人息子を大事にするのはかまわない。だけどその子供を使って誰かが嫌がらせをしているとなると、見逃すことはできないわ」

「私だって弘旺《こうおう》には注意している。屋敷内のことをよく知りもしないのに口出しするのはやめてほしい」

私は冷ややかに笑った。「屋敷内のことなど何の関心もないわ。だけどあなたには一生かけて姉を大切にする義務があるはずよ。弘旺《こうおう》様のいたずらが無邪気なものかどうかは、あなた自身で確かめればいい」

彼は袖を振り払うようにして後ろを向くとそのまま出ていこうとしたが、すぐに私のもとへ引き返してきた。「どうしてなんだ。草原ではあんなに楽しい日々を過ごしたのに、今の君はまるで別人だ。せっかく会えたというのに、なぜ言い争いをしなくてはならない」

私は悲しみをこらえて黙った。草原は私とあなただけの世界だった。玉座も遠く、あなたの奥さんや子供だっていなかった。だけど今は違う。この紫禁城《しきんじょう》でどうやってあの時と同じ私でいろというのだ。

彼は息を吐くと、私を抱き寄せた。「弘旺《こうおう》に確かめてみる。だからもう怒らないでくれ」

私が彼の肩にもたれて黙っていると、彼がやさしく言った。「そんなに若蘭《じゃくらん》を心配するなら、早く私に嫁げばいいではないか。そうすれば毎日姉妹で一緒にいられるし、〝命知らず〟の君がそばにいれば、若蘭《じゃくらん》をいじめようとする者も怖がって来なくなるだろう？」

この時代の感覚では、姉妹が一人の夫を共有することは美談にもなるのだろうが、私にとっては受け入れがたいことだ。

「まだ決心がつかないのか？　君が何を考えているのか私には分からない。君が死を恐れるような臆病者とも思えない。いったい何を躊躇しているのだ」彼はまっすぐ私の目を見て「そんなに私が信じられないのか？」と言い、それから少しためらうように言った。「それとも他に理由があるのか」

私は無理して笑って見せた。「もうそろそろ帰ったほうがいいわ。それから、もう少し私に時間をちょうだい。もっとよく考えたいの」

彼はしばらく私を見つめていたが、軽くため息をついて言った。「若曦《じゃくぎ》、私は項羽《こうう》ではない。君を虞《ぐ》美人のように死に追いやったりはしない」彼はそう言うと庭から出て行った。

＊＊＊

ここ最近、康熙《こうき》帝はとてもご機嫌がよかった。ある穏やかな天気の日に、皇帝は御苑において皇子たちと散歩や談笑を楽しもうと、果物や茶菓子を用意させた。兄弟たちが和気藹々と皇帝のもとに集う様子は、誰の目にも微笑ましかった。

途中、康熙《こうき》帝が李徳全《りとくぜん》を連れて用を足しに立つと、場の雰囲気が少し気まずくなったが、皇子たちはそれをごまかすかのように、談笑をはじめた。

私はそばに待機しながら地面に落ちた金色の葉を見つめ、どうにかして第十三皇子と話ができないかとチャンスをうかがっていた。彼の気持ちを探ってほしいと敏敏《びんびん》に頼まれていたのに、彼と二人だけで話す機会がなかったうえに、自分のことで精一杯で、いつの間にか時間が経ってしまっていた。

突然、皇子たちの大きな笑い声が聞こえてきた。見ると、真っ白な巻き毛の犬が尻尾を振りながら第四皇子の服のすそを引っ張り、じゃれている。本人は嫌がる気配もなく、他の皇子たちもその様子を見て笑っている。

私も思わず顔がほころんだ。そこへ十三歳くらいかと思われる若い宮女が飛び込んできた。第四皇子の服を引っ張る犬を見た彼女は血相を変えてその場にひれ伏し、叩頭した。

おそらく主人に命じられて犬の世話をしていたのだろう。気を許したすきに犬に逃げられ、よりによって皇子たちのいる所へ駆け込んだのだから大慌てだ。私は彼女に近づいて小さな声で「不注意ね」と叱った。彼女は目に涙をためて、何度も地面に頭をつけている。

心が痛んだ。こんなに若いうちから家族と離れ、宮中の窮屈な暮らしに耐えているのだ。本当ならまだ人前で着飾って楽しみたい無邪気な年頃だ。私は第四皇子のほうを振り返ると、笑顔で言った。「私がその犬を追い払いましょう」犬を抱き上げようと私が近づくと、第四皇子が顔をあげた。瞳が微かに笑っている。私にはその理由が分かった。

この小さな生き物に自分が例えられたことを思うとたまらなくなり、私も第四皇子を見て笑った。彼は楽しげに私と尻尾を振る犬を見くらべると、かがみ込んで犬を抱き上げ、私に手渡した。

私たちは犬を見てにっこりと笑った。ひれ伏していた宮女が感動して犬を受け取る。しかし宮中がいつもこんなに和やかとは限らない。たまたま犬好きの第四皇子だったから助かったが、犬嫌いの相手だったら、彼女は責任を問われただろう。私は厳しく言った。「今日は運がよかったけれど、またこんな過ちを犯したら棒たたきの刑は免れないわ。たとえ刑に耐えたとしても、体を壊したあなたのことなど誰も面倒を見てくれないのよ。だから気をつけなさいね」

宮女は犬を抱きながら唇を噛みしめて叩頭し、涙声で言った。「肝に銘じます」

私は微笑んだ。「分かったようね。二度と過ちを繰り返さないように。下がりなさい」宮女はもう一度叩頭すると、立ち上がって去っていった。

微笑んだまま振り返った私は、偶然第八皇子と目を合わせた。その瞳は黒く沈み、感情を持たなかった。すぐに視線をそらしたが、狼狽のあまり私の微笑みは消えた。そんな私に第十四皇子が鋭い視線を向けている。私は第十四皇子のほうを見ないようにして、もとの場所へ戻った。頭がぼんやりして何も考えられない。私は何をしてしまったのだろう。なぜ彼らの瞳はあんなに寒々しいのか。

康熙帝《こうきてい》が戻ってくると皇子たちは再び散歩のお供をした。散歩が終わると康熙帝《こうきてい》は疲れたと言い、皇子たちを残し、李徳全《りとくぜん》とともに乾清宮へと帰っていった。私も急いで乾清宮へ戻らなくてはならないので、宮女や太監にあと片付けを命じた。

御苑を出ようとした所で足音に気づき、振り向こうとしたその瞬間、いきなりすごい勢いで木の陰に引き込まれた。驚いて顔を上げると第十四皇子だった。私は捕まれた腕を見ながら言った。「李《り》太監が待っているわ。帰らないと」

第十四皇子は手を離すと、拳を握りしめ、怖い顔で言った。「八兄上とはどうなっているんだ」

私は沈黙した。

「なぜ早く父上に結婚の許しをもらわないのか聞いても、兄上は何も言おうとしない。君もこうして黙っている。いったい何があったんだ？」彼は声を荒げた。「さっき四兄上と目配せしながら笑ったろう。どういうつもりなんだ？」

「何人も妻を娶《めと》っていながら、あなたは男と女のことに疎いようね。私たちのことは放っておいてちょうだい。それから第四皇子のことだけど、私が誰かと犬を見ながら笑ってはいけないという決まりでもあるの？」第十四皇子がいつまでも行かせてくれないので、どいてくれと目で言うと、彼は恐ろしい目で私をじっと見ながら道を空け、念を押すように言った。「八兄上を裏切るな。もし裏切ったら……」

彼の目に冷たい光が走る。

私は恐ろしくなり、慌ててその場から去ろうとしたが、ふと足を止めて振り返った。「第十皇子はそんなに具合が悪いの？」

「あれは父上を納得させるための口実だ。今日は奥方の具合が悪くて出席しなかったんだ。本人は元気だ」

私はうなずくと、もう少し詳しい話を聞こうかと思ったが、第十四皇子の冷たい顔に、言葉を飲み込み、そのまま拝礼をして去った。

その夜、部屋へ戻って布団に入ってから、第十三皇子と話すのを忘れたことに気づいた。急ぎの用事ではないから、また今度でもいいだろう。

＊＊＊

冬になっても私は第八皇子に対して結論を出せずにいた。ある日のこと、お仕えがないので部屋で休んでいると、良妃《りょう》の使いがやってきた。以前私が画いた図案がとてもよかったので、また画いてほしいということだった。

何となく予感はしたが、行ってみるとやはり姉が来ていた。しかし、もう以前のような素直な気持ちで姉を見ることはできない。私はうつむいた。一方、姉のほうは以前とまったく変わった様子がない。

「あの人にすべて聞いたわ」姉は私の手を取ってやさしく言った。

こういう会話を頭に描いたことくらいはあったが、実際に姉がおだやかな口調でこんな言葉を発することがどうにも受け入れがたく、私はただ身を固くして、黙って椅子に座っていた。

私の顔をあげようと姉が手を伸ばす。私はふっと顔をそらせた。姉が笑う。「あなたは私のことを怒っているの？　それとも自分に腹を立てているの？」私はいたたまれなくなり、姉に抱きついた。

姉は私を抱きしめた。「もし自分に腹を立てているなら、その必要はないわ。以前ここで会った時にも、貝勒《ベイレ》様と一緒になるのもいいわと言ったでしょう？　あの人は温厚だし、妻を大切にしてくださる方よ。それに姉妹が一緒にいたら助け合えるからいいでしょう？」

「姉さんは何も気にならないの？」

姉は私の背中をやさしくたたいた。「何を気にするの？　皇子が妻をたくさん娶るのは普通のことよ。私は気にしたこともないし、たとえ気にしたとしても、自分の妹ならまったく問題ないわ」

私は思い切って聞いてみた。「もしも……もしも姉さんの好きだったあの人が、他の女性を娶っても気にならない？」姉は体を固くして沈黙した。私は慌てて言った。「今のは冗談よ。忘れて」

姉は私から目をそらし、悲しい顔をして静かに答えた。「分からないわ。だけどあの人が相手のことを愛し、その結婚があの人の幸せにつながるのであれば、祝福するでしょうね。それに、他の妻がいても、あの人は私を大切に守り、幸せにしてくれるはずよ」

姉は少しのあいだ沈黙し、再び口を開いた。「あなたが生まれてすぐに母上が亡くなったから知らないと思うけど、私は幼心によく覚えているの。父上には三人の側女《そばめ》がいたけれど、母上のことをとても大切にしていたわ。母上のそばであなたが眠り、私が同じ寝台で遊んでいると、父上はずっとそばにいて、時には病床の母の眉を描いてあげていたわ」

若曦《じゃくぎ》の母親は若くして死んだとはいえ、女として幸せだったようだ。だが、娘二人は幸せと言えるのだろうか。

「若曦《じゃくぎ》、何を悩んでいるの？　妻を何人も持つなんて普通のことよ。夫に大事にされれば、それでいいじゃない。妻が多ければ、それだけ子も増えるし、喜ばしいことよ」

私は無理に笑顔を作りながら、正室のことを思い出した。「姉さんは正室にいじめられているんじゃない？」

姉は笑った。「読経に励むだけの私を誰がいじめますか」

私は姉の目を見た。「ごまかさないで。弘旺《こうおう》からの嫌がらせを受けているはずよ」

「子供はみんなあんなものよ。放っておけばそのうち収まるわ。気にしてはだめ」姉が冷静でいられるのは愛がないからだ。第八皇子への想いがないから、どんなことも気にならないのだ。

私が黙っていると、姉が言った。「あなたはもう立派な大人よ。早いところ貝勒《ベイレ》様との結婚を陛下に認めてもらったほうがいいわ」

姉はその気にさせようと説得を重ねたが、私の心には何も響かなかった。良妃《りょう》の宮殿を出るころには、私の頭は考えることでいっぱいで、ずっしりと重くなっていた。

その日は夜中になってもなかなか眠れなかった。第八皇子が姉まで使って説得をはじめたということは、そろそろ本気で結論を出さなければならないようだ。

あの大雨の日がよみがえる。これからは夫をめぐる嫉妬の中で、あの正室と争いながら生きていかなくてはならないのだろうか。

私にはできない。屈託なく姉と接するのも無理だ。自分のプライドも捨てられない。他の女の人と渡り合いながら、夫との愛を育み、仲睦まじく暮らしていくなんて無理だ。

彼は男として、皇位を狙うという野望を捨てられない。同時に一人の父親であり、息子を愛し、妻や側女など四人の女性をそばに置いている。しかもそのうちの一人は私の姉だ。この状況は、私がどんなに頑張ろうとも変わらない。彼に嫁いでも私が幸せを感じることはないだろう。私が幸せでないなら、幸せな夫婦になどなれるわけがない。

私は姉のように何でも笑って受け流せるほど器用じゃない。第八皇子があまり姉のもとへ通わない状況だって受け入れがたい。それに加えて、結婚すればこの間のような女どうしの諍いは必ず起こる。あの時は、私が乾清宮の女官だということで助かった。しかし第八皇子に嫁いだなら、当然ながら正室より私の立場は低くなり、嫁として最初にやるべき仕事は、正室のもとへ挨拶にうかがい、叩頭して茶を献上することだ。しかも彼女が座って話すのを、私は立ったまま拝聴するのだ。たまに問題が起こる程度なら、第八皇子も私の味方をしてくれるだろう。しかしそれが頻繁になれば、面倒だと思うのが男だ。他の女性が心おだやかに暮らしているのに、私だけがいつも不満を抱えることが、彼には理解できないだろう。朝廷で頭を悩まし、帰宅後も妻たちの諍いで頭を悩ますことになる。そして私には何の後ろ盾もない。あるのは彼の愛だけだ。一方で正室には立派な親族がバックについている。ならば皇位争奪に役立つ正室を差し置いてまで私の味方をすることなど、彼にできるだろうか。

いつも不機嫌な妻と、その理由を理解できない夫。これでいつまで幸せに暮らしていけるというのだ。二人の愛情など日々のつまらない諍いの中ですり減ってしまうだろう。生死をともにする覚悟で結婚するのは、たとえ先が短いと分かっていても、そこにある幸せを選ぶからこそだ。それなのに私は結婚しても幸せを実感できず、ただ現実の中で愛が色あせていくのを見るしかないのだ。

もし彼が明日殺されるというなら、私は迷わず嫁ぐだろう。刹那の炎は永遠に輝く。しかし今から数千日の時間があるとなれば、二人の心に輝いていた星は燃え尽きて灰になるだろう。

アンナ・カレーニナとヴロンスキーの間にも、最初は燃えるような情熱があった。しかしそれさえ現実の中で色あせ、男の愛は冷める。ヴロンスキーは上流社会へ戻るという選択があったが、アンナは列車に身を投げることしかできなかった。

自分でも驚いた。私はまだこんなにも冷静に自分の感情を分析できる。自分は完全に馬爾泰《ばじたい》若《じゃく》曦《ぎ》になったと思っていたが、やはり今でも張暁《ちょうぎょう》なのだ。

皮肉な笑いがこみ上げてきた。大きな声で笑ううち、いつしかそれは嗚咽《おえつ》に変わっていった。

＊＊＊

今年の初雪は二日続けて降り、その翌朝になってやっと晴れた。ひどく寒さが身にこたえ、いくら服を重ねても体が冷えた。第八皇子を前にして話をする段になると、心の底から指の先までが凍えるように感じた。

マントをはおった私は、震えながら何度も口を開こうとし、また沈黙した。彼は雪の重みでしなった松の枝をじっと見ている。私は唇を噛みしめた。結論は出ている。だったらこれ以上待たせてはいけない。

「最後にもう一度聞かせて。私の願いを受け入れることは無理なの？」私はすがるように彼を見た。

彼の瞳が私に向けられる。そこには悲しみと微かな恨みが浮かんでいる。私は下を向くと、目を閉じた。「お願いだから答えて。はっきりとあなたの口から聞かせて」

「若曦《じゃくぎ》、どうしてなんだ。まったく対立しない選択肢から一つを選ぶ意味が分からない」

「お願いだから答えて」

「……」

「やっぱりダメなのね」

「……」

私は苦笑した。こんなにあなたを引き止めたいのに、あなたは自分の選択を変えようとしない。

悲しみと恨みのこもった彼の瞳をしっかりと見据え、私は言った。「第四皇子には気をつけて」

彼の瞳が困惑の色に変わる。私はこう付け加えた。「それから鄔思道《おしどう》、隆科多《ロンコド》、年羹堯《ねんこうぎょう》、田文鏡《でんきょう》《ぶん》、李衛《りえい》にも注意が必要よ」私はテレビの時代劇ドラマが正しいことを祈りながら、雍正帝《ようせい》の腹心の名前を思いつく限りあげた。

それからうつむいて大きく息を吐き出すと、はっきりと宣言した。「私たちの関係はもう完全に終わったわ」そのまま走り出す。後ろから「若曦《じゃくぎ》！」と彼が叫ぶ。

一瞬だけ立ち止まり、彼のほうを振り返らずに言った。「死ぬのが怖いの。私はあなたのそばにいるに値しない人間よ」私はそのまま走り去った。

二人は別々の道を行くことになってしまった。私の願いは聞き入れられなかった。そんなに皇帝の座が大事なの？　あなたを救えないなら結婚しても意味がない。未来に希望が持てないなら苦労する意味もない。願いを聞いてくれないことは分かっていたのに、もう一度聞かずにはいられなかった。そして、できれば願いを聞き入れてほしかった。

足の力が抜けて地面に倒れ込んだ。手を差し伸べてくれる人はもういない。雪に顔をうずめたま、体も心も凍っていく。起き上がろうとすると足に痛みが走った。しかし怪我などどうでもいい。ただ心の痛みに震えながら、私は頬を雪につけたまま横たわっていた。黒テンのマントに、黒い竹笠をかぶった彼の姿が浮かぶ。雪の降る中を一緒に歩いたのが昨日のことのように感じる。しかしそれはもはや手の届かない遠い日の出来事なのだ。

「誰だ？　大丈夫か」呼びかける声がした。第十三皇子の声だ。私ははっと我に返った。

第十三皇子は慌てて私を起こすと、顔についた雪を払ってくれた。「若曦《じゃくぎ》、どうしたんだ。転んだのか？」そう言って私を立たせると、怪我がないか確かめた。

そのとなりに立つ第四皇子も微かに驚きの表情を浮かべている。私は第十三皇子にささやいた。

「送ってくれる？」

「歩けるか？」

足の痛みがひどく、歩けそうにない。私は首を振った。第十三皇子は困ったように第四皇子のほうを見たが、すぐに身をかがめて「おぶってやる」と言った。私は何も考えず、うなずくと、彼の背中に体をあずけようとした。

ところが第四皇子が大股で近づき私を引っ張り、第十三皇子に言った。「人を呼んで運ばせたほうがいい。皇子が宮女を背負うところを誰かに見られたら何を言われるか分からない。ただの怪我なら命に関わることもない。助けが来るまで待てるだろう」

第十三皇子は立ち上ると、「慌ててしまって、そこまで考えませんでした」と言い、すぐに人を呼びに走った。

私は第四皇子の手に支えられながら片足で立っていた。頭がぼんやりして何も考えられなかったし、何を考えようと、心の痛みは消えなかった。第四皇子は私を支えたまま立っている。「自暴自棄に振る舞いたいなら自分の部屋でやれ。外は邪魔が入るだけだし、誰かに弱みを握られてもつまらない。ここでは思い切りできまい」

一瞬何を言われているのか分からなかった。しかし次の瞬間、燃え尽きていた私の心に怒りの火がついた。私は彼の手を振り払おうとした。しかし彼はしっかりと私の腕を支えて離そうとしない。仕方ないので思い切りにらんでやると、彼は涼しい顔で私を見て「雪の上に座りたいのか？」と言い、いきなり手を離した。片足で立って足がしびれていたせいで私はバランスを失い、雪の上に座り込んでしまった。

他人にこんな態度を取れる人間がいることが信じられない。彼はしれっとした顔で私を見下ろしている。とっさに私は手もとの雪をつかみ、思い切り投げた。彼がよけたので、すぐに次の雪の玉を作って投げたが、それもよけられた。

怒りに興奮する私を見て彼は淡々と言った。「さっきのように倒れているのに比べれば、そうやって座っていることなど何でもないだろう」私がにらみ返すと、彼は唇を曲げて笑った。「そんな様子では、同情する気にもなれない」これ以上雪を投げても無駄だろう。私は無力だ。

「いつまで雪の上にいるんだ！」戻ってきた第十三皇子が急いで私を起こすと、戸惑うように第四皇子を見た。

一緒にやってきた二人の太監が、運んできた長椅子に私を座らせてくれた。第十三皇子が太監たちに命じた。「若曦《じゃくぎ》を連れ帰り、侍医に診せてよく休ませろ」

第四皇子は相変わらず冷たい表情で、彼らが動き回るのを見ている。私のことなどまるで眼中にないようだ。太監たちが椅子ごと私を持ち上げて歩き出した。第四皇子のそばを通り過ぎる時、彼が油断しているすきを突いて、長袍《チャンパオ》のすそめがけて思い切り雪を投げつけてやった。さすがに顔には投げられなかったが、それでも少しは気が済んだ。

背中で第十三皇子が大声で笑うのが聞こえた。盗み見するように少しだけ後ろを向くと、服についた雪を見て大笑いする第十三皇子のとなりで、第四皇子も微かに笑っているのが見えた。一瞬目が合い、私は慌てて前を向いた。

怒りが収まると、今度は足が痛み出した。しかし何より痛むのは心だった。〝私たちの関係はもう終わった〟……草原にいた時から、いつかこの言葉を口にすることになるかもしれないと思っていた。しかしそれでも希望は捨てずにいた。自分のプライドを捨て、姉妹で夫を共有する気まずさに耐え、心を尽くせば、彼を引き止められるのではないかと思った。しかしそれは叶わなかった。彼はたとえ私のためだろうと、野望を捨てることはできないのだ。

第十六章
花落ちて流れに消える

足の怪我のせいで、すべて玉檀《ぎょくたん》に頼り切りの日々だった。彼女は自分のこと以外に、私のために炉の火をおこしたり食事や生活の面倒を見たりと大忙しだ。

傷よりも心のダメージのせいで、私は何もする気になれず、一日中部屋の中に座って、香炉から昇る煙を見たり、一ページも進まない読書をしていた。字でも書こうかと墨をすってみても、筆を取る気にもなれない。

玉檀《ぎょくたん》によれば、第八皇子は風邪で朝議を休んでいるそうだ。私の心はさらに痛みを増し、せっかく口にした食事も砂を噛むように味気なく、飲み込むのも苦しくなり、箸を置いてしまった。どんなに非情になろうとしても、割り切ることなどできない。

風邪をひいたのはあの日のせいだろうか？　雪の中で体を冷やしたのだろうか？　症状は重いのだろうか？

もう自分とは関係ないことだと言い聞かせても、気がつけば彼のことを考えていた。

寝椅子によりかかってぼんやりしていると、突然激しい音とともに扉が開いた。驚いて体を起こすと、入り口にすごい形相の第十四皇子が立っていた。彼は私をにらみながらこちらへやってきた。私は心の中でため息をつくと、再び椅子によりかかり、床を見つめた。

彼は椅子の前に立つと、腕をつかんで私の体を起こした。私はそれでも床を見つめていた。「どういうことだ！　説明してくれ！」彼の手にどんどん力が入り、腕が痛くなる。

私は顔をあげて静かに言った。「腕を離して」

第十四皇子が皮肉な笑みを浮かべた。「ずいぶん落ち着いたものだな。少しは心が痛まないのか？　君には心がないのか？」

いっそ心がなければどんなに楽だろう。彼の手を振り払おうとすると、さらに力強くつかまれた。「痛いから離して！」私は思わず叫んだ。

「痛みを感じるか。だったら人の痛みも分かるだろう。一度手に入れたものを失うことがどんなに苦しいか分かるか。こんなむごいことをするくらいなら、最初から応じなければよかったんだ。どれだけ残酷なんだ。単なる気まぐれだったのか？」彼はそう言いながら、ますます手に力を入れた。

私は彼の手をたたいた。「離してって言ってるのが聞こえないの？　何の権利があって私にそんなことを言うの？」

「何の権利だって？　今日ははっきり話し合おうじゃないか。君に言い分があるなら聞くし、そうでないなら、君の目を覚ましてやる」

ひどい言われようだが仕方ない。しょせん私は使われる身で、彼は支配する側なのだ。だとしても、ずっと傷ついた心を抱えてきて、ここ数日ふさぎ込んでいたところに、この仕打ちだ。私は我慢の限界を超え、涙をぼろぼろこぼしながら叫んだ。「やめて！　離して！」

その時声がした。「十四弟！」

声のしたほうを見ると、第十三皇子と第四皇子が入り口に立っていた。第十三皇子は驚きを隠せないようだが、第四皇子のほうは顔色ひとつ変えず、静かに第十四皇子を見ている。

第十三皇子は取って付けたように笑うと、こちらへやってきた。「いったい何の芝居だ？　まずい時に来てしまったのかな？」

第十四皇子の手は少しゆるんだが、それでもつかまれた腕を引き離すことはできなかった。第十四皇子は第十三皇子をにらんだが、第十三皇子のほうは薄笑いを浮かべながら私と第十四皇子の顔を見比べている。

そこへ第四皇子がゆっくりとやってきて言った。「十四弟、たった今母上の所に行ってきたところだ。お前のことをとても心配していたぞ。時間があるなら顔ぐらい見せてこい」

第十四皇子がいきなり私の手を離した。私は痛みをこらえて腕をさすった。第十四皇子は私に顔を近づけて「数日後にまた来る」と言うと、二人の皇子に作り笑顔で拝礼し、身を翻《ひるがえ》すように出ていった。

きまり悪くなった私は袖口で涙をぬぐうと、拝礼するために寝椅子から立とうとした。

「足が悪いのだから、拝礼などいい」第十三皇子が笑った。

私は椅子に座ったまま頭を下げ、「第四皇子、第十三皇子にご挨拶申し上げます。お茶もお出しできず、失礼をお許しください」と言った。

第十三皇はとなりに座ると椅子にもたれて笑った。「さっきの芝居の説明を聞かせてくれないか」

私は放心したようになり、再び悲しみに涙があふれた。後ろを向いて涙を拭いていると、第十三皇子が言った。「分かった。もういい。この話は聞かないでおく」

私が苦しげに笑うと、彼は真顔で言った。「もし十四弟が君を困らせているなら相談に乗ってやる」

私は彼の思いやりに感謝しながら言った。「大したことじゃないの。ちょっとした言い争いよ。第十四皇子とは昔からケンカを繰り返してきたし、そのたびにすぐ仲直りしたわ」

第十三皇子は肩をすくめた。「そんなに言いたくないなら無理強いはしないが、一人で悩むのはよくないぞ。話してくれれば、助言くらいはできるかもしれないし、君も気が楽になるだろう」

私がうなずくと、彼はこう付け足した。「手に負えないようなら、八兄上に相談するといい。八兄上の言うことなら十四弟もおとなしく聞き入れる」

私は動揺を顔に出さないようした。第四皇子のほうを見ると、いつもどおりの表情だ。私は笑って言った。「そんなことしたら告げ口したと恨まれるからやめとくわ」そして早くこの話題を切り上げるためにこう言った。「今日はありがとう。それから雪の日のことも感謝しているわ」第十三皇子は笑った。

「足の具合はいいのか？」第四皇子が聞く。

私は頭を下げて言った。「侍医によれば、筋と骨を痛めただけだから、しっかり養生すれば大丈夫だそうです」

「もう帰ろう」第四皇子が第十三皇子に言った。

私はふと敏敏《びんびん》の件を思い出し、歩き出した第十三皇子を慌てて呼び止めた。

二人の皇子が同時に立ち止まる。それじゃなくてもこの手の話は切り出しにくいのに、第四皇子までいると何も言えない。私は眉をひそめた。

第四皇子が気を利かせ、「私は先に行く」と言った。すると第十三皇子が引き止めた。「私に関する話なら兄上に隠す必要はない」

何だか話しづらい状況になってしまったが、今さらあとにも引けない。仕方なく私は、「聞きたいことがあるの」と言って座るよう手を差し伸べ、それから第四皇子にも座ってもらった。「第四皇子に聞かれたら困るというわけではないの。どう切り出そうか迷ったのよ」

私はひきつる口もとに笑みを浮かべて第十三皇子を見た。「この間の塞外遠征で、敏敏《びんびん》姫に会ったわ」

第十三皇子が顔をこわばらせ、眉をひそめる。第四皇子が冷やかすような視線を送る。

第十三皇子の表情を見た私は、何となく結論が見えた気がして、先を続けるのが嫌になった。しかしここまできたら仕方がない。「あなたは彼女のこと……ねえ、ちょっと待って」具体的な話に入る前に第十三皇子が立ち上がった。第四皇子は薄笑いを浮かべて私と第十三皇子を見ている。

「兄上、行きましょう」と言った第十三皇子を、第四皇子が手を伸ばして制した。「まだ話が終わってないだろう」

第十三皇子はイライラしたように私たちを見ると、苦笑した。「いきなり風向きが変わったな。今度は私が芝居の主役というわけか。ひどいな。」彼は諦めたように椅子に座った。

私は口に手を当てて笑った。〝命知らず〟の彼にも逃げ出したくなる時があるのだ。第十三皇子は面倒くさそうに椅子にもたれた。「何でも聞いてくれ。私を引き止めるだけの大事な話なんだろうな？」

私は真顔に戻った。「敏敏《びんびん》姫の気持ちは言わなくても分かるでしょう。だからあなたの気持ちを聞かせて」

「彼女が知りたいと言ってるのか？」

私はうなずいた。

第十三皇子は少し黙ってから、机の上にある本に視線を落として言った。「草原には頼もしい男がたくさんいるはずだ。私など相手にする必要はないだろう」

沈黙が流れた。敏敏《びんびん》は魅力的な娘だが、たしかに第十三皇子の好みとは少し違う。私は星空のもとで見た彼女の輝くような笑顔を思い出した。たとえお姫様でも手に入らないものがあるのだ。彼女の心が傷つき、あの美しい笑顔に影が差すのを想像すると胸が痛む。私は思わず口に出した。

「敏敏《びんびん》姫は素敵な方よ……」

その言葉を第十三皇子がさえぎった。「君らしくないな。彼女がどんなに素敵でも、私にその気がないのだから、何を言っても無駄なことは分かるだろう」

「まったくその気はないのね」私はつぶやいた。

第十三皇子は立ち上がって言った。「兄上、行きましょう」

第四皇子も立ち上がったので、お辞儀をして見送った。扉を出たところで第四皇子が振り返って言った。「軽症とはいえ、大事にしたほうがいい。筋や骨の怪我は案外厄介なものだ」私は礼を言って扉を閉めた。

＊＊＊

足が完治しないうちに康熙《こうき》四十八年最後の日を迎えた。

私は寝椅子にもたれ、ちらちらと跳ねるような蝋燭の火を見ていた。悲しいこともうれしいこともないが、それでも一日は一日として過ぎる。

冷たい空気と一緒に玉檀《ぎょくたん》が入ってきた。料理の入ったお重を机に置くと、急いで扉を閉め、首をすくめた。「ひどく冷えるわ」

「今日はお仕えの当番でしょう？　まだ祝宴も終わってないのにどうして戻ってきたの？」

彼女は炉の上で手をこすり合わせながら、こちらを見て笑った。「李《り》太監にお願いして秋晨《しゅうしん》と当番を入れ替えてもらいました。彼女もとても喜んでいました」

年越しの祝宴でお仕えをすると多少の褒美をもらえるうえに、日頃お目にかかれないような人物や、めずらしい物を目にできるので、誰もが担当したがる。玉檀《ぎょくたん》は私の世話をするために、それを蹴って来てくれたのだ。「私は一人だって平気よ。李太監にそんなことまで頼む必要などなかったのに」

玉檀《ぎょくたん》はお重のふたを開けながら微笑んだ。「おいしい料理をお持ちしましたよ。今日はこれを食べながらおしゃべりでもして年を越しましょう。私はこっちのほうがずっと楽しいですから」

彼女は炕《こう》（中国式オンドル）の上にある机に食事を並べると、香炉にユリのお香を入れた。あとは二人で背当てにもたれながら気ままに食事を楽しんだ。私は何気ないふりをして聞いてみた。「姉上は来ていたかしら」

玉檀《ぎょくたん》は料理を口にしながら答えた。「ええ。それから第八皇子もいらしてましたが、病み上がりのせいか元気がなく、顔色も冴えませんでした」

私は杯を一気にあおり、咳き込んだ。

食事が進み、もっと飲みたいと思ったところで玉檀《ぎょくたん》が酒を下げた。「まだ完治していないのですから、お祝いの印に少し飲んだら、もうおしまいですよ」

「厳しいのね」私は笑った。

玉檀《ぎょくたん》はおどけた顔をして見せると、牛骨のスープを碗に盛った。「こちらをどうぞ」

私たちはおしゃべりに興じ、年越しらしいことをするでもなく、お腹が少しこなれたところで休んだ。布団に入っても、心に掛かることがあり、眠れなかった。玉檀《ぎょくたん》は仕事を代わってもらったために、新年の早朝からお仕えだ。

玉檀《ぎょくたん》が静かに出かけたのを確認すると、私はすぐに起き上がった。顔を洗い、朝の身支度を整え、過去の手紙が入った箱を開けた。一通ごとに指をすべらせながら、もう一度読みたい衝動を抑え、すべてをまとめて紙に包んだ。
箱の底にしまってあった首飾りに目が止まる。取り出して机に置くと、筆を取って手紙を書きはじめた。言葉選びにはこだわらず、とにかく自分の意思が伝わればいいと、思うままに書いた。

私は普通の女子《おなご》でございます。文才なきゆえ乱文ではありますが、第四皇子ならお許しくださると思っております。こんな私でも容姿には多少恵まれました。しかし紫禁城《しきんじょう》のあまたの美女に比べれば、誇れるほどのものではありません。誠心誠意陛下にお仕えし、年齢を迎えたら、ここを離れます。誰にも嫁ぐ気はございません。これまで私の不用意な言動で誤解を与えたことを深くお詫び申し上げます。生涯独り身を貫く覚悟ですので、どうかご理解くださいませ。

書き終えて読み直し、少し考えて破り捨て、一部を変えた。

……年齢を迎えたらここを離れます。私を産んですぐに母が亡くなり、孝行を果たせなかったことを悔いております。誰にも嫁がず、仏門に入り、母に経を読んで生きていきます。これまで私の不用意な言動で……

手紙と一緒に首飾りも同封した。今年も使いの者が来たらこれを渡し、すべてを返してしまおう。もし来なければ、二人とも諦めたということだから、そのうち機会を見つけて返せばいい。ふと腕輪のことを思い出した。急いではずそうとしたが、はずれない。私は腕輪に触れながらぼんやりとした。

扉を叩く音がした。小順子《しょうじゅんし》だろうか方合《ほうこう》だろうか。私は扉を開けた。

「若曦《じゃくぎ》様に新年のおよろこびを」方合《ほうこう》が拝礼し、手紙を差し出した。

私はそれを受け取ると言った。「少し待ってちょうだい。私からも渡してほしい物があるの」

彼は少し意外そうにしたが、うなずいた。

私は一人で部屋の中へ戻ると、今受け取った手紙を手に少し立ち止まり、封を開けぬまま、先ほどの手紙の束の中に入れ、包み直してのり付けした。

それを外で待つ方合《ほうこう》に手渡し「これをお願いね」と言った。

彼はにっこりと笑って「お安いご用です」と拝礼をし、去っていった。

私は入り口にもたれ、方合《ほうこう》が見えなくなるまで見送った。これで私たちの間には何のつながりもなくなった。何のつながりも……。

昼食の時間になっても小順子《しょうじゅんし》のほうは現れなかった。まあそれもいいだろう。首飾りをどうやって返そうかと考えているところに、扉をたたく音がした。

扉を開けると、小順子《しょうじゅんし》が笑顔で拝礼した。「若曦《じゃくぎ》様にお届け物でございます」

私は細長い木箱を受け取り、笑顔で「少し待ってちょうだい。私からも渡してほしい物があるの」と言うと、半分だけ扉を閉めて奥へひっこんだ。

木箱に入っていたのは美しく光る白玉の簪《かんざし》だった。全体が咲き誇る木蘭の形に彫ってある。じっくり見る気分になれず、ふたを閉めると先ほどの封筒に入れてしっかり封をし、小順子《しょうじゅんし》に渡した。

後ろ手に扉を閉めたまま、私はしばらく立っていた。新年の第一日目にすべてが終わった。深呼吸すると拳を振りながら叫んだ。「新しい年が始まったのよ！」

さっそく部屋の掃除をはじめた。生きている限り、きちんとすべきだ。愛を失って傷ついたり嘆いたりするのもいいが、いつまでも引きずってはいけない。自分を選んでくれない男に一生を捧げて暗い人生を歩む必要などないのだ。私の肉体はまだ十八歳だ。愛なんかなくても、他にできることがたくさんある。あと数年宮仕えをすればここから出られる。あとは北の沙漠の夕日を見るもよし、雨に煙る江南を歩くもよし。昔から行ってみたかったチベット高原や雲南《うんなん》に行くのもいい。現代人は時間があれば金はなし、金があれば時間はなしだ。その点、今の私なら装飾品を売って生活できるだけのお金を作れるし、この際だから、夢見た生活を試してみよう。

この時代に来て、まだ紫禁城《しきんじょう》のまわりしか知らないのだ。外へ出れば、何でも思う存分楽しめるし、あちこち足をのばして、すてきな男性にだって会える。いくらでも楽しみが待っているではないか。

そんな想像を膨らませ、微笑みを浮かべながら部屋の整理をした。しかし、なぜか私の両方の目からは涙がこぼれ続けるのだった。

＊＊＊

二月の昼下がり。暖かい光が窓越しに部屋を照らす。

私は机で、蘇東坡《そとうば》の『次韵曹輔寄壑源試焙新茶』や『試院煎茶』に記された茶に関する言葉を読み、玉檀《ぎょくたん》は手巾に刺繍をしている。二人がそれぞれ自分のことに没頭し、部屋にはゆったりとした温かい時間が流れていた。

玉檀《ぎょくたん》が針を置いた。机までやってくると、私のお茶を新しいものに換え、ついでに自分の分も換えながら笑った。「やはり本を読める方は違いますね」

私は本に夢中になるあまり、顔をあげずに言った。「違うって何が？」

彼女は私の横にやってきた。「風格が違います。若曦《じゃくぎ》様より早く入宮した芸香《げいこう》さんたちも、年かさだし、出身だって悪くないのに、見る人が見れば、若曦《じゃくぎ》様のほうが、身分が上であることがすぐに分かります」

私は本を置き、お茶を口に含むと微笑んだ。「お上手など言ってないで、話があるならはっきり言いなさい」

玉檀《ぎょくたん》が笑った。「今回、陛下の五台山《ごだいさん》行きに随行するのは誰ですか？」

私は唇の端で笑った。「連れて行ってもらえるか心配なのね？」

玉檀《ぎょくたん》が口をとがらせる。「陛下の五台山行きはめったにないことです。前回は四十一年でしたから、今回を逃すと、次は機会がないかもしれないと思って」

私は本を手にして言った。「私に決める権限はないけれど、もし李《り》太監に人選について聞かれたら、あなたを推薦しておくわ」

「ありがとうございます」彼女はうれしそうに笑うと、また刺繍をはじめた。

今回陛下が同行させるのは、皇太子、第三皇子、第八皇子、第十皇子、第十三皇子、第十四皇子だ。私は行けそうもないので、ちょうどよかった。できるだけ彼と距離を置くに越したことはない。

同行すれば、宮廷にいる時より顔を合わせる機会が増える。いくら割り切ったつもりでも、動揺せずにいられるようになるには、まだ時間がかかりそうだった。

気がかりなのは第四皇子だ。あの手紙への反応がまだ返ってこない。とはいえ、何も反応がないということは、彼もさほど気にしていないということだろう。私は密かに天に感謝した。

翌日、朝議が終わると、康熙《こうき》帝は皇子たちを連れて戻ってきた。連れてきたのは、皇太子、第四皇子、第五皇子、第八皇子、第九皇子、第十皇子、第十三皇子と第十四皇子だった。さすがにこの人数だと奥部屋も狭く感じ、なんともにぎやかだった。康熙《こうき》帝も年をとったせいか、孤独な玉座に座るより、たまにはこうして狭い部屋でわいわいと話し合いたいようだ。

私がお茶を出しに入っていくと、前回の五台山行きの思い出話に花が咲いていた。康熙《こうき》帝はご機嫌の様子だ。

私がお茶を置くと、康熙帝《こうき》はすぐ手に取り、ふたを開けて一口すすって言った。「前回の時は、若曦《じゃくぎ》もまだ入宮していなかったな」

私は頭を下げて言った。「はい。私が宮中に参りましたのは四十四年ですから、前回の五台山《ごだいさん》行きの三年あとです」

康熙帝《こうき》が李徳全《りとくぜん》に向かって言った「今回は若曦《じゃくぎ》を連れていくか」

李徳全《りとくぜん》がちらっとこちらを見たので、私は慌てて康熙帝《こうき》に告げた。「私は体を壊し、ここ最近お仕えを控えておりました。もう歩けるようになったとはいえ、出先では人手も少なく、かえってご迷惑をかけるかもしれません。ここは他の者を起用していただくよう李太監にお願いしていたところなのです」

康熙帝《こうき》は低くうめいた。「たしかに病のせいか、すっかりやつれているようだ」そう言うと李徳全《りとくぜん》に命じた。「若曦《じゃくぎ》は宮中に残すように」

私はひざまずいて叩頭した。「感謝申し上げます」

康熙帝《こうき》は微笑んだ。「しっかり養生せよ。何か食べたいものがあれば王喜《おうき》に言え。そなたには早く回復し、元気に朕《ちん》に仕えてもらわぬと困る。以前は茶や菓子に趣向が凝らされていたが、最近はさっぱりだ。それどころか普通の受け答えもやっとではないか。病人ゆえ罰は免じるが、いつまでもその調子では困るぞ」皇帝はそう言うと、手をあげて私を立たせた。

私は盆を捧げ持ち退出した。簾の外に出る瞬間、どうしても気になって第八皇子のほうを見た。彼はすっかり痩せた姿でうつむき、にぎやかな中で一人寂しそうに座っていた。私はいたたまれなくなり、足早にその場を去った。

その後、康熙帝《こうきてい》は皇子たちを伴い五台山《ごだいさん》へと旅立った。しばらくは、彼と宮中でばったり顔を合わせ、つらい思いをする心配もない。

だからといって完全に忘れていられるわけではない。ふと何気なく顔を上げた瞬間に昔の情景を思い出したり、ふと笑った瞬間にあの顔がよぎることがある。頭から追い出しても、暗く沈んだ心は戻らなかった。理性で行動は制御できても、心は制御できないということだ。いつになったらこの心が晴れるのだろうか。

安らかな日々はすぐに終わる。時間を作ってはじめた刺繍も完成せぬうちに、康熙帝《こうきてい》が帰ってきた。第八皇子の顔色は、出かける前に比べてかなりよくなっていた。私が拝礼すると、微笑みを浮かべ、暖かいまなざしで手をあげ、立つよう促した。

彼の吹っ切れた様子が少し寂しく感じた。もしかすると山の景色がそうさせたのか、それとも恋した相手のことなど忘れるほど忙しいのか。いずれにしてもそれは彼の問題で、すべては終わったのだ。早くこうなることを望んでいたのに、どうして寂しいのだろう。

その理由は明らかだ。しかしもう考えまい。あとは時間の流れに任せるだけだ。

春が来て、御苑の木や草花が生き生きとしている。お仕えのない日は、そんな中を散歩して楽しんだ。

丸い敷石の小道を歩いていると、向こうから人がやってきた。逃げるには間に合わず、私はわきに寄って拝礼をした。「貝勒《ベイレ》様にご挨拶を」

彼はやさしく言った。「立ちなさい」

頭を下げて待っていたが、彼は通り過ぎようとはしなかった。私は立ち去ろうとしたが、何と言って去ればいいのかも分からない。

「十四弟にはよく言って聞かせたから安心しなさい」彼はおだやかな声で言った。

私は返事に困り、ただ黙って立っていた。

「以前君が言った言葉の意味が分からない。隆科多《ロンコド》、年羹堯《ねんこうぎょう》、李衛《りえい》は分かるのだが、鄔思道《おしどう》、田《でん》鏡文《きょうぶん》とは誰なのだ?」

私は少し考えて言った。「第四皇子のそばにいる官吏の中に、足が少し不自由な鄔思道《おしどう》という名の人はいませんか?」

「いない」

私が見た『雍正王朝』というドラマのでっち上げだったのだろうか。第八皇子が言った。「朝廷に田鏡文《でんきょうぶん》という者はいないが、田文鏡という者ならいる」

「だったら田文鏡です。私が記憶違いをしていたのでしょう」

彼は戸惑うように笑った。「何の関係もなさそうに思えるが、君は何を根拠にあんなことを言ったのだ?」

私は困ってしまい、「とにかく気をつけてください。根拠の説明をしようとすると、長い話になるんです」と言って拝礼をした。

「行きなさい」彼は静かに言った。

ドラマがいい加減だったのか、それとも私の記憶違いなのか。私は歩きながら、ドラマと自分を呪った。

＊＊＊

春が過ぎ、夏が来た。康熙帝《こうき》が避暑のために、北京北西部郊外にある暢春園《ちょうしゅんえん》へ行くことになり、私も随行を命じられた。

咸豊《かんぽう》十年（一八六〇年）、英仏連合軍は北京に侵入後、周辺にあった皇室庭園に対して略奪と破壊を行った。この暢春園《ちょうしゅんえん》はもちろん、政治の重要な場でもあった数々の庭園は、園内の建築物などを含め、一瞬にして焼き尽くされた。後世の建築家たちが一目見たかったと言って憧れるこの庭園を、二十世紀に生まれた私が実際に見ることになるとは思いもしなかった。

四季を通じて春のごとく、あらゆる風と気が通る庭園。〝暢春園《ちょうしゅんえん》〟という名前にはそんな意味が込められている。景色は優雅にして、神の手によるものかと見まごうほどの自然な造形。歴史書によれば、「塀は一丈に満たず、まばゆいほどに咲き誇る赤い花々が緑に映え、土地にはなだらかな起伏が作られ、高い庭石などの類いはない。建築物は華美な装飾を排し、上品な美しさをたたえている」ということだ。

皇宮とは違い、園内には一年を通じてめずらしい花や植物があふれている。池の蓮の花はまだつぼみで、それがまた味わいになっている。私は池に沿って花を観賞しながら散歩をした。

築山、回廊、橋をめぐり、柳の枝が美しい水辺へやってきた。細い枝は湖面にまっすぐ垂れ、水面の影とつながっている。そばには太鼓橋や起伏のある築山があり、その山頂からは滝が落ち、水しぶきの音が心地よい。そこにあるすべてのものが一体となり、外からの視線をさえぎっているので、ここが小さな一つの世界のように感じられる。

なんとすばらしい庭園だろう。歩き疲れたので、座って水とたわむれていると、となりで音がした。見ると柳の枝の間に、緑の服の第四皇子が座っている。私より先に来ていたのだろうが、低く垂れた枝と同じような色の服を着ているので、まったく気づかなかった。

彼が枝を持ち上げてこちらを見た。私は驚いてじっと彼を見たまま動かなかった。彼も私を見ている。私ははっと我に返り、拝礼をした。

彼は私を立たせると、枝の外へ出てきて、体についた葉を払った。年の初めに首飾りを返して以来、彼からは何の反応もなく、無視されたままだった。それが突然こうして二人だけで対面したのだから、緊張感が半端ではない。私は努めて冷静になり、お辞儀をして去ろうとした。そんな私を彼は無視し、一人で橋のたもとへ行き、身をかがめて小さな舟を引き出した。少し古かったが、装飾のきれいな舟だ。

私は取り繕うように聞いた。「ここに舟があるのをご存じだったのですか？」

彼は手で舟を揺らした。「十四歳のころ、父とともにここへ来たことがある。その時、湖畔の静けさが気に入り、この舟を作らせたのだ」そう言うと、私にも乗るよう目で合図した。

私は不安になって尋ねた。「その舟、まだ使えますか?」彼は質問には答えず、さっさと乗り込むと、中で腰を下ろし、有無を言わせぬ目でこちらを見ている。すぐにでもこの場から立ち去りたいが、そんなことは絶対に許してもらえないだろう。私は困り果てて立っていた。

彼は黙ったまま待っている。と、突然「私は一眠りするから、ゆっくり考えるがいい。乗る決心がついたら起こしてくれ」と言って、舟の中で横になろうとしている。

私は拳をにぎり、唇をかみしめ、舟に乗った。逃げられないなら、ついていくしかない。まさか昼間から取って食われることもないだろう。緊張した私の表情を見て、彼は微かな笑みを浮かべて頭を振り、櫂で岸を突いて舟を出した。

岸を遠ざかるほどに蓮は密度を増し、葉をよけるために頭を下げたり、右や左に身をかわさないといけないほどだった。舟を漕ぐ彼は進行方向に背を向けているため、背中に葉を受ける形となり、何の苦もなく進んでいく。必死な私を見て彼が笑った。「寝転がってしまえば葉は当たらない」私は声も立てずに蓮の葉を必死によけ続けた。

彼は適当な所で止まると、櫂を使ってじゃまな葉を切り落とし、舟のへさきによりかかり、目を閉じた。まわりは一面蓮の葉で、まるで緑の世界に閉じ込められたようだ。自分がどこにいるのかさえ分からなくなる。

ひどく静かだ。そよ風に揺れる葉の音しか聞こえてこない。第四皇子の顔に、蓮の葉が半分だけ影を落としている。とても気持ちよさそうで、いつもの冷淡さは感じられない。

その雰囲気につられ、緊張と不安が消えていく。彼とは反対の舟尾によりかかり、目を閉じた。蓮の葉が太陽をさえぎっていたものの、まだまぶしく感じ、さっき切り落とした葉を拾って水で軽く洗い、顔に乗せて目を閉じた。

呼吸とともに葉の香りが心地よく体に染みこむ。微かに揺れる舟で寝ていると、まるで雲の中にいるようだ。静かな空気に心までおだやかになる。水辺の冷えた空気と太陽の熱とがあいまって、何とも心地よい。

はじめは気になり、葉っぱをどけでは、彼のほうをうかがった。しかし何度見ても目を閉じたまま動く気配がないので、私もようやく安心した。美しい夏の午後にひたり、自分の体が日の光、そよ風、空気の匂い、湖面の波のすべてを求めているのが分かる。ここでは雑念さえも消えていく。

まどろんでいると、突然舟が大きく揺れた。私は驚いて顔に置いた葉っぱをどけた。

いつの間にか第四皇子が私の足元に座り、船べりについたひじに頭を乗せ、やさしい目でこちらを見ていた。

起き上がると顔が接近してしまう。うろたえる私を見て、彼は唇の端をあげて笑った。

これまで見たこともないほど、やさしく清らかな目だった。私の顔は熱くなり、心臓が激しく鼓動した。こんな目で見られるより、いつもの冷たい視線のほうが、よっぽど対処しやすい。寒風吹きすさぶ真冬にいきなり暖かい日があると、何を着たらいいのか分からなくなるのと同じ心境だ。

二人の視線が絡み合う。いつもは氷のような瞳が、今日は何を語っているのだろ。どうしても知りたいという衝動に駆られる。

　本当は視線をどけろと意思表示するつもりが、思わずその瞳をのぞき込んでいる自分に気づく。私は猛烈な勢いで目を閉じた。

　目を閉じてもなお、彼の視線が自分に注がれているのが分かる。このままでは危険だ。とっさに蓮の葉を顔に乗せ、小さな声で言った。「もう見ないでください」

　彼が低く笑った。初めて聞く彼の笑い声。それは少しかすれ、押し殺したような笑いで、感情が読み取れない。この冷淡な皇子の笑いなど、聞こうと思っても聞けない。とても新鮮だった。彼が手を伸ばして顔の上の蓮の葉をどけようとしたので、私は片手で葉を押さえ、もう片方の手で彼の手を押しのけようとした。

　しかし彼は私のその手を捕んで言った。「その葉をどければ、手を離してやる」

「だったら、さっきみたいに見ないでください」

　彼が低い声で応じたので、私は恐る恐る葉をどけた。

　彼は私の手をつかんだまま、さっきと同じ姿勢で頬づえをつき、こちらを見ている。私は眉根を寄せて目をそらした。「君子のくせに約束を守らないのね」と言うと、彼は手を離した。そのまま待っていると、もうこちらを見ていないことが気配で分かった。

　私が再び視線を彼に向けて「座り直したいので、少し下がっていただけますか？」と言うと、意外にも彼は素直に下がった。十分とは言えないが、この距離なら気まずくはならない。私は彼の素直な態度に驚きながら、座り直した。

二人とも黙ったまま座っている。先ほどまでののんびりした雰囲気は消え、どことなく妙な空気が流れる。私はそれをかき消すように聞いた。「よくこうして休まれるのですか？」

「たまに来るだけだ。だが、舟の点検だけは毎年行っている」

「ここが好きなら、もっと頻繁に来ればいいのに」

彼は唇をかみしめた。柔和な表情が消え、いつもの冷たい顔に戻った。

「美しい景色に溺れては、志が揺らぐ」そう言うと、舟を漕いで戻りはじめた。今度は私が背中に蓮の葉を受け、彼が正面から受ける形になった。しかし彼は顔や体に当たる葉をものともせず、確固たるペースで漕ぎ続けた。

私は複雑な思いでそっとため息をついた。この人はあの雍《よう》親王胤禛《いんしん》なのだ。

第十七章
美しき人よ、心煩わすなかれ

康熙帝《こうき》はほぼ毎年のように皇子たちを引き連れて塞外遠征に行くが、今回はことのほかにぎやかで、同行したのは皇太子、第四皇子、第八皇子、第九皇子、第十三皇子、第十四皇子だった。

名簿を見たとき、真っ先に敏敏《びんびん》のことを思い出し、一緒に行くのがためらわれた。

なんとか免除してもらえないかと李徳全《りとくぜん》に切り出そうとしたが、先手を打たれ、こう言われた。

「すでに一度休んでいるのだから、今回は必ず随行するように。すっかり体もよくなったし、休む理由はないはずだ」

私はうつむき、小さくため息をついた。李徳全《りとくぜん》は頭を振って行こうとしたが、ふと立ち止まった。「とにかく余計なことは考えず、陛下にしっかりお仕えしなさい。あと数年もしたら出宮だ。その先の身の振り方は陛下のお言葉一つで決まるのだぞ」そう言うと足早に去った。私は呆然としてその場に立ち尽くした。

気が進まないまま馬車に乗ったものの、何重もの赤い壁に囲まれた紫禁城《しきんじょう》を離れると、少しずつ自分の気持ちが晴れてくるのが分かった。無限に広がる草原と青い空が人の心を元気にするのだろう。

目的地に到着し、天幕を設営すると、数日もしないうちに、モンゴル人たちが拝謁に来るとの知らせが入った。第十三皇子に心を寄せる敏敏《びんびん》は、きっと父親と一緒にやってくるだろう。早く第十四皇子と相談しておかねばと思い、さっそく会いに行った。

拝礼すると、彼は冷たい目を向け、そのまま通り過ぎようとするので、慌てて呼び止めた。「第十四皇子、話があるの」

彼は振り向きもせず歩き続ける。「君と話すことなどない」

「前回の件よ。敏敏《びんびん》姫のことなんだけど」

彼は足を止め、冷淡な顔で振り返った。「あの時の礼がまだだったな。何が欲しいんだ？」

ここで腹を立てている場合ではない。私は冷静になった。「二日後にモンゴル人たちが来るわ。敏敏《びんびん》姫にどう説明するの？」

彼は目を伏せて少し考えた。「正直に話して謝ればいい。うまくなだめれば大丈夫だろう」

私は首を振った。そんな単純な問題ではない。騙しただけでなく、第十三皇子の問題もあるのだ。とはいえその件は彼に言えない。私は言った。「そう単純にはいかないと思うわ」

彼は冷たく笑った。「人に取り入るのは得意だろう。君ならできるさ」そう言うと身を翻して行ってしまった。

後ろ姿を見送りながら、私は心の中で「分からず屋！」と罵った。

恐れていた日がやってきた。敏敏《びんびん》が蘇完瓜爾佳《そかんかじか》王とともにやってきたのだ。私は康熙《こうき》帝のうしろに控え、第十三皇子と第十四皇子を見ながらハラハラしていた。もうすぐ敏敏《びんびん》がここへ入ってくる。足が震え、頭はもうろうとした。

突然第十四皇子が立ち上がって康熙《こうき》帝の前で拝礼した。「父上、用を足したいので失礼させてください」康熙《こうき》帝はとくに気にするふうでもなく、軽くうなずいた。第十四皇子が静かに出ていく。とりあえず一難去った。これで敏敏《びんびん》に釈明する時間が得られるかもしれない。彼女はストレートな性格だ。もし康熙《こうき》帝の前であの時のことを暴かれたりしたら、間違いなく私の命はなくなる。

王とその一行がやってきて、康熙《こうき》帝への挨拶を終えた。全員が席につき、談笑する。敏敏《びんびん》は入ってきた時に第十三皇子のほうを一瞬見ただけで、あとはずっと恥ずかしそうに下を向いて座っていた。一方、第十三皇子のほうはまったく気にとめることもなく、敏敏《びんびん》のとなりに座る兄の蘇完瓜爾《そかんかじ》佳合術《かこうじゅつ》と楽しげに話をしている。

私はほっと息をついた。敏敏《びんびん》のあの様子では、第十四皇子が目の前にいても気づきはしないだろう。とはいえ安心するのはまだ早い。第十三皇子の気持ちを知ったら彼女はどんなに傷つくだろうか。

あれこれ心配するうちにすっかり気が滅入ってしまった。第十三皇子と敏敏《びんびん》ばかり見ていると、ふと第四皇子と目が合った。彼は、はにかむ敏敏《びんびん》と談笑する第十三皇子、そして困り顔の私を見比べ、芝居を楽しむかのように笑っている。私は腹が立って第四皇子をにらむと、視線をそらした。するとそのやり取りを、正面にいた第八皇子が微笑を浮かべて見ていた。私は目を合わせる勇気を失い、下を向いた。

しばらくすると康熙帝《こうき》が声をあげた。「胤禎《いんてい》はどうした。まだ戻らぬか？」一同が静まりかえる。私は焦りを感じた。

第八皇子が立ち上がって頭を下げた。「十四弟は昨日から腹の具合が悪いようです。食事に当たったのかもしれません」

「侍医には診せたのか？」康熙帝《こうき》が聞く。

「まだです」

康熙帝《こうき》は眉をひそめ、下座にいる皇子たちに向かって言った。「若いからといって病をあなどってはならぬぞ」皇子たちが一斉に「はい」と返事をする。第八皇子は「しかと心得ました」と言うと、うしろに控えていた若い太監に、第十四皇子のもとへ医者を行かせるよう命じた。

康熙帝《こうき》がモンゴル王に笑顔で言う。「朕《ちん》も年を取り、日頃の養生の大切さを知った」モンゴル王が笑顔でうなずく。それから二人は飲食や生活にまつわる養生の心得などを語り合っていた。

どうやら今日のところは大丈夫そうだ。私はほっとため息をついた。


その夜、私は悩んだすえ、真相がばれる前に自分から何とかしたほうがよさそうだと判断した。

翌日はちょうど当番がなかったので敏敏《びんびん》に会いに出かけた。道すがら、どう切り出そうかと頭を悩ませていると、突然声がした。「あなたに会いにいこうと思ったら偶然会えるなんて！」

顔をあげると、敏敏《びんびん》が満面の笑みで立っている。私が慌てて拝礼すると、彼女は私の腕を取って立たせ、微笑んだ。「久しぶりね。元気だった？」

「おかげさまで。敏敏《びんびん》姫はいかがです？」彼女は笑顔でうなずいた。

私たちは腕を組んで歩き出した。さて、どうやって話を切り出そうか。敏敏《びんびん》も沈黙している。

「ところで……」と同時に二人が口を開く。

「お先にどうぞ」私が言った。

敏敏《びんびん》は目を伏せて歩きながら、小さな声で聞いた。「あのことだけど、聞いてくれた？」

彼女を傷つけるのが忍びなく、何も言い出せなかった。私がうつむいているのを見ると、彼女は歩みを緩めた。「だめだったのね？　あの人にその気はなかったのね？」

私は彼女を見つめ、言葉を選んで言った。「きっと父君も嫁がせることに反対されるでしょう。諦めたほうがいいと思います」

敏敏《びんびん》は立ち止まり、目を大きく見開いた。「どうして？　どうして私ではだめなの？　あの人の奥方様たちに比べて、そんなに私が劣るというの？」彼女は悲しみに声を詰まらせた。

「敏敏《びんびん》姫の問題ではありません」私は彼女の手を握った。

敏敏《びんびん》はその手を振り払い、「こうなったら、私のどこが悪いのか直接聞くわ」と言って走り出した。

「敏敏《びんびん》姫、待ってください！　話を聞いてください」

彼女は止めるのも聞かず、野営地の出口にいた兵士から馬と鞭《むち》を奪うと、さっと飛び乗り駆けだした。私も衛兵の馬を奪い、あとを追いかけた。

電光石火のごとく去っていく敏敏《びんびん》。私のほうがスタートが遅いうえに、相手は馬術の達人だ。追いつけるわけがない。彼女の姿はどんどん小さくなっていった。

彼女が第十三皇子の前で馬から下りるのが見える。なんとそのとなりには第十四皇子がいるではないか。私は少しでも早く到着しようと必死に馬を走らせた。

馬から下りると、ちょうど第十三皇子の声が聞こえた。「敏敏《びんびん》姫、私のことなどお忘れくださ い。今日は急ぎの用があるので、日を改めてお詫びにうかがいます」彼が去ろうとすると、敏敏《びんびん》が行く手をさえぎった。「私のどこが不満なのか教えてください」

私は彼女のうしろに駆け寄った。第十三皇子が手を合わせて敏敏《びんびん》に挨拶しているすきに、第十四皇子に向かって、すぐにこの場を離れるよう合図をしたが、彼は二人のやり取りに気を取られ、ちっとも気づかない。第十三皇子は私をちらっと見て、それから第十四皇子のほうを向き、再び敏敏《びんびん》のほうに向き直って言った。「どうぞお帰りください。こんな所で話す話題でもありませんし、今は十四弟と一緒に父上のもとへ行かねばならないのです」

「何を言われてもかまわないわ」と言いながら敏敏《びんびん》は第十四皇子を一瞥し、目をそらそうとして、もう一度猛烈な勢いで第十四皇子のほうを見た。「あなた……どうしてここにいるの?」彼女は説明を求めるように私を振り返った。

私は疲れ果て、焦りさえ感じることもできず、ぼんやりとしていた。第十三皇子が「十四弟、行くぞ」と言いながら馬に手をかける。

敏敏《びんびん》が目をむいた。「十四弟ですって? ということは第十四皇子なの?」

「まさに」第十四皇子がうなずく。

敏敏《びんびん》は彼に言い訳の間も与えず、私のほうを振り返った。「騙したのね！」

敏敏《びんびん》の腕に手をかけようとすると、彼女はそれを払った。「彼は第十四皇子なの？　あの話は嘘だったの？」

「敏敏《びんびん》姫、聞いてください」私は言った。

敏敏《びんびん》は第十三皇子を気にしつつも、鞭を持つ手に力を入れ、第十四皇子を指さして私に聞いた。「この人はあなたの恋人でしょ？」

私は唇を噛みながら首を横に振った。敏敏《びんびん》が笑う。「私を利用するためにずっと嘘をついていたのね。姉のように慕い、すべてを打ち明けたのに、私を利用したのね」

「敏敏《びんびん》姫は『草原の人間は一度結んだ友情を簡単に捨てたりしない』とおっしゃいました。どうか私を許してください。騙したのは悪かったと思っています。でもこれには理由があるのです。どうか聞いてください」

彼女は天を仰いで冷ややかに笑うと、鞭で私を指し、今度は第十三皇子に向かって聞いた。「彼女とは仲がいいのでしょう？」

第十三皇子がうなずくと、敏敏《びんびん》は言った。「だったら若曦《じゃくぎ》が私を騙して第十四皇子をかくまったことはご存じよね？」

「知らなかった」と第十三皇子。

敏敏《びんびん》が怒りの目を私に向ける。「親友にも話してないなんて！　あなたは私以外に、第十三皇子のことも欺いたのね」

二人の皇子は顔を見合わせると、今度は私たちのほうを見た。私はすがるように言った。「お願いだから、今回の件だけは許してください」

「そんなの無理だわ！　これから皇帝陛下に言いつけに行く。あなたたちが陰で何をしていたのかはっきりさせなくちゃ」敏敏《びんびん》はそう言って歩き出した。

私はその場にひざまずいた。「敏敏《びんびん》姫、それだけはおやめください。殴るなり、罵倒するなり、私を好きなようにしてください。悪いのは私なのですから」

第十四皇子が私を引っ張り上げて立たせると、敏敏《びんびん》に向かって言った。「怒りなら私にぶつけてくれ。父上には私から話す。だから告げ口だけはしないでほしい」

第十三皇子が敏敏《びんびん》の前へ進み出た。「父上に言うほどの話ではないと思いますよ」

「若曦《じゃくぎ》は私を利用して第十四皇子をかくまったのよ。二人でコソコソと、きっと何か悪いことをしていたのよ」

第十三皇子が言った。「若曦《じゃくぎ》はそんな人間ではない。きっと何かの誤解でしょう」

敏敏《びんびん》は怒りで真っ赤になり、昨年の出来事の一部始終を第十三皇子に説明すると、私をにらみ、再び第十三皇子のほうへ向き直った。

第十三皇子はじっと第十四皇子を見ると、突然笑い出した。「敏敏《びんびん》姫、気を静めてください。十四弟と若曦《じゃくぎ》は昔からいたずらを楽しむ仲です。弟はおそらく変装して若曦《じゃくぎ》に会いに来ただけでしょう。父上に報告するほどのことではありません」

敏敏《びんびん》は納得しない。「理由を聞きもしないで若曦《じゃくぎ》をかばうの？」

第十三皇子が困り果てた顔をすると、敏敏《びんびん》が言った。「もし私が同じことをしたら、理由も聞かずに味方してくれるのかしら？」

私が止めるのも間に合わず、第十三皇子が答えた。「私と若曦《じゃくぎ》は長い付き合いです。彼女の人となりはよく分かっています」

もうだめだ。私はため息をついた。今のひと言はかえって彼女の嫉妬心をあおるだけだ。好きな人に拒絶され、さらに騙されたと知って頭に血がのぼったところに、今度は嫉妬心をかき立てることの発言。もはや彼女がどんな行動に出てもおかしくない。

敏敏《びんびん》は冷ややかに笑うと、第十三皇子の横を通り過ぎ、馬に乗り走り出した。第十三皇子も慌てて馬にまたがり、それを追う。私と第十四皇子も続いた。

疾走する四頭の馬。第十三皇子が何度も敏敏《びんびん》に接近するが、そのたびに鞭で追い払われる。第十四皇子が私の横に馬をつけて言った。「あとで何があっても、すべて私の責任にしろ」

私が前を向いたまま何も答えずに馬を走らせていると、こう付け加えた。「皇子の私なら、何があっても死罪にはならないから」

前方に、康熙《こうき》帝、モンゴル王、皇太子、第四皇子、第八皇子の姿が見えた。彼らは馬を止めて、私たち四人が突進してくるさまをじっと見ている。

このあとどんな恐ろしいことが待っているのだろうか。私は頭が真っ白になった。

敏敏《びんびん》よりも馬術にたけた第十三皇子が先に到着し、馬から飛び下りると、振り返り、あとから到着した敏敏《びんびん》にきっぱりと言った。「敏敏《びんびん》姫、私に免じてどうかお手柔らかに」彼は敏敏《びんびん》をじっと見た。

先手を打たれた敏敏《びんびん》は第十三皇子を見つめ、それから私と第十四皇子を振り返り、再び第十三皇子のほうに向き直った。

銀のふちどりがついた細いシルエットの白い乗馬服に身を包んだ第十三皇子は、背中に鉄の長弓を背負い、黒い駿馬の横にすっくと立っている。太陽を受けた凜々しい姿は迫力があり、その目は春の湖水のように柔らかく澄んでいる。すがるような、それでいて相手を信じるような瞳で敏敏《びんびん》を見る。

その姿に吸い寄せられるように敏敏《びんびん》は動かなかった。

ゆっくりと近づいてきた康熙《こうき》帝が馬から下りた。「いったい何事だ?」

私と第十四皇子が慌てて拝礼する。第十三皇子と敏敏《びんびん》はまだ見つめ合ったまま立っている。皇帝は私たちを立たせると、第十三皇子たちのほうを見た。私も二人を見ながら、汗でべっとりとした手を握りしめた。

遅れてやってきた大臣や皇子たちは、皇帝が馬から下りているのを見て、慌てて馬を下りた。第四皇子は探るような目で私と第十四皇子を見て、それから第十三皇子と敏敏《びんびん》のほうを見た。第八皇子も心配げにうかがっている。

モンゴル王が馬の上から大声をあげる。「敏敏《びんびん》、皇帝陛下に挨拶をしなさい」そう言うと、今度は愛想笑いを浮かべて康熙帝《こうき》のほうに顔を向けた。「私が甘やかしたせいで申し訳ありません。草原で育ったもので、紫禁城《しきんじょう》のお嬢様たちのような礼儀を知らないのです」

この時になってやっと敏敏《びんびん》は前へ進み出て皇帝に拝礼した。それに続き、第十三皇子も身を翻して拝礼する。康熙帝《こうき》は二人を立たせると、敏敏《びんびん》に向かってやさしく語りかけた。「ずいぶんご立腹のようだが何があったのだ？　胤祥《いんしょう》がそなたをいじめたのか？」私は息を詰め、握った手に力を入れた。

敏敏《びんびん》が笑顔で答えた。「若曦《じゃくぎ》と馬の競争をしようと思ったのですが、第十三皇子に止められ、言い争っていたのです」

私と第十四皇子は驚いて顔を見合わせた。第十三皇子も敏敏《びんびん》の真意が分からず戸惑っている。

康熙帝《こうき》が笑って第十三皇子を諭す。「なぜ反対するのだ。若曦《じゃくぎ》は馬術を覚えたばかりだが、競争くらい問題なかろう」

第十三皇子が口を開く前に敏敏《びんびん》が言った。「陛下は私と若曦《じゃくぎ》の勝負を許してくださるのですね？」

モンゴル王が声を荒げる。「敏敏《びんびん》、ふざけた話はやめよ。陛下に失礼だ」

康熙帝《こうき》はうれしそうに私のほうを見ると、モンゴル王に言った。「満州人もモンゴル人も騎馬民族ゆえ、二人を競わせるのもまた一興だ。ふざけた話などではないぞ」そばにいた衛兵たちはすぐに準備に取りかかった。

敏敏《びんびん》は第十三皇子に視線を向けたまま私に耳打ちした。「第十三皇子の顔に免じて、一度だけ挽回の機会を与えるわ。あなたが勝てばすべて水に流す。でも私が勝てば、すべてを皇帝陛下に伝える。恨みっこなしよ」

第十四皇子が反論する。「条件が悪すぎる。私と競えばいいではないか」

「文句を言う時間があるなら、さっさとあなたの〝恋人〟にいい馬を選んであげたら？」敏敏《びんびん》はそう言いうと、きっぱりと宣言した。「今日は手加減しないわよ」

第十三皇子がやってきて微笑む。「姫君に感謝いたします」

敏敏《びんびん》は笑って歩き出した。第十三皇子は困ったように笑い、私と第十四皇子に向かって「精一杯やるしかない。勝敗は気にするな。私もついているから」と言うと、敏敏《びんびん》のあとを追いかけ、こうつぶやいた。「あとは女の武器ならぬ〝男の武器〟がどこまで姫に通用するかだ。もう祈るしかない」

とんでもない展開に、私はただ苦笑するしかなかった。仕方ない。馬でも選ぼう。

心配げな第八皇子に、第十四皇子は困ったよう首を振る。第四皇子は眉を寄せ、遠ざかる第十三皇子の背中を見ている。皇太子は私と第十四皇子をじろじろと見ている。それぞれが別のことを考えているようだ。康熙《こうき》帝が馬にまたがった。「朕《ちん》は先に行っておるぞ。若曦《じゃくぎ》たちにいい馬を選んでやるがよい」皇子たちは次々に馬に乗り、皇帝のあとについて行った。

第十四皇子だけが残り、私のために馬を選んでいる。二人とも押し黙ったままだ。馬場に到着すると、すでに康熙《こうき》帝、蘇完瓜爾佳《そかんかじか》王、皇太子、第四皇子、第八皇子が天幕の中で座って待っていた。

敏敏《びんびん》は第十三皇子とともに、スタート地点に待機している。第十三皇子に話しかけられ、敏敏《びんびん》はにこやかに聞いている。

私と第十四皇子が近づくと、彼らは話すのをやめた。

第十四皇子は私の馬の鞍や手綱を点検すると、轡《くつわ》を引っ張って小さな声で言った。「無理しなくていいんだぞ」

私はうなずくと、敏敏《びんびん》に向かって笑顔で言った。「約束は守ってくれますね？　私が勝てばすべてを水に流し、友人に戻ってくれますね？」

「もちろんよ。私たち草原の人間は、乗馬の名手には心からの敬意を払うものなの。もしあなたが勝ったら、たった数ヵ月の訓練で私に勝つことになるのだから、おとなしく従うわ」

私はうなずいた。第十三皇子と第十四皇子が去っていく。そばに立っていた衛兵がお辞儀をして「敏敏《びんびん》姫、始めてよろしいでしょうか」と聞いた。

敏敏《びんびん》が私を見る。私は深呼吸し、前を向いたまま言った。「私は準備できました」

「始め！」のかけ声で私たちは飛び出した。手綱を握り、必死に鞭を打つ。しかし実力の差は歴然で、どんどん引き離されていった。

敏敏《びんびん》が振り返る。「悪いけど先に行かせてもらうわ」彼女は身をかがめ、両足で馬を挟み、鞭の音も高らかに速度を上げていった。

ここで負けるわけにはいかない。私は鞭を投げ捨てると、髪から金の簪《かんざし》を抜き、歯を食いしばって馬の尻に突き立てた。馬は悲鳴をあげて狂ったように走り出した。私は必死に手綱を握り、両足に力を込めて馬の体を挟み、あとは馬の激しい揺れに身を任せた。

追い上げてくる私を見た敏敏《びんびん》が驚き、速度を上げる。しかし血を流しながら痛みに爆走する馬にかなうわけがない。敏敏《びんびん》の馬も、ケガをして攻撃的になっている相手に先を譲り、敏敏《びんびん》の言うことを聞こうとしない。

私は暴れる馬にしがみついたままフラフラになっていた。後ろから彼女の叫び声が聞こえる。

「何やってるの！　そんなことしたら振り落とされて死ぬわよ！」おそらく馬の尻に刺さった簪に気づいたのだろう。

ゴールが近づく。どうやら私の勝ちだ。体はフラフラで、頭はもうろうとしている。とにかく鐙《あぶみ》にしっかり足をかけ、手綱を握り、振り落とされないことだけに集中した。

ゴールしたのはいいが、馬を止めるすべもなく、そのまま走り続けた。天幕の前にいた衛兵たちが私の馬をさえぎろうとする。中にいた皇子たちが飛び出す。

天幕の前を通り過ぎる私の目でも、そんな光景をなんとか捕らえられた。後ろからたくさんのひづめの音が聞こえる。どうやら多くの馬が追ってくるようだ。たぶん頑張ってしがみついていれば、助けてもらえるだろう。

不思議なことに少しも怖くなかった。それどころか雲に乗って飛ぶようなスリルと爽快感がある。紫禁城《しきんじょう》の生活があまりにストレスになっていたことの反動か、それとも助かると分かって安心したせいなのか、ちっとも恐怖を感じない。頭がフラフラし目がかすむ。激しい揺れの中で私は快感に酔っていた。

衛兵たちが取り囲み、生け捕り用の道具を使って馬を止めた。私は第十四皇子に支えられて馬を下りた。目に映るものすべてが何重にも見える。心配してのぞき込む第十四皇子の三つの顔と、同時にしゃべる三つの口。何を言っているのかは聞こえない。私は彼の腕にもたれて笑いころげた。そこへ慌てて駆けつける第十三皇子の三つの顔。敏敏《びんびん》の顔は四つもある。たくさんの口が同時に動く様子に、私はさらに大声をあげて笑った。「最高だわ。刺激的な体験のあとで、こんなに笑えることが待ってるなんて！」私は敏敏《びんびん》を指さして叫んだ。「私の勝ちです。約束は守ってくださいね」

第十四皇子はそんな私を馬に乗せると、ゆっくりと歩き出した。私は彼の胸にもたれながら、自分の手を高くかざし、何重に見えるか確かめてみた。

少しずつ第十四皇子の声が聞こえはじめる。「若曦《じゃくぎ》、若曦《じゃくぎ》、大丈夫か？」自分の手がようやく一つにまとまる。

つまらなくなって息を吐いた。「このとおり大丈夫よ。私をちゃんと座らせてくれたらもっと楽なんだけど」

彼が馬を止めて顔をのぞき込んだ。私はにっこりと微笑んだ。彼が聞く。「おい、私の言うことが聞こえてるか？」

私はうなずいた。「私の言うことが聞こえてるか？　でしょ？」

彼は安心し、長い息を吐き出すように言った。「天地に感謝しろ」うしろにいた第十三皇子と敏《びん》敏《びん》がやってきて言った。「御仏のご加護に感謝を」

敏敏《びんびん》の声に反応した私は身を起こし、じっと彼女を見た。私が口を開く前に彼女が言った。「第十三皇子の言うとおり、あなたは本当に〝命知らず〟なのね。安心して。あの件は永遠に黙っていてあげる。私は何も見なかった。それにしても本当に人騒がせね！」彼女は第十三皇子のほうを向いて微笑み、こう付け足した。「本当は馬を選ぶ時点で、皇帝陛下には何も言うまいって決めていたの。騙されたことが頭に来たから、ちょっと脅かそうとしただけよ」

第十三皇子はあきれたように笑い、私に目配せをした。どうやら今回は彼の魅力がかなり役に立ってくれたようだ。私が酒を飲んでケンカをする命知らずな女だという評判が紫禁城を越えて草原まで伝わってしまったのは彼の仕業だが、その程度のことは甘んじて受け入れよう。

私が馬を下りようとすると、第十四皇子が先に下りて抱きかかえてくれた。第十三皇子と敏敏《びんびん》は馬上から私を見ている。私は襟を正すとその場にひれ伏して叩頭した。敏敏《びんびん》が慌てて馬を下り、私を立たせようとする。「もう許したのだから、こんなことはやめて」

私は立ち上がりながら言った。「姫の寛大な心に感謝します。でも私が失礼なことをしたのは事実です。だからこうしてお詫びをしたいのです」

そこへ王喜《おうき》がやってきた。彼は馬から下りると拝礼して皇子たちに言った。「陛下と蘇完瓜爾佳《そかんかじか》王が大変心配されております。すぐにお戻りください」

第十三皇子が笑った。「分かった。すぐに行く」

第十四皇子が私に聞く。「一人で馬に乗れるか？」

まさか皇子に抱っこされながら康熙《こうき》帝の前に参上するわけにはいかない。たとえ無理でもここは乗らねばなるまい。私は笑顔でうなずいた。「ゆっくりなら大丈夫」

第十四皇子は自分の馬を引いてきた。「私が横についているから、これに乗るといい。こいつはおとなしいし、私が口笛で指示するだけで、どう走るべきかすべて理解する」そう言うと、私に馬を引き渡し、自分は後ろに控えていた衛兵の馬を借りた。

その時、試合の時に乗った馬が目に入った。血まみれの太ももが痛々しい。今さらながら残酷なことをしたと思った。私は振り返ると命じた。「連れ帰ったら、腕のいい馬夫によく世話をするように言って」

一人の衛兵が私の前に進み出て、両手で金の簪《かんざし》を差し出した。すでに血は拭き取られていたが、私は目をそらした。「捨ててちょうだい。もう要らないわ」

戸惑う衛兵の手から第十四皇子が簪を受け取った。

第十三皇子が笑う。「容赦なく刺しておきながら、今さら怖くて見られないとはな」

その言葉には答えず、私は黙って馬に乗った。四人の馬がゆっくり走りはじめる。

天幕に入ると、四人そろって康熙帝《こうきてい》に拝礼した。同席していた第四皇子と第八皇子が心配げに私のほうをうかがい、それから第十三皇子と第十四皇子のほうを見た。

康熙帝《こうきてい》が私に聞く。「怪我はないか」

「大丈夫です」

「あんな手を使ってまで勝ちたかったのか」

私はひれ伏して叩頭した。「お許しください」

敏敏《びんびん》がひざまずく。「陛下、若曦《じゃくぎ》は関係ありません。私が試合を強要したのです」

「若曦《じゃくぎ》があそこまで無茶をするのはおかしい。そなたらは何を賭けたのだ？」

蘇完瓜爾佳《そかんかじか》王が「敏敏《びんびん》！」とたしなめる。敏敏《びんびん》は「何も賭けていません」と答え、何をたしなめられたのか理解できないという顔で父親を見た。

康熙《こうき》帝が私を見て言う。「若曦《じゃくぎ》は朕《ちん》のそばに長く仕えている。その人となりについては理解しているつもりだ。何の理由もなく、ただ勝つためにあそこまでするとは思えぬ」

天幕内が静まりかえる。私はひざまずいたまま顔を伏せ、必死に頭をめぐらせたが、よい言い訳が出てこなかった。さすがは天下の康熙《こうき》帝だ。ささいな事から何もかも読み取ってしまう。今日という今日はこの難関を乗り越えられないかもしれない。

第十四皇子が「父上、じつは……」と言ってひざまずいた。と、それを制して蘇完瓜爾佳《そかんかじか》王が「陛下！」と叫び、ひざまずく。突然のことに、康熙《こうき》帝が慌てて王を立ち上がらせる。王が頭を下げて言った。「すべては娘の責任です。じつは内密にお話ししたいことがあります」

「皆の者、下がるがよい」康熙《こうき》帝はすぐに人払いをした。

全員が速やかに立ち上がり退出する。私も敏敏《びんびん》と一緒に外へ出た。大臣らが皇子たちに挨拶をして散っていく。第四皇子と第八皇子が顔を見合わせる。皇太子は怪訝な顔をしている。

皇太子が敏敏《びんびん》に聞いた。「いったいどういうことだ？」

敏敏《びんびん》は彼を一瞥すると、澄んだ声で答えた。「どういうことって、ご覧になったでしょう？　試合をして若曦《じゃくぎ》が勝ち、私が負けた。ただそれだけですわ」

気高い美女を前にとりつく島もなく、皇太子はきまり悪そうに笑うと、第四皇子たちに向かって「用があるので先に行く」と言い、第十三皇子を横目で見ながら、お供を従えて去っていった。

第九皇子が親指を立てて敏敏《びんびん》に微笑む。「皇太子をやりこめるとは、さすがは草原の姫君だ」

私は敏敏《びんびん》の袖を引っ張った。「父君は陛下に何をお話しになるのかしら」皇子たちが聞き耳を立てる。

敏敏《びんびん》は恥ずかしそうに顔を赤らめ、第十三皇子をちらっと見ると、少し離れた所へ私を引っ張った。皇子たちが第十三皇子を見てニヤッとしたが、第九皇子だけはあまり面白くなさそうにしている。

敏敏《びんびん》が私の耳許でささやいた。「父は、私とあなたが第十三皇子を取り合ってると勘違いしているみたい。だから大勢の前で、娘の恥をさらしたくなかったのよ」

真相を知られるよりは、この誤解のほうがありがたい。私は笑った。「父君の勘違いじゃないですよ。敏敏《びんびん》姫は嫉妬したから、あんなにお怒りになったのでしょう?」

敏敏《びんびん》は私をくすぐった。「よくも言ったわね」

私は逃げ出し、第十三皇子の後ろに隠れて顔を出した。「そうやってムキになると、ますます自分で認めたことになりますよ」

敏敏《びんびん》は恥じらいながら足を踏みならした。「人の陰に隠れるなんて卑怯よ」

「私は非力な女ですからこうするしかないのです」

第十三皇子が笑いながら私を前に突き出した。「私には関係ないので、どうぞ若曦《じゃくぎ》を好きなようにしてください」

敏敏《びんびん》は目を見開いて喜び、手をこすりあわせて息をかけると、私の脇の下をくすぐりはじめた。

私は笑いながら逃げまわり、息を切らせた。「いたずらはやめて、私の話を聞いてください」敏《びん》敏《びん》はどこまでも私を追ってくる。

疲れて走れなくなったので、第十三皇子のとなりへ逃げ込んだ。「第十三皇子、他人事みたいな顔して笑ってる場合じゃないわ」

今度は第十三皇子が第四皇子のとなりへ逃げた。「今日は君のせいで散々だった。もう巻き込まないでくれ」そう言いながら、敏敏《びんびん》に私を攻撃するようけしかける。敏敏《びんびん》がますます調子に乗る。私は完全にお手上げ状態だった。第四皇子のほうへ逃げるのも気が進まないので、第十四皇子の腕を引っ張って盾にした。「敏敏《びんびん》姫、お願いです。話したいことがあるから聞いてください」

第十四皇子が助け船を出す。「若曦《じゃくぎ》はさっきの競争でヘトヘトなんだ。勘弁してやってくれ」敏敏《びんびん》の攻撃を第十四皇子がさえぎる。第十三皇子は敏敏《びんびん》に加勢する。敏敏《びんびん》は笑いながら私と第十四皇子を指さした。「この二人ったらずいぶん結束が固いけど、本当はどういう関係なのかしらね」

第十三皇子が言う。「激しいケンカを繰り広げる仲です」

「信じられない」と敏敏《びんびん》。

「ほんの数ヵ月前に見たケンカでは、一人が顔を真っ赤にして怒り狂い、一人が大泣きでした」

「十三兄上！」

「第十三皇子！」

私と第十四皇子が同時に叫んだ。第十四皇子のその声はめずらしいほど真剣だった。第十三皇子が手を振って笑う。「分かったよ。十四弟を怒らせたら、八兄上や九兄上にまで叱られそうだ」

皇子たちが一斉に笑う。今回、第十三皇子が第十四皇子を窮地から救ったことは、第八、第九皇子を助けたことにもなる。つまり両派の皇子たちが手を取り合ったということだ。そこには和やかな兄弟の空気が流れていた。

私は第十三皇子に言った。「私の過去をずいぶん暴いてくれたようだから、いつか私からも敏敏《びんびん》姫に、あなたの恥ずかしい過去を教えて差し上げなくちゃね」

敏敏《びんびん》が目を輝かせる。「いつ教えてくれるの？　今すぐでも私はいいのよ」

言葉をそのまま素直に受け取る敏敏《びんびん》に全員が驚く。宮中での社交辞令に慣れすぎている私たちには、彼女の反応が新鮮だった。敏敏《びんびん》の天真爛漫な様子に、みんなが笑い出す。第四皇子までが口の端をあげて笑っている。敏敏《びんびん》が真っ赤になる。第十三皇子も照れくさそうにしている。

私は敏敏《びんびん》に近づき、手を取った。「父君は陛下に何を話すつもりでしょう？」

敏敏《びんびん》は首をかしげた。「見当もつかないけど、若曦《じゃくぎ》が困ることなど絶対にないから大丈夫よ」

私は黙って考えた。モンゴル王は娘が第十三皇子に心を寄せていることを康熙《こうき》帝に打ち明けるのだろうか。いや、それは考えられない。たとえ皇帝が敏敏《びんびん》と第十三皇子の結婚を許したとしても、モンゴル王がそれを望むはずがないのだ。競争で何を賭けたか康熙《こうき》帝が聞き出そうとするのを、王は止めようとした。王にはどんな思惑があったのだろうか。いくら考えても答えは分からない。ここは老獪な狸どうし勝手に闘ってもらおう。

それより、昨年の第十四皇子の一件が第四皇子の耳に入ったらどうなるだろうか。第十三皇子は第四皇子に話すだろうか。話したとしたら、それが皇太子の耳にも入るだろうか。私は心配のあまり、長いため息をもらした。

「ため息なんかついてどうしたの？」敏敏《びんびん》が聞く。

私は頭を振って、前を向いたまま黙っていた。敏敏《びんびん》もとなりでため息を吐く。今度は私が尋ねた。「敏敏《びんびん》姫こそ、なぜため息なんか？」

敏敏《びんびん》は第十三皇子のほうを見て言った。「今みたいに、みんなが楽しく過ごす時間が永遠に続いたらどんなにいいかと思って」

何を話しているのかは聞こえてこないが、皇子たちは楽しそうに歩いている。彼らがずっとあんなふうに笑い合えたらいいのにと私も思う。しかし彼らは将来、生き残りをかけた激しい闘いをするのだ。

第十三皇子の声がとぎれとぎれに聞こえる。「若曦《じゃくぎ》が……十四弟に……ずっと笑いどおしで……」私は敏敏《びんびん》の腕にしがみつき、聞き耳を立てた。「……金の簪《かんざし》を差し出されても、真っ青な顔でまともに見る勇気さえなくて……」

第九皇子と第十四皇子がこちらを見て笑っている。あの第四皇子でさえ私を見て笑みを浮かべている。第八皇子だけは前を向いたまま微笑んでいる。私は頭を振った。勝手に語らせておこう。

第十三皇子が笑う。「なぜあんな残酷な手を使ったのかは本人しか分からない」

私が口をとがらせて黙っていると、彼がこう付け足した。「それにしても、数年前まで馬に乗れなかった若曦《じゃくぎ》が、あそこまで進歩するとは、よっぽど去年の指導者がよかったんだな。いったい誰に教わったんだ？」

私ははっとした。敏敏《びんびん》が口を開いた。「それは私よ……それから……」私はとっさに彼女の手を強く引き、「それから」をかき消すように「そうよ。敏敏《びんびん》姫に教わったの」と言いうと、敏敏《びんびん》に目配せした。

第十三皇子が笑う。「若曦《じゃくぎ》には参ったよ。いくらも教わらないうちに、もう師匠と腕比べをするんだからな」

第八皇子は顔色を変えることなく、いつもの笑みを浮かべている。私は第十三皇子を見て微笑み、それ以上何も言わなかった。

解散後、いったんは帰るつもりで歩いていたが、ふと第十三皇子の所へ行こうと思い、方向転換した。するとうしろから声がした。「十三兄上の所へ行くのか？」第十四皇子が追いかけてきた。

私は拝礼しながら答えた。「ええ。あなたも？」

彼はしばらく沈黙し、それから「君には感謝するよ」と言った。

「お礼を言うなら私じゃなくて第十三皇子でしょう？　私は自分のためにやっただけなんだから」

彼は黙って私の横を歩いた。

第十四皇子がやってきたのを見て、第十三皇子は少し意外な顔をしたが、笑って言った。「若曦《じゃくぎ》が来ると思ったから、四兄上にははずしてもらったんだ」

私はそこにあった座布団を手に取り、絨毯の上に座った。第十四皇子が拝礼すると、第十三皇子は「拝礼など必要ない」と言った。第十四皇子は何か言いたげにもじもじしている。第十三皇子に礼を言うのがそんなにつらいのか。

第十三皇子は微笑み、彼にも座るよう勧めた。「それで、何の話だ？」

第十四皇子がいつまでも口を開かないので、代わりに私が昨年の一連の出来事を詳しく説明した。第十四皇子もおとなしく、私がしゃべるのに任せている。

話を聞き終わると、第十三皇子は笑ってうなずいた。「なるほど。あの時、十四弟が病を理由に何日も顔を見せなかったのは、そういうことだったのか」

私はおずおずと尋ねた。「ねえ、この話を第四皇子にするつもり？」

「四兄上に聞かせたくないのか？」と第十三皇子に聞かれ、私はうなずいた。

第十三皇子は視線を落とした。「しかし兄上に秘密を作りたくない。それに、この件を兄上が知ったからといって何の不都合もないだろう。あの兄上が父上に言いつけるわけがない。今回私が助けたのも、半分は君との友情のためだが、あとの半分は兄上と徳《とく》妃様のためなんだ」彼はそう言いうと、第十四皇子を諭すように言った。「兄上は冷淡で強引に見えるかもしれないが、実の弟であるお前を悪いようにはしない」

第十四皇子の表情は沈んでいる。第十三皇子は私を見て笑った。「とにかく大丈夫だ。この件は終わりにしよう」

私は唇を噛んだ。第四皇子は仕方ないとしても、まだ気になることがある。「皇太子殿下にも言うつもり？」

「ばかなことを言うな。父上に知らせたくないなら、皇太子にだって知らせるわけにはいかないだろう」

ばかと言われても、皇子たちの駆け引きは複雑すぎるから、念には念をと思って確認したのだ。私が第十三皇子のそばにある茶壺を指さすと、彼は黙ってお茶をいれてくれた。私はそれを受け取り、一気に飲んで空いた茶杯を返した。第十三皇子が「もっと飲むか？」と聞くので、いらないと手を振ると、彼は茶杯を机に戻した。

第十四皇子があきれたように、私を指さした。「彼女はいつも十三兄上にこんな態度を？」

「もっと偉そうな時だってあるぞ」と第十三皇子が答えると、第十四皇子は私たちを何度も見て、下を向いてしまった。

私は第十三皇子に言った。「蘇完瓜爾佳《そかんかじか》王は自分の娘があなたに心を寄せていることを知ってるわ。油断してると結婚させられるわよ」

「側室でもいいからと言って娘を差し出すなら、受け入れるしかないだろう」

私は耳を疑った。第十三皇子なら、好きでもない相手を娶ることはないだろうと思っていたのだ。とはいえ、彼もこの時代の男だ。嫁が何人増えようと大きな違いはないのだろう。せいぜい屋敷が増えて、召し使いを多く抱えるだけの話だ。好きな相手とはもちろん結婚するし、好きじゃなくても結婚はする。そして気のない相手の屋敷には通わない。それだけのことだ。

私は敏敏《びんびん》のことを思い、声を荒げた。「敏敏《びんびん》姫のことを愛してないなら、結婚なんかしないで。

家に新しい家具を入れるようなつもりで娶るなんて許さないわ」

「私だってそんなことはしたくない。だが父上が命じれば受け入れるしかないんだ」

私は思わず立ち上がって口を開いたが、うまい言葉が見つからず、ただ「とにかく愛してもいないのに結婚なんて絶対ダメよ」とだけ言い残し、外へ飛び出した。第十四皇子が慌てて挨拶をして出てくる声が背中で聞こえた。

自分でも理不尽なことを言っているのは分かる。今回の騒ぎは私と第十四皇子のせいだし、助けてくれた彼に当たるのは間違っている。それにこの時代の人間として何も間違ったことをしていない彼に、三百年後の現代人の感覚を押しつけるのは無茶なのだ。そうと知りつつも、悲しみがこみ上げてくる。私は横を歩く第十四皇子に言った。「敏敏《びんびん》姫に会いにいくから、先に帰って」

「十三兄上に嫁がないよう説得する気か？」私が何も答えず歩いていると、彼が言った。「私も敏《びん》敏《びん》姫と十三兄上の結婚には反対だ」

彼は周囲を見回すと声を落とした。「皇太子とモンゴル人の関係は悪い。何年か前に、皇太子の件について代表を招集して話し合った時も、蘇完瓜爾佳《そかんかじか》を中心とするモンゴル人が皇太子に不満を示したんだ。モンゴル王の愛娘敏敏《びんびん》が十三兄上に嫁いだら、八兄上にとって風向きが悪くなる」

あきれてため息が出た。私は歩きながら頭を振った。「もう帰って。そんな話、聞きたくないわ」

第十四皇子が私の前に立ちはだかる。「こっちが誠意をもって接しているのに、その態度は何だ。十三兄上と遊び回る君をずっと苦々しく思っていた。でも今はこうして仲良くやっていこうと思っている。なのに君はいつもこうだ。そんなに十三兄上のほうがいいのか？　君は八兄上側の人間なんだぞ」

　私は彼を振り払って歩いた。「第十三皇子はそういう政治的ないやらしい話を一切しないわ。そこがあなたと違うのよ」

　第十四皇子は呆然としてその場に立ち尽くしていた。

　モンゴル人の野営地に到着すると、敏敏《びんびん》の天幕のほうから泣きわめく声が聞こえてきた。思わず歩みを緩めると、人が飛び出してくるのが見えた。同時に中から花瓶が飛んできて、大きな音を立てて割れた。

　飛び出してきたのは兄の合術《こうじゅつ》だった。私が走り寄って拝礼すると、彼は気まずそうに「立ってください」と言った。

「敏敏《びんびん》姫はいらっしゃいますか？」

「申し訳ないがお引き取りください。今、妹に会うのは無理でしょう」

　敏敏《びんびん》が入り口から顔を出して叫んだ。「私を一族から追い出そうとするうえに、私のお客様まで追い払うの？」

　合術《こうじゅつ》はそそくさとその場を離れた。私は彼女と一緒に中へ入った。部屋の中は散らかり、いろいろな物が割れ、大変なことになっている。どこかにハンカチでもあれば彼女の顔を拭いてやりたいが、この散らかりようでは見つけるのも困難だ。私はカーテンを開けて外にいた下女に「たらいに水をくんで、手巾と一緒に持ってきて」と命じた。

私は、絨毯の上に座り込んで泣く敏敏《びんびん》をなだめた。外から声がする。「お持ちしました」私はそれを受け取ると、手巾を絞り、敏敏《びんびん》に渡した。「これで顔を拭いてください。それから泣いてないで、何があったのか話してください」

敏敏《びんびん》は泣きじゃくりながら顔を拭いている。少し落ち着いたところで改めて「何があったのです？」と聞いた。彼女は泣くばかりで口を開こうとしなかったが、やがてぽつりぽつりと語りはじめた。「私、結婚させられるの。父が陛下にお願いしたの」

「お相手は誰なのです？」

「伊爾根覚羅《いじこんかくら》氏の庶出の王子ですって。先方は数日後に陛下に謁見するそうよ」私はぼんやり考えた。伊爾根覚羅《いじこんかくら》といえば、たしか八大一族の一つだ。それ以外のことは知らない。

敏敏《びんびん》が涙で訴える。「絶対に結婚なんかしない。嫁ぐくらいなら首をくくるわ」

私は少し沈黙し、それから静かに「私の秘密をお話しします」と言った。敏敏《びんびん》は下を向いたまま泣き続けている。「昨年、この草原を訪れたさい、私と本当に恋仲だったのは第八皇子です」敏敏《びんびん》が「えっ」と顔をあげた。

私は彼女に寄り添うように座り、静かに語った。貝勒《ベイレ》府で出会い、その後何年にも渡り大切にされたこと、その時の自分の気持ち、草原での出来事、彼が皇太子の座を欲しがっていること、私が皇位争いから身を引いて欲しいと訴えたこと、彼の正妻のこと、その息子のこと、正妻の一族の脅威、そして私が彼を諦めるに至ったこと。敏敏《びんびん》は泣いていたことも忘れ、聞き入っていた。

私は手巾で彼女の顔を拭きながら言った。「本当に、第十三皇子に嫁ぐ覚悟はありますか？　側室として小さな屋敷に住み、夫がいつ来るかと待ちわびる毎日ですよ。残酷な言い方かもしれませんが、第十三皇子にはその気がありません。他の夫人たちと争いになった時、皇子が味方してくれるとも限りません。美しい草原を離れ、小さな屋敷に閉じ込められるのです。見上げてもそこには狭い空しかありません。少し酷な言い方をしますが、ご容赦ください。あなたの父君の妃たちを見てごらんなさい。本当に寵愛を受けるのは一人か二人で、あとの方はどんな日々を送っていますか？　敏敏《びんびん》姫に待っているのはそんな毎日かもしれないのですよ」

呆然とする敏敏《びんびん》。私は続けた。「父君の本意は、王子に嫁がせることではないでしょう。第十三皇子に嫁ぐことを諦めさせたいのです。あの時、慌てて話を制したのは、娘の恥をさらしたくないからではありません」

「だったら何のため？」

「あなたは父君の宝です。兄君も同じ思いでしょう。あなたは敏敏《びんびん》であると同時に、モンゴル蘇完《そかん》瓜爾佳《かじか》一族の象徴でもあるのです。皇帝陛下はモンゴル人を手なずけようとしています。モンゴルの姫を皇子の妻に迎えることは、陛下にとって有利です。もしあなたが第十三皇子に好意を寄せていると知れば、陛下はすぐにでも婚姻を成立させるでしょう。皇帝が決めたことなら、父君とて反対はできません。あなたを守るためには、あなたの恋心が知れてはならないのです。だから父君はあれほど焦って話を制したのです」

私はさらに続けた。「敏敏《びんびん》姫、あなたは幸せです。父君に愛され、将来一族の王となる兄君も、あなたを大切にするでしょう。草原にいる限り、あなたが不幸になることはありません。多くの美しい娘たちは、父親や兄の政治の道具として嫁がされます。皇太子殿下もあなたを気に入っていますが、あなたの父君はあえて気づかぬふりをしています。普通の父親なら、将来皇帝になる人物には、喜んで娘を差し出すはずです。そうすれば自分の孫が未来の皇帝になる可能性だってあるのですから。高貴な身分のあなたなら、それくらいのことはご存じでしょう」

私は自分の姉の数奇な運命を思った。「愛娘の運命を決めてやることもできない父親もいれば、娘を守る力がありながら、私心のために守ることを放棄する父親もいる。でもあなたの父君は娘を守る力があるうえに、実際に守り通そうとしている。あなたは姫として生まれ、美貌にも恵まれた。駆け引きの道具にされる娘たちに比べたら、どれだけ恵まれているか分かりません。だから涙を拭いて笑うべきなのです。女の涙は、自分だけを愛してくれる男性に対して使ってこそ効果があるのですよ。あなたがどんなに惨めな姿になろうと、愛のない男は悲しみません。せいぜい同情するだけです。こんなふうにいつまでも泣いて、父君を困らせたいですか？」

敏敏《びんびん》は猛然と首を振った。私は微笑んだ。「今回の結婚が嫌ですか？　もしそうなら、『嫁ぐくらいなら死ぬ』とでも言って、拒否すればいいのです。父君の目的は、あなたに第十三皇子を諦めさせることなのですから、それさえ達成できれば、結婚は強要しないはずです」

敏敏《びんびん》は黙っていた。言うべきことはすべて言った。彼女が理解してくれれば、あとは自然にうまくいくだろう。もし理解してくれなければ、それはそれで仕方ない。いずれにしても彼女の人生は彼女が決めるのだから。

長い時間が過ぎ、敏敏《びんびん》が口を開いた。「私は第十三皇子と一緒にはなれないのね」

「そうです」

「あんな素敵な人に、また巡り会えるかしら」

「月と星のどちらがいいかなんて決められませんよね。月を見逃したからといって下を向いて泣いていては、満天の星を見逃します。顔を上げれば、月より美しい景色が見えるはずです」

「あなたはどうなの？　第八皇子を忘れられたの？　月を忘れて星を探すの？」

私はきっぱりとうなずいた。「もちろんです。両目を大きく見開いて探します。私だけの星を絶対に見つけます」

敏敏《びんびん》の目に涙がにじむ。「だけどやっぱり悲しいわ」

「泣けばいいのです。でも、いつまでも泣いていてはいけません。思い切り泣いたら、涙を拭いて空を見上げてください。あなただけの星を決して見逃してはいけませんよ」

最後まで言い終わらないうちに、敏敏《びんびん》は私の胸に飛び込み、大声で泣きはじめた。彼女の背中をやさしくたたくうち、私の目にも涙がにじんだ。私は涙をこぼさないよう、目を大きく見開いて天を仰いだ。

第十八章
月に舞う天女

蘇完瓜爾佳王《そかんかじか》と康熙帝《こうき》が実際に何を話し合ったかは分からない。おそらく敏敏《びんびん》のことだけではなかったろうと思う。翌日は康熙帝《こうき》の前に出るのが少し怖かった。

康熙帝《こうき》は文書に目を通すのに忙しく、私にはあまり注意を払わなかったが、とにかく慎重にお仕えした。前日に何もなかったかのように、康熙帝《こうき》は終始黙っていた。それが嵐の前の静けさのように感じられ、ますます不安になった。私にできることは、いつもどおりお仕えすることだけだった。

その夜、敏敏《びんびん》のもとへ行くと、彼女の目は真っ赤に腫れていた。「その顔では、外に出るわけにはいきませんね」

敏敏《びんびん》は枕にもたれて言った。「あなたの予想によると、父は私を無理矢理結婚させる気はないということだったけど、今回のお相手、伊爾根覚羅佐鷹《いじこんかくらさよう》様は父のお気に入りみたいなの」

私は微笑んだ。敏敏《びんびん》もにっこりと笑った。「父があなたのことをとても褒めていたわ。さすがは皇帝陛下が重用するだけあるって」

私が怪訝な顔をすると、敏敏《びんびん》が体を起こして言った。「父には、もう諦めたって言ったわ。第十三皇子に嫁ぐ気はないってね。父は私が結婚を逃れるためにその場しのぎの嘘を言っていると思ったらしいの。だから、昨日あなたに言われたことをすべて話したの」

「まさか第八皇子とのことも……」

「いくら私でもそこまで馬鹿正直ではないわ。第八皇子とのことは絶対誰にも言わない」私はほっとした。

「私ね、泣きながら父に話したの。第十三皇子にはその気がないし、嫁いでも幸せになれないと分かったって。父は感心していたわ。若曦《じゃくぎ》殿のような友を得てお前は幸せだって。それから佐鷹《さよう》様との結婚は強要しないから、首をくくるなんて言うなってね」

私は敏敏《びんびん》を見て微笑んだ。第十三皇子への思いを手放したことで、彼女は確実に幸せを探せるはずだ。

「若曦《じゃくぎ》、あなたを姉さんと呼ばせて」

「もちろんかまいません。でも人前ではだめですよ」敏敏《びんびん》はうなずくと、「姉さん」と甘えた声を出した。私たちは手を取り合って微笑んだ。

ところが敏敏《びんびん》の顔が再び曇った。仕方あるまい。頭で理解しても、心が追いつくのはそう簡単ではない。敏敏《びんびん》がここまで割り切れたことだけでも褒めてあげたいくらいだ。

「姉さん、たとえ私だけの星を見つけたとしても、あの人の歌声や笑顔だけは忘れられそうにないわ。それから、あの人にも私を忘れてほしくない。私、あの人のために踊りたい。そうすれば、舞いを見るたびに、あの人は私のことを思い出すでしょう?」

私はうなずいて言った。「第十三皇子の心に永遠に残るような舞いができるよう、私も協力します」敏敏《びんびん》はうれしそうに微笑むと、私にもたれた。

＊＊＊

それからは猛烈に忙しくなり、寝たと思ったら朝が来るような日々となった。目を覚ますと、頭の中はもう衣装や舞台のしつらえのことでいっぱいで、どうすればイメージを職人に伝えられるか、この時代の技術で何をどこまで実現できるのかばかりを考えていた。

毎日お仕えが終わると、敏敏《びんびん》のもとへ通った。兄の合術も私たちのために協力してくれたが、時々「ここまでして二人はいったい何をしたいんだ？」と聞いた。そのたびに敏敏《びんびん》が不機嫌になり、合術《こうじゅつ》が慌てて「分かったから」と機嫌を取るのだった。蘇完瓜爾佳《そかんかじか》王は理由も聞かず、必要なものを何でも用意してくれたうえ、私たちが心置きなく打ち込めるよう、康熙《こうき》帝に話を通してくれた。

ある日、全員が集まった場で、私がお茶を運んでいくと、康熙《こうき》帝が笑った。「そなたは毎日忙しく動き回っているようだな。大がかりな工事までさせ、やれ繻子《しゅす》を調達しろ、緞子《どんす》を持ってこいなどと命じているとか。もしこれでお粗末な結果になったら笑い者だ。そばに仕える者として、朕《ちん》に恥をかかせるでないぞ。」

私は笑顔で頭を下げた。「その時は陛下のご協力をお願いします。陛下が〝上出来だ〟と評価してくだされば、誰も私を笑ったりしませんから」

康熙《こうき》帝は笑った。「出来が悪ければ、朕《ちん》が真っ先に酷評してやる」

私が頭を下げたまま黙っていると、蘇完瓜爾佳《そかんかじか》王が「出来が悪ければ、まずは敏敏《びんびん》に罰をお与えください。そもそも敏敏《びんびん》のわがままから始まったことですから」と笑った。

康熙《こうき》帝は私を見て笑うと、遠くにいた伊爾根覚羅佐鷹《いじこんかくらさよう》に向かって問うた。「昨年の冬は雪が降り、多くの牛や羊が凍死したそうだが、今年は何か策を講じておるか？」佐鷹《さよう》王子はすぐに詳細を報告した。

初めて見る王子は、なかなかの好男子で、第十三皇子にも負けぬほど洒脱で、第十四皇子にも引けを取らぬほど凛々しかった。絶世の美男とまでは言えないが、深いまなざしのさわやかな顔立ちと、堂々とした立ち居振る舞いは、空を舞う鷹のようだ。蘇完瓜爾佳《そかんかじか》王の目は確かだと思った。敏《びん》敏《びん》と縁があるかどうかは天のみぞ知るだ。

＊＊＊

いつのまにか二ヵ月あまりが過ぎた。明日はモンゴル人が野営地を発つということで、康熙《こうき》帝が夜の宴を設けた。

皇帝が中央に座り、そのとなりに蘇完瓜爾佳《そかんかじか》王が座る。皇子、王子、大臣たちは散らばって座った。康熙《こうき》帝は周囲を見回し、私に「二ヵ月もかけて準備したようだが、こんなに薄暗くては何も見えぬぞ」と言って笑った。

「これから明かりがともります。陛下のお許しをいただければ始めますが」

康熙帝《こうきてい》は蘇完瓜爾佳王《そかんかじかおう》と佐鷹王子《さようおうじ》のほうをうかがった。二人は笑顔で頭を下げ、「陛下のおぼし召しどおりに」と言った。康熙帝《こうきてい》がうなずいたので、私は李徳全《りとくぜん》に目配せをした。李徳全《りとくぜん》も私を見てうなずく。これからすべての明かりが消され、真っ暗になる演出だったので、事前に康熙帝《こうきてい》にお伺いを立てたうえで、李徳全《りとくぜん》は衛兵を増員していた。今、康熙帝《こうきてい》のそばには四人の衛兵がついている。皇太子や皇子たちは会場に入るなり怪訝な顔をしたが、皇帝がいつもどおり談笑する姿を見て安心したようだった。

私は銅の鈴を手に、康熙帝《こうきてい》に向かって頭を下げた。「陛下、明かりを消してよろしいでしょうか」皇帝がうなずき、私が鈴を三回振ると、一瞬にしてすべての明かりが消え、会場が真っ暗になった。皇子や官吏たちのあいだから驚きの声があがる。私は密かに微笑んだ。まさに狙ったとおりの反応だ。

客席が暗闇に慣れたところで、私は心を落ち着かせて再び鈴を振った。前方が青く輝きはじめ、あたかも月夜の海原のように波打つ。

馬頭琴《ばとうきん》の微かな音が響く。ぼんやりとした青い光に溶け込むようなその音色に、人々が恍惚となる。海から月が少しずつ姿を現し、大きな満月となった。舞台を仰ぐ観衆から感嘆の声がもれる。

月が昇るのに合わせるように、馬頭琴の音が少しずつはっきりと聞こえてくる。暗闇から奏者がゆっくりと現れる。次の瞬間、太鼓の音とともに、繊細でたおやかな衣装に身を包んだ娘が満月の中に登場した。軽やかな歩みとともに簪の飾りが揺れ、袖や帯が風になびく。彼女が歩みを止めて静止する。その姿は、敦煌莫高窟《とんこうばっこうくつ》に描かれた琵琶を抱く飛天を思わせた。飛天は飛び立とうとしているのか、それとも舞い降りようとしているのか……。

月の向こうにいる彼女は影絵のように映し出されている。しなやかで可憐な魅力を放ちながらも、気高さにあふれたその姿は、見る者を圧倒した。

楽器の音が止み、水を打ったように静まりかえる。これから月の天女はどうするのだろうか。緊張がみなぎった瞬間、静寂を破る琵琶の音で観衆が驚く。

天女が踊り出す。揺れる楊のように、そよぐ蓮のように。時に朝焼けのように輝き、時に清泉のようにゆるやかに流れる。彼女は月にかかる細い雲になり、風に舞う雪になりながら、自在に舞った。

会場が感動に包まれる。琵琶の音がしだいに小さくなり、ほとんど聞こえなくなると、月がゆっくりと落ち、あたりがほの暗くなった。彼女の姿も闇に溶けていく。とうとう姿が見えなくなり、舞台の上には青い波だけが、見る者の心を映すかのように揺れている。

私は周囲を見回した。そばにいた皇太子が心を奪われたように見入り、第九皇子は目を見張ったまま、小さく口を開けている。佐鷹《さよう》王子は顔色こそ変えないが、落ちていく月を追わんとばかりに身を乗り出している。私は第十三皇子の表情を確認してほくそえんだ。これから月を見るたびに、彼は敏敏《びんびん》のことを思い出すだろう。

鈴を三回振る。舞台の明かりが消え、完全な暗闇となった。会場にいた全員が我に返り、感嘆の声をあげる。康熙帝《こうき》が大きな声をあげた。「見事な月の舞いであった！」下手に座る人々からも次々に賞賛の声があがる。

私は康熙帝《こうき》に向かってお辞儀をした。「さらに敏敏《びんびん》姫が歌を披露いたします」

「歌を舞いのあとに持ってくるとはどういうことだ？　よほど聞きごたえのある歌なのだろうな」

私は笑った。「お約束はできませんが、陛下に楽しんでいただければ幸いです」

舞台の反対側で鈴が二回鳴ったので、私は「陛下、はじめてもよろしいでしょうか」とお伺いを立てた。

「よし」と康熙帝《こうき》が答える。

私が鈴を二回鳴らすと、ドラムロールのように、細かく刻む太鼓の音が響いた。その瞬間、たくさんの灯籠がゆっくりとせり上がる。真ん中の灯籠が最大で、石臼ほどの大きさだ。灯籠は周囲に行くに従い小さくなり、一番端のものは小さな拳ほどだ。すべてが上がり切ったところで、舞台の幕が、太鼓の大きな音とともに落ちる。そこに登場したのは、無数の紅梅の枝だった。微かな風に枝が揺れて花びらが舞い落ちる。暗闇に梅の香りが漂ってくる。

この季節に梅が咲くはずはない。人々は思わず確かめるように香りをかぎながら「やはり本物の梅だ」とささやき合っている。

笛の音が高らかに響いたかと思うと、だんだん小さくなり、空の彼方に消えた。沈黙が流れ、会場に緊張が走った瞬間、梅林の中から娘が現れた。白ウサギの毛でふちどられた赤いマントに、青い傘を差し、しずしずと歩いてくる。再び笛の音が響くと、彼女は歩きながら歌いはじめた。

真心は草原のように果てしない
度重なる風雨をものともせず
雲が晴れれば
輝く光が二人を照らす
真心は咲き誇る梅のよう
冷たい雪にうもれることなく
厳寒の中
花をつけ
春の予感を二人に届ける
雪が舞い、北風が吹き
大地は果てしなく
枝に咲く梅の花
雪の中で凜として
ただあなたのために香る
すべてをかけた愛に悔いはなし
心に刻み、いつまでも

涙を乗り越え、気高く歌う姿は、風雪に耐えて凜と立つ梅のようだった。

歌声とともに壇上の灯籠が一つ一つ消え、暗くなっていく。そこへ雪がはらはらと降る。敏敏《びんびん》は梅に劣らぬ美しさで立っている。純白の雪と赤い梅が織りなす世界の中で、彼女は輝いていた。

歌声が消えると同時に、最後に残った中央の灯籠が敏敏《びんびん》と梅の花を照らす。彼女は傘を投げ捨て、空を見上げ、落ちてくる雪を見た。その顔は明かりの下で玉のように光っている。口もとに浮かぶ微笑みと寂しい瞳。彼女はゆっくりと手を伸ばすと、そっと雪に触れた。

そこで音と光がすべて消えた。子供のように雪に触れる彼女の姿が残像となり、私の心をゆさぶった。そうだ、あの時の私も、あんなマントを着て、迷子のような気持ちで雪の中を歩いていた。そこに雪を踏みしめる音がして、あの人がやってきて私の手を取った。あふれ出す思いに、私は我を失った。

「若曦《じゃくぎ》!」李徳全《りとくぜん》が叫ぶ。「何をしている。陛下が何度もお呼びだぞ」

康熙帝《こうきてい》が笑う。「叱るでない。朕《ちん》もしばらく我を忘れたくらいだ」

私は慌てて「すぐに明かりをつけます」と言い、鈴を鳴らし、消えた灯籠とかがり火をつけるよう合図した。

着替えを済ませた敏敏《びんびん》が挨拶に出てきた。いつもの明るい色の服ではなく、青みを含んだ白色の服に身を包んでいる。楚々とした服装がかえって彼女の美しさを引き立てている。

康熙帝《こうきてい》が蘇完瓜爾佳《そかんかじか》王に向かって微笑む。「歌舞にこれほど魅了されたのは初めてだ」

王は誇らしげに娘を見ながら「過分なお褒めにございます」と答えた。

敏敏《びんびん》は父親の横に静かに立ち、一度も第十三皇子のほうを見ることはなかった。この二ヵ月で彼女は変わったのだ。天真爛漫な少女は、痛みを知り、深みのようなものを増した。悩みのない少女時代は去ったが、人は苦しみに磨かれてこそ、宝石のように輝きを放てるものだ。

佐鷹《さよう》王子が敏敏《びんびん》を見て、何かを思うようにうつむいた。私は心の中で密かに微笑んだ。今夜、彼の心は敏敏《びんびん》に奪われたようだ。いつか彼は彼女の心を射止めることができるだろうか。

康熙《こうき》帝が敏敏《びんびん》に尋ねた。「あの月や雪はどのように細工したのだ？　ぜひ朕《ちん》に聞かせよ」敏敏《びんびん》はちらっと私を見ると、笑顔で答えた。「最初の部分は青い灯籠と青い薄布を使いました。布の下に灯籠を置き、青く光らせたのです。舞台の下から扇子で風を送ると、暗闇の中で波のように見えます。月も同じやり方です。竹で丸い枠を作り、淡い黄色の薄布を貼り、まわりに小さな灯籠をつけます。この灯籠は銀糸で覆い、月を照らす面だけ透明の布を貼り、他の面には光が漏れないようにすることで、月を光らせます。これで闇夜に光る月が出来上がります。月を上げたり下ろしたりするのは、縄を使って、裏で人が操りました。私はその後ろに組まれた舞台で踊ったので、観客席からは、ちょうど月の中で踊っているように見えたというわけです。月の明るさは、何度も試し、ちょうどよい蝋燭の数を決めました。梅は、枝の部分は本物を使い、花は最高級の絹による造花を作りました。灯籠の下で見ると本物のように見えます。香りは一級品の梅の花露です。それを舞台裏で火を用いて加熱し、立ち上った香りを扇子で客席へと送りました。雪は薄絹を細かく裁断し、少し綿を混ぜ、宮女たちが上から散らしては、大きな扇子であおぎました。明かりを少し消して薄暗くしたのは、雪を本物のように見せるためです」

立て板に水の説明に、康熙帝《こうき》はただ驚いていた。「そなたと若曦《じゃくぎ》はそこまでしてこの舞台を完成させたのか」

私は敏敏《びんびん》が答える前に急いで頭を下げて言った。「上等な材料が豊富に手に入ったことと、多くの協力があって初めて実現できたことです。細工は惜しげもなくお金を使えば誰でもできることですし、最終的に成功できたのは、敏敏《びんびん》姫の力です」

康熙《こうき》帝が笑った。「何を謙遜しておる。いくら金をかけても、これだけ意義のある使い方ならよい。そなたにこんな才があると知っていたら、もっと早く宮廷の宴や歌舞を仕切らせたのに」

「私のような粗忽者に任せたら大変なことになります。今日で力を使い切りました。これ以上やれと言われても、おそらく月を太陽に変えたり、天女をカラスに変えるだけです」

下で聞いていた皇子や大臣たちから笑いが起こった。康熙《こうき》帝も笑う。「大役を逃れたいからと、うまい言い訳をしおって」

私は頭を下げて笑った。「とんでもない」

康熙《こうき》帝はしきりに敏敏《びんびん》を褒め、彼女に褒美として玉の如意《にょい》（ワラビ形をした仏具）を与えた。すると蘇完瓜爾佳《そかんかじか》王が康熙《こうき》帝に申し出た。「私から若曦《じゃくぎ》殿に褒美を出したいのですが」

康熙《こうき》帝が微笑む。「それはいい。おかげで朕《ちん》が出さずに済みそうだ。何しろ若曦《じゃくぎ》にはこれまでさんざん褒美を出してきたからな。どれだけよい物を取られたことか」

王は懐から玉佩《ぎょくはい》を取り出し、そばに控えていた太監に渡した。私は太監からそれを受け取ると、すぐにひれ伏して礼を述べた。王が言った。「敏敏《びんびん》も同じ玉佩を持っている。敏敏《びんびん》には双子の姉がいたのだ。二人の娘が生まれた時、私は喜びのあまり、そろいの玉佩を彫らせた。しかしそれが完成する前に上の娘はこの世を去ってしまった」そう言うと、王は大きく息を吐いた。意外な玉佩のいわくに、周囲の目が私に集まる。

私は叩頭し、玉佩を捧げ持った。「お嬢様のために作った大切な物をいただくわけには参りません」

王が微笑む。「もう若曦《じゃくぎ》殿のものだ。遠慮することはない」康熙《こうき》帝も「受け取りなさい」と微笑んだ。私はもう一度叩頭し、玉佩を収めた。

皇子たちが何か思うようにこちらを見ている。私がこれを受け取ったことに、何か意味があるのだろうか。蘇完瓜爾佳《そかんかじか》王の行為は、康熙《こうき》帝に何を暗示しているのだろうか。これは皇帝と王の間で事前に話し合っていたことなのだろうか。私は戸惑うように敏敏《びんびん》を見たが、彼女はうれしそうに笑うだけだ。私も余計な詮索はやめて、笑顔になった。

夜も更けてきたところで、康熙《こうき》帝は皇太子にあとを託し、李《り》太監を伴って先に帰った。高齢なので、遅くまでの宴は体にこたえるのだ。皇帝が去ると、にわかに宴席がにぎやかになった。佐鷹《さよう》王子と談笑するのは第十三皇子。二人は豪快に楽しみ、箸を鳴らしながら、時にはモンゴル語で、時は漢語で歌い、興が乗ると一気に酒をあおっている。

合術《こうじゅつ》王子は第九皇子や第十四皇子と一緒に、酒宴の遊びに興じている。第四皇子は笑みを浮かべながら第十三皇子と佐鷹《さよう》王子の様子を見ては、時々彼らと杯を交わす。第八皇子は皇太子と談笑している。双方の大臣らも大いに盛り上がっている。

私は暗い場所からその様子を見ていた。叶わぬ願いだと分かっていても、このまま時が止まればいいのにと思った。闘いなどせず、みんながいつまでも笑っていればいいのに。

「何を考えているの？」いつの間にか敏敏《びんびん》がとなりに立っていた。私は宴席のほうを見ながらつぶやいた。「〝一面に咲き誇る花もいずれは枯れる。楽しき時も、美しき景色も、私の心を晴らしはしない〟」

「どういうこと？」

「明日発《た》たれるのですね。楽しい時間はあっという間です」

「来年も会えるかしら」

二人はそれぞれの思いに沈黙した。

私は気を取り直し、敏敏《びんびん》に言った。「戻りましょう。敏敏《びんびん》姫に贈り物があります」

「何かしら？」

「去年約束したものです」敏敏《びんびん》は少し何かを考えるようにし、それから息をついて歩きはじめた。

私は笛を調達してくると、第十三皇子の側近の太監三才《さんさい》に手招きした。「第十三皇子を呼んできてほしいの」

三才《さんさい》は走って行くと、第十三皇子に耳打ちした。第十三皇子は佐鷹《さよう》王子にひと言ことわり、皇太子に挨拶すると、大股でこちらへやってきた。

「今日はすごい舞台を見せてくれたな。こんなやり方はひどいぞ。帰ったらきっちりお返ししてやる」

「敏敏《びんびん》姫は明日発つのよ。次はいつ会えるか分からないし、彼女に笛を演奏してあげて」

第十三皇子笑顔でうなずくと、笛を受け取った。「彼女の好きな曲はあるか？」

私は少し考えて言った。「今日、敏敏《びんびん》姫が歌ったあの曲がいいわ」

彼は笛を手に、思い出そうとしている。「記憶が曖昧だな」

私は小さな声で歌って聞かせた。「どう？　できそう？」第十三皇子がうなずく。

第十三皇子は笛を手に戻っていくと、皇太子に言った。「ここで一曲披露したいのですが、よろしいでしょうか」

「それは大歓迎だ。お前の笛なら皆が大喜びだ。いつもは演奏したがらないのに、めずらしいこともあるものだ」周囲から拍手が起こる。

第十三皇子は笛を構えると、敏敏《びんびん》のほうを向いて軽く会釈した。笛が響き出す。曲に気づいた敏《びん》敏《びん》が驚いたように第十三皇子を見る。さすがは第十三皇子だ。二回聞いただけで、歌詞に込められた梅の花の気高さをメロディーで表現している。

会場が驚きに包まれる。先ほど敏敏《びんびん》が歌ったのと同じ曲を、今度は第十三皇子が演奏しているのだ。何かあるのではと勘ぐりたくなるのが普通だ。そんな中で、第四皇子、第八皇子、第十四皇子はいつもの表情で聞いていた。敏敏《びんびん》は涙ぐんだまま、呆然としている。佐鷹《さよう》王子はそんな敏敏《びんびん》と第十三皇子を見比べながら、切ないものを感じているようだが、あくまで柔和な表情を保ちつつ聞いている。嫉妬をせず、相手を尊重し、一緒に心の痛みを分かち合おうとするその男らしさに、私は感動した。
曲の終わりにさしかかると、第十三皇子は敏敏《びんびん》のほうを見てうなずき、もう一度最初から吹きはじめた。敏敏《びんびん》が立ち上がり、一緒に歌い出す。

……
雪が舞い、北風が吹き
大地は果てしなく
枝に咲く梅の花
雪の中で凜として
ただあなたのために香る
すべてをかけた愛に悔いはなし
心に刻み、いつまでも
……

歌声を聞きながら、私は人のいないほうへ向かって歩いた。会場の音がだんだん小さくなり、聞こえなくなった。ふと、ある言葉が頭をよぎる。〝音や声は消えゆき、多情なる我は無情に苦しむ〟。もし無情になって心をなくせば、人は悩む必要などなくなるだろう。
坂を上り、一気に上までたどり着いた。野営地のかがり火と、行き交う衛兵の姿がぼんやりと見える。天を仰ぐと三日月が出ていた。私は大きく息を吐いた。宴のあとはわびしい。

ふと草むらに音がしたので振り向くと、第四皇子がゆっくりと歩いてくるのが見えた。急いで拝礼すると、彼は手を振って私を立たせた。

私たちはしばらく黙って立っていた。息苦しい。この手の沈黙は苦手だ。「第四皇子は左鷹《さよう》王子をよくご存じですか？」

「君も会っているから、少しは分かるだろう。とても優秀な男だが、庶出で母親の身分が低いため、父君の伊爾根覚羅《いじこんかくら》王からは重用されていないようだ。昨年の冬は多くの民や家畜が凍死し、この春には土地をめぐって博爾済吉特《ボルジギン》一族との衝突もあった。今、彼らにとって、皇帝に謁見する任務はさして重要ではないから、今回、彼が派遣されたのだろう。とはいえ……」

彼はここで少し沈黙し、続けた。「それが幸いしたな。これからは父親や跡継ぎの王子をも脅かすほどの存在になるかもしれない」

何が幸いしたのか今ひとつ理解できないが、とにかく誰が王位を継ぐかに関わる話なのだろう。私は敏敏《びんびん》を思い、ため息をついた。どう転んでも彼女は権力争いに巻き込まれるのだろうか。康熙《こうき》帝と蘇完瓜爾佳《そかんかじか》王が何を考えているのか私には分からないし、そもそも敏敏《びんびん》が佐鷹《さよう》王子を好きになるかどうかさえ分からない。私がここであれこれ考えても仕方ない。

「君はそうやって人の恋の心配ばかりして、自分は一生誰にも嫁がないつもりなのか？　親孝行を持ち出して言い訳をしていたが、本当にそんなことを考えているのか」

私は沈黙した。宴の余韻で感情が高ぶっていたのか、それとも舟に揺られて蓮をめでる人ならこの気持ちを分かってくれると感じたのか、思わず私は心に思うことを吐き出した。「もう疲れたのです。宮廷にいると、歩き方から何からすべてに決まりがある。何をするにもよく考えてから行動しないと命取りになる。こんな生活は性《しょう》に合いません。どこか遠くへ行って、笑いたい時は大声で笑い、泣きたい時は素直に泣きたいのです。腹が立てば猛々しい女にもなるし、機嫌がよければ良家のお嬢様みたいにしているのが私です。結婚することは、紫禁城《しきんじょう》という大きな檻から、小さな檻に移されることに過ぎません。それなら美しい紫禁城にいるほうがいいです。宮廷は争いが絶えません。もちろん後宮もです。皇子も少しはご存じでしょうが、殿方に見えるのは表面だけ。水面下では陰湿な闘いがあるのです。あんな女どうしの闘いをするくらいなら、いっそ頭を剃って尼になったほうがましです」

第四皇子はしばらく黙り込み、それから静かに言った。「すでに君は自分の身の振り方を自由に決められる立場ではない。皇帝にこれほど重用されているのだから、結婚を自分で決めることなど許されないのだ。それに君は蘇完瓜爾佳《そかんかじか》王から玉佩を受け取った。君を娘のように思っていることを王は表明した。敏敏《びんびん》やその兄も君には好意的だ。皇太子への態度と比べたら、その差は歴然だ。これから蘇完瓜爾佳《そかんかじか》王がどう出るかは分からないが、父上は君の結婚を持ち札として使うだろう。他の宮女のように、ある年齢になったら外に出られると思うのは甘い。君が考えるべきことは、いかにして自分が納得できる結婚を父上に賜るかだ」

ショックで呆然となった。私にとって最後の砦ともいうべき出宮の希望は、今の言葉で簡単に砕け散った。どんなにあがいても、私は駒として使われる運命にあるのだ。私は悔しさに顔をゆがめて笑った。「私が嫁がないと決めたら、誰もそれを変えられないわ」

第四皇子は淡々と言った。「ならば首をくくる準備をするがいい」そしてこう付け加えた。「それで皇帝の怒りを買えば、君の父君や一族にも累《るい》が及ぶことを忘れるな」

この私が、結婚を拒否するために自分の命を絶つ日が来るなど夢にも思わなかった。死を賜ってでも結婚を拒むと言って第八皇子を脅したことがあったが、あれは本気で言ったわけではない。あくまでも説得のための手段だ。小さいころから、自殺する人の気持ちが理解できなかった。親にもらい、育ててもらったこの命を、自分勝手に終わらせていいはずがない。行き詰まったと思っても、人生なんとかなるはずだ。命より大切なものはない。命を守ることは自分のためだけでなく、家族や愛する人のためだ。生きていればこそ希望もある。

第四皇子が言った。「宮廷は夢など見られぬ場所だ。早く目を覚まして策を考えた方がいい。その段になってからでは間に合わないぞ」

「結婚しないという選択は本当に許されないの？　私が結婚しなくても、誰の迷惑にもならないはずよ」

「まだ分からないのか。それとも分かろうとしないだけか？　決めるのは皇帝であって、君はそれに従うことしか許されないのだ」

分かろうとしないですって？　私はこの先に幸せがあるはずだと自分に言い聞かせて、これまでの生活に耐えてきたのだ。

しばらく沈黙があり、第四皇子が聞いた。「君には嫁いでもいいと思える人はいないのか？　檻に閉じ込められるのではなく、この人のそばにいたいと思うような人はいないのか?」

私は少し考えて、首を振った。彼はじっと私を見て、それから闇夜に目を転じ、沈黙した。

私たちは黙って歩いた。別れ際に私は拝礼し、心からの言葉を言った。「第四皇子、ありがとうございました」彼は手を振って私を立たせると、去っていった。

第十九章
木蘭のゆくえ

康熙《こうき》四十九年九月、暢春園《ちょうしゅんえん》。

八月に遠征から戻って以来、康熙《こうき》帝にとって頭の痛い問題が次々と持ち上がった。福建《ふっけん》の漳《しょう》府と泉《せん》府では、干ばつのため農作物が底をついていた。しかも地元の官吏が救済用の食糧を着服したため、多くの民が餓死した。康熙《こうき》帝は怒り、新たに范時崇《はんしすう》を福建浙江《ふっけんせっこう》総督に任命し、災害対策に当たらせ、江蘇《こうそ》や浙江あたりから三十万石の食糧を送ったうえ、被災地に対して年内の税を免じた。その余波も落ち着かぬうちに、今度は戸部《こぶ》で食糧用の金銭着服事件が発覚した。ここ十数年のあいだに着服された総額は四十万両以上で、関係した者は、歴代の尚書、侍郎から小役人まで百二十人に及んだ。康熙《こうき》帝は報告を聞き終わると、椅子に座ったまま言葉を失った。

そばに仕える我々は、こんな時に粗相でもして皇帝の逆鱗に触れては命を落とすと、いつも以上に慎重に、戦々恐々として働いた。ある日、茶具の整理を終え、茶房から出たところで、第十三皇子を見かけた。彼はとても慌てた様子で、王喜《おうき》をはじめ、太監たちに何かを命じている。太監たちは命令を受けると一斉に散っていった。

あんなに慌てた第十三皇子はめずらしい。私は思わず近づいていった。「何があったの？」

「父上が四兄上を呼んでいるのだが、兄上が見当たらないんだ」

「行き先に心当たりは?」

「君は今日当番ではないから知らないと思うが、戸部の横領問題をどう処理するか議論した時、四兄上と父上の意見が衝突したんだ。父上は兄上のことを、『お前のやり方は手厳しく何の温情も感じられぬ。いくら賢人の書を読んでも君子としての風格が身についていないではないか』と言って怒り、その場から立ち去らせたんだ」

私は思わず声をあげた。いつも慎重で心の内を見せない第四皇子が康熙《こうき》帝と衝突?

「その後、四兄上は一人で静かに考えたいと言って先に行ってしまった。ところが王《おう》太監が来て、父上が兄上を呼んでいると言うんだ。門番に聞くと、外には出ていないというから、おそらく園内にいると思う」彼はそう言いながら周囲を見回し「早く見つかるといいんだが」と歩き出した。

静かに考えたい? 私はふと思い出し、第十三皇子を引っ張った。「私についてきて」

「どこへ行くんだ?」

水辺へ到着し、橋のたもとをのぞくと、やはり舟はなかった。私はほっと息をついた。「第四皇子は湖にいるわ」

前回はつぼみだった蓮が今は満開だ。すでに見ごろを過ぎているとはいえ、美しい景色だった。第十三皇子は急いで太鼓橋の上へ行くと、一面の蓮を見下ろした。「どうやって探せばいいんだ」

「舟を出すしかないでしょう」私は舟を頼みに走った。

太監が舟を運んでくると、第十三皇子は櫂を受け取り、乗り込んだ。私も急いで乗り込む。私が腰を下ろすのを待たず、彼は全力で漕ぎ出した。

何度も第四皇子を呼んだが返事はない。あちこち旋回しながら、第十三皇子はますます力を入れて漕いだ。私は第四皇子を呼び続けた。

突然、第十三皇子の背後の蓮の茂みから、第四皇子が舟を漕いで出てきた。「止まって！　ぶつかる！」私は叫んだ。

第十三皇子が振り返る。「兄上ここでしたか！　父上がお呼びです」

第四皇子がゆっくりと止まった。私が体をかがめて拝礼すると、第四皇子はちらっと目をくれ、第十三皇子に向かってあっさりと「ならば戻ろう」と言って漕ぎ出した。

私のほうが第四皇子の行方を知っていたことに悔しさを覚えたのか、第十三皇子は拳で舟をたたいた。舟が揺れ、私は慌てて舟べりにしがみついた。

やがて気を取り直した第十三皇子は、櫂を手に兄の舟を追った。

前を行く第四皇子は、何事もなかったかのように、背筋を伸ばして舟を漕いでいる。しかしそのやせた背中は少し力を落としているようにも見えた。


夜、部屋で心配していた私は、玉檀《ぎょくたん》にさりげなく聞いてみることにした。「昼間、陛下と第四皇子の間に何があったの？」

玉檀《ぎょくたん》は声をひそめた。「今日は戸部の横領問題をどう処理するか話し合っていたのです。関係した官吏たちの処分について、皇太子殿下と第八皇子は、他に余罪があるわけではないので寛大な処置をすべきだと主張したのです。すでに陛下は、この件について皇太子殿下に調査させることを決定されていました。しかし第四皇子は、厳しく罰するためにも、もっと徹底的に調査すべきだと主張しました。その根拠として、これまでの官吏の不正を列挙し、民の間で流行っている、〝天下の税も万国の財もすべて役人の懐に入る〟という歌まで引き合いに出し、現状の深刻さを訴えていました。決定に口出ししたことで、陛下はお怒りになったのでしょう。第四皇子を罵倒し、第十三皇子とともに退出させたのです」

「その後、陛下は第四皇子を呼び出して何を話したの？」

玉檀《ぎょくたん》が怪訝そうに言う。「第四皇子と第十四皇子が呼ばれ、皇太子の調査に協力するようにと命じられていました」

私は安堵のため息をついた。どうやら康熙帝《こうきてい》は第四皇子の考えを完全に否定していたわけではなさそうだ。彼を調査に当たらせたのは、汚職を一掃したいと思っていることの表れだ。第四皇子の考えが正しいことは理解しながらも、朝議では皇太子と第八皇子の主張する寛容な対応を尊重したのだ。

＊＊＊

ひと月ほど経ったある日、私は庭園を散歩していた。晴れ渡った秋の空。どこか眺めのいい場所に行きたくなるが、康熙帝《こうきてい》があの調子では、今年は楽しい行事も期待できない。私は回廊に沿って歩き、楼台に上った。

二階へ上がる手前で、第四皇子が後ろ手に組み、手すりの前に立っているのが見えた。服のすそが風になびいている。そばでは第十三皇子が手すりに体を預けている。二人は沈黙したまま景色を見ていた。

私は足音を忍ばせ階段を下りて去ろうとしたが、第十三皇子に見つかってしまった。慌てて拝礼したが、第四皇子はまるで気づかないかのように振り向きもしない。第十三皇子が隣に来て座るようにと手すりをたたく。

私はにっこり微笑んで歩いて行った。見下ろすと、紅葉しかけた林が見える。「きれいな景色ですね」

二人は何も答えない。失礼したほうがいいかと思っていると、第十三皇子が言った。「若曦《じゃくぎ》、不正を働いた官吏は厳しく罰するべきだと思うか？」

私はポカンとした。第十三皇子は外を向いたままこちらを見ない。私は笑って言った。「私のような宮女に何が分かると言うの？　おかしなことを聞かないで」

第十三皇子が振り返る。「ごまかすな。君がどれだけ知恵が働くかくらい分かっている」

私は少し考えて答えた。「昔から不正を働く役人が裁かれることはない。民の血と汗の結晶を奪うことは憎むべきことなのに、そこに法は働かない。上も下も結託し、互いをかばい、法を破り、規律を乱し、人の命まで奪う。そしていつまでも不正が絶えることはない」

「一般論はいいから、質問に答えてくれ」と第十三皇子。

今日の彼はいつもと少し違う。二度もはぐらかせば、いつもあっさり諦めるはずなのに。どうやら本気で意見を求めているようだ。たとえ私の考えが適切でなくても、相手が彼なら、言わないほうが失礼だ。ここは何か答えよう。

黙って考え込む私に彼が言った。「答えてくれるか？」

「容赦なく厳罰に処すべきね。寛大に対処すれば、不正がはびこり、政治が乱れる。政治の乱れは不正より深刻よ。役人が役人であることを忘れたら、民の暮らしがどれだけ混乱するか分からない」

第十三皇子は困ったように笑うと、手招きし、耳を貸せと言った。「もし不正を働いているのが第九皇子だったらどうする？」

「同じように裁くべきです」

「皇子にも同じく法をもって裁けと言うのか」

「法に基づいて、銀子《ぎんす》を返却させ、半年くらい寝たきりになるほど棒打ちにして、街で三ヵ月ほど物乞いでもさせ、貧しい民の暮らしを味わわせればいいのよ。不正に加担した者も同じように厳しく罰することで、罪を犯せば誰でも裁かれることを示すべきね。そうすれば悪に手を染める者などいなくなるわ」

第十三皇子は少し安心したように第四皇子のほうを見て、それから私に言った。「そんなことをすれば、君の義理のお兄さんを困らせることになるぞ。それでもいいのか？」

「今回の件で、本当に第九皇子に裁きが及ぶの？」

「今のところは大丈夫だ。父上は、横領した分を返せば、今回はお咎めなしにすると言ったんだ」

お金を返せば罪は問わないと康煕《こうき》帝が決めた？　私は呆然とした。

第十三皇子が言う。「帳簿の上では四十万両だ。一畝《ほ》の土地の値段がだいたい七、八両。五人家族のひと月分の生活は一両あればまかなえる」

私は頭の中で計算した。「だったら約二百万人が一ヵ月生活できるお金じゃない」災害で餓死した民のことを考えるといたたまれなくなる。現代の世の中でも汚職は絶えないが、社会が発展しているので、汚職のせいで人民が餓死することはない。しかしこの時代は、横領が即、民の命につながるのだ。

第四皇子が唐突に口を開いた。「もう終わったことだ。あれこれ考える必要はない」

第十三皇子が手すりをコツコツとたたきながら、言葉を飲み込んだ。静けさの中に手すりをたたく音だけが響く。


私たちは階段を下りた。第四皇子が「お前は先に帰れ」と第十三皇子に言う。

第十三皇子が行ってしまうと、第四皇子は私に「ついてきてくれ」と言い、林へ向かって歩き始めた。私は躊躇しつつも、あとについて歩いた。

林の中へ入ると、彼は振り向き、懐から小さな木の箱を取り出した。「遠征から戻ったらすぐに返そうと思ったのだが、遅くなってしまった」

一度返したあの木箱が再び戻ってきた。

受け取ろうとしない私を彼がじっと見つめる。しばらくの沈黙のあと、私は小さな声で「受け取れません」と言った。彼はこちらの心を読もうとするかのように、箱を差し出したまま見つめている。気まずい。

突然、彼が私の背後を見て「十四弟！」と叫んだ。私は慌てて目の前の箱を受け取り、それを隠すようにして、振り返って拝礼した。

ところが後ろには誰もいなかった。私は「騙したのですか？」と猛烈な勢いで向き直った。腹が立ったのではない。信じられなかったのだ。

彼は瞳の奥で笑った。「効き目があったな。そんなに十四弟が怖いか？」

「べつにそういうわけでは……」

私は慌てて箱を突き返そうとしたが、彼は一瞥しただけで、無視して歩き出した。慌ててあとを追うと、彼が言った。「どこまで追いかけてくるつもりだ？　このまま庭を出たら、今度こそ本当に十四弟に見つかるぞ」

私は立ち止まり、大股で去って行く第四皇子の背中を見送った。

＊＊＊

康熙《こうき》五十年、紫禁城《しきんじょう》。

元宵節《げんしょうせつ》が終わっても、宮廷の中にはまだ灯籠が残っていた。人々の表情にも、楽しく過ごした祭りの余韻が残っている。

「よくできた灯籠ね。細工も細かいし、たたんで片付けるのも簡単だし。絵は有名な画家によるものでしょう?」私は手にした回り灯籠を見ながら、第十皇子と第十四皇子に語りかけた。

「君なら気に入ってくれると思ったよ」と第十皇子。

第十四皇子が鼻で笑った。「さっさと十兄上に感謝しろ。君のために無理矢理奪ってきたんだぞ」

第十皇子が第十四皇子をにらんで言った。「おかしな言い方をするな。もとはと言えば、お前が若曦《じゃくぎ》にあげようと言い出したんじゃないか」

第十四皇子が口をゆがめて笑う。「灯籠の持ち主は、『特別に飾ってある物だから、お金を積まれても売れない』と言ったんですよ。私はあの時点で諦めました。それなのに十兄上が皇子の身分をひけらかし、『わが輩はこれが気に入った』とか言って、無理矢理譲らせたんじゃないですか。こっちは恥ずかしくて顔から火が出そうでした。私まで共犯みたいに言わないでください」

私は灯籠を第十皇子に突き返した。「私にとってはただの灯籠だけど、その人にとっては大切な宝物じゃない。早く返してきて」

第十皇子が第十四皇子をにらむ。「今さら返せるか。若曦《じゃくぎ》、受け取ってくれ」

それまで沈黙していた第九皇子が横から口を挟んだ。「ただの灯籠だろう。それにこっちはちゃんと金を払っているんだ。気にすることか！」

私はその言葉には取り合わず、もう一度第十皇子に言った。「早く返してきて」

第十皇子は眉をしかめた。「困ったなあ。せっかくもらってきたのに」

私は第十四皇子をにらんだ。「あなたからも説得してよ」

第十四皇子が答える。「私には無理だ。十兄上が素直に従う相手は、父上を除いて三人しかいない。あいにく私はその三人には入ってないんだ」

私と第十皇子が同時に聞いた。「三人って？」第九皇子も興味を示す。

「まず八兄上だ」第十四皇子は次に私を指さして「それから若曦《じゃくぎ》」と言った。第十皇子がニヤニヤする。第十四皇子は笑いをこらえるように言った。「最後の一人は、若曦《じゃくぎ》の天敵、第十皇子夫人だ」

第十皇子がきまり悪そうに第十四皇子をにらむ。

私は笑いながら話題を変えた。「ところで、今年の灯籠市はどうだった？」

「いつもと同じさ。とくに変わったこともない」と第十四皇子。一方、第十皇子は楽しそうに元宵節《げんしょうせつ》の様子をあれこれ話しはじめた。しびれを切らせた第九皇子が不機嫌な顔で、帰ろうと言い出した。

ちょうどその時、第十三皇子が恐ろしい形相でやってきた。腕をまくり、第九皇子に殴りかかろうとする。第十四皇子が慌てて止める。「十三兄上、宮中で殴り合いはいけませんよ」

第九皇子は身をかわすと、薄笑いを浮かべて言った。「いいから放してやれ。兄に殴りかかるとはいい度胸だ」

暴れる第十三皇子を第十四皇子が必死に押さえる。私は第十皇子に聞いた。「いったい何があったの？」

「分からないよ」第十皇子は首を振って笑い出した。「しかし今日はにぎやかでいいや」この不謹慎な発言に、私は第十皇子をにらんだ。

これ以上騒ぎが大きくなれば、康熙帝《こうき》の耳にも入ってしまう。私は第十皇子に言った。「早く第九皇子を連れて逃げて」

第十皇子は渋々ながらも、第九皇子をなだめながら引っ張った。「兄上、相手にするのはよしましょう。用もあることだし、さっさと行きましょう」

二人の姿が見えなくなったところで、第十四皇子はようやく第十三皇子を放したが、まだ片腕だけはつかんでいた。第十三皇子が怒りをぶつける。「なぜ止めたんだ！」

「宮中で騒ぎを起こしたら、かえって緑蕪《りょくぶ》さんに迷惑をかけますよ」

第十三皇子は少し冷静さを取り戻して言った。「じつは昨夜になって初めて事情を聞いたんだ。今日、あの顔を見たら殴らずにはいられなくなって」

緑蕪《りょくぶ》さんが関わっている？　私は思わず尋ねた。「いったい何があったの？」

第十四皇子は気まずそうに黙った。沈黙を破るように第十三皇子が言った。「十四弟、今回は本当に世話になった」

「遠征の時の恩を返しがまだでしたからね。べつに礼を言う必要はありませんよ。それに九兄上も酔っていたから許してやってください」

そう言った第十四皇子の気まずそうな表情と、好色な第九皇子のことを考えて私は慌てた。「第九皇子が緑蕪《りょくぶ》さんに何をしたの？　彼女は芸妓の稼業をとっくにやめているはずよ。もともと芸を売るだけで体を売ることはしていないし」

第十四皇子が不機嫌な顔をする。「嫁入り前の娘がそんな話をするな」

第十三皇子が事情を説明した。「元宵節《げんしょうせつ》の夜のことだ。あいつが緑蕪《りょくぶ》に偶然会い、強引に相手をさせようとしたんだ。運良く十四弟が現場を見て、助けてくれたんだ」

「第九皇子が好色だとは聞いていたけど、そこまでとは思わなかったわ。美女となると見境がないのね。ろくでもない男！」

「若曦《じゃくぎ》！」第十四皇子が大声でたしなめる。

私は怒りが収まらず、第十三皇子に言った。「誰も見てない所でこっそり麻袋に詰め込んで、袋だたきにしてやればいいのよ」

第十四皇子が険しい顔をする。「若曦《じゃくぎ》、黙るんだ。緑蕪《りょくぶ》さんも無事だったことだし、こういう話は騒がないのが一番だ。騒ぎ立てて都じゅうに知らせるつもりか？　噂に尾ひれがついて、緑蕪《りょくぶ》さんをかえって苦しめるぞ」

第十三皇子が言った。「十四弟、帰ったら九兄上に伝えてくれ。また同じことをしたら、その時は、父上に罰せられる覚悟で、きっちりと落とし前をつけるとな」

第十四皇子がうなずいて「二度とさせないさ」と言った。第十三皇子は礼を述べて去った。

第十四皇子は私に言った。「何を考えているんだ！　皇子を口汚くののしれば首をはねられるぞ。そんなではいくつ頭があっても足りやしない」

私が彼をにらんで黙り込むと、彼は少し口調をやわらげた。「九兄上を責めるのも酷なんだ。あの日はずいぶん酒を飲んでいたし、周囲にいた者たちが、緑蕪《りょくぶ》さんが芸妓だったことを知っていて、『あれは第十三皇子の女だから、第九皇子のことなど相手にしませんよ』と挑発したものだから、九兄上も理性を失ったんだ」

私は天を仰いで笑った。「まるで緑蕪《りょくぶ》さんと第十三皇子が悪いみたいな言い方ね。すばらしいご高説、勉強になったわ」私はその場から立ち去ろうとした。

第十四皇子が声をあげる。「こっちこそ散々だよ。緑蕪《りょくぶ》さんを助けたのに、九兄上からは恨まれるし、君からは怒られる。こんなことなら助けるんじゃなかった」

私は足を止めた。第十四皇子の立場を思いやり、振り返って笑顔で言った。「頭に血が上ってつい言い過ぎたわ。あなたには感謝しなくちゃね」

彼が機嫌を直さないのでこう付け加えた。「私をののしって、気を紛らわせてちょうだい」

「君ってやつは……」彼は頭を振って息を吐くと、「相手にするのも疲れる」と言って歩き出した。

私は慌てて彼を追いかけた。彼が振り返る。「まだ何か?」

「第九皇子の性格からして、このまま終わるとは思えないけど……」

彼は私の言葉を制してきっぱりと言った。「助けたんだから、最後まで責任は持つさ。すでに本人にもお願いしたし、八兄上からも釘を刺してもらった。もう大丈夫だ」

「感謝するわ」私は頭を下げた。

「一度しか会っていない仲なのに、緑蕪《りょくぶ》さんのことをずいぶん心配するんだな」

「品格があって才知にたけたすばらしい女性よ。第十三皇子の友人だし、同じ女性として放っとけないわ」

第十四皇子は頭を振った。「君は相変わらずだ。身分の違いなど頓着せず、芸妓を同等に扱うんだな」その昔、この問題については第八皇子の書斎で激しく衝突したものだ。私たちは当時を思い出して笑った。

「君も十三兄上も、こだわりがなくていいな」

「第十三皇子の緑蕪《りょくぶ》さんに対する感情は、男女のものとは違うの。純粋に才能を愛し、境遇を哀れんでいる。風雨の中の花にそっと傘を差すけれど、決して摘んで帰ったりしない。そのままの彼女を大切にしているの」

「だが彼女のほうには友情以上の気持ちがありそうだ。あの夜も、念のため送っていったんだが、その時に、この件は絶対に第十三皇子に知らせないでほしいと頼まれた。自分が嫌な思いをするのはかまわないが、第十三皇子が知れば、あの気性だから放っておくわけがない。そうなれば迷惑をかけることになると言うんだ。普通の娘なら泣きつくところだが、兄上のために恨み言一つ言わなかった」

彼女の人生にとって、第十三皇子に出会ったことは幸福だったのだろうか。この片思いを、彼女はずっと自分でも認めようとしないのではないだろうか。

第十四皇子がため息をつく。「君も人の心配ばかりしていないで、自分の心配をしろ。年齢的にもそろそろ出宮だ。知らないうちに結婚相手を決められるより、自分から納得できる相手を希望して、父上に許しを得るほうがいいだろう」

第四皇子と同じアドバイスだ。どうやらそれ以外に私の選択肢はないようだ。

「八兄上はいい人だ。たとえ嫁いでも君を束縛したりはしない。好きなだけ馬に乗れるし、元宵《げんしょう》節《せつ》には私や十兄上と一緒に楽しく遊ぶことだってできる。君は自由だ。今みたいに宮廷にこもり、時々十兄上のみやげ話を聞くだけでいいのか？　祭りだって毎年違うんだ。そうでなければ私だって毎回行きはしない。だからといって、面白かった話ばかり聞かせても、かえって君に気の毒かと……」

「やめて！」

彼は黙ってしまった。私は無理に笑って言った。「もう帰るわ」

「分かったよ。私ももう帰る」彼はやさしく言った。

第二十章
悲しみに心は千々に乱れ

立夏を迎えた。まだ暑さが本格的ではないものの、康熙帝《こうきてい》は塞外遠征の準備を命じた。紫禁城《しきんじょう》を離れ、細かい決まりや腹の探り合いから解放されるせいか、毎年の行事にもかかわらず、いつも心が躍る。青い空の下、馬を走らせ、光を浴び、風を感じ、草の匂いを吸い込むと、生きる喜びを感じる。

今回同行するのは、皇太子、第五皇子、第七皇子、第八皇子、第十四皇子、第十五皇子を含む九名の皇子だった。私は第十四皇子と話すくらいで、あとはできるだけ皇子たちと関わらないようにしていた。

ここ数日はとてもおだやかだった。お仕えがない時は、馬に乗って一人で草原を駆け回り、疲れたら馬の背に揺られて休み、気ままに過ごした。日の出から夕焼けまで、ずっと馬と一緒だ。持ってきた食事を食べ、水を飲み、あちこち巡った。玉檀《ぎょくたん》が笑う。「若曦《じゃくぎ》様は一日中馬と一緒で、まるで人と話をするのが億劫になったみたいですね」

私は笑って下を向いた。いつのまに自分はこんなふうになったのだろう。子供のころから一人で寂しく過ごすのを何よりも嫌い、いつも友達に声をかけ、数人でつるんだものだ。深圳《しんせん》で就職したばかりのころは、会社帰りに遊ぶ友達もなく、誰もいない部屋へ帰るのが嫌で、いつもお酒を飲みに出かけた。貝勒《ベイレ》府にいたころも下女たちと遊んでばかりいた。それでも「つまらない、つまらない」と愚痴をもらしたものだ。あのころの私は、一人で過ごすすべをまったく知らなかったのだ。

時の流れは速い。芭蕉の葉が茂り、桜桃が色づき、季節はめぐる。そんな中で私も少しずつ変わり、一人で過ごす喜びを知った。人生、こんなふうに心静かに暮らせたらどんなに幸せだろう。

今年は蘇完瓜爾佳《そかんかじか》王と敏敏《びんびん》は来なかった。来たのは兄の合術《こうじゅつ》王子だけだ。彼は敏敏《びんびん》からの手紙を私に持ってきた。手紙を最後まで読み終わらないうちに、私は腹をかかえて絨毯の上で笑い転げた。昨年八月に康熙《こうき》帝と別れてから、佐鷹《さよう》王子は自分の家にも帰らず、ずっと彼女についてきて、蘇完瓜爾佳《そかんかじか》王の招きで、そのまま王府に暮らしているらしい。手紙には、王子が一日中敏敏《びんびん》につきまとっていること、いかに彼女の機嫌を取ろうとし、彼女がそれを足蹴《あしげ》にし、ぞんざいに扱っているか、それでも王子がどれだけ熱心に挑んでくるか、そんなことばかりが書いてあった。敏敏《びんびん》はその気がないと書いているが、佐鷹《さよう》王子に対する思いと幸せな気分が行間から伝わってくる。

私は思った。佐鷹《さよう》王子はきっと敏敏《びんびん》にとっての星に違いない。彼は彼女の心を射止め、敏敏《びんびん》は幸せをつかむだろう。しかも、そう遠くない将来にきっと。

何度も手紙を読みながら思った。私のまわりにも、やっと本当の恋を成就させる人が現れた。これは皇帝に賜る結婚や誰かに強制される結婚ではない。忍耐や利害関係とは一切関係ない純粋な恋愛だ。

私は外に出て馬を走らせた。草原を駆けながら笑った。敏敏《びんびん》の幸せを思うと喜びがあふれた。走り疲れると、今度は馬の背にうつ伏せにもたれて休んだ。その時も私の顔は笑っていた。

突然、ひづめの音が響く。目を開けると馬に乗った第八皇子がとなりにいた。私は座り直して挨拶した。「仕事がありますので、ご用がなければ失礼してよろしいでしょうか」

「山からずっと見ていた。こんなに楽しそうな君の姿は久しぶりだ」

私は言葉を失い、頭を垂れた。彼は遠くを見つめながら聞いた。「君はもう吹っ切れたのか」

心がツンと痛んだが、平静を装って答えた。「吹っ切れました」

「心には誰か他の人がいるのか?」

彼に私の思いなど分からない。私はただ「いません」と答えた。

第八皇子は私を見つめて言った。「あと三年もすれば出宮の年齢だ。皇帝陛下の決めた相手に嫁ぐつもりか?」

「先のことを考えても、私の力ではどうにもなりませんから」そう答えると、私はその場を立ち去ろうと拝礼した。彼は唇の端に冷めた笑みを浮かべると、行っていいと手で合図した。私は鞭を振り上げ、馬を走らせた。

山の中腹から第十四皇子がこちらを見ている。今顔を合わせても、どうせ嫌なことしか言われないだろう。私は気づかないふりをして野営地へ戻った。

馬屋へ馬を戻し、沈んだ気持ちで歩いていると、「若曦《じゃくぎ》、何を思い詰めているんだ?」と誰かが声をかけてきた。見ると合術《こうじゅつ》王子と皇太子が笑っている。私は慌てて拝礼した。

敏敏《びんびん》のせいか、それともあの玉佩《ぎょくはい》のせいなのか、合術《こうじゅつ》王子はとても私に好意的で、家族のように直接名前を呼ぶ。よそよそしい挨拶も不要だと言ってくれたが、私の立場上、最低限の礼儀は守っている。

「ずっと見ていたのに、全然気づいてくれないんだな」

私は笑った。「失礼しました。お詫びいたします」

「責めているわけではない。そんなに真面目にならないでくれ。敏敏《びんびん》も君のように礼儀をわきまえていたら、父も私も少しは心配が減るのだが。今の君は御前に仕えているので機会もないだろうが、出宮したらぜひモンゴルに羽を伸ばしに来てくれ」

皇太子も微笑む。「たしかに今は父上のお世話で大変だが、あと二、三年もすれば結婚を賜るだろう。王子のもとへ遊びに行く時は夫婦で訪れることになるかもしれぬな」合術《こうじゅつ》王子は笑って何も答えなかった。

どうして誰もが私の結婚に関心を払うのだろうか。私があまりにも気楽に構えているから、つい口を挟みたくなるのだろうか。とにかくこれ以上この話を続けたくなかったので、私は軽く微笑み、拝礼して立ち去った。

秋風が立つころ、康熙《こうき》帝は帰京を決めた。帰り道、馬車に揺られながら考えた。来年には皇太子が再び廃される。もうこんな平穏な日々は望めないだろう。ここは気合いを入れなくてはならない。そして結婚のこともある。私はどうすればいいのだろう。

＊＊＊

康熙《こうき》五十年九月、暢春園《ちょうしゅんえん》。

遠征から戻った皇帝は、そのまま暢春園《ちょうしゅんえん》に入った。皇子たちの屋敷から近いこともあり、みんなが気軽に出入りしている。

たまたま第十四皇子を見かけたので、ちょうどいいと思い呼び止めた。第十皇子と奥方の明玉《めいぎょく》のことを聞きたかったのだ。以前、御苑のお茶会の時、明玉《めいぎょく》の具合がよくないとかで第十皇子が欠席したことがずっと気になっていた。あとで詳しい事情を聞こうと思いつつ、第十四皇子に会っても聞くのを忘れたり、話題に出せない状況だったりと、聞く機会を逃していた。

第十四皇子が皮肉な笑いを浮かべる。「よその夫婦のことにそこまで関心を寄せるとは驚いたね。昔から君を知ってるからいいものの、そうでなければ性格を疑うところだ」

彼は楽しげに第十皇子夫妻の近況をしてくれた。どちらもあけっぴろげな性格なので、何かというとすぐケンカになるらしいが、裏表のない、いい夫婦になったようだ。

第十四皇子と私が笑い合っていると、玉檀《ぎょくたん》が血相を変えてやってきた。彼女はそそくさと拝礼をし、言葉に詰まったように黙り込んだ。「何かあったの?」私は聞いた。

玉檀《ぎょくたん》は第十四皇子のほうをちらりと見てから、私を見て言った。「じつは皇太子殿下が……殿下が、若曦《じゃくぎ》様との結婚を賜りたいと皇帝陛下に願い出られたのです」

頭の中で何かが爆発した。私は立っていられなくなり、玉檀《ぎょくたん》に支えられた。耳鳴りがして、玉《ぎょく》檀《たん》の声が聞こえない。これは天罰か？　私が何か悪いことをしたのか？

気がついたら私は部屋の中に座っていた。玉檀《ぎょくたん》が泣きそうな声をあげる。「若曦《じゃくぎ》様、しっかりしてください」

力の抜けた手で茶杯を指さすと、彼女はすぐにお茶を飲ませてくれた。呆然とし、何を考え、何をすればいいのか分からない。「第十四皇子は？」

「皇子は、若曦《じゃくぎ》様をしっかり守るようにと私に言い残し、青ざめた顔で走って行かれました。若《じゃく》曦《ぎ》様、落ち着いてください。皇帝陛下の決定が下ったわけではありません」

こんなことがあってはならない！　絶対にダメだ！　私は玉檀《ぎょくたん》に言った。「今日見たことを詳しく話してちょうだい。すべて漏らさず教えて。話を聞いた時の皇帝陛下の表情も思い出して」

「皇太子殿下がいらしたので、芸香《げいこう》さんの指示で私がお茶を出しに行きました。中へ入ると、ちょうど皇太子殿下がひざまずき、『若曦《じゃくぎ》殿もいい年齢になりました。温厚で礼儀正しく、人格、容姿ともに申し分ありません。どうか側室として迎えることをお許しください』と言ったのです。陛下はしばらく黙っておられ、それからこうおっしゃいました。『若曦《じゃくぎ》は朕《ちん》に長く仕えてくれている。そろそろ嫁がせねばならぬことも分かっておる。しかし朕《ちん》も年老いた。気心が知れて、気の利く者が必要だ。若曦《じゃくぎ》のことはもう少しそばに置いておき、結婚はそれから考えるつもりだった。もちろんその時は、立派な花嫁として、華々しく嫁がせてやりたいと思っている。朕《ちん》にこれだけ仕えてくれたのだからな。いきなりの話ゆえ、この件は少し考えさせてくれ……』と。その時点でお茶を出し終えたので、私は出て行くしかありませんでした。驚きを悟られぬよう下を向いていましたので、お二人の表情についてはよく分かりません」

皇太子のもくろみは分かっている。康熙帝《こうき》、モンゴル人、私の父の三者を味方につけたいのだ。とくにモンゴル人と皇太子の不仲については朝廷でも知れ渡っている。ここで自分の立場を固めるためにも、モンゴル人との関係を修復したいのだろう。

読めないのは康熙帝《こうき》の心だ。もし皇帝が許可を出したら、私はおとなしく皇太子の妻になるしかないのだろうか。命令に背くことができるだろうか。本当に第四皇子が言ったように、首をくくることを考えるしかないのだろうか。

みんなの未来を知っているのに、自分の未来だけが分からない。これが神様の用意した若曦《じゃくぎ》の未来なのだろうか。私は寝椅子に伏せて泣いた。

その夜、玉檀《ぎょくたん》は頑として私のそばから離れなかった。私は言った。「大丈夫よ。まさか私が首をくくるとでも思っているの？　陛下がまだ決定を下されていないのだから、絶望してないわ。最悪の事態になったとしても、諦めない。だから今は一人にして」彼女は自分の部屋へ戻っていった。

寝台で寝ていると、次々に涙があふれた。第十皇子の結婚の時は悲しみと怒りを覚えたが、今回はそれ以上に絶望感が強い。

服をはおり、キンモクセイの木の下まで歩いた。皇太子の顔が浮かぶ。彼が敏敏《びんびん》を見ていた時の表情を思い出すと虫酸が走る。私は幹に頬をつけて泣いた。私が間違っていたの？　自分で自分を追い込んでしまったの？　皇太子に嫁ぐくらいなら、第四皇子や第八皇子、第十皇子のほうがよっぽどよかった！

あれほど皇子たちに忠告されたのに、まだ何年か猶予があるとたかをくくっていた。今さら後悔しても遅い。そんなことを考えながら泣いていたら、いつの間にか空が白みはじめた。

「そんな薄着で何をしているんですか！」玉檀《ぎょくたん》がそう言って飛び出してくると、私を支えて言った。「勘弁してください。いつからここに立っていたのですか！」

彼女はふらふらする私を寝台へ連れて行き、掛け布団でくるんだ。「しっかりしてください。すぐ医者を呼んできますから」

玉檀《ぎょくたん》が薬を飲ませてくれると、意識が朦朧としてきた。それでも彼女が部屋の中で動き回る音はちゃんと聞こえる。ただ、まぶたが重くて目が開けられないだけだ。

どのくらい時間が経ったろうか。焼けるような喉の痛みで目が覚めた。水が飲みたいが、口を開いても声が出ない。そばに玉檀《ぎょくたん》がいるようだったが、呼ぼうにも体が言うことを聞かず、ただ眉をしかめることしかできない。

「水が欲しいのか」男性の声がした。声の主は私が体を起こすのを手伝い、口もとに水を運んでくれた。飲み終わると、私を寝かせ、耳もとでささやいた。「父上はまだ決定を下していない。挽回の余地はある」

第四皇子の声だ。切なさに涙がこぼれた。

彼は指で涙を拭いてくれた。「何も考えるな。医者の言うとおり養生しろ。玉檀《ぎょくたん》にははずしてもらったが、そろそろ戻ってくるだろうから、私は行くぞ」

力をふり絞り、私は彼の袖をつかんだ。この人は将来の雍正帝《ようせい》だ。私を助けられるのは彼しかいない。

彼が見下ろしている。私は言葉もなく涙を流した。「あれだけ言ったのに聞き入れないからだ。今さら袖を引っ張って何になる」

はっとした。彼はまだ皇帝ではない。皇太子に背いてまで、この私を助けるわけがないのだ。私は手を離した。次から次へと涙があふれる。

彼が再び涙を拭いてくれる。「よい解決策があるかどうか分からないし、約束もできない。何しろ相手は皇太子だ。だが私は君を見捨てたりはしない」そう言うと、私の掛け布団を直し、出て行った。

その後私は四回ほど薬を飲まされた。玉檀《ぎょくたん》が布団を多めにかけ、汗を拭いてくれた。おかげで翌日になると、多少頭は重いものの、熱はひき、意識がはっきりとした。

何も食べていなかったので、玉檀《ぎょくたん》が昼食に粥を食べさせてくれた。彼女は、私が口をゆすぎ、顔を拭くところまで手伝ってくれて、食器を持って出ていった。

私は目を見開き、寝台の天井を凝視しながら考えた。康熙帝《こうき》がこの結婚話を進めるつもりなら、私はどんな方法でそれを阻止できるだろうか。皇太子は来年廃される。もし来年まで話を引っ張ることができれば、この話はきっと反故になるはずだ。しかしどうやったらそんなに長く引き延ばせるというのだ。

扉をたたく音がした。玉檀《ぎょくたん》が戻ってきたのだろう。私は気にもとめず、そのままぼんやりしていた。

「少しは調子が良くなったか」

男性の声に慌てて顔をあげると、第十四皇子がこちらを見下ろしていた。起き上がろうとすると、「こんな時に挨拶などいい。そのまま寝ていろ」と言いながら、彼は椅子を引っ張ってきて座った。

そのまましばらく黙っていたかと思うと、耳もとでささやいた。「皇太子がなぜ君を娶ろうと思ったか分かるか？　蘇完瓜爾佳《そかんかじか》王が敏敏《びんびん》と佐鷹《さよう》王子の結婚を願い出た。上奏されたのは今日だが、皇太子は事前に情報を得て動いたんだろうな」さらに声を低くした。「詳しいことは後日話す。今日は君の気持ちを確かめに来た。皇太子に嫁ぎたいか？」私は首を横に振った。「八兄上は都合が悪くてここへ来られないから伝言を預かってきた。〝十日ほどで事態が変わる。それまで何とかして時間稼ぎをしろ〟ということだ」

私は驚きと喜びで第十四皇子を見つめた。彼がしっかりとうなずいてくれたので、私は涙声で言った。「ありがとう」

「声がかれてアヒルみたいだな」

笑って見せようとしたが顔がゆがみ、ただ彼を見つめることしかできなかった。

第十四皇子は責めるように言った。「せっかく忠告してやったのに聞かないからだぞ。今さら後悔したって遅いんだ。皇太子の妻になるくらいなら、八兄上に嫁いだほうが何万倍もよかったのに」

私の涙を見て彼はいったん口をつぐみ、こう言った。「とにかく養生しろ。悪いことは考えるな。数日は会いに来られないと思うから、しっかりな」

第十四皇子が行ってしまうと、玉檀《ぎょくたん》が梨の砂糖煮を持ってやってきた。私は尋ねた。「お仕えのほうは大丈夫なの?」

「李《り》太監からは、若曦《じゃくぎ》様の看病に専念するよう言われています」そう言うと、彼女は梨を私の口もとへ運んだ。

「食べたくないの」

「梨の砂糖煮は喉を潤します。せめて一口だけでも」私は首を振った。彼女はもう一度勧めたが、私の態度を見て、仕方なくわきに置いた。

事態が変わるとはどういうことだろう。具体的なことは言ってくれなかった。しかし少なくとも希望はあるということだ。十日くらいなら時間を稼げるかもしれない。たとえ皇帝が結婚話を急がせたとしても、私が病気の間に話を進めたりはするまい。そう考えたら少し気持ちが楽になった。

玉檀《ぎょくたん》が薬を持って入ってきて、私の体を起こした。私は彼女を引っ張り、そばに座らせた。「玉《ぎょく》檀《たん》、この薬は飲まないわ」彼女が驚く。私は声をひそめた。「あなたのことはずっと妹のように思ってきたから正直に話すわ。私は皇太子殿下に嫁ぎたくないの。でもそれを避ける方法が見つからないから、今は病気を長引かせるしかないのよ。仮病を使っても侍医に見破られ、李《り》太監に伝わってしまう。だから薬を飲まないことにする。これからは、薬をここに運んで来たら、誰にも見つからないように捨てて」

玉檀《ぎょくたん》は唇を噛みしめていたが、やがて決心したようにうなずいた。私が笑顔で彼女の手を強く握ると、彼女は顔をそらせ、肩を震わせて涙をぬぐい、小さくつぶやいた。「どうしてこんなことに。若曦《じゃくぎ》様みたいな人まで……」

そうだ。彼女の将来だって希望がないのだ。出宮のころには、この時代でいう適齢期は過ぎている。しかも低い身分の出で、何の後ろ盾もない。結婚しない女は男兄弟に頼って生きるしかないし、結婚したとしても、よい相手に恵まれるとは限らない。もしこれが現代なら、彼女のような聡明な女性は、いくらでも自分の努力で道を切り開いていける。しかしここでは無理だ。この時代の女は悲しい。父に従い、夫に従い、子に従う以外に生きる道がない。こんな男社会にあっては、どんな努力も徒労に終わる。なんと哀れなのだろうか。

一日薬を断ったはずが、翌日、体が回復していた。日頃から庭で縄跳びをしたり、寝る前に腹筋運動をして体を鍛えていたのが仇になった。何しろこの時代の医学は遅れている。『紅楼夢』を読めば分かるように、ちょっとした風邪から、命に関わる結核になることもある。だから健康には特別に気を配っていたのだ。私の脈を診た医者がうれしそうに「あと四、五日も養生すれば大丈夫でしょう」と言った時は、顔で笑って、心で泣いた。

玉檀《ぎょくたん》が薬を持って出て行く。寝椅子にもたれて途方に暮れていると、扉をたたく音がした。「どうぞ」と答えると、入ってきたのは、第四皇子付きの太監小順子《しょうじゅんし》だった。彼は私のもとへ来て拝礼すると、声をひそめて「旦那様から伝言です。〝引き延ばせ〟だそうです」と言い、速やかに出ていった。

私は考えをめぐらせ、ある決意をした。

その夜、玉檀《ぎょくたん》には部屋へ戻るよう命じ、彼女が寝たころを見計らい、上着をはおり庭に出た。九月の北京の夜は冷え込む。

私は一人、風に吹かれて立っていた。あの忌まわしい知らせを聞いた夜もこうして風に当たった。だが熱が出たのは心理的要因が大きかったろう。今みたいに覚悟して風に吹かれるだけでは効果がないかもしれない。

私は部屋へ引き返し洗面器を持ってくると、冷水をくみ、頭からかぶり、全身をぬらした。両手を水平にあげ、歯を食いしばり、体の震えに耐えた。

「若曦《じゃくぎ》様、いけません！」玉檀《ぎょくたん》が飛び出してくると、私を部屋へ入れようとした。

私は彼女を押しのけた。「放っといてちょうだい。あなたは寝ていなさい」

玉檀《ぎょくたん》が手を離そうとしないので、私は言った。「好きでやってるわけじゃないわ。だけど、今はこれしか方法がないの。私のためを思うなら手を出さないでちょうだい。あなたなら分かってくれるわね」

玉檀《ぎょくたん》は手を離すと、私を見つめて涙を流した。私は彼女に構わず向き直り、もう一度水をかぶった。そのまま風に当たっていると、夜明け前に再び熱が上がり、頭が朦朧としてきた。

玉檀《ぎょくたん》は私を支えて部屋へ入ると、髪を拭き、服を着替えさせ、布団に寝かせてくれた。私は念を押した。「まだ医者を呼んではだめよ。きちんと髪が乾いて、もう少し熱が上がったところで呼んでちょうだい」このところ心配でよく休めなかったこともあり、起きていようと思ったが、そのまま眠りに落ちてしまった。

治りかけたところで再び悪化させたうえに、この時代には強力な解熱剤もない。私の意識が戻ったのは三、四日後で、回復のきざしが見えはじめたのは、さらにその四、五日後だった。あれから何か新しい動きがないか気になったので、玉檀《ぎょくたん》には早々に平常のお仕えに戻り、状況を報告してもらうよう頼んだ。彼女は私の考えを察し、承諾してくれた。

十月を迎えたというのに、何の動きもなかった。玉檀《ぎょくたん》から聞けたのは、李《り》太監が私の病状を心配し、よく看病するよう彼女に命じたことだけだ。これほど絶妙なタイミングで私の病状が悪化したことについて、康熙《こうき》帝はどう思っているだろうか。それを考えると不安でたまらなかった。

第十四皇子が訪ねてきてから十五日が過ぎたが、何の変化もない。私が部屋で悶々としていると、玉檀《ぎょくたん》がやってきた。彼女は扉をしっかり閉めると、私のとなりに座り、声を殺して言った。

「今日の朝議で、鎮国公《ちんこくこう》の景熙《けいき》殿が過去の事件について上奏したのです。なんでも、歩軍統領《ほぐんとうりょう》の托合斉《トホチ》親子が、多羅安《たらあん》郡王の馬爾渾《ばじこん》殿の葬儀期間中に宴席を設け、朝廷の大臣を接待し、金銭の受け渡しをした形跡があるので、それについて調査を願い出たようです」

私は考えをめぐらせた。景熙《けいき》といえば、安《あん》親王岳楽《がくらく》の息子で、第八皇子の正室の母方のおじだ。第八皇子とともに正藍旗《せいらんき》（清朝八旗の一つ）に属す、いわば第八皇子の支持者だ。一方、托合斉《トホチ》は皇太子の重臣だ。もしやこれが第十四皇子の言った〝事態が変わる〟ということなのだろうか。

「それで、上奏を受けた陛下は何と言ったの？」

「宴席に参加したのは二十人近くで、托合斉《トホチ》の他に、都統《ととう》の鄂善《がくぜん》、刑部尚書《けいぶしょうしょ》の斉世武《せいせいぶ》、兵部尚書《へいぶしょうしょ》の耿額《こうがく》をはじめ、八旗都統《はっきととう》、副都統《ととう》などの官吏に及んでいます。陛下はこれを重く受け止め、さっそく第三皇子に調査を命じました。もし事実であれば、この件を刑部にて審議するとのことです」

おそらく厳しい取り調べが行われるだろう。皇太子を復位させたものの、康熙帝《こうきてい》は、皇太子による帝位簒奪《さんだつ》をつねに警戒している。今回関わった者のほとんどが武官だ。これは軍事力の掌握を意味する。とくに歩軍統領という職は官吏の中でも上から二番目の階級に当たり、都の警備の司令官として、皇帝の身の安全に直接関わる。それが水面下で結託する動きを見せたとなれば、皇帝が許すはずはない。皇太子につながる証拠が見つかれば、皇太子が廃位されるのは時間の問題だ。しかもあの第八皇子が、何の勝算もなくこんな騒ぎを起こすはずがない。

ほっとして思わず口もとが緩んだ。どうやら私は最悪の状況を脱しつつあるようだ。皇太子への嫌疑が浮上している時に、私が嫁がされるはずがない。今や私はモンゴル人との関係を強固にする切り札だ。そんな大事なカードを、皇帝がみすみす皇太子にくれてやるわけがないのだ。

皇太子廃位への闘いは来年だと思っていたが、もう今から始まっているのだ。おそらく第八皇子は早くから準備をしていて、時機をうかがっていたのだろう。そうでなければ、これほどの急展開はあり得ない。第四皇子が〝引き延ばせ〟と伝言を寄越したということは、第四皇子もこの日が来ることを知っていたのだ。今回、第四皇子は第八皇子と組み、皇太子を倒す心づもりなのだろう。

私の存在はそれを加速させたのだ。私がいなくても、この件はいずれ取り沙汰されたはずだ。しかし私がモンゴルとの絆を深め、それが多少なりとも皇帝に影響を及ぼすことになり、当初の予定より早まったのだ。

手もとに歴史書がないので、本来どうなるはずだったのか確認するすべはない。私のせいで歴史が動いたのか、それとも歴史の必然のために私が動かされたのか。

そう考えるうちに、浮かべていた笑みがこわばった。いつの間にか自分は嵐の中心に立たされている。傍観者だったはずが、知らぬ間に舞台へ上がっている。これから何が起こるのだろう。粗相さえしなければ無事でいられる状態は終わった。それどころか自分から立ち向かわなければ、この嵐は去ってくれないだろう。今回はたまたま運良くすり抜けられた。しかし、これからは自分を守るために必死にならなければ、無事に生きていけないのだ。

下巻につづく

歩《ほ》歩《ほ》驚《きょう》心《しん》～花萌ゆる皇子たち～ 上

初版発行　2016年 12月10日

著者　桐華（トン・ホァ）
翻訳　本多由季

発行　株式会社新書館
〒113-0024　東京都文京区西片2-19-18
tel 03-3811-2631
（営業）〒174-0043　東京都板橋区坂下1-22-14
tel 03-5970-3840 fax 03-5970-3847
http://www.shinshokan.co.jp/
印刷・製本　中央精版印刷株式会社

ISBN978-4-403-22106-4 Printed in Japan